KB048177

Charles Bukowski

Portions from wine-stained notebook

ESSAYS

와인으로 얼룩진 단상들

찰스 부코스키 지음
데이비드 스티븐 칼론 엮음
공민희 옮김

잔

차례

서문

찰스 부코스키가 유작을 남긴 지 14년이 지난 지금에서야 그의 변화무쌍한 창의력을 완전히 헤아릴 수 있게 되었다. 시인으로 알려졌으나 부코스키는 다양한 에세이를 남겼다. 단편소설, 자전 에세이, 시집의 서문, 서평, 문학 논술, 그 유명한 〈음탕한 늙은이의 비망록〉 시리즈, 나날이 발전하는 그의 시학과 미학에 관한 '성명서'까지. 그는 서간문의 대가이기도 하고(현재 일부를 다섯 권으로 엮어서 출간했다), 《우체국》《팩토팀》《여자들》《호밀빵 햄 샌드위치》《할리우드》《펄프》등 여섯 권의 소설을 출간했다. 부코스키가 얼마나 왕성하게 작품을 내놓았는지, 평론가들이 그의 집필 속도를 따라잡지 못할 정도였다. 아직까지 제대로 된, 혹은 완전한 그의 작품 목록을 완성하지 못했다. 이 책은 그의 알려지지 않은 전작들이 얼마나 풍부하고 다양한지 보여 줄 것이다.[1]

부코스키의 초기 작품인 〈긴 거절 편지의 여파〉와 〈카셀다운에서 온 스무 대의 탱크〉는 작가로서 입지를 다진, 서로 상충하면서도 보완하는 양식을 제대로 보여 준다. 〈긴 거절 편지의 여파〉는 이방인이자 광대인 돈키호테 같은 젊은 예술가의 허구적 초상이며, 〈카셀다운에서 온 스무 대의 탱크〉는 그가 스승으로 삼은 니체와 도스토옙스키의 전통을 따라 어둠과 암울함이 정신적 고독까지 이어져 지하에서 고뇌하며 끼적인 글이다. 하지만 그의 독창성은 실존의 고단함과 코미디를 향한 열정이 조화를 이루어 아무나 흉내 낼 수 없는 '부코스키 양식'을 이룬다. 허무주의를 따르는 사색적인 성격 때문에 작은 방에 갇혀 고통받는 나약하고 민감한 천재지만 짜증스러우면서도 우스운 유머를 지녔으며, 또 다른 문학 스승인 제임스 서버를 잇는 매력적인 만화가이기도 했다.

부코스키는 스물네 살 때 〈긴 거절 편지의 여파〉가 윗 버넷과 마사 폴리가 편집자로 있는 일류 잡지 《스토리》에 실리면서 등단했다. 2년 뒤에는 커레스 크로스비가 편집자로 있는 아방가르드 잡지 《포트폴리오》에 〈카셀다운에서 온 스무 대의 탱크〉를 선보이며 장 주네, 페데리코 가르시아 로르카, 헨리 밀러, 장 폴 사르트르와 어깨를 나란히 했다. 이 시기에 부코스키는 다른 유명인들과 달리 산문 외에 시도 썼다. 1946년 《매트릭스》 여름 호에 첫 시 〈안녕〉이 소설 〈이유 뒤에 숨은 이유〉와 함께 수록되었다. 1947년 같은 잡지 가을·겨울 호에 시 〈뉴욕 지하철의 목소리〉와 소설 〈억누를 수 없는 집필욕〉을 발표했다. 그는 초기부터 시, 소설, 에세이를 자유로이 오갔고 시인이자 산문작가로서 두 가지 정체성을 세웠다. 이 '이중성'은 1959년에 쓴 작품에서 이미 포착되지만 1961년에 출간된 《와인으로 얼룩진 단상들》에서 산문, 시 혹은 산문시의 경계를 벗어난 혼합 장르를 선보였다.

이후 발표된 작품 상당수가 엄청나게 많은 '소규모 잡지'에 등장한다.[2] 모더니즘의 발상지이자 그 계보로 유명하며 에즈라 파운드, T.S. 엘리엇, 제임스 조이스의 명작들을 발표해 온 《블라스트》《크리테리온》《리틀 리뷰》《더 다이얼》뿐 아니라 문학 저널과 대안 언론인 《트레이스》《올레》《할리퀸》《돈키호테》《웜우드 리뷰》《스펙트로스코프》《심볼리카》《클락토브드세드스틴》도 부코스키의 색다른 작품을 만나는 장소가 되었다. 훌륭한 모더니스트의 전통에 따라 부코스키는 전투적인 성명작가가 되었다. 그는 제임스 보이어 메이가 편집자로 있는 런던 판 《트레이스》에서 재즈와 더불어 시를 논한 산문을 통해 미학 이론을 발전시키고 다듬으며 확장해 나갔다. 따라서 부코스키의 문체와 접근법은 실험적일 수밖에 없었는데, 한번은 "수준 높은 글을 이해하고 즐기고 소화할 수 있는 독자가 충분치 않기에."라고 언급하기도 했다.[3]

상당히 호전적인 성명서인 〈어떤 유형의 시, 어떤 유형의 삶, 언젠가 죽을 피로 채워진 어떤 유형의 생명체에 대한 변호〉에서는 시의 본질, 시의 부드러움과 개방성까지 영역을 확장해 나갔다. "그 손이 내 심장을 움켜쥐었네." 부코스키는 로빈슨 제퍼스의 시 〈헬레니스틱스〉를 차용해 초기 시선집 제목으로 정했는데, '파괴된 세상' 속 그의 낭만적이고 정신적인 갈망을 정확하게 드러내 주었다.[4] 그는 어린 시절 내내 아버지한테 심하게 두드려 맞고 감정적으로도 학대를 당했다. 따라서 이 책에 등장하는 '피로 채워진 어떤 유형의 생명체'는 다양한 중요성을 지닌다. D.H. 로렌스의 '피' 혹은 본능/직관, 지력보다 현명하다고 느끼는 근본적 감정, 그러면서도 신체적 학대에 시달린 고통스러운 시절에 쏟은 말 그대로의 피 그리고 1955년 서른다섯의 나이에 로스앤젤레스시립병원 자선 병동으로 실려 가고 과음 때문에 위장 출혈이 일어나 죽음에 이를 뻔한 경험.[5] 당연히 그는 시대의 문학 기득권층이 피해자, 가난한 사람, 정신이상자, 실직자, 사회 밑바닥의 백수, 알코올 중독자, 부적응자, 학대받는 어린이, 일용직 노동자 등 가장 큰 고통에 처한 사람들을 보고도 침묵하는지 궁금해했다. 사무엘 베케트가 그랬듯 부코스키의 시 세계는 박탈당한 장소로 '자랑스럽게 말라 죽어 가고' 그는 자신을 '시적 범법자'로 규정했다. 광기와 죽음이 닥친 극한 상황에서는 안전하게 살 수 없다. 부코스키는 영감이라곤 찾아볼 수 없도록 안전하고 단정하고 영리한, 학자처럼 말장난을 하고 창의적인 무의식이 지닌 분열, 원시, 태초, 폭력, 미완성을 동력으로 한 신성하고 날것 그대로의 뮤즈를 길들이려 하는, 시를 배반한 엘리트주의자인 '대학청년들'에게 가장 강렬한 노여움을 드러냈다. 부코스키의 예술은 가식과 꾸밈에서 자유로운 단순하고 직접적이고 정제되지 않은 언어를 통해 자신의 피비린내 나는 오명을 드러내고 자신을 과장(주로 유머러스하게)하는 것이다. 윌리엄 원틀링의 《양식에 관한 일곱 가지 고찰》 미출간 서문에서 그는 이렇게 밝혔다. "양식은 전혀 감싸지 않는다. 양식은 전면에 드러나지 않는다. 양식은 궁극적인 자연스러움이다. 양식은 한 사람이 수십만 명의 몫을 하는 것이다."[6]

충격적이고 서정적인 다양한 성명서 중에서 〈여섯 개들이 맥주팩을 마시며 시와 처절한 삶에 대해 끼적인 글〉과 〈올바른 호흡과 길을 찾는 법에 대하여〉를 통해 부코스키는 독창성을 추구하는 글쓰기의 여정을 보여 준다. 그는 인생을 살펴려고 경마장에 갔다가 집으로 돌아와 자신의 타자기로 예술을 창출한다. 헨리 데이비드 소로처럼 그는 삶을 궁지로 몰고 그곳에 무엇이 있는지 찾고자 한다. 아름다운 상아탑 미학 같은 것은 없다. 부코스키는 예술을 만드는 행위가 자신의 내적 발전과 직접 관련된다고 여겼으며 예술가로서, 선을 수련하는 승려로서 철저한 규칙을 따랐다. 그는 호흡 명상과 도교의 수련 방식을 정확하게 이해하고 이를 정밀한 '수학'으로 결합했다. 수행을 통해 현실적이고 평범한 세상을 헤쳐 나가는 여정에서 보이는 모든 것을 정확하게 관찰했다. 경마장에서, 술집에서, 자신의 작은 방에서 작은 라디오를 통해 시벨리우스를 들으며, 텅 빈 거리를 돌아다니며 자신이 추구하는 방식을 찾았다. 《음탕한 늙은이의 비망록》에서 말한 것처럼 리듬이 나오기 전에 리듬을 탔으니 그가 앨런 긴즈버그의 시에 엄청난 친밀감을 보인 것은 결코 우연이 아니다. 〈울부짖음〉과 훗날 이 재능 많은 젊은 시인의 초기작으로 수집된 〈텅 빈 거울〉의 관련성이 제대로 드러나는 것이다.

부코스키가 소설과 에세이를 연재한 소규모 잡지, 신문, 소책자, 등사판 인쇄물 등의 지하 출간물이 1960년대에 급증했고, 이때 그의 창의성도 다방면으로 폭발했다. 중요한 사실은 부코스키가 로스앤젤레스시티컬리지에서 저널리즘을 공부했으며 원래는 신문사에서 일하고 싶어 했다는 점이다. 어쩌면 헤밍웨이의 사례가 이런 갈망에 영감을 주었을 수도 있으나 그는 자전 에세이 〈망한 도박꾼에게 바치는 가망 없는 시〉 말미에서 이렇게 밝히고 있다. "《뉴올리언스 아이템》지 식자실에서 심부름꾼으로 일한 것이 기자 일에 가장 근접해 본 경험이었다. 신문사 뒤쪽 술집에서 니켈 맥주를 마시곤 했는데, 그러면 긴 밤이 빨리 지나갔다."[7] 그러나 1967년《사랑의 여름》이 나오면서 상황이 달라졌고, 한동안 우리는 마흔일곱의 부코스키가 완전한 중년으로 나타나 히피/젊음/성 개방이 정점에 달한 시기에 오랫동안 미루어 온 저널리스트 역할을 해내는 걸 흥미롭게 지켜볼 수 있었다. 그는 〈음탕한 늙은이의 비망록〉을 쓰기 시작한다. 첫 회는 음주 운전을 했을 때 법 집행을 위해 따라야 하는 적합한 방식을 다루었는데, 존 브라이언의《오픈 시티》1996년 5월 12~18일 호에 실렸다. 그리고 1969년 11월 블랙스패로프레스 발행인 존 마틴의 재정 지원을 받아 오랜 우체국 일을 끝내고 전문 작가로서 새 삶을 시작했다. 〈음탕한 늙은이의 비망록〉은《로스앤젤레스 프리 프레스》《버클리 트라이브》《놀라 익스프레스》《더 뉴욕 리뷰 오브 섹스 앤 폴리틱스》《내셔널 언더그라운드 리뷰》등 다양한 언론에 발표했고, 1980년대에는《하이 타임스》에 실렸다. 이 시리즈는 학생들의 데모, 베트남전, 성별 전쟁, 인종차별주의 그리고 헨리(행크) 치나스키의 불운 등 다양한 주제를 다룬다(우리는 부코스키의 문학적 자아를 초기 소설인《이유 뒤의 숨은 이유》의 '첼라스키'를 통해 만날 수 있다). 예술적 구성으로《로스앤젤레스 프리 프레스》에 등장했으며 부코스키만의 유머러스한 삽화도 적절하게 배치되었다. 1969년 에섹스하우스사에서 선별한 글을 책으로 출간하자 명성이 높아지기 시작하여 로스앤젤레스, 샌프란시스코/버클리, 뉴올리언스가 부코스키 문학 활동의 주요 거점이 되었다. 1960년대 초에는 존 브라이언트의《르네상스 매거진》에 반전 에세이〈평화, 자기는 잘 팔리지 않아〉를 기고하면서 샌프란시스코로 활동 영역을 넓혔다. 그리고 뉴올리언스의《디 아웃사이더》에 등장했다. 이 잡지의 편집자인 존 에드거 웹, 집시 루 부부가 운영하는《루종 프레스》에서 그의 첫 주요 시선집인《그 손이 내 심장을 움켜쥐었네》와《죽음의 손아귀 속 십자가상》을 출간했다. 뉴올리언스를 기반으로 하는《놀라 익스프레스》역시 부코스키의 명성을 로스앤젤레스 너머로 전파하는 데 큰 공헌을 했다.[8]

부코스키는 자신의 이미지를 난폭하고 약삭빠른 호색한에다 부끄러운 줄 모른 채 술을 마시고 싸움을 벌이고 섹스를 추구하며 모차르트, 바흐, 스트라빈스키, 말러, 베토벤을 들으면서 시와 단편을 쓰는 인물로 구체화하기 시작했다. 허구와 자서전 사이 어디쯤에서 새로운 장르를 개척한 것이다. 시사적 주제의 혼합, 문학과 문화적 암시, 개인의 경험에 상상력을 더

한 상술까지. 서신을 쓰고 재능을 갈고닦은 그 모든 시간을 통해 부코스키의 산문은 뛰어난 수준으로 자기 확신과 제어를 보여 준다. 날카롭고 생생하고 재미있고 변덕스러우며 강인하게 계속 발전해 나간다. 그는 헤밍웨이의 단순한 언어와 빠른 대화 전개 방식을 고수하지만 엄청난 에너지, 유머, 희화화와 과장에 타고난 능력을 보이며 롤모델보다 더 나아갔다. 리듬, 박자, 갑자기 터져 나오는 웃음 코드를 자유자재로 다룰 줄 아는 점은 〈내가 앨런 긴즈버그라는 사실을 아무도 믿어 주지 않은 밤〉에서 드러나며, 그가 주도하는 숨 가쁘고 엉뚱한 서사가 한 장면에서 다른 장면으로 재빨리 움직인다. 이 소설은 또한 부코스키가 상상의 세계를 자서전과 결합하는 방식을 보여 준다. 마지막에 해럴드 노스가 등장하고 펭귄이 선정한 현대 시인 13명(부코스키는 실제로 노스, 필립 라만시아와 함께 출간했다)에 대하여 전화로 신랄하게 논의하는 장면을 통해 시인으로서 자기 커리어의 중요한 터닝포인트를 즉흥적이고 우스꽝스럽게 드러냈다. 폭소를 부르는 야한 행위 뒤 키스턴 경찰의 슬랩스틱한 폭력과 문학적 농담을 통해 서사자가 지닌 어린 시절의 기억(에이브러햄 링컨 대대와 1932년 빨랫줄 밑에서 죽은 열한 마리 올챙이)이 초현실적 이미지로 드러나면서 고조되었다가 그가 어린 딸과 부드럽게 통화하는 것으로 침착하고 완벽하게 마무리된다.

부코스키가 금기를 깨뜨리는 방식은 확실히 맹렬하고(아이러니하고 유머러스하고) 그 속에 의도가 담겨 있다. 그는 미국인 스승인 윌리엄 사로얀, 존 팬트와 다르게 폭력적이고 섹스에 집착했지만 이런 공격적인 태도는 그가 폭력으로부터 자신을 보호하기 위해 선택한 두꺼운 등껍질로 이해해야 한다.[9] 그러나 그의 '음란함'은 오랜 고전문학 전통에 담긴 것과는 다르다. 페트로니우스의 《사티리콘》, 아풀레이우스의 《황금 당나귀》, 카툴루스의 레즈비아에 대한 고뇌와 분노와 열정적인 사랑/증오, 보카치오의 《데카메론》 등이 소설 《여자들》을 쓰는 데 영감이 되어 주었다.[10]

그러나 셀린, 아르토와 비교하자면 부코스키는 문학의 이단아로 볼 수 있다. 부코스키는 셀린의 《밤 끝으로의 여행》을 흠모했고 시와 인터뷰를 통해 이 위대한 프랑스 염세주의자에게 존경을 표했다. 안토닌 아르토의 경우 자신을 이해하지 못하고 거절한 사회의 위선을 증오하는 예술가로 보았다.[11] 부코스키는 그가 알지 못한 제3의 프랑스 작가 조르주 바타유의 전통을 초월했다. 바타유는 금기, 외설, 폭력, 광기, 신성성 사이의 상관관계에 관해 이론을 제시했다. "다양한 언어에서 신성함을 표기하는 단어는 '순수함'과 '더러움'을 모두 의미한다." 신성함의 의미는 종교의 기본이 곧 상실이라는 비밀을 자각한 데서 오는 상실이라고 볼 수 있다.[12] 따라서 부코스키의 또 다른 자아는 '음탕한' 늙은이이며 그의 작품 전반에서 성적인 이중성을 지닌다. 〈산타페의 은 십자가 예수〉 같은 이야기는 바타유적인 모습을 잘 보여 준다. 정신의학과 광기를 가지고 놀고, '문명화된' 미국인의 화장실을 잠식하는 '미개한' 인디언,

주인공이 끔찍한 은 십자가를 바라보며 진흙탕을 동경하고 '비윤리적' 성행위가 이루어지는 것 등을 들 수 있다. 그러나 부코스키는 실질적으로 어두운, 혹은 블랙유머를 가미해 자신의 터무니없는 실존적 관점을 더욱 재미있게 만든다.

미국의 비평가들이 부코스키를 제대로 평가하는 데 성공하지 못한 까닭은 그가 지닌 유럽인의 문화적 감수성을 무시했기 때문이다. 그는 독일과 프랑스에서 성공한 것으로 설명할 수 있는데 그들 나라의 지적이며 '평범한 독자들'은 그의 독창성과 유럽 철학 전통을 토대로 한 그의 관점을 재빨리 이해했다. 찰스 부코스키가 파리의 식당에서 바타유와 함께 있거나 위대한 로마 작가 에밀 시오랑과 냉소를 지으며 신랄하게 이야기하는 모습을 그리는 것이 동시대 미국 작가 솔 벨로나 존 업다이크와 어울리는 모습을 그리는 것보다 자연스러울 터다. 〈긴 거절 편지의 여파〉에 나오는 "동유럽 작가들의 좀 음흉하고 비현실적인 망상, 억압된 욕망을 보고 싶다."라는 문장은 부코스키 성격의 주요한 측면을 제대로 설명한 것이라 볼 수 있다.

부코스키 글의 '음란함'은 궁극적으로 미국 검열 논쟁의 화두가 되었지만, 이는 새로운 사건이 아니었다. 제임스 조이스의 《율리시스》, D.H. 로렌스의 《채털리 부인의 사랑》, 헨리 밀러의 《북회귀선》, 블라디미르 나보코프의 《롤리타》, 윌리엄 버로스의 《네이키드 런치》, 앨런 긴즈버그의 《울부짖음》은 전부 공식적인 분노를 이끌었고 이런 투쟁은 1960년대가 흐르는 동안 끝나지 않았다. 부코스키는 외설 혐의를 받은 클리블랜드 시인 d.a. 레비를 지지하기 위해 에세이 두 편을 쓰고, 같은 지역 짐 로웰의 아스포델 서점 급습 사건에서 영감을 받아 《짐 로웰을 기리며》의 무제 에세이를 쓰는 한편 로버트 로웰, 로렌스 퍼링게티, 가이 대번포트, 찰스 올슨을 포함한 독보적인 미국 작가들의 초대 연사로도 참여했다. 다른 한편 지하 출간물에 실린 특유의 '도발적인' 글과 연설의 자유를 옹호하는 입장 덕분에 결국 FBI 조사를 받았고, 이 또한 우체국을 그만둔 원인이 되었다.[13]

FBI가 〈정부를 열 받게 만들어 볼까?〉처럼 사려 깊은 에세이를 읽었다면 부코스키가 자유의 시대는 아직 멀었다고 믿는 것과 거리가 멀다는 점을 발견했을 터다. 이슬라비스타, 산타바바라, 시카고세븐트라이얼에 소속된 학생들이 뱅크오브아메리카를 방화하고 쓴 글에서 부코스키는 "낭만적인 슬로건은 소용이 없다."라고 말했다. 1930년대 좌파 작가인 존 더스패서스, 아서 쾨슬러, 존 스타인벡을 비롯해 그들의 변화하는 정치적 동맹을 바라보며 부코스키는 학생 혁명가들에게 전했다. "정부를 어떻게 무너뜨릴까가 아니라 어떻게 더 나은 정부를 세울 것인가에 집중하여 사고해야 한다. 다시는 함정에 빠지거나 속아서는 안 된다." 그리고 혁명을 준비하는 히피들에게 간디와 소로의 행복 철학이 담긴 조언을 해 주었다. "내가 가진 모든 것이 여행가방 하나에 다 들어가야 한다. 그러면 마음이 가벼워질 것이다." 부코스키는 캘리포니아의 반문화 이상향에 공감했지만 체질적으로 정치에 관심이 없고 무정부주의자인 데다 다른 예술가들처럼 실천가라기보다는 몽상가에 가까웠다. 셸리가 언급한 것처럼 시인은 '세상에 알려지지 않은 입법자'일지도 모르지만 정치(좌파 혹은 우파)라는 뜨거운 물에 발을 담글 때는 부코스키가 에즈라 파운드에 관해 쓴 에세이 〈거장을 돌아보며〉에서 지적한 것처럼 종종 발을 덴다.

1950년대 말 서던캘리포니아의 반문화는 로렌스 립톤의《신성한 야만인》에 잘 드러나 있으며, 부코스키도 그 도시에서 만난 당대의 보헤미안 인물들을 에세이 〈로스앤젤레스 상황〉에서 유사하게 설명했다. 지역을 순환하는 배경이 특히나 매혹적이다. 이스트할리우드, 맥아더공원, 링컨하이츠, 벙커힐, 베니스비치, 터미널 아넥스 지점 우체국, 멜로즈애버뉴, 알바라도거리, 칼튼웨이, 할리우드대로, 웨스턴애버뉴, 디롱프리애버뉴까지.[14] 산타아니타, 할리우드공원, 로스알라미토스의 경마장, 올림픽대강당의 복싱 경기, 스모그, 끝없이 이어지는 고속도로, 수많은 자동차, 아주 고요한 대서양, 오렌지나무, 야자수가 그의 아름답지만 끔찍한 시 세계를 알려 주는 이정표다.[15] 특히 존 팬트에 대한 동경은《애스크 더 더스트》에서 비롯되었는데, 팬트는 로스앤젤레스를 위대한 문학 작품을 쓸 수 있는 장소로 주목받게 했다. 부코스키는 스스로 팬트의 족적을 따른다 생각했고, 미국의 다른 문학 중심지와 비교했을 때 로스앤젤레스가 동등하거나 더 낫다고 여겼다. 이후 부코스키는 팬트에 대한 존경을 담아 〈스승을 만나다〉를 쓴다.

로스앤젤레스에서 부코스키는 기자의 맥박에 따라 《포럼》에 롤링스톤스의 콘서트를 관람한 보고문을 작성했다. 〈재거나우트〉에서 자신을 참여자이자 관찰자로 실제 사건의 중심에 놓고, 노먼 메일러와 헌터 S 톰슨의 '뉴 저널리즘'하고 유사한 방식으로 허구와 사실 사이의 경계를 흐트려 놓았다. 이 시기 저명한 문화이론가 헤이든 화이트가 《메타 역사: 19세기 유럽의 역사적 상상력》을 출간했고, 역사학자들이 '객관적으로' 사건을 설명하고자 하는 서사의 허구 구조와 함께 부코스키 같은 작가들의 '자서전'에서 주어진 '사실'과 경험을 차용한 상상을 넘나드는 행위를 살피게 한 것은 주목할 만하다.[16]

1970년대와 1980년대 부코스키의 인터뷰가 《롤링스톤》과 앤디 워홀의 《인터뷰》 같은 잡지에 실리고, 1987년 미키 루크 주연의 영화 《술고래》가 전 세계의 이목을 끌었다. 이 시기 부코스키는 수입을 충당하기 위해 《플링》 《로그》 《픽스》 《애덤》 《위》 《나이트》 《팬트하우스》 《허슬러》 같은 성인 잡지에 기고하기 시작했고, 마약과 로큰롤 반문화 잡지인 《하이타임스》와 《크림》에서도 활동했다.[17] 앞서 언급한 것처럼 부코스키는 작가 이력 전반에 걸쳐 상당히 체계적으로 시, 에세이, 소설로 장르를 바꿨다. 생의 말기에도 예외는 아니라서 1980년대부터 사망하는 1994년에 이르기까지 왕성하게 글을 쓰고 모든 장르에서 완벽함을 보여 주었다.

후반에 소개되는 〈사건의 경위〉는 부코스키가 초반의 시와 소설에서 보여 준 종말론적 주제로 돌아가서 쓴, 자연의 질서를 거역하려는 그노시스주의자의 우화다. 이어지는 〈시간 때우기〉는 《와인으로 얼룩진 단상들》의 필라델피아 바 이야기를 회상하는 것이다. 이 이야기는 부코스키가 후에 《술고래》에서 변형한 인물들과 상황을 소개하기도 한다. 바텐더는 짐과 에디이며 바의 신비로운 화합 분위기와 탁월함은 불행히도 쭉 이어지지 못한다. "모두 기분이 좋아서 사방이 다 그런 것처럼 느껴진다. 우리가 거기 있고 마침내 모두가 아름답고 웅장하고 즐겁고 매 순간이 반짝이고 빛나고 낭비되지 않는. 정말로 그렇게 느낄 수 있다."

매 순간 경험하면서 느끼는 완전한 현실의 강렬함을 부코스키는 선불교식 능력으로 누그러뜨린다. 각 문단의 첫 문장은 현재형으로 써서 서사에 생동감을 주고 독자들을 장면 한가운데로 데려다 놓는다. "아주 뜨거운 여름밤." "다른 방에서 전화벨이 울리기에." "아무튼 샌드라가 수화기를 건네준다." "앞동네 아파트에 사는 딜러 전화인데." 우리는 또한 이 작품에서 전형적인 부코스키의 비유를 만날 수 있다. 자신이 쓰는 이야기에 대해 쓰는 작가로 예술과 현실의 경계를 무너뜨리고 그과정에서 업다이크, 치버, 긴즈버그, 말러, 톨스토이, 셀린 등다른 작가를 언급한다. 부코스키는 쭉 '포스트모던'적이고 '메타픽셔널(metafictional, 작가가 독자에게 지금 읽는 글이 허구라는 걸 환기시키는 소설 방식—옮긴이)'하다. 그의 작가들은 자주 글을 쓰고다른 직업처럼 작가 일을 한다.[18]

그의 마지막 이야기 〈또 다른 나〉는 탄탄하게 구성한 도플

갱어 이야기로 그의 마지막 소설 《펄프》의 주제 일부를 기대하게 만든다. 남/죽음/자신이 가장 가까운 쌍둥이이자 적이 된다는 신비로운 이야기다. 〈작가 훈련〉은 글쓰기에 대한 고별 에세이로 부코스키는 이렇게 선언한다. "내게는 신과도 같은 단순함에 몰두했다. 여유가 없고 적게 가질수록 실수나 잘못을 범할 기회가 줄어든다. 천재는 단순한 방식으로 완전한 걸 말할 수 있어야 한다. 말은 총알, 햇살과 같아 어둠과 지옥을 관통한다." 끝이 곧 시작이라는 말처럼 찰스 부코스키의 긴 문학 여정은 완벽한 하나의 원으로 설명할 수 있다. 그는 생의 마지막을 타자기, 와인병, 라디오에서 흘러나오는 모차르트라는 마법의 불꽃으로 승화했다.

데이비드 스티브 칼론

2008년

주석

1. 샌포드 도빈(Sanford Dorbin), 《찰스 부코스키 모음집(A Bibliography of Charles Bukowski)》, 로스앤젤레스: 블랙스패로프레스, 1969년; 휴 폭스(Hugh Fox), 《찰스 부코스키: 비평과 서지학적 연구(Charles Bukowski: A Critical and Bibliographical Study)》, E. 랜싱(E. Lansing), 마이애미: 어비스출판사(Abyss Publications), 1969년; 애론 크룸한슬(Aaron Krumhansl), 《찰스 부코스키의 주요 작품 개관(A Descriptive Bibliography of the Primary Publications of Charles Bukowski)》, 캘리포니아 산타로사: 블랙스패로프레스, 1999년; 알 포겔(Al Fogel), 《찰스 부코스키: 1944~1999년 완벽 총정리(Charles Bukowski: A Comprehensive Price Guide and Checklist: 1944~1999)》, 플로리다 서프사이드(Surfside): 더솔프로프리에터프레스(The Sole Proprietor Press), 2000년. 엄청난 부코스키의 공문서는 미망인 린다 리 부코스키가 2006년 9월 캘리포니아 산마리노의 헌팅턴도서관에 기증했다. 캘리포니아대학 산타바바라 캠퍼스와 투손에 위치한 애리조나대학에서 보관 중인 원고들을 포함해 출간된 것과 미출간된 주요 작품들도 들어 있다.

2. 엘리엇 앤더슨(Elliott Anderson)과 메리 킨지(Mary Kinzie), 《미국의 소규모 잡지들: 근대 기록물의 역사(The Little Magazine in America: A Modern Documentary History)》, 뉴욕 용커즈(Yonkers): 더푸시카트프레스(The Pushcart Press), 1978년; 로스 페퀘노 글레이지어(Loss Pequeno Glazier), 《소규모 출간: 주석 가이드(Small Press: An Annotated Guide)》, 코네티컷 웨스트포트(Westport): 그린우드프레스(Greenwood Press), 1992년; 로버트 J. 글래싱(Robert J. Gleesing), 《미국의 지하 출판(The Underground

24

Press in America)》, 블루밍턴(Bloomington), 런던: 인디애나대학 출판(Indiana University Press), 1970년; 애브 펙(Abe Peck), 《1960년대 파헤치기: 지하 출판의 실상(Uncovering the Sixties: The Life and Times of the Underground Press)》, 뉴욕: 판테온(Pantheon), 1985년; 제롬 로텐버그(Jerome Rothenberg), 스티븐 클레이(Steven Clay)와 로드니 필립스(Rodney Phillips) 공저, 《1969~1980년대 작품으로 살펴본 로어이스트사이드의 비밀 장소(원제: A Secret Location on the Lower East Side: Adventures in Writing 1969~1980)》, 뉴욕: 그래너리북스(Granary Books); 샌포드 도빈, 〈찰스 부코스키와 소규모 잡지/출판사 운동(Charles Bukowski and the Little Mag/Small Press Movement)〉, 《울림들: 산타바바라 캘리포니아대학 도서관 소장 작품선(Soundings: Collections of the University Library, University of California, Santa Barbara)》에서 발췌, 1970년 5월, 17~32쪽 참고.

3. 《짐 로웰을 기리며(A Tribute to Jim Lowell)》의 무제 에세이, 클리블랜드: 고스트프레스(Ghost Press), 1967년, 페이지 없음.

4. 〈헬레니스틱스〉, 《로빈슨 제퍼스의 시선집(The Collected Poetry of Robinson Jeffers)》에서 발췌, 제2권, 1928~1938년, 팀 헌트(Tim Hunt) 편저, 캘리포니아 스탠퍼드(Stanford): 스탠퍼드대학 출판(Stanford University Press), 1989년, 526쪽. "어린 시절이 흐르고, 이 바다에서 물고기를 잡는 새들을 보네/ 포효하는 암초, 빛나는 물/ 포말들, 서쪽으로 지는 노을, 펠리컨/ 그들의 커다란 날개가 마치 돌에 맞은 듯/ 반으로 접혔네./ 그게 무엇이든 그 손으로 내 마음을 사로잡았고, 그게 무엇이든 사랑 그리고 아픈 즐거움으로 몸서리치게 하네." 부코스키의 그노시스주의적 소외감과 깊은 낭만주

의는 하트 크레인(Hart Crane)을 떠오르게 한다. "그래서 난 부서진 세상으로 들어갔다./ 사랑과 그 목소리를 따라가고자/ 바람 속에서 곧바로 드러나지만(어디로 가야 할지 모른다)/ 얼마 지나지 않아 절박한 선택을 하겠지." 〈부서진 상아탑(The broken Tower)〉, 《하트 크레인의 모든 시, 선별한 서간과 산문들(The Complete Poems and Selected Letters and Prose of Hart Crane)》에서 발췌, 브롬 웨버(Brom Weber) 편집, 서문 및 주석, 뉴욕: 앵커북스(Anchor Books), 1966년, 193쪽.

5. 부코스키는 어린 시절의 학대가 트라우마가 되어 평생 알코올 중독과 우울증으로 종종 자살 시도를 했지만 이런 아픔이 그의 천재성을 강화하는 내면의 힘이 되기도 했다. 예술적 창의성과 상처는 에드먼드 윌슨(Edmund Wilson), 〈필록테테스: 상처와 활(Philoctetes: The Wound and the Bow)〉, 《상처와 활: 문학의 일곱 가지 연구(The Wound and the Bow: Seven Studies in Literature)》에서 발췌, 오하이오 아테네(Athens): 오하이오대학 출판(Ohio University Press), 1997년 참고. 작가와 약물 중독에 관해서는 뛰어난 연구 조사가 돋보이는 마르쿠스 분(Marcus Boon)의 《입구: 약물 중독에 빠진 작가 연구(The Road of Excess: A History of Writers on Drugs)》, 케임브리지: 하버드대학 출판(Harvard University Press), 2005년 참고. 전기 정보는 베리 마일스(Barry Miles), 《찰스 부코스키(Charles Bukowski)》, 런던: 버진북스(Virgin Books), 2005년; 하워드 순즈(Howard Sounes), 《찰스 부코스키: 미친 삶 속에 갇힌 불운의 천재(Charles Bukowski: Locked in the Arms of a Crazy Life)》, 뉴욕: 그로브(Grove), 2000년; 데이비드 스티븐 칼론(David Stephen Calonne) 편저, 《찰스 부코스키: 햇살이여 여기 있노라/1963~1993년 인터뷰 모음집(Charles Bukowski: Sunlight Here I Am/

Interviews & Encounters 1963~1993》, 미네소타 노스빌(Northville): 선독 프레스(Sundog Press), 2003년 참고.

6. 윌리엄 원틀링,《양식에 관한 일곱 가지 고찰(7 on Style)》미출간 서문.

7. 찰스 부코스키,《망한 도박꾼에게 바치는 가망 없는 시》, 뉴욕: 세븐포에츠 프레스(7 Poets Press), 1962년.

8. 제프 위들(Jeff Weedle),《보헤미안의 뉴올리언스: 이방인들과 루종 프레스(Bohemian New Orleans: The Story of the Outsider and Loujon Press)》, 미시시피 잭슨(Jackson): 미시시피대학 출판(University Press of Missisippi), 2007년. 제6장, 〈부코스키 살피기(Focusing on Bukowski)〉; 제7장, 〈부코스키 만나기(Meeting Bukowski)〉 참고.《놀라 익스프레스》는 달린 피페(Darlene Fife)와 로버트 헤드(Robert Head)가 편집자로 있다. 잡지의 명칭은 뉴올리언스와 루이지애나의 머리글자를 따서 지었고 윌리엄 버로스의 동명 소설 제목이 되었다.

9. 사로얀과 팬트가 부코스키에게 미친 영향은 데이비드 스티븐 칼론의 〈공중그네에 탄 2인: 찰스 부코스키와 윌리엄 사로얀(Two on the Trapeze: Charles Bukowski and William Saroyan)〉,《슈어: 찰스 부코스키 뉴스레터(Sure: The Charles Bukowski Newsletter)》에서 발췌, 5/6호, 1992년, 26~35쪽.

10. 부코스키의 시, 〈내 시를 가져간 창녀에게(To the Whore Who Took My Poems)〉는 카툴루스의 시 42행 "사방에서 최대한 많이 내게로 오라(Adeste, hendecasyllabi, quot estis /omnes)"에 대한 헌정이다.《물 속에서 타오르고 불꽃 속에서 가라앉다: 1955~1973년 선집(Burning in Water Drowning in Flame: Selected Poems, 1955~1973)》, 산타바바라: 블랙스

패로프레스, 1978년, 16쪽; 피터 그린(Peter Green) 번역,《카툴루스 시선집: 이중 언어판(The Poems of Catullus: A Bilingual Edition)》, 버클리: 캘리포니아대학 출판, 2005년, 88~91쪽 참고. 부코스키가 투르게네프, 이백, 보카치오, 두보, 발레이오, 카툴루스, 파운드, 셀린, 도스토옙스키, 니체, 쇼펜하우어를 인용한 것은 그가 다양한 분야의 책을 읽었음을 입증해 준다. 그는 또한 클래식 음악에 해박한 지식과 열정이 있었다. 부코스키의 첫 번째 이야기인 〈긴 거절 편지의 여파〉(1944)를 보면 차이콥스키의 6번 교향곡이 나온다. 〈음악 없이는 힘들어(Hard Without Music)〉(1948)에도 클래식 작곡가들의 곡이 등장하고, 주인공이 위대한 음악이 지닌 천상의 초월적이며 말로 형언할 수 없는 힘에 대해 열정적으로 설명하는 장면이 나온다. 이와 비슷한 사상이 부코스키의 수집되지 않은 많은 후기 시에도 등장한다. 〈쇼스타코비치의 10번 교향곡(Shostakovich's Tenth Symphony)〉에는 "새벽 2시/ 그리고 지금/ 쇼스타코비치의 10번을 듣네./ 새벽 2시 마감을 할 시간/ 오늘 밤은 이곳에 있지 않으리/ 드미트리가 돌고/ 난 그의 드넓은 마음을 빌려/ 기분이 차츰 좋아지고/ 또 좋아져/ 그의 이야기를 듣네./ 그는 날 치료해 주고/ 매번 술이 더 좋아져서 내 바보 같은 상처가 아물고/ 10번 교향곡이 이 벽을 돌고 돌아/ 난 이놈에게 빚을 졌지……." 이 시는《더 뉴 센서십(The New Censorship)》, 2호, 제3권, 1991년에 수록되었다. 〈클래식 음악과 나(Classical Music and Me)〉에서는 말러를 높이 평가했다. "이제 말러가 나와 한방에 있으니/ 팔에 소름이 돋아 목 뒤에서 등으로 퍼지고…… 너무나 믿을 수 없을 만큼 근사한……"은《세속적인 시의 종말(The Last Night of the Earth Poems)》, 캘리포니아 산타로사: 블랙스패로프레스, 1992년, 374쪽에서 확인할 수 있다. 부코스키는 다방면으로 시를 썼는데 위대한 작곡가들에게 찬사를 보내거나 그들의 삶과 작품을 참고했다. 대표적으로 바흐, 베토벤, 브람스, 브루크너, 쇼팽, 헨델, 하이든, 모차르트, 슈만, 시벨리우스, 스트라빈스키, 비발디, 와그너를 들 수 있다.

11. 셀린은《찰스 부코스키: 햇살이여 여기 있노라/ 1963~1993년 인터뷰 모음집》41, 69, 129, 134, 160, 163, 168, 198, 215, 242, 246, 267, 273쪽과《세속적인 시의 종말》242쪽, 〈지팡이와 바구니를 든 셀린(Céline with cane and basket)〉을 참고하라. 셀린은 부코스키의 마지막 소설《펄프》의 주인공이기도 하다.

12. 조르주 바타유,《비전 오브 엑세스 1927~1939년 선집(Visions of Excess: Selected Writings, 1927~1939)》, 앨런 스토클(Allan Stoekl) 편집 및 서문, 미니애폴리스: 미네소타대학 출판(University of Minnesota Press), 1985년. 바타유는 다른 곳에서도 언급했다. "신성함은 두 가지 모순된 의미를 지닌다. 무엇이든 금지된 대상은 기본적으로 신성하다. 금기는 신성한 대상에 대해 부정적인 정의를 심어 줌으로써 종교적으로 경외하게 만든다……. 사람은 두 가지 동시다발적 감정에 휩쓸린다. 공포와 매료된 경애심이다. 금기와 위반이 이런 모순적인 충동을 반영한다." 바타유,《에로티시즘: 죽음과 관능(Erotism: Death & Sensuality)》, 샌프란시스코: 시티라이츠, 1986년, 68쪽.《눈 이야기(Story of the Eye)》를 쓴 바타유는 부코스키의 시와 소설 다수에서 관음증과 페티시 등 그가 좋아할 만한 주제를 찾을 수 있을 것이다. 마리 더글라스(Mary Douglas),《순수와 위험: 타락과 금기에 대한 분석(Purity and Danger: An Analysis of the Concept of Pollution and Taboo)》, 런던과 뉴욕: 루트리지클래식스(Routledge Classics), 2002년도 참고하면 좋다.

13. 최근에 출간된《연방 수사 파일 #140-35907, 1957~1970년. 헨리 찰스

부코스키 주니어('찰스 부코스키')(Federal Bureau of Investigation File #140-35907, 1957~1970. Henry Charles Bukowski, Jr. (a.k.a."Charles Bukowski"))》참고.

14. 로렌스 립톤, 《신성한 야만인》, 뉴욕: 줄리안메스너Inc(Julian Messner, Inc.), 1959년. 아울러 허버트 골드(Herbert Gold), 《멋을 추구하는 보헤미아(Bohemia: Digging the Roots of Cool)》, 뉴욕: 사이먼앤슈스터(Simon and Schuster), 1993년도 참고하라.

15. 로스앤젤레스의 문학 전통에 관해서는 라이오넬 롤페(Lionel Rolfe)의 《로스앤젤레스 문학(Literary L.A.)》, 샌프란시스코: 크로니클북스(Chronicle Books), 1981년; 존 밀러(John Miller) 편저, 《로스앤젤레스 이야기: 이 도시의 위대한 작가들(Los Angeles Stories: Great Writers on the City)》, 샌프란시스코: 크로니클북스, 1991년; 데이비드 M. 파인(David M. Fine), 《소설의 도시 로스앤젤레스를 떠올리며(Imagining Los Angeles: A City in Fiction)》, 뉴멕시코 앨버커키(Albuquerque): 뉴멕시코대학 출판(University of New Mexico Press), 2000년; 데이비드 L. 울린(David L. Ulin), 《로스앤젤레스 문집(Writing Los Angeles: A Literary Anthology)》, 뉴욕: 라이브러리오브아메리카(Library of America), 2002년을 참고하라.

16. 헤이든 화이트, 《메타 역사: 19세기 유럽의 역사적 상상력》, 볼티모어(Baltimore): 존스 홉킨스(Johns Hopkins), 1975년.

17. 실비아 비지오(Silvia Bizio)와의 인터뷰에서 부코스키는 이렇게 밝혔다. "내 이야기에 섹스가 아주 많이 들어 있는 까닭은 나이 쉰에 우체국을 그만두고 돈을 벌어야 했기 때문입니다. 솔직히 내가 흥미로워하는 것을 쓰고 싶은 마음이 간절했어요. 그렇지만 멜로즈애버뉴에는 전부 포르노 잡지사뿐이었

고, 그들이 《프리 프레스》에 실린 내 글을 읽고는 글을 보내 달라고 요청하기 시작했습니다. 그래서 괜찮은 이야기를 쓴 다음 중간에 질펀한 섹스 장면을 집어넣었습니다. 그렇게 글을 쓰다가 어느 지점에서 '이제 야한 걸 집어넣어 볼까.' 하고 집어넣은 뒤 계속 이야기를 써 나갔죠. 뭐, 괜찮았습니다. 이야기를 우편으로 보내면 곧장 300달러짜리 수표가 들어왔거든요." 《찰스 부코스키: 햇살이여 여기 있노라/1963~1993년 인터뷰 모음집》, 181쪽.

18. 패트리샤 와프(Patricia Waugh), 《메타소설: 자기 소모성 허구에 대한 이론과 실천(Metafiction: The Theory and Practice of Self-Consuming Fiction)》, 런던: 루트리지, 1990년; 로버트 숄스(Robert Scholes), 《우화소설과 메타소설(Fabulation and Metafiction)》, 일리노이 어배너(Urbana): 일리노이대학 출판(University of Illinois Press), 1979년; 줄스 스미스(Jules Smith), 〈찰스 부코스키와 아방가르드(Charles Bukowski and the Avant-Garde)〉, 《현대소설 리뷰: 찰스 부코스키와 미셸 뷔토르(The Review of Contemporary Fiction: Charles Bukowski and Michel Butor)》에서 발췌, 제5호, 3권, 1985년 가을판, 56~59쪽 참고.

긴 거절 편지의 여파

밖을 돌아다니며 그 편지에 대해 생각했다. 여태껏 받은 거절 편지 중 가장 길었다. 보통은 '죄송하지만 출간할 수준이 아닙니다.' 혹은 '안타깝게도 완성도가 높지 않습니다.' 등 짤막하게 적혀 있다. 아예 지정된 거절 문구를 출력해서 보내 주는 경우도 허다하고. 그런데 이번 편지는 진짜, 그 어떤 것보다 길었다. 내 원고 《하숙집 50곳 탐방기》를 거절하는 편지다. 가로등 아래로 걸어가 주머니에서 편지를 꺼내 다시 읽어 보았다.

부코스키 씨 귀하
다시금 이 작품에는 엄청나게 괜찮은 내용도 있지만 매춘부 찬양, 과음한 뒷날의 역한 모습, 인간 혐오, 자살 미화등 그렇지 않은 부분도 복잡하게 뒤섞여 있어 출간용 잡지에 전혀 어울리지 않습니다. 다만 특정 인간 군상을 다룬 이야기로 볼 수 있고 그 내용을 솔직하게 풀어낸 것 같습니다. 언젠가 저희 쪽에서 이 작품을 출간할 수도 있겠지만 정확한 시기는 나도 모르겠습니다. 그 문제는 전적

으로 귀하에게 달렸다고 생각합니다.

윗 버넷 올림

아, 낯익은 서명이다. 'W'의 끄트머리에 'h'를 구부려 넣고 B는 반쯤 아래로 내려쓴 글씨체.

편지를 다시 주머니에 찔러 넣고 도로를 따라 걸었다. 기분이 꽤 좋았다.

이곳에 와서 글을 쓴 지 고작 2년째다. 짧은 두 해. 헤밍웨이는 10년이 걸렸고 셔우드 앤더슨은 마흔이 넘어 등단했다.

빨리 작가가 되려면 술도 끊고 여성을 보는 잘못된 인식도 고쳐야겠지. 어쨌든 위스키는 구하기 어렵고 와인은 속이 아프니 잘됐다. 그렇지만 밀리, 밀리를 끊어 내기란 쉽지 않을 것 같다.

……그래도 밀리를, 우리는 예술을 기억할 의무가 있는데. 러시아에 도스토옙스키와 고리키가 있듯이 지금 미국은 동유럽 작가를 갈망한다. 브라운이나 스미스에 이골이 나서. 브라운도 스미스도 훌륭한 작가지만 이미 너무 많은 데다 글도 판에 박은 듯 똑같다. 미국은 동유럽 작가들의 좀 음흉하고 비현실적인 망상, 억압된 욕망을 보고 싶어 한다.

밀리, 당신 몸매가 딱이지. 풍만함이 엉덩이에 몰려 있어 당신을 사랑하는 건 영하의 날씨에 장갑을 끼는 것만큼 안락해. 항상 따뜻하고 활기 넘치는 당신의 방엔 레코드판도 있고 치즈 샌드위치도 맛있지. 게다가 밀리, 당신 고양이는 또 어떻고? 그 애가 새끼였을 때 기억나? 내가 '악수'와 '굴러'를 가르치려고 하자 당신이 고양이는 개가 아니라 못할 거라고 했잖아. 하지만 결국 가르치는 데 성공하지 않았어? 그 고양이가 이제 다 자라 엄마가 되고 새끼도 낳았지. 그렇지만 밀리, 이제 다 관둬야 할 것 같아. 고양이도, 죽여주는 몸매도, 차이콥스키의 교향곡 6번도. 미국은 동유럽 작가가 필요한데……

어느덧 발길이 하숙집 앞에 닿아 집 안으로 들어갔다. 그리고 내 방 창문에 불이 켜진 걸 보았다. 방 안을 살폈다. 카슨과 십키가 웬 남자하고 카드 게임을 하는데 테이블 한가운데 커다란 와인병이 놓여 있다. 카슨과 십키는 화가인데 살바도르 달리풍으로 갈지 록웰 켄트풍으로 그릴지 마음을 못 정해 고심하는 동안 조선소에서 일하는 중이다.

침대 발치에 조용히 앉아 있는 남자가 눈에 들어왔다. 콧수염과 염소수염이 났고 낯이 익다. 저 얼굴이 떠오를 것 같기도 하다. 책, 신문, 영화 뭐 그런 데서 본 것 같다. 누군지 궁금해졌다.

그러다 기억이 났다.

기억이 나니 방에 들어가야 할지 고민이 되었다. 결국 뭐라고 해야 하지? 어떻게 행동해야 할까? 저런 사람을 상대하는 건 힘들다. 말이 헛나오지 않도록 조심하고 모든 부분에 신경 써야 한다.

일단 동네를 한 바퀴 더 돌기로 마음먹었다. 불안할 때 가면 좋은 곳을 안다. 자리를 뜨는데 십키가 욕하는 소리와 누군가 유리잔을 떨어뜨리는 소리가 났다. 그런 소란은 내게 전혀 도움이 안 된다.

뭐라고 할지 미리 생각해 놓기로 했다. '솔직히 난 말을 잘 못해요. 아주 내성적이고 긴장해서요. 할 말을 전부 담아 두었다가 글로 쓰는 편이에요. 나한테 실망하겠지만 생겨 먹은 게 이러니 어쩔 수 없군요.'

동네를 다 돌고 와서 방으로 들어갔다.

카슨과 십키는 꽤 취기가 올라 날 전혀 도와주지 못할 걸 알았다. 그들이 데려온 젊은이 또한 취했지만 돈을 많이 땄는지 테이블의 자기 자리에 수북이 올려놓았다.

염소수염이 침대에서 일어났다. "안녕하세요, 선생님."

"네, 안녕하세요." 난 그와 악수하며 물었다. "오래 기다린 건 아니죠?"

"네, 아닙니다."

"솔직히." 난 생각해 둔 말을 꺼냈다. "난 말을 잘 못해요……."

"술에 취했을 때만 빼고. 그러면 고래고래 소리를 지르거든. 가끔 광장에 나가 설교도 하는데 들어 주는 사람이 아무도 없으면 새한테 말한다니까." 십키가 끼어들었다.

그 말을 듣고 염소수염이 씨익 미소를 지었다. 웃는 얼굴이 근사했다. 분명 이해심이 넓은 사람이다.

다른 두 사람은 계속 카드를 하고 십키는 우리 쪽으로 의자를 돌려 앉았다.

"아주 내성적이고 긴장해서 그래요." 내가 말을 이었다. "게

다가……."

"뭘 한다고? 기다란 장? 김장?" 십키가 큰 소리로 놀렸다.

정말 짜증 나는 말장난이지만 염소수염이 다시 미소를 보여 기분이 한결 나아졌다.

"그래서 할 말을 전부 마음에 담아 두었다가 글로 쓰는 편이고……."

"긴 장이야, 짧은 장이야?" 십키가 또 끼어들었다.

"나한테 실망하겠지만 생겨 먹은 게 이러니 어쩔 수 없군요."

"이봐, 들어 보라고!" 십키가 의자를 앞뒤로 까닥거리며 소리쳤다. "염소수염 난 자네 말이야!"

"나요?"

"잘 들어. 난 183센티미터의 훤칠한 곱슬머리에 한쪽 눈이 의안이야. 게다가 화난 불알 두 쪽도 있고."

남자가 웃었다.

"내 말 못 믿겠어? 불알 두 쪽을 가졌다는 거?"

왜 그러는지 십키는 술에 취하면 자기 눈이 의안이라고 우긴다. 한쪽 눈을 가리키며 유리로 만든 의안이라고 주장한다. 그 분야 최고 기술자인 아버지가 만들어 준 건데 안타깝게도 아버지는 중국에서 호랑이한테 물려 돌아가셨다고 했다.

갑자기 카슨이 고래고래 소리를 질렀다. "카드 가져가는 거 봤어! 어디서 난 거야? 이리 내, 내라고! 표시가 돼 있잖아! 이럴 줄 알았어! 그러니 계속 이기지! 맞아! 그랬던 거야!"

카슨이 자리에서 일어나 젊은이의 넥타이를 잡아끌었다. 그는 화가 나서 서슬이 퍼레졌고 멱살을 잡힌 젊은이는 목이 졸려 얼굴이 붉게 변했다.

"왜 그래, 어! 이봐! 무슨 일이야! 뭔 일인데?" 십키가 소리치며 물었다.

"내가 맞혀 볼까? 힌트를 좀 줘 봐!"

카슨은 퍼렇게 질린 채 말도 하지 못했다. 씩씩거리며 힘들게 뭐라고 더듬거리면서 여전히 넥타이를 움켜쥐고 놓지 않았다. 젊은이는 수면 위로 올라가려는 커다란 문어처럼 양팔을 퍼덕였다.

"이놈이 우릴 속였어!" 카슨이 거친 숨을 몰아쉬며 말했다. "우릴 속였다고! 소맷단에 카드를 숨겨 놨어. 확실해! 우릴 속였다니까!"

십키가 젊은이 뒤쪽으로 걸어가서 그의 머리카락을 움켜쥐고 고개를 뒤로 꺾었다. 카슨은 넥타이를 잡은 채 가만히 있었다.

"우릴 속인 거야? 그랬어! 말해! 말하라고!" 십키가 머리를 잡아당기며 소리쳤다.

젊은이는 입을 다문 채 팔을 허우적거리며 땀을 흘리기 시작했다.

"맥주랑 요깃거리가 있는 곳을 아니까 그쪽으로 가요." 내가 염소수염에게 말했다.

"어서! 말하라고! 털어놔! 우릴 속일 순 없어!"

"아, 그럴 것까진 없어요." 남자가 입을 열었다.

"쥐새끼! 비열한 놈! 돼먹지 못한 새끼!"

"내가 꼭 그러고 싶어서요." 내가 중간에 끼어들었다.

"의안 남자를 뜯어먹으려고 했어? 그럼 어떻게 되는지 내가 보여 주지, 이 망할 놈아!"

"정말 친절하군요. 살짝 출출했는데 감사합니다." 염소수염이 대꾸했다.

"말해! 말하라니까, 새끼야! 2분 안에 털어놓지 않으면 네놈 심장을 꺼내서 문손잡이로 쓸 줄 알라고!"

"지금 가요." 내가 다시 끼어들었다.

"좋아요." 남자가 대답했다.

*

늦은 저녁이라 식당은 모조리 문을 닫았고 시내로 나가긴 너무 멀었다. 남자를 다시 내 방으로 데려갈 수도 없는 노릇이라 밀리네 집에 가기로 했다. 그 집은 항상 음식이 넉넉하니까. 적어도 늘 치즈는 구비해 둔다.

내 생각이 맞았다. 밀리는 우리에게 치즈 샌드위치와 커피를 내주었다. 고양이는 날 알아보고 무릎으로 올라왔다.

난 고양이를 바닥에 내려놓으며 말했다. "잘 봐요, 버넷 씨."

그리고 고양이를 향해 소리쳤다. "악수!" 다시 외쳤다. "악수!"

고양이는 조용히 있을 뿐이었다.

"참 이상하네. 평상시에는 잘하는데." 나는 다시 한번 시도

했다. "악수!"

십키가 버넷에게 내가 술에 취해 새랑 이야기한다고 했던 말이 떠올랐다.

"왜 이래! 악수!" 바보가 된 기분이 밀려들었다. "어서! 악수!" 고양이 앞으로 고개를 숙이고 온통 정신을 집중했다. "악수!"

고양이는 덩그러니 앉아 있을 뿐이었다.

할 수 없이 도로 의자에 앉아 치즈 샌드위치를 집어 들었다. "고양이는 참 웃긴 동물이에요, 버넷 씨. 속을 알 수 없죠. 밀리, 버넷 씨가 왔으니 차이콥스키 6번 교향곡을 틀어 줘."

우리는 클래식 음악을 들었다. 밀리가 다가와 무릎에 앉았다. 그녀는 얇은 네글리제만 걸친 몸을 내게 푹 기댔다. 난 샌드위치를 한쪽으로 치웠다.

"들어 봐요." 내가 버넷에게 말했다. "이 교향곡에서 네 번째로 나오는 행진 부분이 모든 음악을 통틀어 가장 아름답다고 생각해요. 아름답고 역동적이면서 구조도 완벽해요. 지적으로 쓰인 걸 느낄 수 있죠."

그때 고양이가 버넷의 무릎으로 올라갔다. 밀리는 내 얼굴에 뺨을 문지르고 가슴에 손을 올렸다.

"어디 갔었어, 자기? 밀린 자기가 보고 싶었어."

곡이 끝나자 버넷은 무릎에 앉은 고양이를 내려놓은 뒤 자리에서 일어나 레코드판을 뒤집었다. 그가 앨범의 2번 수록곡을 찾았나 보다. 판을 돌리면 우리는 꽤 일찍 클라이맥스로 가 버린다. 그렇지만 난 잠자코 있었고 우린 끝까지 들었다.

"어땠어요?" 내가 물었다.

"좋아요! 아주 좋아요!" 버넷이 대답했다.

그러곤 바닥에 앉아 있는 고양이 앞으로 몸을 웅크렸다. "악수! 악수!"

고양이가 손을 내밀어 악수했다.

"이것 보세요. 내가 고양이한테 악수를 시켰어요." 그가 흥분해서 외쳤다. "악수!"

이번엔 고양이가 바닥을 굴렀다.

"아니, 악수라니까! 악수!"

고양이는 가만히 있었다.

그는 고양이와 얼굴을 마주한 채 속삭이듯 말했다. "악수!"

고양이가 남자의 수염에 발을 올렸다.

"봤어요? 악수를 했어요!" 버넷은 진정으로 기뻐하는 듯 보였다.

밀리가 내 속으로 파고들었다. "키스해 줘, 자기야." 다시 한 번 속삭였다. "키스해 줘."

"안 돼."

"세상에, 자기 왜 이래? 뭐 잘못 먹었어? 기분이 안 좋은 것 같아! 밀리한테 다 말해 봐! 밀린 자기 대신 지옥이라도 갈 수 있는 거 알잖아. 무슨 일이야, 응? 왜?"

"이제 '굴러'를 시켜 볼게요." 버넷이 장담했다.

밀리는 두 팔로 날 어루만지며 내 눈을 뚫어지게 응시했다. 난 시선을 위로 올렸다. 그녀는 아주 슬퍼 보였고 엄마 같았고 고약한 치즈 냄새가 났다.

"자기한테 무슨 일이 있었는지 밀리한테 말해 보라니까."

"굴러!" 버넷이 고양이한테 명령했다.

고양이는 가만히 있었다.

"있잖아." 내가 밀리에게 말했다. "저 남자 보이지?"

"응, 보여."

"저 사람이 바로 윗 버넷이야."

"그게 누군데?"

"잡지 편집자. 내 소설을 보낸 잡지사 말이야."

"그 쪽지 쪼가리를 보낸 사람 말이야?"

"거절 편지라고 하는 거야, 밀리."

"아무튼 나쁘잖아. 난 저 사람이 싫어."

"굴러!" 버넷이 고양이에게 명령했다.

고양이가 굴렀다.

"봐요!" 그가 소리쳤다. "고양이가 굴렀어요! 이 고양이를 데려가고 싶어요! 진짜 똑똑한데요!"

밀리는 날 꽉 붙들고 눈을 맞췄다. 어떻게 해야 할지 모르겠다. 금요일 아침 얼음이 수북이 깔린 가판에 올라온 활어가 된 기분이다.

"있잖아." 밀리가 자신 있게 말했다. "내가 저 사람이 자기 소설을 책으로 내게 만들 수 있어. 자기 소설 전부 다!"

"내가 '굴러'를 시킬 테니까 잘 봐요!" 버넷이 의기양양하게 말했다.

"아니, 아니야, 밀리. 자긴 이해 못 해. 편집자는 일에 찌든 회사원이랑 달라. 그들은 양심이란 게 있어!"

"양심?"

"그래, 양심."

"굴러!" 버넷이 소리쳤다.

고양이는 꿈쩍도 하지 않았다.

"자기의 양심은 다 알고 있어! 걱정하지 마, 자기야. 내가 저 사람한테 자기 소설을 전부 출간하라고 말할게!"

"굴러!" 버넷이 고양이에게 명령했다.

아무 일도 일어나지 않았다.

"안 돼, 밀리. 난 그런 호의는 못 받아."

그녀가 온몸으로 파고들었다. 꽤 무거워 숨을 쉬기 힘들었다. 다리에 감각이 없어졌다. 그녀는 내 뺨에 자기 뺨을 비비며 내 가슴을 위아래로 쓰다듬었다.

"자긴 아무 소리도 할 필요 없어!"

버넷이 고양이 얼굴 옆으로 고개를 가져다 대고 다시 한번 속삭였다. "굴러!"

고양이가 그의 수염으로 손을 올렸다.

"아무래도 먹을 걸 좀 줘야 할 것 같아요." 버넷이 고양이를 포기한 듯 다시 자리에 앉았다.

밀리가 그에게 다가가 무릎에 앉았다. "어디서 이렇게 귀여운 염소수염을 잘랐어요?"

"실례할게요." 내가 몸을 일으키며 말했다. "물을 좀 마셔야겠어요."

나는 주방 한 귀퉁이에 놓인 간이 식탁으로 가서 그 위에 새겨진 꽃무늬를 가만히 내려다보았다. 그리고 손톱으로 긁었다.

치즈판매원, 용접공하고 밀리의 사랑을 공유하는 것만으로도 충분히 벅차다. 엉덩이가 풍만한 밀리를. 젠장, 빌어먹을.

식탁 앞에 계속 앉아 있다가 주머니에서 거절 편지를 꺼내 다시 읽었다. 편지를 접어 둔 부분이 때가 타고 색이 바래서 갈색이 되었다. 그만 들여다보고 장미꽃잎을 말릴 때처럼 책장 사이에 끼워 둬야 하는데.

편지 내용에 대해 생각하기 시작했다. 내겐 항상 같은 문제가 있다. 대학 다닐 때도 발랑 까졌지. 어느 날 단편소설을 가르치는 시간강사가 쇼를 보며 식사하는 곳으로 날 데려갔고, 우리는 삶의 아름다움에 대해 이야기했다. 나는 답례 차원에서 날 주인공으로 쓴 소설을 보여 주었다. 그리스도와 죽음 그리고 사물의 완전함과 리듬의 의미를 찾기 위해 한밤에 모래사장에서 명상하는 이야기였다. 한참 명상 중인데 눈빛이 게슴츠레한 부랑자가 걸어가다 내 얼굴로 모래를 걷어찼다. 난 그와 이야기를 나누고 함께 술을 마셨다. 우리는 취했다. 그리고 사창가로 갔다.

강사는 밥값을 내며 그 해변 이야기에 대한 의견을 말했다. 부랑자를 만나는 부분까지 쭉 가다 그리스도의 의미로 마무리했다. "여기까지는 진짜 좋아요. 솔직히 아름다워요." 그러곤 예술적 소양이 높지만 어쩌다 돈과 권력에 빠진 사람만이 보여 줄 수 있는 눈빛을 번뜩이며 날 쳐다보았다. "하지만 정말 미안한데." 그녀는 내 소설의 나머지 절반을 가리켰다. "대체 왜 이런 이야기가 여기서 튀어나오는 거죠?"

*

더는 그곳에 있을 수가 없었다. 자리에서 일어나 거실로 돌아갔다.

밀리는 염소수염을 에워싸고 위로 치켜뜬 그의 눈동자를 들여다보았다. 그는 얼음 위에 올린 생선처럼 보였다.

밀리는 내가 그와 출간 절차에 관해 말하고 싶어 한다고 생각하여 자리를 비켜 주었다. "실례할게요. 가서 머리를 좀 빗어야겠어요."

"괜찮은 여자죠, 안 그래요, 버넷 씨?" 내가 물었다.

그는 자세를 고치고 흐트러진 넥타이를 다시 조였다. "죄송하지만 왜 자꾸 나를 '버넷 씨'라고 부르는 건가요?"

"당신이 버넷 씨잖아요?"

"난 호프만이에요. 조셉 호프만. 커티스생명보험사에서 나왔어요. 엽서를 보낸 건에 대해 설명하려고요."

"하지만 난 엽서를 보낸 적이 없어요."

"우린 당신한테서 한 장 받았는데요."

"난 아무것도 보낸 적이 없는데."

"앤드루 스픽위치 씨 아니에요?"

"누구요?"

"스픽위치 씨요. 앤드루 스픽위치 씨 아니에요? 테일러가 3631번지에 사는."

밀리가 돌아와 조셉 호프만에게 다시 엉겨 붙었다.

난 그녀에게 사실을 말할 기분이 아니었다. 아주 조심스럽게 문을 닫고 계단을 걸어 내려와 밖으로 나갔다. 길을 절반 정도 내려가서 돌아보니 집 안에 불이 꺼져 있었다.

테이블의 커다란 와인병에 술이 좀 남았기를 바라며 내 방을 향해 미친 듯이 뛰었다. 나에게 그런 행운이 있을 거란 기대는 안 한다. 나는 특정 인간 군상의 일대기를 너무나 잘 보여주는 존재 아닌가. 음흉함, 비현실적인 망상, 억압된 욕망으로 점철된 인간 말이다.

카셀다운에서 온 스무 대의 탱크

그는 손가락으로 술병을 두드리며 감옥에서 술을 주다니 꽤 괜찮다고 생각했다. 유리를 두드리는 감촉이 좋아 손가락을 좀 더 펼쳐서 차갑고 깔끔한 촉감을 퍼뜨렸다. 전에도 위스키를 마신 적이 있고, 위스키 덕분에 삶을 견딜 수 있어 좋았다. 기분을 누그러뜨려서 너무 빨리 돌아가는 정신을 잡아 주니까. 마음을 도태시키고 속도를 늦춰서 안정을 찾아 주니까.

바퀴벌레 한 마리가 바닥을 빠르게 가로지르더니 그의 신발 앞에서 멈췄다. 그는 벌레가 가만히 있는 걸 보곤 병을 두드리다 말고 지켜보았다. 병에 놓인 손가락부터 바퀴벌레가 멈춘 신발에 이르는 그의 곡선이 날렵하고 유연하고 여성미는 없지만 여자 같았다. 그는 왕, 왕자, 과잉보호와 응석받이로 자란 부류들의 품위가 느껴졌는데, 그래도 감이 안 올 때 평생 고생이라곤 모른 채 살았다고 생각하면 된다(그는 발을 뻗어 바퀴벌레를 으스러뜨렸다). 그는 서른 살쯤 되었으며 철학자 같은 얼굴을 하고 있어 젊게도 늙게도 보였다. 조용히 살살 움직이고 항상 마음에 따라 행동하며 가끔 무리 속에 있을 때면 주의를 끌지 않기 위해 가식적이고 직설적으로 굴었다. 재판을 하는 동안 그에게 새로운 소식이 있으면 감방이 기자들로 득실거렸다. 기자들이 질문하는 동안 그는 미소를 잃지 않았지만 조금도 행복해 보이지 않았다. 당연히 그래야 한다는 것처럼! 그렇지만 꾸며서 웃는 건 아니었다. 어딘지 모르게 즐거워 보였다. 그는 증오심이 크지 않은 듯했다. 그냥 애매하고 모순적이었다. 면도를 하지 않아서 겨드랑이털처럼 가늘고 자잘한 턱수염이 자랐다. 수염 때문에 순교자처럼 보였다. 멍한 눈동자를 하고 벽에 기대어 수동적인 손짓으로 담뱃불을 붙인 뒤 아래를 내려다보았다. 그러고는 기자들을 향해 미소 지었다.

"여러분, 내가 뭘 도와주면 될까요?"

"신부님들은 나가 주세요⋯⋯."

그는 감방에 앉아 다시 손가락으로 병을 두드리기 시작했다. 이번이 두 번째라 기대한 것처럼 좋지는 않았다. 그는 미소를 지었다.

그에게는 책을 쓸 시간이 있었다. 책을 써야겠다. 글을 써서 출간하는 것 말이다. 각 장의 첫 글자는 아주 예쁘게 꾸밀 거다. 장미꽃이나 나무 잎사귀나 하녀의 무릎처럼. 글을 써야겠다. 다들 그렇게 한다.

'반역죄는⋯⋯ 혁명에 패한 쪽에게 씌우는 굴레다.'

이 나라는 작지만 난 큰 책을 쓸 수 있는데⋯⋯. 이 나라는 작지만 탱크 스무 대만 더 있으면, 딱 스무 대만 있으면 난 카셀다운에 있을 거고 커트라이트가 나 대신 여기 와서 책을 쓰겠지. 젠장, 말 백 마리라도 있으면⋯⋯.

하지만 지금은 역사책에 이 나라의 영광이 한층 두드러질 희생양으로 찍힌 상태다. 내가 바퀴벌레를 죽인 것처럼 그들도 할 수 있다. 오늘 해가 지면……. 어린아이들은 읽고 또 읽고 여교사는 긴 나무 막대로 흑판에 색색으로 그린 지도를 가리키겠지. 책상에 놓인 공책에는 진한 잉크로 꼭 외워야 한다고 적는다. 그 모든 순간의 단어, 생각, 사상의 흐름, 몇 시간이고 이어지는 주장과 반대 의견, 시험, 왜곡된 역사는 여린 마음에 굳건히 자리 잡아 영원히 바뀌지 않는다. 아이들은 노래를 부르고 교실 밖으로 나와 공을 던지며 믿겠지. 그렇게 자라서 신문을 읽고 또 믿고……. 이 모든 것이 말 백 마리, 그까짓 고깃덩어리 백 개를 못 먹이고 싸게 해서 생긴 결과다. 빌어먹을 살육 대잔치는 노래가 되겠지……. '커트라이트의 말'이라는 제목으로.

그는 다시 병을 입에 물었다. 아주 외롭다고 느꼈지만 축축한 모래벽 안에 갇혀서는 아니었다.

하지만 그래도…… 사람은 시도하게 된다. 만일 이긴다면 반대편에게 같은 일이 생기겠지……. 왜 그걸 신경 써야 하는가? 수가 일정한 경계를 넘어가면 약간의 차이로 갈린다는 걸 모르나? 아니, 그런 점에선 야심이 아니다. 그저 사람들, 돌아다니는 모든 생명, 그 약해 빠진 것들에게 겁을 좀 주는 건데. 아무것도 안 하고 아무런 해가 없으면 기회도 없는 것이 만사의 진리다. 그는 허기를 느꼈다. 하고자 하는 허기, 숨 막히는 껍데기를 깨기 위해 무엇이든 하겠다는 허기를 느꼈다.

그는 감방에 앉아 눈앞으로 병을 들었다. 빛이 거의 들어오지 않았지만 병에 쓰인 상표명은 볼 수 있었다. 이 병의 재사용이나 판매는 연방 법령으로 금지되었고……

　그는 자리에서 일어났고 자신이 멍하게 벽만 바라보았다는 사실을 깨달았다. 벽은 이상한 회색에 두껍고 축축하고 그만의 사연을 가득 품은 데다 아주 낡고…… 오래되었다. 여자도 그렇다……. 그들이 나이 먹는 것을 보면 정말로 슬프다. 젊은 애들의 탱탱하게 올라붙은 몸을 봤을 텐데…… 그 애들의 자부심은 정말 싫다. 기계적이고 찰나에 불과한 몸뚱이에 자부심을 느낄 필요가 없는데도 그렇게 하는 것을 증오한다. 자부심이란 새로운 형태를 창조하고 승리한 사람만 가질 수 있는 것인데……. 그는 다시 미소를 짓고 가만히 서서 벽을 쳐다보았다. 벽이 즐겁고 의미 있어 보이기에 한 손가락으로 축축하고 거친 회색 가장자리를 만졌다.

　목이 따끔거렸다. 수도꼭지로 가서 깡통 컵에 물을 가득 채웠다. 물이 거세게 흘러나와 회오리를 치자 컵 속에서 흰 포말이 솟아올랐다. 수도꼭지를 잠갔지만 조금 늦는 바람에 깨끗한 다공성 가죽 구두 위로 물방울이 후드득 떨어지며 자국을 남겼다. 머릿속에서 무언가 천천히 움직였고 그는 사방이 너무 조용하다는 생각을 했다. 물을 마시니 깡통 맛이 심하게 났고 갑자기 속이 메슥거렸다. 다시 접이식 침대에 앉았다. 감방은 어두운 시멘트뿐이라 숨소리에만 집중했는데 숨을 들이마실 때마다 깡통 맛이 났다. 병에 남은 위스키를 들이켜고 바닥에 아주 조용히 내려놓았다. 그가 할 수 있는 얼마 남지 않은 독자적인 행동이었다. 그는 벽에 기대어 눈을 감았다가 다시 떴다. 자신이 정말로 겁에 질려 죽은 살덩이들에게 사과하려 한다는 걸 알았다.

그런 생각이 들자 손가락으로 한기가 느껴지더니 양팔로 올라가 목에서 어깨를 떼어 내리는 듯 발작적인 경련이 찾아왔다. 다시금 너무 조용하다는 생각이 들었고 갑자기 마음속에서 배출구, 바닥을 찾았다. 그러자 그가 싫어하는 소용돌이가 생겼다. 생각을 빨아들이는 소용돌이로 거대한 계산, 수치와 기회의 무게들이 휘말렸다. 마음에 남아 있는 덩어리들도 이 소용돌이에 휩쓸리면 눈길 한 번과 한숨 한 번, 손짓 하나 없이 죽일 수 있다.

하지만 이곳에선 열정이 틀을 무너뜨릴 수 없다고 생각했다. 열정, 틀에서 벗어나는 것은 열등함의 징조다! 세상엔 수치, 상징, 힘들게 얻어 낸 균형 잡힌 공식이 있다.

마침내 그가 웃기 시작했다. 호탕하게 웃는 게 아니라 여자처럼 킥킥거리며 반쯤 이해한 듯, 반쯤 미친 듯이 웃었다.

"간수!" 그가 소리쳤다. "간수!"

간수가 다가와 쇠창살 앞에 섰다. "신부를 불러 줄까?"

그는 대머리에 뚱보 간수가 자신을 쳐다본다고 생각했다. 대머리에 뚱보. 마음을 정하지 못해서 잔인함과 웃음기 중간 어디쯤의 표정을 지은 눈이 정말 작은 간수.

"저기, 간수, 내가 엉뚱하다거나 신랄하다고 비난하지 말아

줘. 근데 당신 같은 사람은 살면서 아무것도 바꾸지 못해. 지금이나 2000년이 지난 뒤에나, 아니면 그 중간에라도. 어떤 업적도, 소리도, 새로운 기회도 만들지 못하지……. 그래도 살아 있는 건 굉장한 거야. 당신 같은 처지로라도. 거기 서서 나한테 신부를 불러 줄까 물어보는 것도 굉장하고, 안전한 게임만 하며 다가올 큰 사고를 지켜보는 것도 굉장하고. 결국 옆에 서 있기만 해도 그걸 흡수해 버리지……. 난 내 목소리를 듣는 데 이골이 났어. 무슨 말이라도 해 봐. 어떻게 생각해?"

"내가 어떻게 생각하냐고?"

"맞아."

"신부를 불러 줄까?"

"아니. 그만 꺼져."

그는 짜증 난 상태로 감방에 앉았다.

난 애쓰고 애썼고…… 보려고 애썼다. 하지만 잘난 세상은 거짓, 거짓 같다……. 아, 병원에 계속 있으면서 인간들을 손봐 주고 밤에는 그림이나 그릴걸. 밤에는 나만의 세상을 만들 수 있는데. 그렇지만 난 웅덩이를 휘저어 바닥을 흔들고 싶었다. 아, 이놈의 허기, 빌어먹을 허기.

그는 바퀴벌레가 있던 바닥을 내려다보고 다시 미소 지었다.

음악 없이는 힘들어

래리는 나갔다 들어오다 복도에서 주인아주머니와 마주쳤다.

"방에 손님이 와 있어요. 축음기와 레코드 광고를 보고 왔다던데. 괜찮을 것 같아서 방에 들여보냈어요. 한동안 그 사람들과 이야기했고, 게다가……."

"괜찮습니다." 그리고 걸음을 옮겼다.

주인아주머니가 그의 팔목을 잡았다. "래리."

"왜 그러세요?" 그가 돌아보았다.

"그들은 수녀예요."

그는 대답하지 않았다.

"괜찮아요, 래리?"

"괜찮습니다."

"진짜? 자매님들이에요. 수녀가 아니라고 해도 나쁠 건 없지만."

그는 계단을 올라가서 욕실로 들어갔다. 문을 닫고 거울을 들여다보았다. 물을 한 잔 들이켜고 담뱃불을 붙였다. 그리고 재빨리 한 모금 깊이 빨아들였다. 욕실에서 연기가 피어오르고 담배 끝에 가늘고 진한 붉은색 재가 생겼다. 그는 마지막으로 한 모금 당긴 뒤 변기로 걸어가 담배를 떨궜다. 다시 거울 앞으로 가서 들여다보았다…….

방문이 열리고 그가 들어왔다. 한 수녀는 등받이가 곧은 의자에 앉아 있고 다른 수녀는 레코드판을 든 채 축음기 쪽으로 향했다.

의자에 앉은 수녀가 먼저 그를 보았다. "아, 너무 근사해요. 멋져요!"

래리는 쿠션이 있는 의자에 앉았다. 의자가 창가에 놓여 있어 나무와 뒷마당이 보였다. 폴의 이야기가 사실일까? 수녀들은 머리를 민다는 소리가?

레코드판을 든 수녀가 축음기 옆에 판을 내려놓고 그를 돌아보았다.

"저기요." 그가 입을 열었다. "괜찮으니까 들어 보세요. 원하는 건 전부 다."

"아, 분명 전부 다 근사하겠죠." 의자에 앉은 수녀가 말을 받았다.

"셀리아 수녀님이 아주 잘 알아요." 서 있는 수녀가 말했다.

앉아 있는 쪽이 미소를 지었다. 그녀는 치아가 매우 하얗다.

"정말 취향이 훌륭하군요. 베토벤, 브람스, 바흐가 거의 다 있고, 또……."

"맞습니다." 래리가 정중하게 말했다. "그렇게 말해 주니 감사하군요."

그리고 다른 수녀에게 몸을 돌렸다. "자리에 앉겠어요?"

하지만 수녀는 움직이지 않았다.

래리는 이마와 손바닥에 땀이 나고 목이 말랐다. 양손을 무릎에 비볐다. 뭔가 끔찍한 일을 저지를 것 같은 기분이 드는 건 왜일까? 수녀들이 입은 옷은 너무 검고 또 희다. 엄청난 대비다. 저 얼굴들도.

"난 베토벤의 9번 교향곡을 가장 좋아합니다."

그건 사실이 아니다. 그는 좋아하는 곡이 전혀 없다.

"이걸 수업 자료로 쓰려고 해요." 의자에 앉은 셀리아 수녀가 말했다. "아주 힘들지요……. 음악 없이는."

"맞습니다." 래리가 동의했다. "우리 모두 다 그래요."

그의 목소리가 아주 극적으로 들렸다. 그는 이 방에서 자기 혼자 겉돈다고 느꼈다. 더운 여름이라 눈이 침침하고 목이 탔다. 약한 바람 한 줄기가 잠시 그의 눈썹을 스쳤다. 그는 소독약 냄새를 풍기는 병원을 떠올렸다.

"이걸 팔아야 한다니 안타깝군요. 내 말은…… 그쪽이요." 셀리아 수녀가 말했다.

분명 구매하는 당사자는 그녀라고 래리는 생각했다. 다른 수녀는 그저 따라온 것이다.

그는 잠시 기다렸다가 대답했다. "난 이사를 가야 합니다. 다른 도시로요. 알다시피 이삿짐으로 가져가면 부러질 테니까요."

"고학년 여자아이들 수업에 쓰면 정말 좋을 거예요."

"고학년 여자애들이라."

래리는 눈을 크게 뜨고 둥근 얼굴에 눈동자가 창백한 셀리아 수녀를 똑바로 쳐다보았다.

"현명하군요." 그가 다시 한번 강조했다. "참으로 현명해요."

그의 목소리는 거칠고 쉿소리가 났다. 정강이에 땀이 차서 모직 바지가 피부에 들러붙었다. 두 손이 무릎으로 향했다. 그는 아래를 내려다본 뒤 다시 셀리아 수녀를 쳐다보았다. 다른 수녀는 목이 졸린 사람처럼 물러섰다.

래리가 말을 꺼냈다. "이유는 알 수 없지만 현대 초등 교육에서 베토벤을 여덟 살 아이들에게 들려주는 건 타당한 것 같습니다. 누가 이렇게 묻더군요. '작곡가들은 인간일까요?' 그건 나도 잘 모르지만 3학년 때 담임선생님의 축음기에서 울려 퍼진 음악이 나한테는 사람이 만든 소리처럼 들렸습니다. 바다나 야구장처럼 실제 삶과 생명에 어떻게든 연관이 있는 소리로 들렸어요. 선생님의 여성스럽지만 큰 덩치와 테 없는 안경, 하얀 가발과 5번 교향곡이 깊이 어우러져 다른 어떤 곡보다 더 진짜 같았고요…… 모차르트, 쇼팽, 헨델…… 다른 애들은 검은색 콩나물 대가리에 꼬리가 있고 없고, 그것이 흑판에 분필로 그린 사다리를 오르락내리락한다고 배웠겠죠. 하지만 내게 음악은 두려움과 공포를 느끼면 거북처럼 어두운 껍데기 안으로 숨어들 수 있는 공간이에요. 그리고 지금 레코드 앨범에 넣어 둔 해설문을 꺼내 보니…… 여전히 어둡군요……."

그가 웃음을 터뜨렸다. 갑자기 늙고 세상 경험이 많아진 기분이 들었다. 수녀들이 뭐라고 하길 기다렸지만 그녀들은 아무 말도 하지 않았다.

"좋은 음악을 들으면 소름이 돋아요. 왜 그런지 모르겠어요. 아무튼 갑자기 그렇게 돼요. 샌프란시스코에 살던 젊은 시절엔 돈이 생기는 족족 집주인의 나무 빅터 축음기에 넣을 레코드판을 사는 데 썼어요. 창문으로 금문교가 내려다보이던 그 시절이 최고였어요. 거의 날마다 새로운 교향곡을 찾았고……. 지금 가진 앨범의 대다수가 우연한 기회에 모은 건데 유리장에 넣어서 마치 병원처럼 보이는 레코드점에서는 앨범을 보는 게 너무 불안하고 불편해서……. 그러다 발견했어요. 전에 들었을 때는 감흥이 없다가 다시 들었을 때 비로소 완전히 마음을 열어 보여 주는 순간 말이에요……."

"네, 맞아요." 셀리아 수녀가 받아 주었다.

"난 닥치는 대로 무작정 듣습니다. 그러다 서서히 영향을 받아 빛나고 그 음악에 올라타고 통과하고 뇌가 무방비한 상태로 나근나근해져서…… 멜로디가 나오고 감기고 노래를 부르고 춤을 추죠……. 모든 변주와 반음이 마음속에서 활강하며 완전히 믿을 수 없는 상태가 됩니다. 다정하게…… 수많은 강철 꿀벌이 윙윙거리며 최고로 아름답게 무리를 지어 알려 주는 것 같고…… 따라 하고 싶은 마음에 몸이 갑자기 움직여서 종종 분위기를 깨기도 하지만 얼마 안 가 배우게 돼요. 음악을 깨뜨리지 않는 법을. 그런데 내가 지금 그렇게 하고 있는 거죠?"

수녀들은 대답하지 않았다. 서 있는 쪽이 살짝 움직였다.

"안 그런가요?" 래리가 되물었다.

"얼마를 원하나요? 얼마를 주면 될까요?" 셀리아 수녀가 물었다.

그는 창밖을 내다보았다. 기분이 뭣 같았다. 재즈를 듣고 오
렌지를 먹으며 엉덩이를 흔들 시간이다. 너무 오래 기다렸다.
밖에서 여자가 침대 시트를 너는 모습이 보였다.

"그 광고는." 그가 침착하게 낮은 목소리로 말했다. "싣는 데
40달러가 들었습니다."

침묵이 방을 울렸다. 밖에서 여자가 침대 시트를 다 널었다.
누군가 비틀거리며 집 안 계단을 오르는 소리가 났다.

"그렇지만." 그가 셸리아 수녀를 쳐다보며 미소 지었다. "난
35달러면 되겠어요······."

*

그가 물건을 가지고 내려와 뒷좌석의 두 사람 사이에 놓아 주
자 택시가 출발했다. 그녀들은 탐탁지 않아도 택시가 유일한
방법이라고 했다. 그도 동의했다. 수녀들은 35달러도 내키지
않았지만 아무 말이 없었다······.

래리는 집 안 계단을 오르다 주인아주머니를 다시 만났다.

"잘됐어."

"뭐가요?"

"학교와 여자애들한테."

"아, 네." 그가 대답했다. "나도 좋습니다."

그는 계단을 올라가서 방으로 들어갔다. 침대 끄트머리에

앉아 지갑을 꺼냈다. 손가락으로 지폐 끄트머리를 쓸어내렸다. 그리고 지폐를 꺼내 침대에 펼쳐 놓았다. 신권도 구권도 아니다. 그 중간이다. 10달러짜리 세 장과 5달러 한 장.

아주 적은 액수처럼 보였다.

트레이스: 편집장의 글

……이 개작에서 우리는 대중이 수용할 수 있는 형태를 분명하게 만들어 냈을까? 밀집한 무리 앞에서 춤을 출 시인은 누굴까? 재즈는 시와 손을 잡을 수 없다. 재즈는 치명적이고 자극적이다. 그것이 전통이고 때로는 예술로 받아들여질 수도 있지만 재즈는 정식 예술이 아니다. 재즈는 비트고 재즈는 표면이며 재즈는 성적 리듬과 행위를 연상시킨다. 재즈는 콩고이고 재즈는 좋고 또 나쁘다. 하지만 재즈를 피상적이고 보잘것없고 한정적이라 부르는 사람들은 재즈가 클래식에서 기법을 빌려 왔지만 결코 그 기법을 배우지 못한다고 불평한다. 그렇다면 시는? 시는 훌륭하고 나쁘고 굉장한데(주로 나쁘지만) 시, 재즈와 함께 잠자리에 들면 튼튼한 아이를 낳지 못한다.

그래, 청중이 있다고 치자. 하지만 지적인 청중인가, 그냥 '재미 삼아' 뭉친 무리인가? 그리고 재미를 보는 쪽은 누구일까? 은자나 상아탑 저명인사가 바다의 요정에게 홀려 익사하면서 노래를 부를까? 그런 상황으로 자신을 내모는 시인이라면 배우이자 엄청나게 외향적인 사람이 분명하고 어느 정도는 즉각적인 청찬에 굶주렸을 것이다. 환호는 적어도 살아 있음을 알려 주는 온기를 줄 테니까 어떤 사상을 지녔는가는 상관없이 자신의 작품을 청중의 장르에 맞춘 뒤에도 버틸 수 있을 것이다.

난 시를 읽어 내려가는 청중이 아니라 시를 읽어 올라가는 사람이다. 시가 카바레와 뮤직홀을 가득 채울 만큼 유명해지면 그 시 혹은 청중에게 무슨 문제가 있다. 청중이 시인을 재즈에 몸을 흔드는 광대나 괴짜로 여기고, 시를 듣는 그 순간을 술을 마시는 중간중간의 어색한 휴지로 기억하거나, 아니면 시인이 마음을 사로잡기 위해 청중에게 의도적으로 읽어 내려가거나. 우리는 수염수리가 카드 딜러와 함께 앉아 있는 것을 볼 자격이 있다. 2년, 5년 혹은 10년 뒤 그런 유혹에 걸려들었는지 스스로 돌아보면 지금 가장 빛을 싫어하는 인물은 매춘에 몰두하고 뮤즈를 없애버리는 데 들인 노력을 가장 어눌하게 설명하는 사람일 것이다.

와인으로 얼룩진 단상들

독수리도, 당신 엉덩이의 들썩거림도 어쩔 수 없고, 내가 어쩔
수 있는 건 인간의 운명뿐이지…… 죽음. 세상에, 죽음이란 믿
을 수 없어…… 난 크리스마스를 앞두고 초록색 벽과 묵주 그
리고 죽음을 마주했어. 잠긴 문에서 몸을 돌려…… 물기를 머
금은 잔디를 보았어. 잔디는 항상 반짝이고 반짝이지……. 그
이유가 뭘까?

난 사람이 가늠할 수 있는 것보다 훨씬 엄청난 지옥을 거쳐 왔
고, 나 말고도 그런 사람이 또 있을 거라 믿으며 호흡마다 웃
음이 들어 있다고 생각한다. 하지만 책은 그렇지 않다고 말한
다. 책은 아주 단조로운 것들을 단조로운 방식으로 이야기한
다. 칼을 들고 비명을 지르는 나환자는 없다. 토사물을 쏟아 내
는 멍청이나 진을 마시고 취한 여자애들처럼 살게 내버려 두
지 말기를. 오늘은 창문을 부수고 E. 파워 빅스를 들을까 한다.
당신의 핑계는 뭐지?

난 여기서 창녀들의 꽁무니를 쫓아다니고 주방 바닥에 걸레질

을 했다. 이제 문제는 집세다. 일주일 뒤면 서른아홉하고도 일주일을 살았지만 여전히 집시처럼 떠돌아다니는 신세다. 시가 중요하다고 생각하면서 시에 모든 걸 던지지 않으면, 그 속을 별들과 거짓으로 가득 채우지 않으면 곤란하다. 시, 그림, 모래, 창녀…… 음식, 불, 죽음, 헛소리…… 돌아가는 환풍기…… 그리고 술병.

……당신은 가장 위대한 작가가 누구라고 생각하는가?

역대 최고로 누가 가장 위대한 작가인지 생각해 본 적이 없다. 몇몇은 현대사에서 최고라고 생각했지만 그러고는 잊어버렸다. 잘난 척이 아니라 침입에 대한 방어다.

하느님의 존재를 믿는가?

하느님을 누가 고안한 게 아니라면 그분만이 날 허락해 줄 거다. 하느님은 분명 생각 없이 우리를 만들었고 그를 닮은 사람이 하나라도 있다면 바로 그 자신일 것이다. 불가능한 의문이다.

글을 왜 쓰는가?

난 기능적으로 글을 쓴다. 안 그러면 병으로 죽을 것이다. 글쓰기는 간이나 창자처럼 신체 기능의 일부이고 간이나 창자처럼 멋지다.

고통이 작가를 만들까?

고통은 아무것도 만들지 못한다. 빈곤도 마찬가지다. 예술가
가 그보다 먼저다. 그를 만드는 건 전적으로 운이다. (속된 말
로) 행운을 가졌다면 그는 나쁜 예술가가 된다. 불운을 가졌다
면 좋은 예술가가 된다. 관여하는 본질과 관계가 있다.

죽음은 승리다.
　　　　　난 죽었다
　　　　　난 죽었다
　　　　　죽었다

멀리서 중국인들의 눈을 향해
　　　　　당기는 방아쇠
안개 속에서 담배를 피우는
　　　　　세 늙은이.
히터를 틀어 놓은 것과 아주아주 비슷하다 할 수 있고
개 한 마리가 황금가지를
　　　　　쏜살같이 지나친다.
신의 돛대를
올리브유를 적신

면봉으로 닦고
파도는 셀룰로이드 필름처럼
　　　　높게 솟아올라
아름다운 사탄의 얼굴을 보여 준다.

어쩌면 당연히 피아노 건반의
　　　　섬세한 추론과
어쩌면 초록색, 붉은색, 청색 실크 차림의
　　　　　작은 남자들이 올라탄 말들이 달려
나뭇가지를 헤치며
　　　　채찍질하고
호수를 가로지르며 이름을 부르고
가슴이 큰 금발 여자가
　　　　　부상으로
이기는 말을 기다리고
　　　　챔피언을 위해
다리를 벌리지만
1등을 기다리는 그녀는
얼마나 단순하고 비합리적인가.
1.6킬로미터의 먼지를 가로질러 와
생식력을 입증하다니
어떤 종마라도 그렇게 할 텐데.

한 사람이 예술을 정복하기에 삶은 충분하지 않고, 한 세상에서 예술을 평가하는 것만으로도 벅차다. 그림이 문제지 내 탓이 아니다. 배경이 나빴다. 난 병에 걸리지 않은 상태로 죽어간다. 살아남기에는 너무 차가운 존재라서 죽어 가고 있다. 창밖의 화창한 날씨를 보니 끔찍하고 속이 뒤틀린다. 이렇게 느끼는 사람이 또 있을까? 내가 진짜 미친 걸까?

아, 옷을 많이 넣어 둔
　　　서랍장이 되리라,
로댕처럼 불멸이자
　　　속이 따뜻한 안식처이고,
그러면 자유로울 텐데
왜냐하면
서랍장은 죽었으니까.

E.T. 귀하: 당신의 편지를 읽어 보고 인간애에 대한 감정, 분별력, 과학과 정치에 대한 생각, 예술을 향해 다가가고자 하는 열망 혹은 그런 것들에 대한 희망을 느낄 수 있었습니다. 난 (조금이나마) 따뜻하고 지적이며 폭넓은 식견에 감탄하고 (조금이나마) 나도 그런 생각을 가졌으면 좋겠다고 생각했습니다. 하지만 실제로 발견한 건 이 시대가 상한 스테이크를 얻으려고 늙은 소를 잡은 것처럼 아무 맛도 없고 음란하며 핵심은 잘려나가 버렸다는 점입니다. 인간은 썩었고 암피겐 구덩이에서 허

우적거리며 벗어날 의지가 없습니다. 난 다른 시대에서 지금보다 더 불평분자가 되었겠지요. 그렇지만 하느님을 믿는다면 무엇이든 용서할 수 있고 나는 내 안의 하느님을 믿습니다. 벽돌 하나에서도 장미만큼 많은 색을 찾고 무엇이든 극복할 수 있으면서도 단호한 하느님을. 트라포! 스모르찬도 소난도 솔렌네 (Trappo! Smorzando sognando solenne).

난 여전히 안경이 아주 잘 맞던 네 친구(내 안경이 잘 어울렸지. 기억나?)가 너무 반항적이라, 그 분홍색으로 벗겨진 살갗이 죽은 대머리에 관한 자부심이 너무 반항적이라 자기 승리로 점철된 그 죽은 가죽 어디든, 눈이든 얼굴이든 쳐다볼 수 없었다. 난 도박을 하지 않았고(한 번도) 아무 생각 없이 올리브를 먹으며 몬테카를로발레단 무용수들을 생각하는데, 밀짚모자를 쓰고 나타난 청년들이 주먹질을 하며 곤봉을 휘둘렀다. 난 어쩔 수 없이 뒷걸음치면서 히아신스 덤불로 떨어져 활짝 핀 꽃처럼 보이려고 했지만 이 청년들이 판타지 극장 탐조등만큼 큰 손전등으로 날 비췄다. 난 권리 때문에 속상했고 그들은 가죽 고리에 걸린 총알 때문에 속상해했고, 난 난쟁이 옷장만 한 감방에서 깨어났는데 랭보를 읽거나 톱 햇을 쓸 곳이 없었다……. 아, 멕시코여!

비결은 50 혹은 60 혹은 70 혹은 80 혹은 90년 동안 눈을 뜨고 버티는 데 있다. 그동안 파리가 끈끈이에 걸리고 위대한 회화는 도난당하고 충실한 아내는 충실하지 못한 애인과 도망치고, 그렇게 손을 펴고 싸늘하게 입맞춤을 받지 못한 채 죽는다.

헤거티 모퉁이와 8번가에서 하느님이 부서진 연처럼 하늘에서 비틀거리며 떨어지고 떨어지던 날, 힘줄이 끊어지고…… 목젖에 상처를 입고 피스톤으로 움직이는 창이 가슴을 쪼갠다.
난 하느님이 작살을 맞은 고래처럼 뻗어 버린 공터로 달려갔고, 하느님은 눈썹에 황금빛 땀이 송골송골 맺힌 채 그 커다란 눈망울로 내게 윙크하며 말했다.
"노인이여, 다 시간 낭비였지, 안 그런가?"

내가 아는 거라곤 음악과 달리는 말소리만 믿을 수 있다는 거다. 그 밖의 모든 것은 구시렁거리는 소음으로 들린다.

인간이 이룩한 가장 큰 업적은 죽을 수 있다는 것과 그걸 무시하는 능력인지도 모른다. 확실히 시와 그림은 억제력이 없고 사실주의를 무시할 만큼 마음에 큰 장애물이 되지 못한다. 마침내 진실이 항상 중요한 것은 아니라고 말할 수 있게 되었다. 종종 진실을 제쳐 놓는 것이 중요하다.

나쁜 놈, 네가 날 화나게 했어. 그가 매트리스 아래 타이어를 떼어 내는 지렛대를 꺼내며 말했다. 봐, 있잖아, 이봐, 루. 내가 해명했다. 난 시를 쓰고 술을 마시고 음악을 듣고 섹스를 한 게 다야. 다른 선택의 여지가 없어……. 책을 안 읽는 사람은 믿지 않아. 그가 단호하게 말했다. 너흰 다 야구공 하나 칠 줄 모르는 동성애자야. 넌 날 완전히 잘못 봤어, 루. 난 공치는 거 따위 관심 없어. 만약 관심이 있고 그게 어떤 의미를 갖는다고 생각한다면 볼티모어 출신 고아보다 더 세게 칠 수 있어. 그럴 만하다고 생각되면 네 엉덩이도 걷어차 줬을 거야. 그는 멍청한 얼굴로 웃음을 터뜨렸고 자신이 얼마나 죽음에 가까웠는지 결코 깨닫지 못했다…….

지금 우리에게 필요한 건 패배를 인정하는 풍차의 돈키호테 같은 영웅이고, 그를 찾았다고 생각하자마자 그가 적과 빵을 나누는 모습을 보았고, 그는 미소를 짓고 모자를 들어 인사하며 우리가 자신을 믿는 바보라고 생각하는 듯 보였는데 우리는 실제로 그랬다.

쪽방에서 술에 절어 셸리와 셰익스피어의 뼈다귀처럼 현금화할 수 없는 당첨권만 지갑 가득 들어 있는 수염 난 젊은 백수 나부랭이를 꿈꾼다. 우리 모두 가여운 시와 가난뱅이의 절규를 싫어한다. 훌륭한 사람은 어떤 깃발에도 오를 수 있으며 번영을 추구한다(고 들었다). 그렇지만 밀폐된 병 속에서 훌륭한 사람을 얼마나 찾을 수 있을까? IBM이나 화대 50달러 창녀의 이불을 덮고 코 고는 인간 중에서 훌륭한 사람을 얼마나 찾을 수 있을까? 모든 일그러진 전쟁터에서 죽어 간 사람보다 시를 더 가치 있게 생각하여 죽어 간 사람 중에 훌륭한 인물이 더 많다. 그러므로 내가 하루 4달러짜리 쪽방에서 술에 곯아떨어졌다면 당신은 당신의 역사를 망친 거다. 내 역사도 뭉그적거리게 만들어 보자.

그들은 천천히 찾아왔고 모든 얼굴이 지나가는 보트에 탄 어부들의 얼굴처럼 보였다. 여자 어부들도 갈고리와 미끼, 황금빛 가시가 있는 그물을 챙겼고 조롱, 야유, 비난을 지녔다. 그래, 물고기는 낚싯줄에 매달리고 그들의 커다란 눈망울은 두려움에 점철되어 뻣뻣해진다.

스물네댓 살 때 샌드위치 심부름을 하고 베니션 블라인드를 청소하고 펜실베이니아 동부 필리스트레이트이스트의 바에서 클래식 음악에 대해 물어보면 대답해 주었다. 대다수의 날이 기억나지 않지만 의미가 없지는 않았다. 클래식에 한층 다가간다는 기분이 들었고, 어느 날 심부름을 빼먹고 큰 상처를 입은 새처럼 골목에 널브러져 해를 향해 허연 배를 드러내고 있는데 아이들이 몰려와 날 쿡쿡 찔렀고, 여자 목소리가 들렸다. "그 남자를 가만히 좀 내버려 둬!" 난 속으로 조용히 웃었다. 온몸에 칠갑을 한 젊은이와 누군가의 근사한 샌드위치가 흙구덩이에 처박혀 화창한 봄날이 완전히 망가져 버렸으니 말이다.

무뚝뚝한 얼굴로 책상을 지나치고, 사랑을 가득 담아 관을 지나치고, 꿈에 절망한 채 참새를 지나친다.

그들은 한밤중에 죽은 사람을 부드러운 휠체어에 태워 마치 산 사람이 자는 것처럼 데려간다. 낙엽이 떨어지듯 순간은 다음 순간으로 넘어가며 삶은 점점 줄어든다.

변덕은 지식의 수준을 높이는 운명이다.

파리에 있을 때 당신 어머니들처럼 근사한 돼지를 보았고, 내 상스러운 영혼의 잔가지가 처량해져 그녀에게 담배 한 개비와 와인을 건넸다. 우리는 번식력이 넘치는 젊은이들 사이에 앉았는데 그녀는 내가 제정신이 아니라는 걸 알고 있었다. 난 "어머니, 사랑해요. 당신의 젊음을."이라고 말했다. 난 여전히 볼 수 있다. 물속을 내려다보니 죽음이 우릴 괴롭히지 못할 것임을. 우린 술을 마셨고, 바보 같은 그녀는 그게 필요한 전부라 믿었고, 그녀는 날 자신의 작은 방으로 데려갔고, 난 그녀의 쉰 내를 맡으며 내 안에 남은 작은 사랑을 없애버리는 사랑을 나누었다. 뉴욕에서 바바라가 편지를 보냈을 때 난 잉크를 뚫어지게 쳐다보고 그 갈망을 찢어 버리고 계속 내 돼지에게 돌아가 아이처럼, 그저 아이처럼 말했다.

아픔 같은 의미를 씻어 버릴 수 있을까. 그것이 내 부드러운 두

뇌를 먹고 토해 내는 내 지혜 속 동물일까.

"시인은 대중의 신뢰를 다시 얻어야 하는 엄청난 과제에 직면했다." 워렌 G. 프렌치, 서사시, 1959년 겨울.

대중의 신뢰를 얻을 수 있다면 나 자신을 돌아보고 어디서 어떻게 실패했는지 살필 것이다. 난 시를 대중적 수단으로 보지 않고 개인의 수단으로 여기지도 않는다. 소위 품격 있는 시를 소개하는 잡지에서 내 시를 받아 주었고 난 나 자신에게 어디서 실패했는지 물었다. 시는 반드시 지속적으로 그 자체에서, 그 그림자와 반영에서 벗어나야 한다. 엉망인 시가 너무 많이 쓰인 이유는 개념이 아닌 시로 쓰였기 때문이다. 대중이 시를 이해하지 못하는 이유는 이해할 게 아무것도 없기 때문이며, 대부분의 시인이 그걸 쓴 건 대중이 이해할 수 있을 거라고 생각했기 때문이다. 이해하거나 '얻을' 수 있는 것이 아무것도 없다. 그냥 쓰인 것이다. 누군가에게서. 어떤 시간대에. 그리 자주는 아니지만.

훌륭한 바이올린은 고통을 담아내고 피아노 연주자는 퀴퀴한 바에서 술에 절어 있다. 빛, 조명, 골목길의 고양이들, 성직자는 잠들었고 남자들은 폭격기에 광을 낸다.

난 살아 있는 것을 죽음에게 사과하고 관의 발가락과 해골에 대한 책, 독수리의 역사에도 사과했다. 바깥 테두리로 들어가는 한 줄기 구름처럼 그림을 그렸어야 하지만, 난 멈추고 마지막 남은 나일론 무릎덮개, 빈둥거리는 고양이들, 음식과 와인이라는 신성모독을 살폈다. 나폴레옹과 키케로를 읽고 결실을 맺는 것들을 심었다. 아, 얼마나 많은 사람이 틈 앞에서 멈췄는가⋯⋯. 뒤돌아보고 비행의 징조를 드러내거나 순종 혹은 반역을? 난 구덩이, 아니 하느님의 얼굴, 아니 무시무시한 환각의 얼굴을 들여다보고 물었다. 방전된 배터리 혹은 스페인의 미래에 대해 어떻게 걱정해야 할까요? 오늘 밤 문을 닫고 자야 할까요?

우리의 예술은 우리의 고통을 이성으로 바꾸는 행위다. 우리는 뒤틀어진 마음, 점토 부스러기의 포상 같은 존재이며, 바보 같은 어둠 속 바보 같은 테이블 앞에 앉아 기다리고 있다. 우리의 세상은 시라는 가느다란 바퀴살이 달린 능욕당한 바퀴 위에서 돌아가고 있다⋯⋯.

두 달 동안 볼펜 다섯 자루를 잃어버리고 침대 발치에 발톱을 세 번이나 찧었다. 그리스도가 십자가에 못 박혔다고 믿는다면 다시 생각해 보라. 7주째 전화벨이 울리지 않고 난 나흘째 여기 누워 면도도 하지 않은 채 가림막을 올렸다 내렸다 하며 정오인지 한밤중인지 알아보려고 했다. 그들은 계속 묘비를 파는 카탈로그를 보내왔는데, 묘비들은 전등갓에 앉은 나방처럼 종이에 퍼져 있고 난 묘비를 광고하는 이탈리아 오페

라를 듣느라 바빴다.

……창꼬치에게 난도질당하고 뜯기느니 고래한테 먹히는 편이
낫겠다. 죽음이 문제가 아니라 죽는 과정이 문제다. 어쩌면 그
래서 죽은 사람에게 꽃을 둘러 주고 세워 둔 날을 거두고 마지
막 가는 길을 안정적이며 예상된 새로운 시작처럼 왜곡해서 끝
내려는 것인지도 모른다. 그것이 문명화인데 당연히 실패.

난 술에 취해 여기 앉아 내일 어디서 어떻게 살지 걱정하고 있
다. 생각의 사생활을 보장받고 싶은 사람에게 여긴 있을 곳이
못 된다. 사람들은 내가 괜찮은 시인이고 글을 꽤 잘 쓴다고 말
하며 난 잘 모르는 여자들에게서 향내가 풍기는 편지를 받았
지만, 내 이성의 해를 등지고 선 까마귀가 될 준비를 마쳤다.
그리고 라디오에서 라흐마니노프를 들으니 분명 내일은 전당
포에 가야 한다. 우리 모두는 미친 부적응자이고, 먼지가 날릴
정도로 조용한 캠퍼스 창문에 서서 시를 가르치는 강사는 이
벽들 혹은 사우스할리우드의 집주인들 혹은 랭보나 릴케를 5
센트 동전보다 하찮게 취급하는 이 동네의 울상인 얼굴들에
대해 아무것도 아는 게 없다. 이곳에서 인간의 사랑과 인생은
시트 자락처럼 흩날리는 휴지보다 못하고, 우리를 알고 골목
을 같이 쓰고 우리의 보잘것없는 관심 밖의 패배를 알아주는
쥐보다 못한 존재다.

또 다른 시를 쓰기 위해 거짓을 적으라고 손에게 시키지 않을
거다.

내 마음속 죽은 반죽이 야생 박쥐처럼 두개골을 감쌌다.

뉴올리언스 혹은 애틀랜타 혹은 사바나 혹은 로스앤젤레스 템
플가 낡은 하숙집의 노란 서랍장처럼 서서 담배를 피우고 정
신이상과 죽음과 도박판을 벌인다. 나에게 강과 비를 말하면
난 마약과 고통에 빠져 말라 죽은 몸뚱이를 말할 수 있다. 여자
도 직업도 국적도 없이 더 큰 삶을 꿈꾸다 조율도 안 한 피아노
를 치는 동성애자로 득실거리는 바, 멍한 얼굴로 죽은 동전을
챙기는 주인이 있는 바로 기어 들어갔다.

경찰이 물었다. 이곳 물가에서 무얼 하고 있습니까? 난 썩은
이를 뱉어 내고 피를 삼키는 중이었다. 경찰이 물었다. 이 시간
에 안 자고 뭐 하는 겁니까? 물고기가 물고기를 공격하고 시저
의 유골도 아주 조용히 누워 있는데 경찰이 물었다. 어디 살아
요? 아니, 왜 사느냐가 아니라 어디 사느냐라니? 그들은 나무
와 강철로 지은 유치장으로 날 데려갔다. 이름이 뭡니까? 그들
은 뻔한 질문을 했고, 난 그래서 그들이 저렇게 살이 찌고 겁이
없고 깨끗하다고 생각했다.

내 젊은 친구는 아주 젊어서 젊은 질문을 한다. 난 그가 아직

성경험이 없을 거라 확신한다. 물론 그게 중요한 건 아니다. 창
녀가 그를 찾아낼 거다. 도망칠 곳은 없다.

인생의 대가를 믿나요? 그가 물었다. 난 당신의 질문을 잘 이
해하지 못했어요. 어떤 것이든 대가를 믿지 않아요. 난 몽상가
예요. 고통이 없는 집착을 믿어요. 난 현실주의자가 아니에요.
척추가 없고 지루한 것도 노력하는 것도 싫어해요. 차라리 헨
델의 《삼손》서곡을 듣지.

하느님을 믿는가?

무엇이든 가능하다⋯⋯.

아무 생각 없이 45구경 권총으로 머리를 날려 버릴 수 있다면.
잔디가 너무나 푸른데.

서늘함은 내 노인의 심장에 부는
바람이다.

내 사랑의 뼈는 내 여자들 속으로, 내 여자들 속으로 파고들었
고, 이제 내 나른함은 아주 귀중한 것이 되었다.

죽음은 아주 많이 늙었고 삶은

아주 많이 현실적이다.

짐승 같은 리듬이 내 심장을 공격하고 그곳에 모여 병균과 잔해 사이로 무기력한 발을 동동거린다.

당신의 사랑은 수염 난 쿠바와 10페니짜리 럼을 마시고 흘러나오는 숨결. 당신의 사랑은 나비넥타이를 매고 만돌린으로 브람스를 연주하는 야구. 당신의 사랑은 내 머릿속을 걷어차는 열네 마리 고양이. 당신의 사랑은 진을 들이켜는 술꾼과 이스트퍼스트에서 팸플릿을 파는 독실한 척하는 괴짜. 당신의 사랑은 외로운 감방의 안성맞춤. 당신의 사랑은 침몰하는 배, 의심의 어뢰. 당신의 사랑은 와인과 피카소의 그림. 당신의 사랑은 물랭루주 지하 창고에서 잠든 곰. 당신의 사랑은 번개를 맞아 부서진 에펠탑. 당신의 사랑은 언덕을 걷고 산을 오르고 러시아 사람을 달로 보내지.

　　왜
　　날
　　떠났어?

마침내 찾아온 죽음은 지루하다. 가림막을 치는 것과 다를 게 없으니까. 일반적으로 우리는 모두 동시에 죽지 않고 한 명씩 조금씩 죽는다. 젊은이는 가장 힘겹게 죽고 가장 힘들게 살고 아무것도 이해하지 못한다. 하지만 그들은 가장 호의적이고,

진실하고, 경계심 많은 현자이기보단 이끄는 쪽에 적합하다. 순수함을 빼면 누가 살아남을까? 거미조차도 살아남지 못한다. 누가 남았는지 보여 주면 난 아무것도 안 보여 줘야지. 젊은이는 아직 사실에 굴복해야 한다. 그리고 사실은 아무것도 아닌 그저 세기의 더께일 뿐이다. 젊은 꽃봉오리가 가장 힘들다. 난 늙었고, 그래서 당신은 편견으로 날 질책할 수 없다.

우리는 모두 술을 마시고 길거리로 나섰다. 감방은 노래를 하지 않거나 베토벤의 굉장한 9번 교향곡을 한 번도 들어 본 적이 없는 취객으로 들끓는다. 하느님이 아주 멀리 있다는 것만 빼면 마치 수도원 같다. 간수들이 지나가며 내가 서 있는 것을 보았다. "가서 자요." 그들이 다시 말한다. "자라고." 그 말을 들으니 아내가 떠오른다.

그들은 왜 항상 자라고 할까? 왜 이 불쾌한 우주에서 내가 눈을 감아야 하나? 난 노래를 떠올려 본다……. 달이 죽음을 얼굴에 드리우는 것도 모르고 저렇게들 코를 골아 대는지……. 아침이면 갈매기가 흐릿한 눈으로 먹이를 쫓아 내려가듯 잠에서 깨어나 몸을 긁고 욕지거리를 할 것이다.

당신은 그냥 논 거죠, 형씨. 그가 말했고 난 백금 파이프로 그의 눈을 후려쳤다. 눈알이 튀어나와서 독수리에게 던져 주었다. 그거밖에 못 해요? 그가 물었다. 난 체커판처럼 그의 배를

후려쳤다. 당신은 타자기 앞에 앉아 산을 옮길 때 가장 멋있어
요. 그가 말했다. 그런 쓰레기 같은 글은 잊어버려. 내가 대답
했다. 난 여섯 번째 우승자가 되고 싶어요. 소네트를 써 줘요.
그가 웃었다. 아름다운 소네트를 써 주세요! 난 다시 그를 도
려냈고 그는 앞으로 넘어졌고 피를 축축 흘리는 보기 싫은 머
리를 마지막으로 들었다. 그는 내가 슬럼프인 걸 알고 웃으며
말했다. 난 열두 살 때 말을 산책시키는 핫워커부터 시작했어
요. 내가 하나 알려 주지. 절대 조랑말을 때려서는 안 된다.

난 불을 껐고 그를 피범벅인 채로 내버려 두었다. 밖으로 나가
니 가로등이 켜졌고 안개가 피어올랐고 난 모든 것이 이골이
났다. 특히나 시가.

특히나 시. 시가. 머릿속은 코코넛이 바위를 굴러가듯 욱신거
렸다. 시. 그 빌어먹을 대포는 너무 크게 터져 움찔하게 만들고
부활절 이후로 내 귀에 먼지가 앉았다. 치통이 오고 간이 검어
졌고(인종차별적 발언이 아니다) 나는 변비에 걸렸다(이것도
인종차별적 발언이 아니다. 미국은 민주 국가이고 난 백인이
기에 매우 조심해야 한다). 젠장, 빌어먹을, 살 가치가 있다고
생각하는가? 그래? 이건 아닌데. 내 치통과 내 간이 휜 것을 말
하는 게 아니다. 파편과 혼란만 남았고 아무도 무엇을 위해 싸
우는지 모른다. 그래도 그들은 계속한다. 계속. 계속.

끝을 보고 싶은가?

직접 써 보지. 나더러 하라고?

난 살을 한 병 더 딸 거다. 살이 아니라 술을. 당신이 따면 내가
마실 거다. 당신은 의자에서 떨어지지 않고 나만큼 글을 쓰려
고 애써야 한다. 그러는 동안 가짜 콧수염 없이 예술을 하며 살
아가는 절박함을 이해할 때까지 지옥을 맛보라. 나도 안다. 안
다고. 이게 아니라는 걸. 이건 절대 아니다. 코코넛이 바위를
굴러가듯 머리가 욱신거리고 금발 이쁜이는 전부 다 늙어 버
렸고 내 발밑으로 잎사귀가 바스락거린다.

여섯 개들이 맥주팩을 마시며
시와 처절한 삶에 대해 끼적인 글

옛날에는 내가 천재라고 생각했고 굶주렸고 아무도 내 글을
출간해 주지 않아서 지금보다 더 많은 시간을 도서관에서 낭
비했다. 창으로 햇살이 들어오는 자리에 앉는 것이 가장 좋았
다. 햇살이 목과 뒤통수와 손에 닿으면 기분이 그리 나쁘지 않
아 붉은색, 주황색, 초록색, 파란색 표지 일색으로 꽂혀 있는
엉터리 같은 책들을 봐도 괜찮았다. 햇살이 목에 닿는 감촉을
느끼면서 졸면서 꿈을 꾸면서 월세, 먹을 것, 미국 그리고 책임
에 대해 생각하지 않으려고 애썼다. 내가 천재인지 아닌지는
그렇게 큰 고민거리가 아니었다. 솔직히 난 어떤 부류에도 속
하고 싶지 않았다. 주위 사람들의 짐승 같은 에너지가 날 놀라
게 한다. 하루 종일 타이어를 갈 거나 아이스크림 트럭을 몰거
나 회의를 소집하거나 수술 혹은 살인으로 사람의 장기를 꺼
내거나 하는 모든 행위가 나를 초월했다. 난 시작하고 싶지 않
았다. 지금도 그렇다. 언제고 이런 삶의 체계에서 벗어날 수 있
다는 것이 내게는 훌륭한 승리처럼 느껴졌다. 와인을 마시고
공원에서 자고 굶주렸다. 자살은 내가 가진 가장 큰 무기였고,
그 생각을 하면 조금은 평화가 찾아왔다. 철창의 문이 완전히

닫히지 않았다는 생각이 그 감옥에서 살아 나갈 약간의 힘을 주었다. 종교는 거울 속임수처럼 불법으로 느껴졌고 믿음이라는 게 있다면 쉽게 얻을 수 있는 도움이나 신이 아니라 내 안에서 시작되어야 한다…… 여성은 그 밖의 모든 것에 속한다. 그들은 스스로 가치를 부여하고 가격을 매기지만 내 눈과 영혼의 감성으로 보자면 여성은 자신의 가치를 훨씬 넘은 것들을 요구한다. 이 슬픈 지구로 나를 떨군 잔혹한 괴물인 우리 아버지를 보며 남자는 평생 일해도 여전히 가난할 수 있다는 걸 깨달았다. 아버지의 월급은 자잘하게 필요한 것들을 사는 데다 들어갔다. 자동차, 침대, 라디오, 음식, 옷 등 여성과 마찬가지로 가치에 비해 한참 비싼 가격이 붙은 것들이 계속 아버지를 가난하게 만들었다. 심지어 아버지의 관조차 체면의 마지막 발악이었다. 눈먼 지옥의 벌레에게 그런 고급 광을 낸 아름다운 나무 관이라니.

부자가 될 수 있지만 그것이 아무런 의미가 없을 수도 있다. 웃고 싶으면 웃어도 된다. 누가 돈을 보내 준다면 전부 받을 테지만 난 본질적으로 아무것도 갖지 않았다는 걸 잘 안다. 부자가 가장 우월한 인종이라면 난 빨리 빠져나가고 싶다. 썩은 사과를 먹는 죽은 돼지의 머리를 본 적이 있는데 그게 덜 추해 보인다. 전혀 추하지 않은 것과 비교했을 때. 도서관 테이블 앞에 앉아 굶주린 채로 햇살을 받았다. 모든 것을 느낀다. 빌어먹을 전쟁, 둔감함, 죽음, 앵앵거리는 파리들…….

난 젊고 방황했다. 지금은 늙었고 방황한다. 도서관에서 세대를 이어 온 지식은 내게 망할 소용이 없었고 세상의 살아 있는 목소리 역시 아무것도 말해 주지 않았다. 그 모든 책 사이에 앉아 스크루드라이버와 펜치, 염산을 눈에 부어 사람들을 죽인 방식에 대해 생각했다. 곧바로 다리를 부러뜨려야 했을 거고 호랑이가 든 철창에 집어넣었을 거다. 백만 명 중 한두 사람도 살아 나올 수 없는 살인 방식. 누가 그렇게 했으며 이유는 무엇일까?

도서관을 나서면 문에 자물쇠가 잠겨 있고 밤에는 전기가 흐르는 창문으로 즐비한 거리를 지나야 한다. 거지꼴이라 날 쳐다보는 여자들도 있지만 그녀들은 경주마와 전당포를 소유한 돼지 같은 인간하고도 잠을 잔다. 난 움직이고 말하고 이름도 있고 자부심과 집착도 있는 죽은 사람들의 거리를 걷는데 그들은 정말로 죽었다. 거리에서 마주치는 모든 얼굴이 공포스럽다. 사악하고 삐쩍 마르고 변기 같은 얼굴들……. 그런 행렬을 보고 나면 정신이 아찔한데 배가 고파서가 아니라 이 죽은 자의 세상에서 내가 살아왔고 평생 이렇게 살 것을 알기 때문이다.

도서관은 하루 동안 내 방이 되어 주고 마침내 사방이 막혀 있는 방이 생겼다!! 녹슨 철이나 나무판자 벤치가 아니라. 난 뭐가 없는지 더 주변을 살폈다. 열네 살에 조금 일찍 책을 읽기 시작했고 이불 속으로 침실용 램프를 숨겨야 했다. 저녁 8시면 불을 끄라고 하는 아버지 때문인데, 그래야 의미 없는 노역을 하는 악마 같은 인간이 다음 날 쓸 힘을 모을 수 있어서다.

난 철학과 종교 분야에서 시작해《뉴욕 타임스》를 들고 시사란으로 갔을 때도 여전히 인생이 불쌍했고 면도기, 가스관, 다리, 토머스 채터턴의 비소 자살 방법을 고심했다. 다시금 그건 오랜 문제다. 죽은 사람들로 이루어진 부서의 죽은 관점, 낭비되는 종이들! 구태의연한 생활, 실제로 존재하지 않는 낡은 말장난, 미와 회화 용어에 따른 차려입기. 실제로 그들은 항상 나와는 전혀 상관없는 이야기를 하고 있다. 자백은 집어치우고 나보다 더 중요한[발기부전(철자가 거의 똑같음)이라고 말할 뻔했다] 게 무엇일까? 난 실질적으로 죽음과 오르락내리락 시소를 타고 있는데 그들은 창가에서 컵케이크 따위나 이야기하다니! 더 나쁜 건 이거다. 미사여구로 가득 찬 페이지를 채우고 마침내 무언가를 건드리려고 한다! 그러고는 그만둔다! 난 그들이 참는 거라고 생각했다. 하지만 지금은 더 잘 안다. 그들은 그저 할 말이 없었던 거다. 그렇다고 해도 난 그들을 의심했다. 난 유리감옥의 용어를 잘 안다. 꾸미고 길고 왜곡된 단어들은 회피이고 불구이고 약점이다. 난 그걸 '군더더기 헛소리'라고 생각하곤 했다. 쓸모없는 용어로 쓸데없는 이야기를 하는 것이다.

그러다 한 곳으로 끌려갔다. 그곳에 있는 대답과 그곳을 움직이는 힘(아주 미약해 보이는)은 소설, 단편, 시 같은 창의적인 예술의 글쓰기였다. 시가 가장 짧고 달콤하고 충격적인 방식이라고 결정한 지 오래이기에 이성(그보다 더 나은 이유가 있을까?)보다는 애정에 따라 움직여 왔다. 열 줄로 다 말할 수 있는데 뭐 하러 소설을 쓸까? 만 편을 쓸 수 있는데 소설 열 편을 써서 뭐 한담? 물론《죄와 벌》을 열 줄 안에 쓸 수 없고 우리 사회의 억압된 위선 형식에 따라 억지로 만든 결론을 동의하지 않는다. 그래도 그 책은 여전히 아름답고 일부 소설가들에게 찬사를 보내지만, 이후에 등장한 작가들의 위트가 그들의 10분의 1도 안 된다는 건 변명의 여지가 없다. C와 P의 4분의 3이 이 특색 없는 공공 도서관에 있는 젊고 굶주린 미친 남자를 살아 있게 해 주는 몇 안 되는 것 중 하나다. 셔우드 앤더슨은 자신이 질문을 제기함으로써 사람들을 속일 수 있다는 걸 배우기 전까지는 착했다. 처음에는 포크너(일반적으로 이 시대의 가장 엉망인 가짜로 여겨지는)를 겨냥하고 그다음에는 헤밍웨이를, 나중에는 자신의 상속자에게도 그렇게 했다. 그러나 시는 결승에 오른 크고 훌륭한 경주마와 같다. 부정할 수 없다. 사람들이 번호를 달아 놓을 것이다. 그러니 어서 올라타라.

난 공원 벤치에 드러누웠다가 도서관으로 갔다. 사서는 내 옷을 킁킁거렸고 난《케니언》과《스와니 리뷰》의 주요 기사를 훑었는데, 며칠 굶었을 때는 뭔가 애매한 이유로 이런 것들이 꽤 좋아 보인다. 아마도 둔감한 느낌을 주어서일 테고, 내가 읽지 않는 페이지의 냄새를 좋아해서일 테고, 그들이 상황에 대해 제대로 아는 척, 점잖음과 학식을 바탕에 두고 정통으로 설명하는 척 쓴 말들을 보는 것이 좋아서일 테지. 언어란 참으로 음악적이고 효율적이다! 게다가 그렇듯 멋지게 난도질을 하다니! 나는 가장 난도질이 심하고 배운 척하는 잡지들을 읽었고 그것들이 내게 잠시나마 즐거운 순간을 가져다주었다. 3분 혹은 5분 정도면 끝이라 난 다시 속아 준다. 잡지는 길거리, 공원 벤치, 얼굴들, 살아 있는 쓸모없는 것들 같은 실제에 대해서는 아무 말도 하지 않는다. 그들은 안전하고 말을 할 수 있을 만큼 심심해진 죽은 사람에 대해 이야기한다.

난 단편을 쓰고 손으로 인쇄했다. 타자기도 없고 집 주소도 없으니 뚱뚱한 편집자들이 비웃으며 내 원고를 버리겠지. 오래전 스토리사의 윗 버넷만 빼고. 그는 이런 즉각적인 양식에 흥미가 있는 듯했다. 반송된 원고를 전부 내다 버렸는데 마침내 그가 한 편을 받아 준 것이다. 그렇지만 나는 간혹 시에 대해 생각해 왔다. 내 머릿속 어딘가에 시가 자리 잡고 있다. 철도 까는 일을 하러 새크라멘토가 있는 서쪽으로 향할 때 시를 생각한 것 같다. 공공의 적 코트니 테일러와 함께 감방에 있을 때 시를 생각한 것 같다. 로스앤젤레스의 부서지고 술에 절어 버린 방에서 도망치며 빌린 휴대용 타자기를 필리핀 사람의 머리에 올려놓고 쓸 때 시를 생각한 것 같다. 하지만 젠장, 미국을 알지 않는가. 늘 어딘가로 연결되어 있고 학교 운동장에서 여기까지 결국 찾아내는 걸. 사람들은 시는 계집애 같은 거라고 말한다. 그 말이 항상 틀린 것은 아니다. 한번은 내가 미쳤을 때 어쩌다 로스앤젤레스시티컬리지에서 창의적인 글쓰기 과정을 수강했다. 그들은 계집애 같았다! 예쁘장하고 배알도 없는 경의를 표하며 히죽거렸고 사랑스러운 거미, 꽃, 별, 가족 소풍에 대해 썼다. 여자들은 남자들보다 더 크고 힘이 셌지만 남자들처럼 엉망으로 썼다. 그들은 외로운 인간이고 함께 있는 것을 즐겼다. 그렇게 모여 잡담하는 걸 즐겼다. 자신들의 분노와 한참 전에 죽어 개성이 사라진 의견을 즐겼다. 강사는 손으로 수를 놓은 러그를 깔고 바닥 한가운데 앉았다. 그의 눈동자는 멍청함과 게슴츠레함으로 빛났고 학생들은 그 주위에 모여 앉아 자신들의 신을 향해 미소 지었다. 여자들은 커다란 치맛자락을 펄럭이고 남자들은 즐거운 듯 짱짱한 엉덩이를 튕겨 보였다. 그들은 서로 글을 읽고 킥킥거리고 차를 후루룩거리며 쿠키를 먹었다.

꼴같잖아서! 난 홀로 벽에 기대앉아 움푹 꺼진 눈으로 열을 받았고 들으려 노력했지만 그들은 서로 논쟁을 벌일 때조차 좁은 식견 사이에서 일종의 휴전을 한다는 걸 깨달았다.

"부코스키 씨." 어느 날 강사가 내게 물었다. "왜 전혀 아무 말도 하지 않나요? 어떻게 생각해요?"

"다 쓰레기예요." 내가 대답했다. "이 방에서 나오는 모든 말이 쓰레기죠."

그것이 그 학기 최고의 시였다. 3주 뒤 동네 술집 화장실에서 운 좋게 주사위를 맞춘 덕에 마이애미 해변 모래사장에서 잠을 자고 디프리마에서 시간제 창고 업무를 보게 되었다.

구식 날씨 개그 같았다. 모두가 시를 이야기하지만 아무도 시에 관해 무엇도 하지 않았다. 일반적으로 시는 다른 예술보다 더 전통을 다룬다. 적어 놓은 말들이 그림이나 음악처럼 되지 않는 이유를 모르겠다. 분명 상투적인 방식을 따르는 데 변명의 여지가 없고 다른 예술이 시에서 떨어져 행해지도록 내버려 두었다. 그렇지만 전통은 잘 작용해서 침팬지들이 얼쑤! 얼쑤! 하며 조심스럽게 앞으로 나가고 있다. 이봐, 전통은 힘들어. 숙취가 있으면 탄산수를 마셔. 시를 쓰고 싶으면 키츠와 셸리를 다시 읽고, 현대적으로 보이고 싶으면 오든, 스펜더, 엘리엇, 제퍼즈, 파운드, W.C. 윌리엄스, E.E.C.를 다시 읽어. 그모든 행위에서 고린내가 난다. 제대로 된 네 줄을 쓸 수 있는 사람은 이 땅에 다섯이 안 된다. 시는 여전히 계집애, 말미잘, 레즈비언, 영어 강사의 전유물이다.

원한다면 날 꼰대, 교양 없는 술주정뱅이 등 뭐라고 불러도 좋다. 세상이 날 그렇게 만들었고 난 내 선에서 형태를 잡은 것이니까. 난 피 흘리는 수소 반 마리를 어깨에 걸쳤고, 소는 1분 전까지만 해도 살아서 트럭 지붕의 고리에 연골로 매달려 있었다. 난 모두가 잠들었을 때 대걸레를 가지고 여자 화장실로 들어갔다. 구르고 또 굴렀다. 전광판에 대고 빌었다. 갱단의 여자와 놀려고 꽤 어려운 블랙잭을 해 왔다. 백만 달러를 가진 여자와 결혼하고 그녀를 떠났다. 이곳 해안에서 다른 해안까지 가서 술에 취해 골목으로 기어들었다. 가스 시추도 하고, 개 비스킷 공장에서도 일하고, 크리스마스트리도 팔고, 배심원도 해 보았다. 트럭 운전도 하고 텍사스 창녀촌에서 구두 닦기 일을 찾다 문지기로 일하기도 했다. 요트에서 1년간 살며 보조 엔진이 어떻게 움직이는지 배우고 부유한 외팔이 미치광이의 여자와 사랑을 나누었다. 미치광이는 자신이 오르간 천재라고 생각했고 난 그의 빌어먹을 오페라에 들어갈 글을 써 줘야 했다. 난 술에 찌들었고 그도 죽을 때까지 술에 찌들었는데 왜 쉬어야 할까? 내 말은 시 말이다.

이 주제는 지루하다.

시는 분명 그 자체로 올바른 것이어야 한다. 휘트먼은 거꾸로 했다. 나라면 좋은 독자를 얻으려면 시인이 먼저 좋은 시를 써야 한다고 했을 거다. 한 번도 이런 말을 해 본 적이 없는데 지금은 이 글을 쓰며 꽤 기분이 좋으니 휘트먼 이후로 어쩌면 긴즈버그가 가장 깨어 있는 미국 시인이라고 감히 말하겠다. 그가 호모라는 게 진짜 안타깝다. 주네가 호모라는 게 참 안타깝다. 호모가 된 것이 안타깝다는 게 아니라 빈둥빈둥 기다리다가 호모가 글 쓰는 법을 가르치게 놔둬야 하는 것이 안타깝다. 휘트먼이 선원들을 쫓아다닌 게 이해된다. 희고 멋진 사색의 수염에 아름다운 얼굴을 한 남자다운 남자들! 선원들을 쫓아다녀라!

시인은 다 계집애 같다고 말하는 학교 운동장의 남자아이들을 원망할 수 있을까? 휘트먼이 선원의 무딘 다리를 꼬집으며 웃는 걸 모르겠는가? 나머지를 모르겠는가?

그래도 한두 명은 알아차리겠지. 내가 꽤 괜찮은 내용을 쓰고 있다는 걸 알지만 그것만으로는 충분하지 않다. 하지만 난 점점 늙어 가고 술을 너무 많이 마시고 말을 너무 많이 한 터라 이제 성질 못된 현실주의자가 대신 나설 때가 되었다.

마침내 이루어 내리라

그 거친 얼굴을 한 남학생들

그들의 주먹과 야구 배트와 돌을 내려놓고

진짜 강한 것에 귀를 기울이도록

⋯⋯청동이 된 EE 커밍스.

밖에서, 창고 앞에서, 고등학교에서⋯⋯

　　　늙은 에즈라가 백 살에 집으로 돌아와

　　　중국 상형문자 문신을 하고

뉴햄프셔의 주지사로 당선되도록.

지금 난 옆방 노파가 흔들의자에 앉아 내 아이를 흔드는 소리를 듣는다. 끼익! 끼익! 끼익!

잘됐지만 시가 인간에게 한 짓이 안타깝고 나에게 한 짓이 안타깝다. 내가 그랬듯 신중하면서 부주의하게. 시인이 한때 그 이상으로 생존하고 싶다면 반드시 자기 직업, 거시기, 자아를 신중하게 다뤄야 한다고 말하고 싶다. 그렇지만 무엇보다도 《케니언 리뷰》 정기 구독을 취소하고 《올레》로 넘어와 기사를 읽으며 눈살을 찌푸리고 웃어도 된다. 우리는 철자도 문법도 모르니까. 그러면서 여전히 기분이 좋을 수 있다. 15파운드를 받고 여동생이나 절친의 아내와도 자게 된다. 거의 모든 것에 기회가 생긴다.

이 기사를 끝내는 순간에도.

안 그런가?

어떤 유형의 시, 어떤 유형의 삶, 언젠가 죽을 피로 채워진 어떤 유형의 생명체에 대한 변호

대부분의 장례식과 대다수의 삶과 대다수의 방식이 비웃음을 받는다는 걸 알기에 우리 누군가에게는 이 게임이 쉽지 않다. 우리는 권력을 가진 죽은 자들에게 둘러싸여 있는데 권력을 얻으려면 꼭 죽어야 한다. 죽은 자들은 찾기 쉽다. 그들은 우리와 같다. 문제는 살아 있는 자를 찾기 어렵다는 것이다. 거리에서 처음 스치는 사람을 보라. 눈부터 맛이 갔다. 거칠고 어색하고 추하게 걷는다. 머리카락도 병든 상태로 자란다. 죽음을 드러내는 징조는 더 많다. 그중 하나가 열기인데 죽은 자는 실제로 빛을 내뿜고 죽은 영혼의 썩은 내를 풍겨 근처에 너무 오래 있으면 점심을 먹고 싶은 생각이 사라진다.

　인생을 찾고 죽을 때까지 유지하는 것은
　우리의 비겁하고 잔인하고 종이 가면을 쓴 사회에서
　참으로 큰 문제라고 고양이는 말하며
　뒤로
　점프했다.

우리에게는 예술을 가르치는 좋은 선생이 있었다. 나쁜 선생도 있었다. 하지만 국가의 역사에서 우리 뒤에 있는 모든 세기의 지도자, 정치지도자는 나쁜 선생이었고 지금은 우리를 거의 막다른 골목으로 이끌어 간다. 미국의 지도자는 모두가 사악하고 편협하고 어리석은 인물로…… 죽은 덩어리를 이끌려면 소위 지도자가 죽은 말을 쓰고 죽은 방식(전쟁이 그들의 방식 중 하나다)으로 설교해야 죽은 마음에 전해지기 때문이다. 역사는 이 벌통 구조 위에 세워졌기에 우리에게 그저 피와 고문과 낭비만을 남겼고 반기독교 문화가 2000년 가까이 이어져 온 지금도 거리는 술주정뱅이, 가난뱅이, 굶주린 자, 살인자와 경찰, 외로운 지체부자유자로 득실거리고 신생아는 이 개똥 같은 사회 한가운데로 곧장 내동댕이쳐진다.

세상이 구원받을 수 있을지 모르겠다. 불가능에 가까운 엄청난 반전일 것이다. 우리가 세상을 구하지 못하면 적어도 우리에게 세상이 무엇인지, 우리가 어디에 있는지 알려 줬으면 좋겠다.

찾아보면 세상을 구한 사람은 많다. 죽은 사람만큼 많다. 불행히도 대다수의 세상을 구한 사람은 죽었다. 자신을 구하고자 어딘가에서 잊어졌다.

그로 인해 우리는 지금 시라는 더러운 말 앞에 와 있다. 그런 거다.

시를 쓰는 사람은 살아남은 사회의 일원으로서 어느 범주 안에서 어디에 속해야 하는지 정확한 지점에서 그 사회를 굴리는 바퀴가 된다. 실제로 시인이 잘 살아남으려면 엄청나게 돈에 밝아야 하고 시로 그 사회를 지지해야 하며, 혹시나 역사나 사회에 동의하지 않는다면 이를 언급하지 않도록 영리하게 처신할 수 있어야 한다. 그래서 시는 쓸데없는 것을 엄청 복잡하게 이야기한다. 야비한 게임이다. 질이 떨어지지만 인정받는 시 대부분은 미국을 지지하고 부를 지지하고 산업을 지지하는 대학의 영어 교수들이 쓴 것이다. 그들은 신중한 선생으로 조심스럽게 사람을 골라 상위권 게임을 하고, 그러는 동안 하위 게임, 낮은 지위의 사람과 국가들을 점검한다. 이 게임은 상위 문화 멍청이들의 완전한 협동으로 이루어지는데…… 그들 사이에서 특정 소수 집단과 억울한 쪽과 허튼소리가 담긴 논쟁이 있는 것만 빼면 협동이 잘된다.

머리에 감각이 있거나 가슴에서 감정을 느낄 수 있는 사람이라면 형편이 된다고 해도 결코 대학에 가지 않을 것이다. 사물의 역사에서 무슨 일이 일어났는지 말고는 배울 게 아무것도 없는데, 어느 도시든 동네를 한 바퀴만 돌아보면 사물의 역사를 알 수 있기 때문이다. 제대로 된 감각을 가지고 세상에 태어난 사람은 몇 년 동안 몇 센티미터, 몇 십 센티미터 자라면서 그 비율을 계속 유지한다. 이것은 자연스런 섭리이기에 대학에서는 알려 줄 수 없다. 그렇지만 사회는 대학 교육을 받지 않은 사람은 앞으로 나가는 게임을 거부한 것이기에 하층 혹은 심부름하는 위치에 있어야 한다고 말한다. 신문팔이, 식당 설거지, 세차, 수위 등.

아니라고 생각하면 그렇다고 말하라. 영어 교수와 설거지하는 사람 중 하나를 선택해야 한다면 설거지를 골라라. 세상을 구할 수는 없겠지만 해를 덜 끼칠 수는 있다. 그런데 의향이 있다면 시 쓸 권리를 남겨 둬야 한다. 배운 대로 쓰는 것이 아니라 자신의 소소한 선택에 맞춰 살아가며 그 안에서 들어가고 나가는 힘 혹은 힘의 부재에 맞춰서 말이다. 설거지도 그나름의 운명을 가지고 있지만 운이 좋다면 굶어 죽는 쪽을 택할 수도 있다.

어제 내 우편함에 좀 문학적이라는 명성이 있는 잡지가 들어왔다. 그 안에 모두가 두려워하는 영어 강사이자 교수이며 시인인 사람의 긴 비평이 실렸는데 그는 분명 글을 아주 못 쓰고 영혼 없이 끼적인다. 아무것도 아닌 걸 엄청 대단하게 쓴 데다 그의 시 대다수가 '유기적 문제' 이론과 이미 죽고 시든 용어를 다뤄서 머리를 오랫동안 긁적거려야 이해할 수 있는 말들이었다. 하지만 머리를 오래 긁적이면 심지어 크리켓도 뭔가 말을 하는 것 같고, 그 점에 대해 누구나 헛소리를 잔뜩 지껄일 수 있다. 난 여길 지나는 누군가에게 살짝 문학적인 이 잡지를 줘 버렸다(똥 닦는 휴지로 쓰기엔 종이가 너무 딱딱해서). 안 그랬으면 좀 더 정확히 언급했을 것이다. 날 용서하길. 그런데 영어 강사이자 시인이자 철학자가 쓴 이 긴 사랑과 두려움의 조각 속에 그가 강의 중에 내뱉은 아주 사람 같은 말이 언급되어 있었다.

"이제, 어쩌면, 아마도, 제 문제는

당신의

문제일 수도 있습니다."

지혜로 포장된 아주 완전하고 절묘한 말이라는 평가를 받지만 오래전 거리에서 자주 들려온 말들을 베낀 것에 지나지 않으며, 이번의 경우 빌어먹을 하찮은 거짓말이다. 그의 문제는 내 문제가 아니다. 그는 문제에 반대하고 죽는 선택을 했다. 난 문제에 찬성하고 사는 선택을 했다.

그렇지만 상황은 평범하고 계속 진행 중이다. 글 전반에서 이 시는 재미없고 평범하고 생기 없는 말들, 하품과 불결한 말들로 쓰였지만 엄청난 통찰을 가진 것으로 여겨진다. 그에게는 추종자가 있고 그들 전부가 같은 형태로 시를 썼다. 핵심을 비켜나서. 삶과 이미 죽은 역사에 더 더 죽은 역사를 더하고 한층 허접한 수법에 더 허접한 수법을 더하고 허접한 거짓말에 또 거짓말을 더하고…… 열악하고 이미 엉망인 영혼에 더 많은 하품과 죽은 개똥을 끼얹는다.

덕분에 바깥에 있는 평범한 멍청이가 안으로 들어가고 싶어 하며, 그 와중에 안에서는 모두가 사기를 치고, 그렇게 멍청이의 죽은 시는 항상 아무 말도 없고, 없고, 없다.

나 & 밀리 ////

젓가락/7---*

                                                                                                                &

거기 있었다

내가 거기 있었다　　나　　&

그와 탐무르르라 무리 #9/.

                                 1/4///.../.

    이런 시는 하고 싶은 말은 뭐든 하면서 엄청난 통찰을 보여 줄 수 있는데, 누가 그렇지 않다고 입증할 수 있을까? 자신의 공명정대함이 하는 말을 들어라. 난 예술 추구를 반대하는 입장은 아니지만 창의력이 부족한 사람이 그러는 것은 싫다. 우리는 예술의 순수한 헛소리와 절규에만 관심이 있다.

    감방과 정신병원, 싸구려 여인숙에서 우리의 날들은 셰익스피어, 키츠, 셸리처럼 써먹을 만한 지식보다는 해가 어디서 뜨는가를 더 많이 알려 준다. 우리는 고용되고 잘리고 관두고 총을 맞고 얻어터진다. 우리는 술에 취해 뒹군다. 우리가 그들의 역사에서 역할을 하지 않았기에 쭉 침을 맞으며 타자기가 있는, 혹은 타자기가 없는 좁은 방을 갖는 순간을 기다린다. 우리의 피부로 만든 종이와 그 아래 있는 것 등, 물론 자리에 앉아서 글을 쓰려고 하면 게을러지고 태만하지만 여전히 살아 있고 우리는 시란 꼭 이래야 한다는 것에 완전히 부합하게, 혹은 뭐라도 써야 한다는 생각에 부합하게 글을 쓰진 않는다. 그들의 즐겁고 마비된 죽음의 형태에 부합하지도 않는다. 살아 있는 존재를 보는 일만큼 죽은 자들이 끔찍하게 싫어하는 것은 없다. 결국 우리를 받아주는 극소수의 몇몇 곳에서 출간한다. 그러고 나면 죽은 자들의 비명이 들려온다.

쓰레기! 고약해! 이건 시가 아니야! 우리는 당신을 우체국으로 되돌려 보낼게.

많은 사람에게 시는 안전한 것만 말하거나 아예 말하지 않아야 하는 것이다. 그들에게 시는 안전한 세상이고 안전한 방식이기 때문이다. 그들의 시에서 섬세함은 중요한 게 아니라 모든 것을 말한다. 그들의 세상에서 시는 은행 계좌와 같다. 시는 빌어먹을 만큼 오래전에 죽어서 공격할 가치가 없는 '포이트리'와 같다. 교회에서 기도하는 여든 살 노파를 때리는 것처럼.

하지만 보잘것없고 야비하고 건방짐과 죽음으로 가득 찬 사람은 항상 존재할 것이다. 그들이 살아가고 존재하고 자기만의 방식대로 하게 놔두자고 말하는 동안 우리도 숨을 좀 쉬어야 한다……. 그들은 우리, 형제들에게 온다. 역사가 대학 교육을 받은 그들의 작고 기형적인 뇌를 엉망으로 만들고, 그들의 볼품없는 아내의 뇌는 식물과 고대와 17세기 초의 현실주의 시구를 주절거리고, 신경쇠약에 걸린 그들의 남편은 발전과 이득이라는 전능한 명목으로 불쌍한 인간들을 무분별하게 강탈한다. 그들 전부 다 망할 놈들이고 우리의 비현실적이고 불결하고 제정신이 아니고 무자비하고 맹목적인 작품도 다 망해 버려라…….

세상에, 신이시여, 오늘 밤 이 빌어먹을 심장을 꺼내 그들에게 보여 줄 수 있다면! 그렇게 한다고 해도 그들은 내 심장을 자두, 말린 레몬, 오래된 멜론 씨처럼 대수롭지 않게 받겠지.

가장 평범하고 현실적인 것들은 그들로서는 상상할 수가 없다. 비파괴적인 가치에서 보자면 여자 화장실을 청소하는 잡일꾼이 미합중국의 대통령만큼 훌륭하거나 동등하다고 말할 수도 있고, 혹은 끔찍하고 부끄러운 죽음의 역사를 거쳐 살아남은 국가의 주석보다 더 나은 사람일 수도 있다. 그들은 결코 자신의 눈으로 볼 수 없다. 오직 죽음만을 인식하고 보고 환호한다.

삶의 시를 쓰는 상당수의 우리는 점차 지치고 슬프고 지겹고 거의 얻어터졌다(엄청은 아니지만). 그래도 우리는 신성한 신이 필요하지 않고, 구원받을 정원이 필요하지 않고, 자유를 얻을 전쟁이 필요하지 않고, 감탄할 시인 크릴리가 필요하지 않고, 절규하는 괴짜가 되어 버린 긴즈버그가 필요하지 않다는 걸 여전히 알고 있다. 대신 사랑스러운 소녀들이 늙어 버린 것, 맥주를 쏟은 것, 슬픈 사랑에 취해 잔디밭에서 싸운 것에 대한 작은 눈물이 필요할지도 모른다. 난 정체 세대를 살아가는 우리의 시를 옹호하고, 우리의 시와 시를 말하고 쓸 권리를 옹호한다. 정장을 입지 않고 말이다. 경찰에게 '외설'로 찍혀 압수수색을 당하는 잡지를 통하지 않고 말이다. 하찮은 직업을 잃지 않고 말이다. 내 주장이 진리라고 말하는 것은 아니다. 모든 게 충분히 소중하기에 특별 대우를 바라는 것도 아니다. 난 신발을 신을 때 겨우 61센티미터 아래밖에 볼 수 없다. 그렇지만 이렇게 생각해 보자. 재능의 여부와 관계없이 나 같은 선택을 한 사람들은 계속되는 죽음의 경기에 이골이 나서 부서진 팔과 코와 뇌와 뼈를 통해 조금이라도 온전한 나쁜 놈이 되고자 노력하는 거라고. 삶? 그래, 삶. 그것이 우리 모두가 닿아 있는 곳이며 당신은 산송장이고 우리는 살아 있는 삶이다.

시의 세계가 끔찍한 놈들을 끌어들였다. 가장 끔찍한 놈들. 종종 예술은 다른 곳에서 그러길 더 좋아할 사람들의 은신처가 된다. 그들의 셔츠 자락과 더러운 팬티가 드러날 것이다. 하지만 예술은 역사와 국가의 방식보다 많은 시간이 걸린다. 일반적으로 경찰은 우아한 창작이 진행되는 걸 감지하고 습격한다. 그런데 훌륭한 창작자는 정치적 견해가 거의 혹은 전혀 없다는 것이 참으로 아름답다. 따라서 공격은 다른 곳에서 계속 바쁜 국가 경찰 대신 도시에게 떠넘겨졌다. 오늘날 법정에서 벌어지는 주된 문제는 무죄를 받는 것으로 충분하지 않다는 점이다. 부당함의 속임수와 판사와 배심원의 마음을 얻으려면 돈이 든다. 젠장, 변호사에게 자기 생각을 말할 수도 있지만, 죽은 자들을 보호하기 위해 죽은 자가 만든 죽은 법의 절차에 적법하도록 반드시 생각을 재조정하고 고쳐야 한다. 실제로 아무도 이해하지 못한다. 그들 모두 기다란 물방울처럼 비현실적인 세월을 거치며 익사해 버렸기 때문이다.

나는 꽤 진지할 때 예술을 자주 생각하고 정체된 세대가 끼어들지 않더라도 시간이 예술 대부분을 태워 버릴 거라고 전망한다. 나는 엄청나게 멍청한 반 고흐가 밀려나고 그의 마지막 실패작이 지금 인식되는 것과 달리 순수, 열정, 솜씨가 전부 결여되었다는 평가를 받을 거라 예상해 본다. 하지만 이것은 시간이 작용한 방식이다. 반면 마티스는 우리를 싫증 나게 하지 않을 타입으로 지속될 것이다. 도스토옙스키는 작품 일부가 괴짜에 불안 종자의 것이라고 비웃음을 사겠지만 지속될 것이다. 근대 소설가인 오하라는 아주 빨리 사라지고 그 자리를 노먼 메일러가 잽싸게 차지하겠지. 카프카는 진실하지만 새로운 기준이 생겨나면 지속되지 못할 것이다. D.H. 로렌스는 지금은 이유를 설명해 줄 수 없지만 지속될 것이다. 내 머릿속에 이유가 들어 있는 게 아니라 오로지 감이다. 윌리엄 사로얀의 초기 단편 일부는 살아남을 것이다. 콘래드 에이킨은 아주 오래 살아남았다가 조류에 밀려 시들어 버리겠지. 딜런 토머스는 아니고, 밥 딜런도 당연히 아니다. 모르겠다. 확실히 모르겠다. 아, 젠장, 다 헛소리 같지 않은가? 카뮈는 당연히 살아남겠지. 아르토도 마찬가지고. 다시 월트 휘트먼으로 돌아가서 그 호모는 아마도 선원에게 오럴을 했을 거고, 그게 그쪽 문화지. 뭐라고?

시간을 생각한다면, 그리고 여기 짭새가 돌아다니는 관계로 《베가본드》 편집자 J. 베넷이 1965년 12월 2일 독일 뮌헨에서 쓴 편지를 읽어 보기 바란다. "……그들은 당신이 예전에 쓴 모든 시를 출간하지 않습니다. 그런 유의 시는 그들이 태워 버립니다. 칭찬으로 하는 말입니다. 뒤셀도르프의 경건한 기독교 기관에서 보관 중인 귄터 그라스, 하인리히 뵐, 나보코프의 책도 곧바로 성냥을 그었으니까요. 그들은 베를린에서 벌어지는 변화를 주시하고 있습니다. 그들이 귄터 그라스의 옛집에 불을 질렀습니다. 그라스는 그저 쓴웃음을 짓고 계속 글을 썼습니다……."

그들은 영원히 우리를 쫓을 것이고(로르카를 보라), 아니면 우리가 우리의 칼로 우리를 쫓는 것이다. 우리는 더운 여름을 나는 나비다. 빌어먹을, 이 글은 여전히 특정한 일부가 시와 삶이라고 부르는 것에 대항해 시를 옹호하는 내용이다. 다수의 우리는 시를 쓰지 못하지만 행운과 하느님의 사랑을 통해 상당수는 어떻게든 그렇게 될 것이다. 캐딜락을 몰 거라는 뜻이 아니라 한 대를 모는 게 아니라는 의미이자 더 많이 얻을 수도 있다는 의미다. 내가 이 글을 쓰는 까닭은 시적 무법자인 우리 극소수가 어떤 토대를 형성하거나 일어설 이유를 가져야 하기 때문이다. 얼빠진 놈들과 영어 선생들은 계속 꽤 공허하고 불구적인 삶의 방식을 이야기한다. 그들의 쓸데없는 말은 쉴 새 없이 내리는 비처럼 모든 걸 잠식한다. 모퉁이 술집 의자에서 나온 몇 마디, 실패한 것처럼 보이는 우리의 삶과 그 방식과 시가 선택받은 진짜라고 인식하기 바란다. 우리 대부분은 살인자도 위선자도 아니다. 하지만 언젠가 우리는 아주 아름다운 말을 아주 완벽하고 현실적으로 쓸 것이다. 그러면 너희 원숭이가 전부 정원으로 나온

직후에

내가 얼굴과 몸과 사랑을
살피게 될 것이다.

그리고
　　난 내 빌어먹을
　　셋방에서
　　몇 시간 동안이나
　　발작과 고통과 공포에 경련하지 않을 것이다.

　　나는 죽어서 너희와
　　나 자신을 위해 기도하고

　　너희 정직하지 못한 죽은 것들아
　　내 인생이 아주 조금이라도 남았다면
　　그걸 너희에게 집어넣고
　　영원히 잠들게 할 것이다.

아르토 선집

《앙토냉 아르토 선집》, 잭 허시먼 편집.
시티라이츠북스, 샌프란시스코; 255쪽; 3달러.

불후의 작품이 여전히 살아 숨 쉴 때 시티라이츠북스가 출간한 건 천재적인 선택이자 은총이다. 중국 폭죽을 터뜨리거나 달걀 몇 개를 우리에게 던져 주는 것보다 파급력이 크다. 출간된 48권 중에서 가장 오래 고전으로 남을 작품은 《가솔린》(코소), 《약자》(달버그), 《인간의 노래》(케이 존슨 카자), 《시선집》(라우리), 《축산학 에세이》(맥클루어), 《유머와 시위의 시들》(패천), 《옥중의 시》(샌더스), 《지옥의 한국: 즉흥시》(W.C. 윌리엄스)를 꼽을 수 있다. 긴즈버그의 《울부짖음》은 역사적이고 (우리가 넥타이를 풀 시간에 등장해서) 슬프고 분명한 삶의 에너지를 담고 있지만, 예술적 영구성은 뮤지컬 《아가씨와 건달들》(이 작품 역시 내 인생을 구했지) 정도밖에 되지 않는다. 'B'들(볼스, 버클리, 번)을 출간하는 데 시간과 종이를 들였지만 다수의 작가는 때가 되면 출간할 작품이 없고 인쇄기만 덜렁 그 자리에 남을 것이다. 그렇게 내버려 두자. 뭐, 어때?

그렇지만 최신작 중에 잭 허시먼이 편집한 아르토는 완전 괜찮았으니 이 작품 뒤에 무엇이 올까? 걸작, 아니면 사과? 그건 당신이나 나나 누군가의 추측일 뿐이다. 마지막으로 잭 허시먼과 내가 만났을 때 일이 잘 진행되지 않았다. 내 잘못이다. 아니, 그의 잘못이다. 그가 나만큼 취하지 않아서다. 그렇더라도 그 자식은 작품을 모으는 작업을 기막히게 잘했고 그의 번역가 한둘을 제외하고는 제대로 아르토를 우리에게 보내 주었다. 스트레이트로 그 뒤에 다른 술을 마실 필요 없이. 그것이 아르토를 얻는 유일한 방법이다.

예술적인 대중은 항상 외설적이다. 작가의 작품보다 삶의 방식을 더 찬양할 테니까. 대중은 특히 미친 사람, 살인자, 중독자, 자살자, 굶주림을 선호하지만…… 동시에 이들이 바로 그 작가를 알코올 중독, 정신 이상, 마약 중독으로 이끄는 장본인이다. 작가는 대중의 면상이나 행동 방식을 더는 감당할 수 없어지기 때문이다. 지금 아르토는 대중에게 좀 수월한 먹잇감일 수 있는데…… 그는 1948년 3월 4일 이후 죽은 상태다.

난 문학을 공부하는 학생이 아니다. 내가 아는 거라곤 빌어먹을 내가 느끼는 것뿐이다. 아르토의 책은 두 부분으로 나뉜다. 로데즈 이전과 로데즈 이후. 우리는 사람을 정신병원별로 나누지 않는다. 혹은 초현실주의에 따라 분류하지도 않는다. 우리는 썩은 동아줄 같은 한 사람의 영혼을 따라 올라간다. 그리고 어딘가에서 시작된다…….

105쪽에 나오는 〈아돌프 히틀러에게〉는 이딴 시를 쓴 아르토의 변명(사과)이다. 아르토 특유의 오랜 방식이다. 자신이 반유대주의자가 아니라는 것을 입증하려고. 집에서 하는 이런 시시껄렁한 게임은 점점 지루해진다. 아르토는 자신이 즐거운 글을 썼다. 그는 검은 피와 화살에 관해 썼다. 유대인 혹은 독재자가 가끔 해외에 가거나 멍청이들을 처형하는 것이 아르토에게는 전혀 걱정거리가 아니었다. 아둔한 학자들이 모든 혹은 어떤 이유를 들어 한 사람을 비난하거나 칭찬하는 행위는 지루하다. 아르토는 역사적 억압도, 자신의 영혼을 멋지게 발산하는 일조차도 개의치 않았다. 그는 해야 할 말이 아니라 하고 싶은 말을 했다. 덕분에 오토바이를 타는 경찰과 미친 남자를 구분하게 되었지만.

38쪽의 〈모든 글은 쓸모없다〉는 (적어도) 내가 항상 생각하는 무언가를 말해 주었다. 그것은 (세상과 더불어) 예술가, 작가 또한 견딜 수 없고 이미 닻을 내린 곳에 더 무게를 두고 이미 있는 고통에 더 고통을 받고 이미 너무 똥이 많아서 산 채로 오줌 누고 옷을 입고 거리로 나가기 불가능한 상태에 더 비중을 둔다. 아둔함, 공포, 탐욕, 자아가 소위 최고의 마음가짐이라고 불리는 데서 드러난다……. 이 지배적인 구정물, 수락된 영광, 이미 족쇄를 채운 영혼의 맨 꼭대기로 오르려고 송곳니를 깨뜨리는……. 그건 분명하거나 혹은 그럴 것이고, 모든 눈을 감았을 때만 이 빌어먹을 상황이 싸구려 상점에서 한정판 손목시계를 돌리는 것만큼 평범하게 느껴지고, 보잘것없고 뱀 대가리 같은 배짱이 튀어나오지 않기를 바라며 포기해야 한다. 거의 예외 없이 대다수의 우리 작가(아무 작가)는 순교자, 예언자, 감독, 신으로 드러난 존재 중에서 가장 연약한 생물이다. 우리의 연약함이 엄청나서 연습한 거짓말이 문학으로 변모한다.

물론 아르토는 정신 나간 사람이라 이 모든 걸 알고 있었다.

"영혼에 유리한 지점이 있는 모두는……."

"……언어를 통달한 모두는……."

"……단어에 의미가 있다고 여기는 모두는……."

"……당대의 정신이라 여겨지고 이름이 있고 생각의 흐름이 있는 모두는……."

아르토의 말은 약함과 죽음을 통해 한층 숭고한 결말에 이르고자 하는 이들이 아무 미끼나 덥석 잡는다는 의미다. 그들의 생각 세포는 진짜가 아닌 근처에 있는 아무것이나 데리고 곧바로 잠이 든다. 평범한 사람은 불안정하고 심장이 없기에 난 그들이 실패했다고 비난하지 않는다. 하지만 그들의 실패와 그들의 사랑스런 점액을 나에게 묻히려는 행위는 용납할 수 없다.

"계집애 같은 것들……."

"당대 계급에 속한 이념이라면 무엇이든 휘두르는 것들……."

"말을 아주 잘하는 여자들, 당대 의식의 흐름을 이야기하는 것들……."

"수염 난 멍청이, 돼지, 거짓 장황함의 대가, 초상화업자, 팸플릿업자, 1층의 레이스 커튼을 친 허브 수집가, 곤충학자, 내 혀의 병균."

〈반 고흐: 사회로 인해 자살한 남자〉에서 아르토는 말한다. "정말로 모든 정신과 전문의는 심하게 음란증을 앓고 있다."

아르토의 정신과 의사가 이 점을 반박하자 아르토는 분명하게 대답했다.

"엘XX 박사님, 증거로 당신을 끄집어내기만 하면 돼요."

"당신 낯짝에 붙은 오명이나 해결해요, 더러운 인간."

그리고 아르토는 자세히 설명했다. 가여운 엘XX 박사가 호랑이 새끼를 키운 것이다.

아르토가 반 고흐(다른 것을 말한 바보)를 통찰한 것은 사회와 삶에 대한 해독이며, 아르토는 반 고흐가 진심으로 작품 안에 삶을 방출했다고 느꼈다. 몸이 떨리고 무언가 끔찍한 것이 박쥐와 검은 피와 거친 무언가와 한데 소용돌이치고 으깨지고 에너지를 풍기고 타오르고 풍경, 초, 의자에 기어 오르면서…….

"아, 그가 서른일곱에 요절한 것은 사악한 영혼이 교살한 남자의 음침하고 혐오스러운 이야기 끝에 다다랐기 때문이다."라고 아르토는 말한다.

반 고흐의 자살을 둘러싸고 그를 치료한 가셰 박사에게 상당한 책임이 돌아갔다. 아르토는 훌륭한 의사와 치료제를 비롯해 병원이나 요양소에 있던 지적인 사람을 혐오했다. 약은 돈을 벌려는 목적이 가장 크다는 것이 점점 더 분명해졌다. 두 번째는 무엇일까? 환자를 고문하고 가능하면 죽이는 것이다. 환자가 죽으면 빈 침대가 생기고, 그러면 그 일을 하는 자들(그리고 항상 성직자도)은 수익이 더 좋아지기 때문이다.

아르토는 거침없이 말한다. "나는 정신병원에 9년간 있었고 한 번도 자살 충동을 느끼지 않았다. 하지만 아침마다 정신과 의사가 찾아와 대화를 나눌 때면 매번 목을 매달고 싶은 생각이 간절했다. 내가 그의 목을 딸 수 없다는 걸 알았기 때문이다."

아르토는 자신이나 타인이 우스워지는 꼴도 개의치 않는 몇 안 되는 예술가라 강력하게 말했다. 그의 분명함, 강하게 불안정한 말들, 거짓에 대한 혐오는 삶에 의해 조각으로 부서진 남자가 내놓은 결과다. 자신의 추종자, 추종 예술가들이 그저 '얼간이'라는 사실을 깨달은 데서 찾아온 엄청난 공포에서 기인한 것이다.

진짜 위대한 사람이라면 누구도 그가 하는 단순한 말을 이해하지 못한다. 대중은 삶의 악몽이고 예술가와 지식인은 대중보다 더 끔찍한 악몽이다(마지막으로 이해해 보려고 했지만 그는 소위 최고의 두뇌와 정신이라는 사람들이 사실은 아무것도 이해하지 못하고 실제로는 대중보다 덜떨어진다는 사실을 알았다). 사랑은 불가능하다. 여자는 타고나길 거짓에 이끌린다. 결국 거짓과 영원히 결혼한다. 이것이 끔찍한 부유물이 계속 떠다니고, 낭종을 떼어 내고, 멍청이들이 서로를 붙잡아 미래의 멍청이들도 그렇게 하도록 만드는 자연의 법칙이다. 강한 인간일수록 혼자가 되는 것이 순리다. 그런 사람이 생을 정신병원에서 보내든 비행기 공장에서 보내든 그들의 고통…… 혹은 위대함은 바뀌지 않는다.

이 255쪽짜리 책을 3달러에 팔기엔 너무 아깝다. 아르토의 사진과 그림도 수록되어 있는데, 그림은 매력적이고(그래, 사랑이다), 그 속에 삶의 정수가 담겼다. 사서 읽기를 권한다. 확실히 기분이 우울할 때, 오래된 것들이 말썽을 부릴 때, 이런 글을 좀 읽으면 다시 시도할 에너지가 약간이라도 생길 것이다. 아르토는 세상에서 가장 아름다운 미치광이다. 거리나 방 안 혹은 옆방에서 자신과 비교할 무언가를 찾으려고 해 보라. 찾을 수 없을 것이다. 시티라이츠북스와 잭 허시먼이 그 일을 해냈다. 공포는 도처에 깔려 있다. 그저 만지기만 하면 된다.

운을 다 쓴 늙은 주정뱅이

《파파 헤밍웨이》, A.E. 하츠너.
밴텀북, 16장의 사진 포함 총 355쪽, 1달러 25센트.

현재 그렇지 않다면 D.H. 로렌스보다 헤밍웨이의 위와 아래, 겉과 속을 낱낱이 파헤친 책이 곧 더 많이 나올 것이다. 스캔들이 대중의 흥미를 돋우기도 하는데, 다수의 대중은 그 사람이 어떤 작품을 남겼는가는 별로 신경 쓰지 않고 그가 무슨 짓을 어떻게 했고, 가슴에 털이 났고, 창녀를 위해 귀를 잘랐고, 보트 뒤쪽 프로펠러로 뛰어들어 자살했고, 동성애자였다는 데만 관심이 있다. 작가가 무엇을 창조했는가는 중요하지 않다. 대신 그의 똥구멍 털, 섹스한 침대, 약통, 더러운 빨래를 보고 싶어 한다. 남의 불행을 뜯어먹는 어리석은 군중이지만 나도 그랬듯이 그들도 밴텀북에서 나온 이 책을 구입할 것이다. 그리고 당연하게 사진부터 훑어볼 것이다. 또 당연하게 이 늙은이는 잘생기지 않았다. 이런 책을 쓰면 벌어지는 일일까? 그는 전당포를 했어도 될 법한 얼굴이다. 추문을 뿌린 남자애들을 위해 진짜 물건을 취급하면서. 쓰레기도 안 되는 글조차 쓰지 못하는데 완충제, 유지 장치가 필요하다는 변명을 늘어놓는 것들에게. 그들을 보라. 1949년 프랑스 님에서 콜로세움의 계단을 걸어 내려간다. 헤밍웨이는 관절염에 걸린 랍비처럼 보이고 메리는 장님이 된 합창단 소녀처럼 생겼다. 그렇지만 독수리들이 뜯어 먹기 좋은 더 끔찍한 사진이 엄청 많다. 이야기로 들어가 보자. 그 자서전…….

하츠너는 1948년 쿠바에서 헤밍웨이를 만났다. 정확히 말하면《코스모폴리탄》지 일로 하바나에 가서 〈문학의 미래〉라는 기사를 쓰기 위해 헤밍웨이와 접촉하고자 한 것이다. 기사는 쓰지 못했지만 하츠너는 헤밍웨이가 자살할 때까지 간간이 어울렸고 이 책은 하츠너가 스페인, 파리, 쿠바, 키웨스트, 케첨 등을 돌아다니며 헤밍웨이의 흔적을 찾아 엮은 것이다. 대화와 설명 등이 수록되어 있다. 하츠너는 당연히 훌륭한 작가가 아니지만 문체가 크게 복잡하지 않으며 거슬림 없이 읽어 나갈 수 있다. 하츠너는 헤밍웨이의 작품을 일부 채택해 TV쇼와 영화용으로 썼다. 다시 말하면 하츠너가 헤밍웨이의 작품을 탄생시켰고 헤밍웨이도 그렇게 한 것이다. 하츠너는 종종 판권을 흥정하면서 중년 남자처럼 굴었다. 헤밍웨이는 제대로 된 친구를 고르는 데 소질이 있었다. 그는 일찍이 그 점을 익혀 오랫동안 써먹었다. 반대로 그는 등장인물이나 존경할 만한 인물로 쓸 수 없는 아첨꾼을 솎아 냈다. 세상에는 승리자에게 들러붙은 빨판상어가 득실거리는데 헤밍웨이도 예외가 아니었다. 그들은 헤밍웨이에게 거머리처럼 들러붙고 보트에 올라탔다. 가끔 그는 헐거운 한 마리를 흔들어 떨어뜨렸지만 항상 다른 것들이 생겨났다. 헤밍웨이의 이름과 이미지는 재능에 비해 너무 과장되어 버렸다. 한번은 이탈리아 쿠네오에서 대중들이 그를 알아보았는데 군 대대가 끼어들지 않았다면 완전히 깔아뭉개졌을 것이다. 이 사건은 군중은 골수도, 영혼도, 아무것도 없으며 공백을 메울 무언가를 찾고 있다는 메스꺼운 사실을 알려 준다. 헤밍웨이는 대중의 남자였다. 남자의 남자. 주먹, 총, 술, 여자, 전쟁에 대해 잘 썼고 다른 분야도 잘 썼으며(그랬나?) 투우를 보러 가고 엄청나게 큰 고기를 잡았다. 그가 자살하자 대중도 끝을 냈다. 한동안은. 그러나 항상 다른 대상이 나타난다. 또 다른 남자의 남자가. 아니면 또 다른 반 고흐나. 아니면 또 다른 아르토나. 혹은 또 다른 셀린이나. 심지어 주네나. 술 한 잔이 다음 잔으로 넘어가고 그렇게 좋은 시간이 흐르리!

이 당시 헤밍웨이의 인생을 미루어 보자면 하츠너는 더 이상 초기 헤밍웨이처럼 글을 쓸 수 없는 남자를 만난 것이다(내 의견이다).《강을 건너서 숲속으로》와《파리는 날마다 축제》에서는 헤밍웨이의 양식을 찾아볼 수 없다. 내용도 아무 감명 없이 평범하고 지루하다. 우리가 기대하는 게 더 크기 때문에 두 책 모두 잘 안 읽힌다. 노벨상 심사위원들과 내가 아는 많은 사람을 속인《노인과 바다》에서 헤밍웨이는 자신의 실패를 기록하고(내 의견이다) 초창기처럼 대서양 케이블 같은 거친 문체로 돌아가려 했다. 그 양식, 즉 구조로 돌아갔지만 내용은 다시금 실패했다. 글을 읽은 대다수가 꽤 되돌아온 것처럼 느꼈지만 글을 읽고 쓸 수 있는 사람에게는 그런 징조가 보였다. 헤밍웨이는 끝났다고. 에바 가드너, 게리 쿠퍼와 친구를 맺고 미국을 동경하고 스페인, 파리, 쿠바에서 사랑에 빠지고 와인과 함께 처음 만난 잠자리 상대들과 밤새 이야기를 하고 또 하고 또 하며 과거를 떠벌리는 노인이 되었고, 두어 번의 비행기 추락과 친구 쿠퍼의 죽음으로 운이 다해 버린 것 같았다. 어쩌다 이런 처지가 되었는가! 그는 투츠 쇼어, 레오나르드 리옹, 지미 캐넌 등 모든 승리자를 알았다. 그는 준비가 되었을 때 자리에서 물러난 챔피언에 대해 말했다. 테드 윌리엄스, 디메그에 대해 말했다. 그에게는 목록이 있었다. 나머지들은 빠르게 내려왔다. 처음에는 그가 눈이 멀 거라고 생각했다. 돈과 흥정을 하면서. 더러운 세탁이 조금 있을 거고. 그의 마음이 움직이고 상황을 상상했다. 다른 이름으로 몰래 기관에 들어가거나 그곳에서 자리를 잡을 뻔했다. 전기 충격. 세상은 그 이야기를 안다. 산탄총. 1961년 예순한 살 때 케첨에서 일어난 일이다. 그리 오래전은 아니다. 헤밍웨이가 죽은 지 그보다 더 오래된 것처럼 느껴진다. 어쩌면 그게 사실일지도 모르지만.

인간이 승리자가 되어야 하는 미국의 상황이 바로 비극이다. 승리자가 아니면 받아들여지지 않는다. 승리자가 자리에서 물러날 때는 아무것도 가져오지 못한다. 승리자는 아무것도 얻은 것이 없다. 하츠너는 이렇게 책을 마무리 지었다. "어니스트는 제대로 했다. 사람은 패배하도록 만들어지지 않았다. 파괴될지언정 패배하지는 않는다."

아니, 어니스트는 제대로 못 했다. 사람은 패배하도록 만들어졌다. 사람은 파괴되고 또 패할 수도 있다. 꼭대기에만 앉아 있고 절대 내려오지 않는 한 실패하고 파괴되고 실패하고, 실패하고 또 실패하고 파괴될 수 있다. 자신의 능력에서 얻을 수 있는 것을 배운다면 실패도 파괴도 덜할 것이다. 헤밍웨이를 통해 우리는 잘 살았지만 안타깝게도 승리만이 유일한 길이라고 여긴 한 사람의 일생을 보았다. 그는 전쟁과 전투 속에서 살았고 싸우는 법을 잊었을 때 그만두었다. 그래도 초기에 남긴 작품 일부는 영원히 남지 않을까? 하지만 거기에도 거슬리는 부분이 있다. 흠집이 있다. 아, 뭐, 누가 신경이나 쓸까? 그를 위해 술이나 한잔 하자!

음탕한 늙은이의 비망록

《오픈 시티》, 1967년 5월 12~18일

담배를 사러 나갔다가 경찰 한둘이 날 불러 세웠을 때 무슨 일이 있었는지 아는가? 그로 인해 이 나라의 형사 체계를 다 뜯어고치고 싶어졌다. 오해는 말았으면 좋겠다. 음주 운전을 한 인간이 최고의 시민이라고 말하려는 게 아니니까. 나도 음주 운전자에게 한 번 치인 적이 있다. 자동차 보험사도 그들을 좋아하지 않는 건 마찬가지다. 내가 하고 싶은 말은 나비의 털 끝 하나 못 건드리는 인간이 집에 가는데 그 사람을 불러 세워 감방에 집어넣는 일이 너무 많다는 것이다. 감방이 거기 있고 사용되어야 하기 때문이다. 게다가 경찰들은 꼭 체포하겠다는 생각으로 거리를 돌아다닌다.

경찰이 다가오면 늘 죄책감이 드는데 나는 죄가 있다고 느끼도록 교육받았기 때문이다. 죄책감과 아버지 콤플렉스가 함께 자리하는 것이다. 배지, 헬멧, 권총, 찍찍거리는 무전기, 경광등, 살이 오른 요지부동의 얼굴. 공포의 한 장면이다. 사실 우리는 그렇게 나쁜 사람이 아닌데. 이해되지 않는 목소리, 누군가의 말을 이해하려고 하지 않는 그 목소리 말고 더 나은 방법이 분명 있을 것이다.

한동안 집 안에만 있으라는 것이《오픈 시티》독자들에게 해주고픈 말이다. 청결하게 썼고 문을 꽉 잠가라. 경찰들이 달빛 아래 텅 빈 거리에서 자기들끼리 경광등을 울리며 돌아다니도록. 밖에는 아무것도 없으니까. 우린 톨스토이를 다시 읽거나 모차르트의 41번 교향곡을 들으며 술을 즐기면 된다. 아멘.

경찰이 날 멈춰 세운 건 일주일 전쯤이다. 오토바이를 탄 순찰 경찰 둘이 날 세우고는 내 브레이크 등이 고장 났다고 지적했다. 난 맥주를 몇 잔 걸친 터라 몇 차례 균형 잡는 검사를 받았다. 날 함부로 다루거나 진술을 강요하지 않았지만 어디서 왔고 어디로 가는 길인지 물었다.

술 취한 운전자가 내 뒤에 한 명 더 있어서 꽤 불안한 상황이었다. 난 우리가 경찰과 함께 혹은 경찰 없이 살아남을 수 있을지 확신이 서지 않는다. 그냥 마음이 아니라 강인한 마음에서 비롯된 질문이다. 프랑스에 이런 말이 있다. "경찰은 누가 지켜 주는가?" 나에게는 이런 말로 들렸다. "일하는 경찰은 누구인가?" 어느 코미디언의 대사가 떠오른다. "사기꾼들? 사기꾼들은 어디 있지? 내게 문제를 일으키는 자는 전부 다 경찰이야!"

*

마지막 검사는 플래시와 관련이 있다. 그 빛으로 눈을 비추는 거다. 내가 약을 했는지 알아보려고 그들이 내 동공을 살폈다.

그런데 이상하게도 내 눈으로 플래시를 비추고 난 뒤 경찰이 동료에게 걸어가서 그의 눈을 비추는 게 아닌가. 동료 경찰의 눈은 꽤 겁에 질린 것처럼 보였다. 그 사람은 오토바이를 타기 전에 서너 차례 마리화나를 피웠을 것이다. 세상에, 어라? 난 알 수 있었다.

"이봐, 자네, 약을 했잖아! 난 자넬 잡아넣어야겠어!"

"하지만 마티, 우린 친하잖아! 하루에도 둘이서 많이 피웠잖아! 봐줘! 겨우 한두 개비 가지고!"

"다들 그렇게 말해!"

"재수 없게 좀 굴지 마, 마티!"

"너만 봐줄 수 없어. 난 네 친구이기 전에 경찰이고……."

하지만 그런 상황은 일어나지 않았다.

경찰이 플래시를 내리고 말했다. "가도 좋습니다. 검사를 통과했어요. 하지만 곧장 집으로 가는 게 좋을 겁니다."

난 그렇게 했다. 모퉁이의 주류 상점에 들렀다가.

*

그래, 묻고 싶겠지. 그래서 어쩌라고? 이게 다 무슨 말이냐고? 경찰 대 음주 운전자의 천사 같은 해결책이 뭐냐고? 알겠지만 이런 경찰은 좀 달라서 샤워기 밑에 서 있고 아이들과 공놀이를 하고 잔디를 깎거나 뭐 그런 족속이다. 하지만 그들도 우리처럼 변비, 불면증, 이혼, 두려움, 사랑, 치통 같은 문제를 겪는다.

해를 끼치는 사람과 그렇지 않은 사람의 차이는 아주 근소하다.

범죄 예방 이론 중 하나는 범죄가 일어나기 전에 막는 것이다. 다시 말해 어떤 사람이 음주 운전으로 처벌을 받으면 그가 사람이나 소유물에 해를 끼쳐서가 아니라 그럴 가능성이 있기 때문에 잡혀가는 것이다. 술에 취한 것과 그렇지 않은 것은 한 끗 차이며 거의 똑같은 경우가 더 많다. 그 기준에 대해 술에 취하지 않았다고 입증할 수 있어도 여전히 죄인이 되어 보석금, 변호사 비용을 내야 하고 기분은 엉망이 된다. 우울함, 근심, 걱정, 시간 낭비는 전혀 고려해 주지 않는다.

그러니까 음주 운전자가 해를 입히거나 고통을 줄 가능성이 있다는 이론에 따라 그 사람은 감옥에 가고 저지를지도 모를 일에 대해 무거운 벌금을 받는다. 이 같은 이론을 인생 활동의 다른 영역에도 적용하면 모든 살아 있는 인간은 크든 작든 사회에 반하는 범죄에 연루될 가능성이 있기에 반드시 감옥에 가야 한다.

그래서 아무 고통이나 피해를 입히지 않은 음주 운전자도 정의라는 미명 아래 법에 따라 고통과 피해를 일으킨 셈이 된다. 다시 말해 법이 아무 고통이 없는 곳에 고통을 일으킨 것이다. 벌금과 감옥에 가는 것 말고도 면허증 취소나 일자리를 잃는 경우가 생기고, 그 '이력'으로 인해 다른 일자리를 찾는 데 어려움을 겪는다.

우리가 더 나은 세상을 얻을 수 있다면(그런 걸 바라지 않는 예민한 사람이 있을까?) 불필요한 고통을 없애는 것부터 시작하면 된다. 웃긴 이야기를 해 줄까? 경찰이 음주 운전자를 다루는 방식을 바라보는 내 생각을 알려 줄까? 음주 운전자는 감옥이 아닌 그들의 집으로 보내야 한다. 음주 운전자에게 이불을 덮어 주고 필요하면 마실 것도 준 뒤 밤에 나가지 말고 집에 있으라고 말해 줘야 한다. 뭔 헛소리냐고? 왜 안 되는가? 조금만 이해하면 되는데 뭐가 헛소리야? 내가 세금을 낸 건 대접을 받으려는 거지 폭행을 당하겠다는 것이 아니다.

술에 취한 사람이 미쳐 날뛰고 공격적이라면 자기 집에 가두는 방법을 찾아서 그 사람이 화장실을 쓰거나 뉴헤이븐의 숙모에게 전화 걸도록 해 줘야 한다. 그 편이 감옥보다 낫다. 법정은 잊어버려라. 남아도는 판사는 길거리나 뭐 그런 데서 구멍 메우는 일을 시키면 되니까. 감옥이 전혀 필요 없는 날이 떡하니 올 거라 믿는다. 모든 사람이 상식에서 벗어나 동료를 해치거나 상처를 입히거나 죽이는 일을 스스로 거절하는 날이 올 거라 믿는다. 물론 나뭇더미에는 늘 골칫거리가 있기 마련이다. 하지만 그 골칫거리는 이해가 처벌의 자리를 대신하면서 차츰 줄어들 것이다.

《짐 로웰을 기리며》의 무제 에세이

훌륭한 예술, 즉 창작은 일반적으로 실제 권력자와 경찰국가
보다 200년하고 20년 더 앞서 있다. 훌륭한 예술은 이해되지
않아야 할 뿐 아니라 두려움을 줘야 한다. 더 나은 미래를 만
들기 위해 예술은 현재가 매우 나쁘다고 말해야 하기 때문이
다. 그 속에는 제대로 살아가는 사람들에 대한 애정이 전혀 담
기지 않았고 그 언사가 그들의 직장, 영혼, 아이들, 아내, 새 차,
장미 덩굴마저 위협한다. '외설'이란 자신의 썩은 뿌리를 감추
기 위해 창의적인 인간의 작품과 전초기지를 공격할 때 쓰는
말이다. 짐 로웰의 서점은 이곳 웨스트코스트에 자리한 스티
브 리치몬드의 서점과 거의 같은 시기에 경찰의 급습을 받았
고, 이들 암 덩어리가 전국으로 퍼지면서 누군가 내게 말했다.

"다시 비명 천지야."

우리가 그다지 발전하지 못했다는 사실을 여실히 보여 주는
말이다. 경찰의 이런 공격에 대해 판사들도 어쩔 수 없는 건 현
실과 순수 창작의 의미에 대해 그들이 경찰보다 아주 약간 더
아는 수준이기 때문이다. '소규모 잡지'의 판매 부수가 소규모
가 아닌 건 작가들이 글을 엉망으로 써서인데, 이는 수준 높은

글을 이해하고 즐기고 소화할 수 있는 독자들이 충분하지 않아서 비롯된 현상이다. 창의적인 예술가들은 항상 관료 집단과 대중에게 끊임없는 공격을 받는다. 반 고흐는 창문에 돌을 던진 아이들에게 콧방귀를 뀌었다. 그는 운이 좋아 창문이 있는 집에 살았다. 귀가 한쪽만 있는 것도 다행이었다. 헤밍웨이는 산탄총이 있어 다행이었다. 난 이 방에서 지금 이 글을 쓸 타자기가 있어 다행이다. 예술가들을 잘 봐달라는 것도, 그들을 위해 공적 자금을 모아 달라는 것도 아니다. 그저 작품을 통해 즐거움, 공포, 신비로움을 느낄 수 있게 우리를 놔달라는 것이다. 바퀴벌레, 쥐, 유령, 빈 술병으로 가득 찬 방에서 죽어 나간 뒤 우리의 작품을 수백억 달러에 팔았다고 해도 그건 우리가 알 바 아니라는 말이다.

다만 우리를 내버려 두라 말하고 싶다. 멋진 여자, 성, 새 차, TV, 전쟁, 스테이크, 45달러짜리 구두, 4000달러 장례식, 1.6킬로미터는 족히 되는 선인장 정원, 반 고흐 원작을 다 가져가도 괜찮으니 우리를 '외설' 속에 그냥 놔두고 신문들이나 급습하라. 젖꼭지, 엉덩이, 멍청한 나체 고깃덩어리에 멍한 얼굴로 도배해서 고삐리가 자위나 하게 만들고 어린아이를 강간한 미친놈 기사로 뒤덮은 신문이나 공격하라. 거지 같은 무언가를 공격하고 싶다면 이 100만 달러짜리 사업이나 건드리고 우리는 내버려 두란 말이다. 당신네 지도자가 우리 모두를 지옥으로 날려 버릴 만큼 멍청이가 아니라면 지금부터 100년 뒤 당신네가 압수하려던 책이 대학 교재로 쓰일 테니까. 난 당신들 자신의 두려움을 공격하고, 당신들 자신의 양심(아주 조금 있는)을 공격하고, 분노에 차서 잃어버린 당신들의 영혼을 공격하는 거라고 생각한다. 많은 걸 이해해 달라는 말이 아니다. 날 억지로 이해시키려고도 하지 마라. 난 다른 일로도 충분히 바쁜 사람이다.

음탕한 늙은이의 비망록

《내셔널 언더그라운드 리뷰》, 1968년 5월 15일

"아뿔싸아아아아아아!"

요즘 환각이 생겼다. 술을 못 마시고 굶주린 상태에서 돈이나 무언가가 생기길 기다릴 때 찾아오는데, 총천연색에 음악과 함께 나타나 아주 생생하고 침대에서 비몽사몽일 때 천장 위로 퍼뜩 등장한다. 난 너무 많은 공장에서 일했고 너무 많이 감방을 들락거렸고 너무 많은 싸구려 와인을 마시며 환각에 대해 냉정하고 지적인 상태를 유지하려 해 왔는데……

"아, 저리 가, 이 나쁜 자식아! 부탁이야! 여기서 썩 나가! 넌 분명 날 박살 낼 거야! 세상에, 하느님, 자비를 내려 주세요!"

샌프란시스코였다. 그리고 문을 두드리는 소리를 들었다. 이 집 주인인 파지오 노파다.

"부코스키 씨?" 그녀가 문 너머에서 물었다.

"아아아아악!"

"무슨 일이에요?"

"윽, 음……"

"괜찮아요?"

"아, 네."

"들어가도 될까요?"

난 자리에서 일어나 문을 열었다. 귀 뒤로 식은땀이 흘렀다.

"그러니까……."

"네?"

"와인과 맥주를 차갑게 넣어 둘 무언가가 필요한데 냉장고가 없군요. 냄비에 얼음과 물을 담아서 냉장고 대신 써도 도움이 돼요. 내가 얼음물이 든 냄비를 가져다줄게요."

"고맙습니다."

"그리고 당신이 2년 전 여기 왔을 때 축음기가 있었던 걸로 기억해요. 항상 교향곡을 들었죠. 음악이 그립지 않아요?"

"그리워요."

그녀는 자리를 떴다. 난 다시 침대에 눕는 것도, 환각이 다시 나타나는 것도 겁이 났다. 환각은 항상 잠들기 직전에 등장한다. 아니면 누군가 잠들기 전이거나. 끔찍한 것들이다. 살이 오른 새끼를, 파란 눈망울에 피부가 우유처럼 하얀 새끼들을 잡아먹는 거미처럼 말이다. 다음엔 얼굴들이 나타난다. 빨강, 하양, 파랑 원이 90센티미터 넓이로 구멍을 도는 얼굴이다. 그런 식이다. 난 딱딱한 나무 의자에 앉아 샌프란시스코베이 브리지를 쳐다보았다. 그때 계단을 오르는 웅성거리는 소리가 났다. 커다란 괴수가 나를 향해 기어 오는 것일까? 여든 살인 파지오 부인이 낡은 스탠드형 빅터 축음기를 이리저리 밀고 돌리며 가져오고 있었다. 그 초록색 나무 축음기는 부인보다 갑절은 무게가 나가는 데다 저 좁은 계단으로 옮기기에도 불편해 보이기에 그 자리에 서서 말했다.

"세상에, 멈춰요. 움직이지 말아요!"

"내가 갖다 줄게요!"

"그러다가 죽겠어요!"

얼른 계단을 내려가 축음기를 잡았지만 부인은 날 돕겠다고 우겼다. 우리는 내 방으로 들어왔다. 축음기는 근사했다.

"자, 이제 음악을 들을 수 있을 거예요."

"네, 정말 감사합니다. 얼른 가서 레코드를 사야겠어요."

"아침은 먹었어요?"

"배 안 고파요."

"언제든 아침 먹으러 내려와요."

"고맙습니다."

"월세가 없으면 안 내도 돼요."

"내도록 노력할게요."

"그리고 미안한데 내가 당신 방을 청소할 때 우리 딸애가 도와주다 글이 쓰인 종이를 찾았어요. 그 애는 당신 글에 아주 매료되었죠. 그 애와 그 애 남편이 당신을 집으로 불러서 저녁을 먹으면 좋겠다고 해요."

"그럴 순 없어요."

"당신이 아주 재미있다고 애들한테 말해 뒀어요. 당신이 초대에 응하지 않으리라는 것도요."

"감사합니다."

그녀가 가고 난 뒤 동네를 몇 바퀴 돌다가 다시 방으로 돌아와 보니 얼음이 가득 담긴 커다란 냄비에 6~7리터는 족히 되어 보이는 맥주가 둥둥 떠 있고 훌륭한 이탈리아 와인도 두 병이나 들어 있었다. 부인이 서너 시간 뒤에 올라와 맥주 한잔을 했다.

"우리 딸네 집에 저녁 먹으러 갈래요?"

그녀가 날 구슬렸다.

"부인이 내 영혼을 샀으니 날짜만 알려 주세요."

그녀는 날짜를 말했다.

그날 밤 술을 마시고 낡은 빅터 축음기를 켰다. 각기 다른 속도로 돌아가는 펠트가 덮인 텅 빈 축을 바라보고 기계의 배 부분에 난 작은 나무 틈으로 고개를 가져가 흥흥거리는 소리를 들었다. 축음기에서 좋고 신성하고 슬픈 냄새가 풍겼다. 그 냄새가 무덤과 죽은 자의 초상화처럼 날 매료시켜 그날 밤이 잘 지나갔다. 밤늦게 축음기 중간에서 판 하나를 발견하고 틀어 보았다.

온 세상을 다 가지셨네
주님의 손에

오빠와 나도 주님의 손에 있어

온 세상을 다 가지셨네
주님의 손에

모두를 가지셨네
주님의 손에……

이 노래가 너무 무서운 나머지 다음 날 술이 덜 깬 상태로
나가서 일자리를 얻었다. 백화점 창고를 정리하는 일인데 다
음 날부터 출근했다. 화장품 코너의 늙은 여자(여자로는 끝
난 나이인 마흔여섯에서 쉰세 살로 보였다)가 지금 당장 물
건을 가져와야 한다고 소리를 질러 댔다. 고집스런 비명처럼
들리는 목소리에서 실성한 기운이 풍겼다. 난 그녀에게 말했
다. "진정해, 자기. 자기와 자기의 긴장을 풀어 주러 곧 갈 테니
까……." 관리자가 5분 뒤에 날 해고했다. 그녀가 전화기 너머
로 지르는 소리가 들렸다. "내 평생 이렇게 거들먹거리는 창고
알바는 처음이야!!! 대체 지가 뭐라고 생각하는 거야?"

"자, 제이슨 부인, 부디 진정하시고……."

저녁 식사도 혼란스럽긴 마찬가지였다. 딸은 진짜 아름다운
데 남편은 덩치가 큰 이탈리아인이며 둘 다 공산주의자였다.
남편은 어딘가에서 근사한 저녁 근무를 하고 아내는 빈둥거
리며 책을 읽거나 아름다운 다리를 비비적거렸다. 그들은 내
게 이탈리아 와인을 따라 주었다. 하지만 난 아무것도 이해되
지 않았다. 멍청이가 된 기분이 들었다. 공산주의는 민주주의
보다 더 말이 되지 않는다. 난 자주 그렇게 생각했는데 그날 저
녁 식탁에서도 마찬가지였다. 난 멍청이다. 모두가 그 사실을
알까? 이 와인은 뭐지? 이 대화는 뭐고? 흥미가 생기지 않았

다. 나와는 전혀 관련이 없었다. 날 살피지 못하나? 내가 하찮은 인간에 불과하다는 걸 알아차리지 못했나?

"우린 부코스키 씨의 글을 좋아해요. 당신 글을 보면 볼테르가 생각나요." 그녀가 말문을 열었다.

"볼테르가 누구죠?" 내가 물었다.

"세상에나." 남편이 탄식하듯 말했다.

그들은 먹고, 말했고 나는 이탈리아 와인만 마셨다. 그들이 날 싫어한다는 것을 알았지만 이미 그럴 거라 예상했기에 마음 쓰이지 않았다. 크게 신경 쓰이지 않았다는 말이다. 남편은 일하러 가야 했고 나는 남았다.

"내가 당신 부인을 강간할지도 몰라요."

그는 계단을 내려가는 내내 웃었다.

그녀는 벽난로 앞에 앉아서 무릎 위까지 다리를 드러냈다. 난 의자에 앉아서 지켜보았다. 2년 동안 여자 구경을 못 했다.

"아주 섬세한 남자가 있었는데." 그녀가 입을 열었다. "내 친구와 어울렸어요. 둘 다 몇 시간이고 앉아서 공산주의에 대해 이야기했지만 남자는 한 번도 친구를 만지지 않았어요. 아주 이상했어요. 친구는 혼란스러웠고, 그래서……."

"치마를 더 높이 들어요."

"뭐라고요?"

"치마를 더 높이 들라고요. 당신 다리를 좀 더 보게. 내가 볼테르라고 생각해요."

그녀는 내게 조금 더 보여 주었다. 난 적이 놀랐다. 내가 감당할 수 있는 수준 이상이었다. 걸어가서 그녀의 치마를 내려 엉덩이를 덮었다. 그녀를 바닥으로 당기고 머저리처럼 그녀 위로 올라갔다. 그리고 팬티를 벗었다. 장작불 앞이라 몹시 더웠다. 일이 끝나자 난 다시 멍청이가 되었다.

"미안해요. 내가 정신이 나갔나 봅니다. 경찰에 신고할래요? 어머니는 그렇게 나이가 많은데 어쩜 이렇듯 젊을 수가 있어요?"

"할머니예요. 날 그냥 '딸'이라고 불러요. 이만 씻어야겠어요. 금방 올게요."

"그러세요."

난 반바지를 닦았다. 그녀가 돌아왔고 우리는 이야기를 좀 더 나누었다. 그리고 내가 문을 열어 겉옷을 비롯해 여러 가지가 가득 걸려 있는 벽장으로 갔다. 우리 둘 다 웃었다.

"제기랄, 난 미쳤어요."

"아니, 아니에요."

난 계단을 내려가 샌프란시스코 거리로 나가서 내 방으로 돌아왔다. 더 많은 맥주와 와인이 얼음물에 떠 있었다. 창가에 놓인 나무 의자에 앉아 불을 끄고 창밖을 보며 술을 마셨다.

행운은 내 편이다. 100달러짜리 엉덩이와 10달러는 족히 될 술이라. 계속할 수 있다. 운이 점점 더 좋아질 수 있다. 더 멋진 이탈리아 와인과 더 근사한 이탈리아 엉덩이. 공짜 아침, 공짜 월세, 빌어먹을 영혼이 모든 것을 잠식하는 흐름. 모든 남자는 이름이 있고 방식이 있지만 그들 대다수가 얼마나 끔찍하게 낭비하는가. 난 달라질 것이다. 난 계속 술을 마셨고 어떻게 자러 갔는지 기억나지 않았다.

아침이 되어도 나쁘지 않았다. 반 정도 남아 미지근해진 맥주통이 눈에 들어왔다. 그걸 마셨다. 그리고 침대에 누워 땀을 흘리기 시작했다. 한참 누워 있었더니 졸렸다.

이번에는 전등갓이 악마로 변하고 커다란 얼굴이 되고 다시 전등갓으로 돌아왔다. 반복되는 영화처럼 그렇게 했다. 난 땀을 흘리고 또 흘리며 매번 생각했다. 참을 수 없는 게 무엇이든 그 얼굴이 그랬다. 그리고 다시 환각이 나타났다!

"아아아아아악! 악!!!!!! 세상에! 이럴 수가! 하느님, 날 구해 주세요!"

문을 두드리는 소리가 났다.

"부코스키 씨?"

"네?"

"괜찮아요?"

"네?"

"괜찮냐고요?"

"아, 네, 난 괜찮아요!"

"들어가도 될까요?"

파지오 부인이 들어왔다.

"전부 다 마셨군요."

"네. 어젯밤 좀 더웠거든요."

"레코드판은 샀어요?"

"'예수님의 손에 아기들이 있네' 하는 것만 있어요."

"우리 딸이 또 저녁을 먹으러 오래요."

"그럴 수 없어요. 할 일이 있어요. 정리도 해야 하고."

"무슨 말이죠?"

"이번 달 26일까지 새크라멘토에 가야 해요."

"무슨 문제가 있나요?"

"아니, 아니에요, 부인. 전혀 없어요."

"난 당신이 좋아요. 돌아오면 다시 우리랑 살아요."

"그럼요, 부인."

노부인이 계단을 내려가는 소리를 들었다. 나도 매트리스 위로 몸을 던졌다. 뇌 입구에서 바람이 웅성거렸다. 팔다리, 눈과 뇌, 고추와 불알, 배꼽과 모든 것이 다 살아 있는 상태로 죽기만을 기다리고 또 기다리는 것이 얼마나 서글픈 일인가. 아주 바보 같은 행동이지만 그것 말고는 전혀 할 일이 없다. 변비라는 단점이 있는 톰 믹스의 삶과 같다. 난 거의 잠이 들었다.

"아아아하학!!!!! 물러가! 성모 마리아여!"

"부코스키 씨?"

"어쩌고저쩌고."

"무슨 일이에요?"

"네?"

"괜찮아요?"

"아, 네, 괜찮아요!"

*

마침내 샌프란시스코를 빠져나왔다. 샌프란시스코는 날 미치
게 한다. 공짜 와인과 공짜인 모든 것이. 난 지금 로스앤젤레스
에 있고 이곳에서는 공짜가 아무것도 없고 기분이 좀 나은 것
같기도 한데……

이봐! 그건 뭔데…….

내가 앨런 긴즈버그라는 사실을
아무도 믿어 주지 않은 밤

이 작자를 보려고 베네치아까지 차를 몰고 갔지만 그는 없었
고 난 좀 취했고 처음에는 집을 잘못 찾은 줄 알았다. "할을 찾
아왔어요. 어라, 여자가 있네! 당신은 나쁘지 않은데, 나쁘지
않아!"

내가 밀어붙였고, 그녀는 한 팔로 막아섰다.

"저기, 멈춰요!"

"뭘 멈추라는 거지? 난 할을 보러 왔어."

"대체 왜 이러는 거죠? 여긴 할이 없어요."

"노스라고, 할 노스."

"그는 위층에 살아요. 집을 잘못 찾아왔어요."

"그렇다면 기왕 찾아온 김에 당신이랑 한판 하면 안 될까?
어때, 자기?"

"이봐요, 지금 제정신이에요? 당장 나가요!"

나쁜 년들. 이것들은 늘 자기 성기가 뭐 특별한 건 줄 안다.
난 비를 맞으며 계단을 올랐다. 그리고 노스의 초인종을 울렸
다. 그는 집에 없었다.

난 항상 작사가가 되고 싶었다. 할 일이 없고 해서 나에 관한

노래를 만들기 시작했다.

오, 넌 아껴 둘 가치가 없어
따 라 라
오, 넌 아껴 둘 가치가 없어
라 라 라 라 ……

이런 제기랄, 《카르멘》이랑 비슷하잖아. 난 《카르멘》을 싫어하는데.

차를 어디에 세워 두었는지 기억나지 않아 그냥 쭉 걸었다. 빗속에서 걷고 또 걸었다. 그러다 술집에 이르렀다. 안으로 들어갔다. 비 오는 밤이면 이런 곳이 꽤 북적거린다. 혼자 앉을 자리를 겨우 찾았다. 젊은 여자가 옆에 앉아 있었다. 평범하지만 시도나 해 보자고 생각했다.

"어이, 이쁜이, 난 작가야. 훌륭한 작가라고!"

그녀가 내 쪽으로 얼굴을 완전히 돌렸다. 피부 속에서 증오가 피어오르는 것이 보였다.

"이봐요, 아저씨!" 그녀는 술집 전체가 다 들리도록 소리를 질렀다. "부탁인데 제발 좀 나한테 그만 껄떡댈래요?"

바텐더가 앞에 서서 내 주문을 기다렸다.

"더블 스카치에 물을 타 줘요."

정장에 넥타이를 맨 살짝 느끼하게 생긴 남자가 여자 뒤로 걸어왔다. "어, 헬렌, 자기야!"

"어머, 로비! 로비! 오랜만이야, 진짜 오랜만!"

로비가 옷깃에 꽂아 둔 장미를 빼서 그녀에게 건넸다. 그리고 뺨에 입을 맞추었다.

"어머, 로비!!"

대체 난 어디에 온 거지? 여긴 배우들의 소굴인가? 모두가 카메라 앞에 있는 것처럼 가식적으로 행동한다. 바니스백화점에 있는 것처럼.

"이 치는 누구야?" 남자가 여자에게 물었다. 나를 말하는 것이다.

"난 앨런 긴즈버그이고 그녀는 나랑 말하고 싶어 하지 않아." 내가 설명했다.

여자가 다시 그 얼굴로 날 쳐다보았다. 서슬이 퍼랬다. "이런 얼간이가! 앨런 긴즈버그가 어떻게 생겼는지 내가 모를 줄 알아요?"

"저기, 왜 이렇게 고함을 지르는 거지? 내 맘이 불편하잖아. 그건 공평하지 못해."

"당신이 귀찮게 구니까요! 그래서 그러죠! 당신이 나한테 껄떡대니까!"

"저기." 난 그녀 쪽으로 몸을 구부리고 말했다. "가서 손가락으로 재미나 보지 그래?"

"로비! 저 사람이 방금 나한테 한 말 들었어요?"

"아니. 그가 뭐라고 했는데?"

"나더러 가서 자위나 하래요! 빌어먹을 놈이!"

난 스카치를 쭉 들이켰다.

"이봐요, 양반." 로비가 나섰다. "당신이 누군지 모르지만 입술이 터지고 싶은가 보네!"

입술이 터진다고? 세상에 그건 1935년 제임스 카그니의 대사 아닌가?

그래서 나도 카그니의 대사를 읊어 주었다. "좋아. 춤을 추고 싶다면 난 밖에서 기다리지!"

밖으로 나가서 내 차를 찾아 계속 걸으면 된다고 생각했는데 그 남자가 따라오는 소리가 들렸다.

빌어먹을 술집 전체가 들고 일어나 그에게 따라가라고 외쳤다.

"저 망할 놈을 죽여 버려, 로비!"

"본때를 보여 줘, 로비!"

"죽여 버려, 로비! 자네가 못 하면 우리가 할 거야!"

하느님, 제 불쌍한 영혼을 굽어 살피소서. 나는 쉰 살이다. 실신한 적도 있다. 세상이 빙글빙글 돌다 정신이 나가 버리는 통에 몸을 숙여 신발끈도 못 맨다. 망했다. 왜 노스는 집에 없었던 거야? 왜 내가 이런 곳에 들어온 거지? 바는 어디에나 언제나 천지인데…….

로비가 날 거칠게 밀쳤고 난 살짝 비틀거렸지만 손을 들지 않았다. 그가 날 쳤다. 코 오른쪽을. 가만히 있는 건 좋았다. 전혀 아프지 않았다. 그가 내 추레한 염소수염을 때렸다. 아무것도 느껴지지 않았다. 난 씩 웃었다.

이번엔 내가 한 방을 날렸다. 아주 천천히. 어색한 펀치에 힘이 없었다. 쇼의 한 부분이 되고자 그냥 날려 본 거다. 전혀 센펀치가 아니었다. 뚱뚱하고 냄새나는 104킬로그램짜리 맥주의 펀치.

로비는 마취 없이 이를 뽑은 사람처럼 비명을 질렀다. 뒤집은 주머니칼처럼 몸을 비틀더니 앞으로 숙이고는 양 무릎으로 털썩 바닥에 주저앉았다. 파도 속으로 다이빙하듯 몸을 내던졌고 그대로 퍼졌다. 젖고 더러운 시멘트 위로. 잠시나마 전성기의 권투선수 잭 뎀프시가 된 듯한 기분이었다. 하지만 그게 사실이 아니라는 걸 안다. 로비는 미쳤다. 그는 무슨 문제가 있다…… 세상에, 하느님, 그는 나보다 더 겁쟁이었던 거다! 결국 세상은 근사한 곳이었어!

그가 몸을 일으키자 이상하게 비틀어진 사람 같았다. 바짓가랑이 한쪽이 찢어졌고 그 틈으로 무릎이 깨져 피가 배어 나왔다.

"더 해 줄까, 겁쟁이?" 난 터프가이처럼 물었다.

"더러운 얼간이!" 그가 씩씩거렸다.

멋진 대답이라고 생각했다. 난 다시 달려들었다. 그는 가만히 기다리는 듯 보였다. 이해되지 않았다. 여자 바텐더하고도 이보다 더 거칠게 싸운 적이 있는데.

그가 다시 쓰러졌다.

"저 사람이 로비를 죽이려고 해요!"

이어서 큰 소리가 났다.

"저 사람이 로비를 죽이려고 해요!"

그리고 더 큰 소리가 났다.

"저 사람을 잡아요! 잡아요! 죽여요!" 앨런 긴즈버그가 어떻게 생겼는지 안다는 년이 소리쳤다.

아직 아무도 움직이지 않았다. 우리는 로비가 죽은 사람처럼 얼굴을 뒤집고 있는 모습을 지켜보았다. 싸구려 주차장에 누운 그의 등으로 빗줄기가 쏟아졌다. 나는 두세 사람을 밀치고 주차장을 지나쳐 산책로를 달리기 시작했다. 술집은 해변 바로 옆에 있었다.

대여섯 명이 날 쫓아왔다.

공원 벤치가 놓인 한적한 곳으로 가니 발이 모래에 푹푹 빠졌고 그들은 여우를 쫓는 사냥개처럼 소리치며 나를 따라왔다. 점차 거리가 줄었고 빠져나가는 길은 한 곳뿐이었다. 난 바다로 뛰어들었다(긴즈버그. 그들은 긴즈버그에게는 그렇게 하지 않을 것이다). 난 파도를 향해, 죽음의 달콤한 입맞춤을 향해 뛰어들었고 젖은 모래 앞에서 고개를 돌리니 그들이 보였다.

남자 네댓과 그 여자를 포함해 미친년 두셋이 있었다.

"저 사람을 잡아요! 본때를 보여 줘요! 그가 로비를 죽이려고 했어요!"

난 다시 바다로 들어갔고 물이 신발로 들어와 바짓가랑이를 찰싹 때렸다.

"조금이라도 가까이 오는 놈 먼저 족쳐 주겠어!" 내가 소리쳤다.

그들은 계속 움직였다. 일고여덟 정도에 남자와 여자가 섞였다. 난 더 깊이 들어갔다. 파도가 내 등을 때려 주저앉혔다.

"헛소리!" 누군가 소리쳤다.

"한 번에 한 놈씩이야!" 내가 대응했다. "한 번에 한 놈씩 끝내 주겠어! 그게 다야! 신사적으로!"

"좋아! 이리 나와! 루이가 널 손봐 줄 거야!"

(루이? 이름이 나쁘지 않은데.)

나는 차갑게 젖은 무거운 다리와 양말과 신발에 모래와 게와 죽음을 가득 묻히고 나왔다. 그리고 그들에게 걸어갔다.

"누가 루이지?" 내가 물었다.

"나야."

뚱보가 담배를 피우며 걸어 나왔는데 꽤 멍청해 보였다. 152센티미터 정도로 키는 작지만 몸무게가 족히 80킬로그램은 나갈 것 같았다. 그리 어려운 상대로 보이진 않았다.

"너 먼저 보내 주지, 빌어먹을 놈!" 내가 경고했다.

앞으로 다가가서 전력을 다해 그에게 덤볐다. 헤밍웨이가 봤으면 자랑스러워했을 텐데. 그렇게 루이의 커다란 배 정중앙에 착지했다.

그는 담배를 옆으로 던졌고, 곧이어……

날 튕겨 냈다.

난 하늘로 날아갔다가 모래밭으로 세게 떨어졌다. 엉덩이부터 등 순으로.

내가 일어나자 그가 다시 덤볐다.

획!

매번 일어날 때마다 그가 달려들었고 난 다시 튕겨 나갔다.

난 엉덩이, 머리, 등으로 떨어졌다. 심지어 그는 새 담배를 꺼내 들고 기다렸다. 그걸 보니 열이 받았다. 하지만 화가 날수록 힘이 더 빠졌다. 루이가 날 다시 바다로 던지는 일이 점점 더 쉬워지는 듯 보였다.

난 마지막으로 사력을 다해 티후아나 황소처럼 달려들었다.

내 마지막 튕김이 가장 셌다. 머리가 모래에 숨은 돌에 맞은 것 같았다. 바다와 별과 고통이 하나가 되어 꽤 좋았다.

난 다시 일어나 루이에게 돌진했다. 하지만 이번에는 막판에 동쪽으로 몸을 비틀어 해변을 따라 뛰었다…….

"도망치는 것 좀 봐!"

"야! 겁쟁이!"

"쫓아가!"

그들이 다시 날 쫓아오기 시작했다. 남자, 여자, 뚱뚱한 루이, 심지어 더러운 흰색 앞치마를 맨 바텐더까지.

그럼 바는 누가 지키지? 그 생각이 가장 먼저 들었다.

무슨 상관이야? 그 생각이 두 번째로 들었다.

일고여덟 명과 함께 달릴 때 가장 큰 문제는 그중에 서너 명이 자기보다 빠르다는 것이다.

"잡아!"

"죽여 버려!"

캘리포니아 베니스. 대체 이 사람들은 뭐지? 히피들은 어디 있고? 화동은 어디 갔고? 사랑은 어디 있지? 이게 다 무슨 일이람?

갑자기 비가 다시 세차게 내리기 시작했다. 사람을 생각하지 않고 차갑고 사악하게 퍼부었다.

"세상에, 비가 오잖아!"

"도망치게 놔둬. 지옥에나 가 버리게!"

인간은 미친 종자다. 날 때리는 것보다 비를 안 맞는 쪽을 택하다니. 그들은 물방울을 무서워하면서 물방울이 가득 든 욕조에는 잘도 들어간다.

난 비를 꽤 좋아하는데 특히나 그들이 몸을 돌리고 서둘러 술집으로 돌아가는 모습을 감상하며 즐기는 비는 더욱 좋았다. 난 부드러운 모래밭을 뛰어 산책로 쪽으로 갔다. 그렇지만 비는 나에게도 너무 가혹했다. 물로 만든 침대 시트를 덮은 것 같았다. 옷이 걸레처럼 물기를 쭈욱 빨아들였다. 반바지가 처지면서 무거워졌고 생식기 주변으로 젖어 들어가 엉덩이까지 내려왔다.

길 옆으로 뛰어가 낡은 집을 발견하고는 현관 앞에 섰다.

남자가 문 앞으로 나왔다. 그 뒤로 여자가 섰다. 집 안에는 TV가 있다. 히터도 틀어 놓았다. 따뜻한 노란 불빛이다.

"이봐요! 남의 집 현관에서 뭐 하는 겁니까?"

"진정해요, 형씨." 내가 사정을 설명했다. "비가 오잖아요. 그냥 서서 잠시 몸을 말리고 있어요. 불순한 의도는 없다고."

"남의 집에 함부로 들어오는 거 아니에요." 남자의 어깨 너머로 여자가 말했다.

"알겠어요. 비가 그치는 대로 나갈게요."

"지금 가요." 남자가 냉정하게 말했다.

"저기요, 난 아무 짓도 안 하고……."

"우리 집에서 나가!" 남자가 소리쳤다.

"맞아요, 우리 집에서 나가라고!" 여자가 외쳤다.

"망할 것들." 내가 조용히 말했다.

"문제를 일으키고 싶은가 봐, 그치?"

"맞아. 건수를 찾아다니고 있어."

난 그가 나오기를 기다렸다. 하지만 남자는 안으로 들어가더니 전화기를 집어 들었다. 경찰에 신고했다. 제발 좀!

난 얼른 현관에서 벗어나 차갑고 야속한 빗속으로 뛰어들었다. 길 끝까지 뛰어간 다음 동쪽으로 돌아 비를 맞으며 걸었다. 완전히 낙심하면 거기에 빠져 버린다. 난 개 가랑이에 붙은 벼룩보다도 하찮아진 기분이 들었다.

그래, 이곳이 베니스라고? 로스앤젤레스의 새로운 마을이라더니 작가, 화가, 히피족, 백수는 다 어디 있지? 비가 오면 모두가 갈 곳이 있다니. 이건 사기다. 나만 홀로 빗속에 나와 있다.

길을 따라 걷는데 내 차와 비슷한 차를 보았다. 불가능하다. 난 다가갔다. 그건…… 겁쟁이의 62년식 청색 코멧이다. 내 차다! 할부가 네 번 더 남았지만. 어쨌든 내 차다! 어찌 기분이…….

싸운다고 난리를 쳤는데 여전히 열쇠를 갖고 있으려나? 난
비슷한 상황에서 차를 찾은 적이 있다. 이스트로스앤젤레스에
서 멕시코 애들 셋과 싸웠다. 지갑은 지켰지만 열쇠는 잃어버
렸다.

주머니에 손을 뻗으니 거기 있었다. 축축하게 모래가 묻은
기적의 열쇠가.

차문을 열고 안으로 들어갔다. 주저했지만 엔진도 켰다. 차
안에 앉아서 엔진을 데우는데 경찰차가 지나갔다. 경찰차가
모퉁이를 돌아 현관에 엄청 집착하는 남자네 집으로 갔다. 난
기어를 넣고 빠져나왔다.

집으로 가서 옷을 벗고 몸을 닦은 다음 존 토머스가 준 일본
기모노를 입고 맥주를 땄다.

그때 전화벨이 울렸다.

"부코스키네 사창갑니다."

"행크?"

"맞아."

"할이에요. 어디 갔었어요? 계속 전화했는데."

"달리기 경주를 하러 갔어."

"어땠어요?"

"힘들었지. 진짜로."

"어떻게 됐어요?"

"거의 비겼어."

"스텐고스한테 얘기 들었어요. 그가 펭귄 13권을 우편으로

보냈어요. 그 책 있어요?"

"응."

"표지에 여자가 있는 것 같던데. 록 섹션인데 그래 보여요."

"이달의 여자라. 진짜 여자를 표지에 달아 주면 좋겠군."

"미국은 6월 29일에 나와요. 영국은 이미 나왔고, 어쩌고저쩌고……. 니코 말이 시리즈 중에서 최고라는데 어쩌고저쩌고……. 설립된 무슨 대학 그룹이 어쩌고저쩌고……. 이미 우리를 어쩌고저쩌고……. 베일리스가 평을 좋게 썼고 어쩌고저쩌고…….《런던 매거진》이 거절했는데 어쩌고저쩌고……. 남아프리카 신문에서 어쩌고 그들이 거절해서 어쩌고저쩌고……. 수정본은 우리의 평가가 어쩌고저쩌고……."

"그래."

그는 한동안 이야기를 했고 우린 전화를 끊었다. 난 맥주를 마저 마시고 새 병을 땄는데 다시금 비가 심하게 오기 시작했다. 사람들의 목숨을 살려 주는 물줄기가 협곡, 대지의 틈, 보험에 들지 않은, 보험사도 알고 있는, 건축가와 하도급업자도 알고 있는 곳으로……. 15분 안에 여섯 개들이 맥주팩 두 개를 사러 나갈 거지만 우선 일본 기모노부터 갈아입고 여섯 개들이 맥주팩 두 개를 마시고 담배 세 개비를 피우고《로스앤젤레스 타임스》를 봐야지.

전화벨이 울렸다.

"행크, 어디 갔었어요? 계속 연락했는데. 당신 딸이 목소리를 듣고 싶어 해요."

딸은 네 살이고 여자가 딸을 바꿔 주었다. 그 애가 진지하게 이야기하는 동안 난 웃으며 맥주를 마셨다. 좋은 내용이었다. 내면이. 딸의 목소리와 빗소리 그리고 밖에서 계속 울려 대는 사이렌 소리를 들으니 모든 것이 아주 진지하고 웃겼다. 어렴풋이 에이브러햄 링컨의 부대와 1932년 빨랫줄 아래 죽은 올챙이 열한 마리처럼 이상한 것을 생각했다. 그러고 나서 딸이 작별 인사를 했다. 작별 인사를 하는 데 시간이 많이 걸렸다.

통화가 끝난 뒤 기모노를 벗고 또 사고를 치기 위해 밖으로 나갈 준비를 했다.

정부를 열 받게 만들어 볼까?

우리가 정부를 열 받게 만들어 볼까?

아니면 정부가 우리를 열 받게 만들까? 8월이면 쉰 살이 되
니까 날 믿지 마라. 서른 살 이후 20년이 지난 건데 서른 전에
도 못 믿은 남자를 서른이 넘었다고 믿을 수 있을까? 어쩌면
조금은 믿어도 될지 모른다. 난 실업자인 데다 염소수염이 까
칠하게 자랐고 매일 새벽까지 술을 마시고 시와 음란한 소설
을 쓰고 여전히 꼬실 대상을 찾고 어떨 땐 놓쳐서 제산제 알카
셀처를 찾으며 점심때 일어나 수채화 옆 바닥에서 굴러다니
는 맥주병과 지난주의 《레이싱 포럼》을 찾으니까. 《버클리 트
라이브》가 매주 무료판을 보내 주는 걸 보면 그들은 내가 여
기 산다는 걸 안다. 또한 나는 아무하고나 술을 마시며 그 사람
의 이야기를 듣는다. 내 방문은 왼쪽에서 오른쪽으로 열리는
데 흑인, 백인, 황인, 적인 가릴 것 없이 다양한 남자, 여자, 레
즈비언, 게이들에게 개방된다. 난 가르치지 않고 배운다. 호전
적인 게 인기를 누리던 시절엔 반전주의자였다. 우리가 제2차
세계대전에 개입하지 않았을 수도 있지만, 그럼에도 불구하고
역사의 흐름은 지금 같았을 거라고 믿는다. 물론 이건 끔찍한

소리여서 논란을 부를 수 있겠지. 난 여전히 반전주의자다. 좌파 혹은 우파 어느 쪽을 상대하든 그것도 전쟁이라고 본다. 미국의 지식인들 사이에서 '좋은' 전쟁은 우파에 대항하는 것이고 '나쁜' 전쟁은 좌파에 대항하는 것이다. 너무 쉽다. 그런데 속지 말아야 한다. 어떤 이유로 인간의 목숨을 희생해야 한다면 다른 방법을 찾아라. 새로운 법을 만들거나 기존의 법이 잘 돌아가게 만들어야 한다. "우린 인명 손실을 겪었어요. 이제 이것이 우리가 원하는 것입니다."라고 말할 것인가. 전쟁에서 적을 없앤 순간 불균형이 생기고 새로운 적이 생겨난다. 좌파를 파괴하면 스스로 좌파가 될 수 있고 우파를 무너뜨리면 스스로 우파가 될 수 있다. 이게 다 변덕의 시소 타기이며 그 균형이 바뀌는 통에 훌륭한 사람들이 덫에 걸리고 농락당하는 것이다. 정치, 전쟁, 원인들……. 그동안 우리는 더러운 꼴을 봐 왔다. 이제는 생각을 좀 할 때가 되었다.

1930년대 제2차 세계대전이 한창일 때 이 나라에는 강력한 혁명의 기운이 감돌았다. 프랑코가 스페인을 정복하려 하자 작가들은 이 '대의명분'에 혹했다. 헤밍웨이를 비롯해 나중에 등을 돌린 쾨슬러도 있다. 솔직히 쾨슬러의 《한낮의 어둠》은 가장 초창기의 선회를 보여 준다. 릴리언 헬먼과 지식인들의 연인이자 《뉴요커》의 애인인 어윈 쇼의 〈브레멘을 벗어난 선원〉을 봐도……. 아, 물론 스타인벡과 나중에 전향한 더스패서스도 있다. 절대로 전쟁터에 가지 않겠다고 했던 윌리엄 사로얀조차 붙들려 가더니 그 경험을 가지고 아주 질 떨어지는 소설《웨슬리 잭슨의 모험》을 썼다. 그 밖에도 수십, 수백 명이 더 있다. 전쟁에 빠져들지 않으면 작가로 치지 않았다. 난 아무 가치도 없는 작가였다.

당연하게도 전쟁 전에 불황이 있었다. 늙은이고 젊은이고 할 것 없이 어두운 차고에서 만나 혁명을 이야기했다. 에이브러햄 링컨 여단이 "솟아오르는 파시즘의 조류를 당장 멈추자!"라고 외치며 스페인으로 출발했다. 여단은 제대로 무장하지도 않은 채 군중을 향해 소리쳤다. "군에 동참하세요! 여단에 들어오세요! 지금 그들을 막아야 합니다! 우리의 목숨이 위험합니다!" 샌프란시스코도 상황은 마찬가지였다. 공산당이 모여 춤을 추었다. 아무도 거기서 빠져나오지 않았다고 그들은 말했다. 어느 수준으로든 관여하지 않는 사람은 인간 취급을 받지 못했다. 누군가에게는 신나는 시간이었다. 그들은 다 어디로 갔을까? 히틀러가 패배한 뒤로 좌파들에게는 무슨 일이 생겼는가? 어윈 쇼, 헤밍웨이, 더스패서스, 스타인벡, 사로얀 무리에게 무슨 일이 생겼는가? 스타인벡의 바보 같은 소설《달이 진다》와 헤밍웨이의 머저리 같은 소설《강을 건너서 숲속으로》가 나왔다. 이들 소설이 전쟁 바로 직전 혹은 그 과정에서 혹은 그 기간 동안 혹은 그 후에 쓰였는지 난 도무지 모르겠다. 더스패서스는 포기하자. 다른 인물들은 더 이상 글을 쓸 수 없어졌다. 〈독일 친구에게 보내는 편지〉를 통해 전쟁을 정의한 카뮈는 대학을 돌아다니며 연설하다가 자동차 사고로 그런 삶에서 겨우 벗어났다.

내가 말하려는 것은 한때 길거리에서 이와 비슷한 외침을 들은 적이 있으며 그건 다 아무 소용이 없다는 사실이다. 수많은 배신과 갈림길이 있다. 뱃속에 음식이 가득 찼으니까. 그들은 전쟁을 통해 돈을 벌었다. 러시아 동맹은 러시아의 적이 되었다. 이제 세상이 구해지고 나니 스탈린은 자기 무리와 함께 히틀러를 데리고 놀았다. 다시금 언제나 그랬듯 지식인들은 속은 것이다. 실상이 이론을 극복했다. 인간의 탐욕, 인간의 보잘것없음이 역사가 되었다. 소위 훌륭한 사람들이 훌륭한 사람들을 찔렀다. 반역죄. 문서. 고자질. 어윈 쇼가 그걸 보고 글로 썼다. 더는 제목이 기억 안 나지만 그가 남긴 최고의 책이다. 매카시는 제때 나타났다. 아돌프의 더러운 양말. 우리는 영화업계에 10대 걸작을 남겼다. 우파가 다시 돌아왔다. 그런데 어떻게? 그들은 제2차 세계대전에서 다 없어지지 않았는가? 모두가 용의자였다. "공산당에 소속된 적이 있나요? 대다수가 그렇지 않았나요?" 하지만 아무도 그 말을 하지 않았다. 그저 위에서 지시를 받고 말 잘 듣는 소년처럼 복종했다. 그리고 지금 우리가 오븐에서 구해 낸 유대인 아이들이 우파가 되었다. 그들은 기갑부대를 세우고 기습 공격과 재빠른 공습력으로 좌파에 맞선다. 혼란스럽다.

다시금 지식인들은 '혁명'을 부르짖는다. 은행이 불타고 IBM이 폭파되고 전화국이 폭탄을 맞고…… 경찰은 돌을 맞고 경찰차는 불탔다. 경찰이 살해당하고 경찰이 죽는 건 항상 있어 온 일이다. 시카고 7대 사건이 벌어졌고 엄청나게 망령이 든 노인네가 판사라고 앉았다. (참, 경찰이 '돌대가리'라는 의미가 아니다. 내 말은 돌들이 경찰에게 던져졌다는 뜻이다.) 쿤스틀러가 최근 연설에서 청년들에게 그만두라고 경고하지 않았다면 일이 벌어졌을지도 모른다. 하지만 쿤스틀러는 살육이 벌어지고 혁명은 거기서 끝날 것을 알았다. 그는 훗날을 위해 그들을 살렸다.

무슨 말을 하고 싶은 거냐고? 그게, 난 활동가가 아니라 인생을 찍는 사진가다. 하지만 혁명을 일으키기 전에 이길 가능성이 아주 큰가부터 확인해야 한다. 폭력에 의한 전복 말이다. 그렇게 되려면 주 방위군과 경찰 안에서 먼저 혁명을 치러야 한다. 단순히 어느 정도로 일을 벌이는 게 아니다. 그런 다음에 투표장에서 승부를 봐야 한다. 그러나 기회는 두 케네디로 인해 사라져 버렸다. 지금은 너무 많은 사람이 직장을 걱정하고 너무 많은 사람이 자동차, TV, 집, 교육을 빚으로 거래한다. 신용과 자산과 하루 여덟 시간의 노동은 권력자의 좋은 친구다. 뭘 사야 한다면 현찰을 내고 값싼 장신구나 튀는 게 아니라 가치 있는 것만 구입하라. 자기가 가진 걸 여행가방 한 개에 다 넣어야 한다. 그러면 마음이 가벼워질 것이다.

그리고 길거리에서 군대와 마주치기 전에 그들을 대체할 것이 무엇이고 어떻게 할 것인지 결정하고 알아 둬야 한다. 낭만적인 슬로건은 소용이 없다. 분명한 프로그램, 분명한 말을 가지고 이긴다면 적절하고 품위 있는 정부를 구성할 수 있다. 어떤 운동이든 기회주의자, 힘에 편승하려는 무리, 혁명이라는 옷을 입은 늑대들이 존재한다. 그들이 원인을 만든다. 더 나은 세상, 내 아이, 나 자신, 당신을 위해 하는 말이니 부디 조심하라. 권력을 바꾸는 것은 치료가 아니다. 사람에게 권력을 주는 것은 치료가 아니다. 권력은 치료가 아니다. 정부를 어떻게 무너뜨릴까가 아니라 어떻게 더 나은 정부를 세울 것인가에 집중하여 사고해야 한다. 다시는 함정에 빠지거나 속아서는 안된다. 이긴다면 규칙이 있는 독재 정부가 되지 않도록 경계하라. 그 규칙이 전보다 더 끔찍하게 당신을 옭아맬 수도 있다. 난 애국자가 아니지만 이 수많은 부당함 때문에 하는 말이다.

당신은 여전히 꽤 넓은 분야에서 표현하고 지키고 활동할 수 있다. 그러니 내게 말해 주기를. 당신이 이긴 뒤 반정부에 관한 글을 써도 될까? 공원과 거리에 서서 내 생각을 말해도 될까? 그럴 수 있다면 좋겠다. 하지만 정의라는 이름으로 이런 걸 잃지 않는 한 조심해야 한다. 난 계획을 세워서 당신과 그들 사이, 혁명과 존재하는 정부 사이에서 어느 쪽에 서야 할지 결정해야 한다. 그럼 날 사탕수수를 베는 노역에 보낼 건가? 내게는 지루할 것 같은데. 새로 공장을 세울 건가? 난 평생을 공장에서 도망치려고 애쓰며 살았다. 내가 쓴 모든 글, 음악, 그림이 미국의 자산이 될까? 공원 벤치에 눕고 작은 방에서 빈둥거리며 와인을 마시고 몽상을 하고 편안하고 즐겁게 지내도 될까? 내가 은행을 불태우기 전에 내게 뭘 해 줄 것인지 알려 줬으면 좋겠다. 난 히피 구슬, 턱수염, 인디언 헤드밴드, 합법적인 잔디밭 그 이상이 필요하다.

당신의 계획은 뭐지? 난 이제 죽어 나가는 게 지겹다. 우리, 다시 사람들의 생명을 낭비하지 말자. 미군의 총검에 맞서서 내가 그들을 물리치면 당신이 내게 뭘 해 줄 건지 알고 싶다.

말해 주기를.

산타페의 은 십자가 예수

산타페로 이사 간 마르크스의 편지를 받았다. 그는 내가 한동
안 산타페에서 지낼 수 있다면 기차표 값을 부담하겠다고 적
었다. 마르크스 부부는 부유한 정신과 의사와 함께 살아서 월
세를 내지 않는다. 정신과 의사는 그들의 인쇄기를 가져오길
바랐는데 막상 인쇄기가 너무 커서 어떤 문으로도 들어가지
않자 벽 하나를 허물어 인쇄기를 집어넣고 벽을 다시 쌓았다.
난 마르크스가 그 점을 걱정한다고 생각했다. 그가 아끼는 인
쇄기가 그렇게 갇혀 버린 것을. 내가 정신과 의사를 만나 보고
괜찮다면 말 좀 해 달라는 것이다.

난 어떻게 말해야 하는지 몰랐지만 이 부유한 정신과 의사
이자 아주 엉망인 시인과 간간이 서신을 주고받았다. 물론 한
번도 만난 적은 없지만. 또한 아주 훌륭한 시인인 모나와도 편
지를 주고받았다. 정신과 의사가 아내와 이혼했고 모나도 남
편과 이혼했으며 모나가 정신과 의사와 결혼했다. 지금 그녀
는 거기에 있고, 마르크스와 그의 아내도 거기에 있고, 정신
과 의사의 전처인 콘스탄스도 여전히 거기 있다. 나도 거기 가
서 모든 것이 다 잘 돌아가는지 봐야 한다. 마르크스는 내가

뭘 알고 있다고 생각한다. 뭐, 그렇다. 난 마르크스에게 상황이 다 비정상이라고 말하며 그가 모든 걸 다 감지해 내는 현자가 될 필요는 없다고 말할 수도 있다. 그런데 마르크스는 이미 현자의 수준에 아주 가까워졌지만 월세를 안 내는 상황이다 보니 판단을 제대로 못 한 것 같다. 세상에. 어쨌든 난 글을 쓰지 않았다. 야한 잡지에 실을 야한 글을 좀 썼고 그들에게 인정받았다. 그런 잡지사에서 인정받은 야한 이야기가 어마어마하게 많다. 또 다른 야한 이야기를 쓰기 위해 에피소드를 모아야 할 때가 되었고, 산타페에 분명 그런 이야기가 있을 거라 확신했다. 마르크스에게 돈을 보내라고 말했다······.

*

그 정신과 의사의 이름이 궁금하다면 알려 주겠다. 폴이다.

내가 마르크스와 그의 아내 로레인하고 앉아 맥주를 마시는데 폴이 하이볼을 들고 다가왔다. 그가 어디서 나타났는지는 모른다. 언덕에 그의 집들이 있었다. 문에서 북쪽으로 가는데 욕실 네 개, 욕조 네 개, 변기 네 개를 지나쳤다. 그러니 폴이 칵테일을 들고 욕실 네 개와 욕조 네 개와 변기 네 개를 지나 걸어온 것이 분명하다. 마르크스가 우리를 소개했다. 마르크스와 폴 사이에는 조용한 적의가 흘렀는데 마르크스가 인디언들에게 욕조 하나 이상에서 목욕하는 걸 허락했기 때문이다. 폴은 인디언을 싫어했다.

"저기, 폴." 내가 맥주를 들이켜며 물었다. "말해 줄래요?"

"뭘요?"

"내가 미쳤나요?"

"그걸 알아보려면 돈이 든답니다."

"집어치워요. 난 이미 알고 있으니까."

모나가 욕실에서 걸어 나왔다. 그녀는 전남편과의 사이에서 태어난 서너 살 되는 남자아이를 품에 안았다. 둘 다 울고 있다. 나랑 인사하고 모나와 아이는 어딘가로 가 버렸다. 그다음 엔 폴이 칵테일잔을 들고 자리를 떴다.

"폴의 집에서 시 낭독회가 있어." 마르크스가 말했다. "매주 일요일에. 난 저번 주 일요일에 처음 시작하는 걸 봤어. 폴이 집 앞에 사람들을 한 줄로 세운 다음 한 명씩 안으로 들여보내 서 자리에 앉히고는 자기 작품부터 읽었어. 사방에 술병을 전 시해 놔서 모두가 한 잔씩 걸치고 싶어 했지만 한 잔도 따라 주 지 않더군. 어떤 미친놈이 그렇게 할까?"

"있잖아, 지금은." 내가 조언했다. "너무 성급하게 판단하지 마. 그 모든 오물 밑을 깊숙이 파고들면 폴도 아주 좋은 사람일 지 모르잖아."

마르크스는 날 노려볼 뿐 아무 대꾸도 하지 않았다. 로레인 은 웃기만 했다. 난 걸음을 옮겨 맥주 한 병을 더 집고 마개를 땄다.

"아니, 어쩌면." 내가 말을 이었다. "돈 때문인지도 몰라. 그 많은 돈이 장벽을 만든 거야. 그의 선함이 그 장벽에 갇혀서 나올 수 없는 게 아닐까? 이제 그가 돈을 좀 써 버리면 기분이 나아져서 더 나은 인간이 될지도 몰라. 어쩌면 모두가 더 기분이 나아질 수도 있고……."

"그렇지만 인디언 문제는요?" 로레인이 물었다.

"그들에게도 좀 주죠."

"아니, 내 말은 마르크스가 인디언들에게 계속 이곳에 와서 목욕해도 된다고 한 거 말이야. 그들도 쓰레기일 수 있잖아."

"당연히 그렇지."

"난 인디언들과 이야기하는 게 좋아. 인디언을 좋아하거든. 하지만 폴은 그들과 어울리고 싶지 않다고 했어."

"하루에 몇 명이나 오는데?"

"여덟 혹은 아홉 정도. 원주민 여자들도 와."

"젊은 애들이야?"

"아니."

"그럼 인디언들은 너무 걱정하지 말기로 해……."

*

다음 날 저녁 전처인 콘스탄스가 방으로 들어왔다. 칵테일잔을 들었는데 좀 취해 보였다. 지금도 폴의 저택 한편에 살고 있다. 게다가 폴은 여전히 그녀를 만나고. 다시 말해 폴은 아내가 둘이다. 어쩌면 더 있을지도 모른다. 그녀는 내 옆에 앉았고 난 그녀의 옆구리가 닿는 걸 느꼈다. 콘스탄스는 스물세 살 정도

156

로 보이는데 모나보다 훨씬 나았다. 말할 때 프랑스어와 독일어 억양이 섞여 나왔다.

"지금 막 파티에 다녀왔어요." 그녀가 투덜거렸다. "다들 어찌나 지루한지 죽을 뻔했죠. 머저리 사기꾼들. 정말 참을 수가 없었어요!" 그러곤 내 쪽으로 몸을 돌렸다. "헨리 치나스키, 당신은 글 쓴 거랑 똑같이 생겼군요!"

"자기, 내 글이 그 정도로 나쁘진 않은데!"

콘스탄스가 웃었고 난 그녀에게 입을 맞췄다.

"당신은 정말 아름다워." 내가 그녀에게 말했다. "절대 소유하지 않고 무덤까지 함께 갈 수 있는 우아한 여자야. 교육, 사회, 문화에서 격차가 크지만 나이와 마찬가지로 다 헛소리지. 참 슬프군."

"내가 당신 손녀를 하면 되죠." 그녀가 사랑스럽게 말했다.

난 다시 그녀에게 입을 맞추고 그녀의 엉덩이에 손을 둘렀다. "난 손녀는 필요 없어."

"우리 집에 마실 게 좀 있는데." 그녀가 말을 받았다.

"이 빌어먹을 인간들은 다 상관없으니 당신 집으로 가지."

"좋아요."

난 자리에서 일어나 그녀를 따라갔다…….

우리는 주방에서 술을 마셨다. 콘스탄스는 그, 저기, 뭐라고 해야 하나…… 소작농이나 입을 것 같은 초록색 원피스를 걸쳤는데…… 목에는 진주 목걸이를 가득 감았고 골반도 적당한 자리에 붙었고 엉덩이도 적당한 곳에 나왔고 가슴도 적당히

솟았고 눈은 초록색에 머리는 금발이었다. 그녀는 인터컴으로 들리는 클래식에 맞춰 춤을 췄다. 나는 가만히 앉아 술을 마셨고 그녀는 한손에 술을 들고 춤을 추며 돌았다. 난 자리에서 일어나 그녀를 붙잡았다.

"제기랄, 우라질, 더는 못 참겠어!"

나는 그녀에게 키스하고 온몸으로 느꼈다. 우리의 혀가 만났다. 초록색 눈동자가 커지더니 내 속으로 들어왔다. 그녀가 무너졌다.

"잠시만요! 금방 올게요!"

난 자리에 앉아 술을 한 잔 더 걸쳤다.

그리고 콘스탄스의 목소리가 들렸다. "나 여기 있어요!"

난 다른 방으로 걸어 들어갔다. 콘스탄스가 눈을 감은 채 알몸으로 가죽 소파에 드러누워 있었다. 불을 환하게 켜서 더욱 좋았다. 그녀는 피부가 뽀얀 데다 생식기에 난 털은 머리처럼 금발이 아니라 살짝 붉은 기가 도는 금색이었다. 가슴부터 주물럭거리자 곧바로 젖꼭지가 단단해졌다. 손을 다리 사이에 놓고 손가락을 밀어 넣었다. 목젖과 귀에 키스 세례를 퍼붓고 그녀 안으로 미끄러지며 입술을 찾았다. 난 마침내 성공하리란 걸 알았다. 섹스는 좋았고 그녀는 제대로 반응하며 뱀처럼 꿈틀거렸다. 드디어 내 남성성이 돌아왔다. 난 득점을 할 것이다. 그동안 놓친…… 엄청나게 많은 기회…… 나이 오십에……. 그 점이 남자를 의심하게 만들 수 있다. 결국 섹스를 못 하면 남자라고 할 수 있을까? 시의 의미가 뭐였지? 사랑스러운 여자에게 파고드는 능력은 남자의 가장 위대한 예술이다. 다른 건 전부 다 껍데기에 불과하다. 불멸이란 죽을 때까지 여자에게 박아 주는 능력이다…… .

격렬하게 삽입하면서 고개를 들었다. 맞은편 벽에 은으로 만든 실물 크기의 예수가 실물 크기의 은 십자가에 못 박혀 있었다. 예수는 눈을 뜨고, 나를 지켜보았다.

난 조준에 실패했다.

"왜 그래요?" 그녀가 물었다.

그냥 만든 거라고, 은 덩어리가 벽에 걸린 거라고 생각했다. 그게 맞으니까. 은 덩어리. 게다가 독실한 신자도 아니잖아.

예수의 눈이 점차 커지고 활기를 띠었다. 저 못, 가시, 불쌍한 사람. 그들이 그를 살해했고 지금 그는 벽에 걸린 은 덩어리가 되어 지켜보고, 또 지켜보고…… .

내 딱따구리가 고개를 숙였고, 난 몸을 빼냈다.

"왜요? 무슨 일이에요?"

난 옷을 챙겨 입었다.

"그만 가야겠어!"

난 뒷문으로 걸어갔다. 내 뒤로 문이 딸깍 닫혔다. 맙소사! 비가 오잖아! 믿을 수 없을 정도로 쏟아붓는다. 몇 시간이고 멈출 기미가 없어 보이는 빗줄기다. 얼음처럼 차갑다! 옆집인 마르크스네로 가서 문을 두드렸다. 두드리고, 두드리고, 또 두드렸다. 대답이 없다. 다시 콘스탄스의 집으로 돌아가서 문을 두드리고, 두드리고, 또 두드렸다.

"콘스탄스, 비가 와! 콘스탄스, 내 사랑, 비가 온다고. 이 추운 비를 맞고 죽어 가는데 마르크스는 날 들여보내 주지 않아! 마르크스가 나한테 화났어!"

난 문을 통해 그녀의 목소리를 들었다.

"꺼져, 이…… 이 썩을 인간!"

다시 마르크스의 집으로 돌아갔다. 문을 두드리고 두드렸다. 대답이 없다. 사방에 차가 주차되어 있었다. 문들을 열어 보았다. 잠겼다. 차고가 있지만 슬레이트로 지은 거라 비가 줄줄 샜다. 폴은 돈 아끼는 법을 알았다. 그는 절대 가난해지지 않을 것이다. 절대 빗속에서 고립되는 일이 없을 거다.

"마르크스, 제발 좀! 난 딸이 있어. 내가 죽으면 그 애가 슬퍼할 거라고!"

마침내 《오버스로》의 편집자가 문을 열어 주었다. 난 안으로 들어갔다. 옷을 벗고 맥주 한 잔을 마시며 소파 침대에 앉았다.

"넌 이 빌어먹을 인간들은 다 상관없어! 하고는 자리를 떴잖아." 마르크스가 지적했다. "나한테는 그런 식으로 말해도 되지만 로레인한테 그러면 안 돼!"

마르크스는 같은 말을 하고 또 했다. 내 아내한테 그런 식으로 말하면 안 돼, 내 아내한테 그런 식으로 말하면 안 돼, 내 아내……. 난 맥주를 세 병 더 마셨고 그는 여전히 같은 소리를 반복했다.

"제발 좀." 내가 애원했다. "아침에 떠날게. 기차표는 네가 가지고 있잖아. 지금은 출발하는 기차가 없어."

　마르크스는 한동안 더 지랄하더니 잠이 들었다. 난 잠자리용 맥주를 한 잔 더 마시고 콘스탄스는 잠들었을까…… 생각했다. 비가 온다.

음탕한 늙은이의 고백

난 1920년 독일 안더나흐에서 혼외자로 태어났다. 아버지는 점령 미군이었고 어머니는 순진한 독일 처녀였다. 난 두 살 때 미국으로 건너왔고 처음에는 볼티모어에서 그다음에는 로스앤젤레스에서 젊은 시절을 낭비하고 지금도 살고 있다.

아버지는 잔인하고 겁 많은 인간으로 말도 안 되는 이유를 만들어 날카로운 채찍으로 날 때렸다. 어머니는 아버지가 날 그렇게 대하는 것을 동정했다. '아이는 눈에 보여야 하지만 어른이 하는 말을 엿들어서는 안 된다.' 우리 아버지 신조였다.

난 집에서 일해야 했는데 100퍼센트 완벽하게 끝내지 않으면 매를 맞았다. 결코 완벽하게 끝낼 수 없어 보이는 일이었다. 결국 하루에 한 번은 맞았다. 토요일은 강제로 두 번 잔디를 깎는데 한 번씩 다른 방향으로 다듬고 가장자리를 쳐 낸 다음 잔디와 꽃에 물을 줘야 했다. 그동안 친구들은 길에서 축구나 야구를 하며 웃고 서로 배우고 놀았다.

내가 일을 끝내면 아버지가 잔디를 검사했다. 아버지는 무릎을 꿇고 앉아 잔디를 따라 고개를 숙이며 '잔털'이라고 부르는 것이 있는지 유심히 살폈다. 아버지가 다른 잔디보다 긴 '잔

털'을 한 올이라도 찾으면 난 매를 맞았다. 아버지는 항상 '잔털'을 찾아냈다.

난 '예' '아니오' 말고는 말을 한 적이 없었다. 다섯 살 혹은 여섯 살 이후로 맞을 때 우는 걸 그만두었다. 아버지를 너무나 증오한 나머지 울지 않는 것이 내가 할 수 있는 유일한 복수였고, 그래서 아버지는 더 세게 때렸다. 눈물이 났지만 조용히 흘렸다. 맞는 곳은 늘 화장실인데 날카로운 채찍이 거기에 있었기 때문인 것 같다. 매질이 끝나면 아버지는 이렇게 말했다. "네 방으로 가."

난 일찌감치 지하 세계에 발을 들였다.

내 엉덩이와 종아리는 늘 붓고 멍이 들었다. 저녁밥을 먹으러 가면(먹는 건 항상 내게 어려운 일이다) 부모님은 쿠션 한 개를 놓고 앉게 해 주거나 엄청나게 많이 맞은 날은 간간이 쿠션 두 개를 주었다.

통증 때문에 밤이면 엎드려 자야 했다. 열일곱 살이 된 어느 멋진 밤 한 방에 아버지를 쓰러뜨렸고 수년 뒤 아버지를 묻었지만 엎드려 자는 습관은 아직도 남아 있다.

내 고백을 신파로 만들고 싶은 생각은 없다. 지금 난 다른 사람들처럼 웃는 걸 좋아한다. 아니, 돌이켜 보니 엎드려 누워서 부모님이 코를 골거나 섹스하는 소리를 들으며 '122센티미터의 남자애가 할 수 있는 일이 무엇일까?' 생각한 것이 웃기다. 지금 나는 183센티미터이고 다른 괴물들이 아버지의 자리를 차지했다.

학교라고 더 나을 건 없었다. 야외 스포츠를 해 보지 못한 터라 축구나 야구가 무엇인지 하나도 몰랐다. 첫 번째 기회는 쉬는 시간에 찾아왔다. 야구였다. 애들이 내게 공을 던졌는데 잡지 못했다. 애들이 내게 축구공을 찼지만 역시 받지 못했다. 아이들의 대화를 반도 못 알아들었다. 난 '계집애 같은 애'였다. 방과 후에 아이들이 집까지 쫓아와서 놀렸다. 난 어울리지 못했다.

교실에서도 뒤처진 신세였다. 여전히 아버지의 이미지와 싸우는 중이었고 어머니의 이미지도 마찬가지였다. 교실에서 배우고 싶지 않은 것이 있으면 배우지 않기로 마음먹었다. 가끔은 선생님의 얼굴이기도 했고 가끔은 단순히 배움이 지루해서 그랬다. 음계를 배우지 않기로 했고 문법을 배우지 않기로 했고 대수학을 배우지 않기로 했다. 그저 쓸데없는 것만 느는 일이기에.

결국 '4'등급 혹은 'D'를 받았는데 가끔은 'F'도 있었다. 항상 무슨 일의 원인으로 지목되었고, 그게 무엇인지 알려 주지도 않으면서 대부분 방과 후에 남아야 했다.

난 친구가 없었지만 갖고 싶은 생각도 없었다.

그리고 몇 년이 지나 어딘가에서 변화가 일어났다. 고등학교와 로스앤젤레스시티컬리지 시절 어딘가에서 시작되었다. 난 동네에서 가장 터프한 남자가 되었다. 분명 로스앤젤레스 시립병원을 나온 뒤부터였다. 거기에 반년 동안 있었다. 눈, 코, 귀 뒤쪽, 머리카락 속까지 얼굴과 등 사방에서 사과만 한 종기가 올라왔다. 독이 든 인생이 마침내 몸 밖으로 분출된 것이다. 모든 독이 비명을 지르며 다른 형태로 싹을 틔운 것이다.

의사들이 커다란 드릴을 가져왔다. 드릴로 날 잘라내는 게 그들이 생각할 수 있는 유일한 방식이었다. 드릴이 뜨거워지며 기름 타는 냄새가 났다. 사과만 한 종기에 드릴을 갖다 대자 사방으로 피가 튀었다.

"이런 경우는 난생처음 봅니다." 한 의사가 말했다. "저 크기를 좀 보세요! 엄청 큰 여드름이에요!"

그리고 대여섯 명의 의사가 모여들어 여드름의 크기를 살폈다.

멍청이들. 그때 의사를 내 블랙리스트에 올렸다. 사실 모든 것이 내 블랙리스트에 올랐다. 실제로 의사를 우리 아버지만큼 싫어하지 않는다. 그저 그들이 꽤 멍청하다고 느낄 뿐이다.

"이렇게 큰 바늘에 찔리는 남자는 처음 봐요! 눈도 깜박하지 않고 전혀 반응이 없네요. 이해되지 않는군요."

학교로 돌아갔을 때 내 태도에서 무언가 드러났나 보다. 난 너무 많은 일을 겪어서 아무것도 중요하지 않았다. 무리를 이해하지 못해 두려워하는 대신 마침내 '터프한 소년'이 되었다. 다른 터프한 소년들이 나와 친구가 되려고 했다. 난 그들에게 꺼지라고 말했다.

내가 배트로 야구공을 멀리 날려 버릴 수 있다는 사실을 알았다. 축구도 재미있었다. 특히 텅 빈 공터와 아스팔트 도로에서 태클 연습을 할 때 좋았다. 서른 중반과 후반이 되어서도 거리에서 축구를 했다.

난 하룻밤 사이 계집애에서 슈퍼맨으로 변신했지만 곧바로 흥미를 잃었다. 스포츠는 다른 것과 마찬가지로 바보 같았는데 아마 더 그런 것 같다.

라시에네가와 웨스트애덤스대로 근처에서 작은 도서관을 찾았다. 누구의 도움도 받지 않고 이곳에서 책을 보기 시작했다. 나만의 좋은 책을 찾는 방법은 책을 펼치고 종이에 인쇄된 형태를 살피는 것이다. 인쇄 형태가 좋아 보이면 한 단락을 읽고, 한 단락이 잘 읽히면 그 책을 뽑아 읽었다. 이런 식으로 D.H. 로렌스, 토머스 울프, 투르게네프…… 아, 잠깐, 울프는 커다란 대도시 도서관에서 나중에 읽은 거다. 이 작은 도서관에서 낡은 업튼 싱클레어, 싱클레어 루이스, 고리키, 굉장한 표도르 미하일로비치 도스토옙스키도 찾았다. 이 모든 책이 공공 도서관에 들어앉은 수많은 쓰레기보다 훨씬 가치 있다는 이야기를 누가 해 주기 한참 전이었다. 물론 그 후로 도스토옙스키와 투르게네프의 단편 일부만이 내 눈에 들어왔다.

아직 내 이야기를 듣고 있다면 계속해 보겠다. 난 늙은 부모님을 떠나 서드앤플라워로 옮겼고, 그곳에서 내 운대로 살았다. 덕분에 술 마시기 대회에서 우승하는 능력과 주사위 운이 따라 준다는 것을 알았다. 운이 좋아서 이상한 남자를 상대로 카드패 한 번에 10달러를 따기도 했다.

집주인 영감이 날 서드앤플라워에서 쫓아냈다. 그는 내게 바싹 다가와서 말했다. "이봐, 자네가 내 집을 엉망으로 만들었어." 영감의 입 냄새가 고약했다. 게다가 비겁하기까지. "자네 때문에 내 집이 엉망이 되고 사람들이 밤새 잠을 못 자. 여긴 그저 조용히 쉬고 싶은 착한 노인이 많아. 그러니 떠나 줘야겠어."

제기랄, 나도 늙은이를 안다. 딱 두 부류다. 하느님을 믿거나 술독에 빠졌거나. 하느님을 믿는 쪽이 불평을 한다.

*

템플가에서 거처를 찾았고 이후 필리핀 사람들이 사는 동네에서 술에 절어 계속 도박운을 이어 갔다. 다시금 내 방은 도박꾼들의 만남의 장소가 되었고 집주인 노파는 거친 사람이지만 난 전혀 신경 쓰지 않았다. 그녀는 아래층에서 작은 술집을 했는데 그곳에서 내 방으로 도박꾼들을 올려보내는 것 같았다. 난 술을 마시며 도박을 했다. 그래야 계속 운이 좋고 긴장도 풀렸다. 내 계획은 늘 한결같다. 매일 밤 언제고 도박을 하는 중에 잘 풀리고 원하는 만큼 돈이 모이면 비틀거리며 술에 취해 화난 척했다.

"자, 모두 그만 나가! 제기랄, 너희는 잘 곳이 없는 거야? 여긴 교회도 아니고 프랑스 매음굴도 아니야! 내가 여기 산다고!" 그러고 나서 욕을 좀 하고 위스키가 가득 든 유리컵을 벽으로 던진다. "전부 나가라고 했잖아!"

그러면 도박꾼들은 문을 나서기 시작했다.

"다음 판은 내일 저녁 6시야. 이리로 와. 늦지 말고."

그들이 떠났다. 난 여전히 터프한 소년이다. 아니면 구라쟁이거나. 어느 쪽인지 모르겠다.

일이 점점 잘 풀리다 어느 날 밤 친구라고 생각한 남자와 싸움이 붙고 말았다. 그는 해병인데 그럼에도 불구하고 마음씨가 좋고 나처럼 술이 셌지만, 토머스 울프와 시어도어 드라이저에게 빠져 버린 좋지 않은 성향을 가졌다. 울프는 글을 쓸 줄 모르는 착한 남자이고 드라이저는 전혀 글을 쓸 줄 모르는 지적인 사람에 불과한데 말이다.

어느 날 밤 도박꾼들이 떠난 뒤 우리는 위스키를 마시며 이야기를 나누었다. 난 포크너가 유치한 게임을 한다고 말했다. 체호프는 팔자 편한 대중의 놀잇감이고 스타인벡은 기술자라고, 헤밍웨이는 모지리라고. 그는 그들을 전부 좋아했다. 그는 빌어먹을 멍청이다. 그리고 난 셔우드 앤더슨이 그들 전부를 발라먹을 글을 쓸 수 있다고 말했다. 그 말이 불씨가 되었다.

멋진 싸움이 벌어졌다. 결국 방 안에 있는 모든 거울과 얼마 안 되는 가구가 다 부서졌다.

가치 없는 여자가 아니라 문학의 의미를 두고 싸움이 벌어졌다는 게 상상이 되는가? 우리는 다른 사람들처럼 미쳤다.

누가 이겼는지 모르겠다. 아마 그가 이겼겠지. 하지만 아침에 일어나 주위를 둘러보니 나 혼자 수리비를 다 내는 건 불공평하게 느껴졌다. 도박으로 딴 돈을 챙겨서 뉴올리언스로 가는 버스에 올랐다.

난 사기꾼으로 프랑스 거리에서 무시당했고 캐널가 서쪽에 머물며 쥐들과 함께 잤다. 그러다 작가가 되기로 결심했다. 단편을 쓰기 시작했고 잉크로 자필 출간을 한 다음 《하퍼스》《애틀랜틱》혹은 《뉴요커》에 보냈다. 원고가 반송되면 찢어 버렸다.

일주일에 6~10편의 단편을 쓰고 와인을 마시고 싸구려 술집에서 죽쳤다.

이 도시에서 저 도시로 옮겨 다니며 지루한 푼돈 벌이를 했다. 휴스턴, 로스앤젤레스, 세인트루이스, 샌프란시스코에 두 번, 뉴욕, 마이애미 해변, 서배너, 애틀랜타, 포트워스, 댈러스, 캔자스시티…… 그리고 더 있지만 기억이 안 난다.

도축장, 철로 공사판, 임시 선적 사무, 임시 검수 일 등을 했다. 미 적십자에서도 일했는데(와우!) 책 유통 사무실 감독이었다. 또한 페어마운트애비뉴의 필리 바에서 잔심부름을 하며 덩치 큰 남자들에게 샌드위치를 가져다주었다. 맥주 한 병 혹은 위스키 한 잔을 팁으로 받았는데 대개 맥주를 골랐다.

그리고 스터노 고체 연료 같은 놈팡이들을 만났다. 끔찍한 입 냄새를 빼면 그들의 좋은 점은 시끌벅적한 무리 속에서 간간이 보석을 찾을 수 있다는 것이다. 하지만 난 그들과 어울리지 않기로 결심했다.

난 그저 뻔한 취객이 되어 자살을 생각하며 며칠씩 작은 방에 들어앉아 불도 켜지 않은 채 밖에는 뭐가 있고 뭐가 잘못되었는지 생각했다. 우리 아버지 혹은 나 자신 혹은 사회를 원망해야 하는지 알 수 없었다.

난 모두가 전쟁을 부추기는 시기에 반전주의자였다. 뭐가 안 좋은 전쟁이고 뭐가 좋은 전쟁인지 알 수 없었고 지금도 그렇다. 난 히피족이 없을 때 히피였고 리듬이 나오기 전에 리듬을 탔다.

난 홀로 반대 시위를 했다.

난 눈먼 두더지처럼 지하에 있었고, 심지어 다른 두더지는 존재하지 않았다.

그래서 내 시각을 바꿀 수 없었던 것 같다. 이미 모든 것을 다 해 보았다. 25년 전에 손을 뗐는데 정신과 의사 팀 리어리가 '손을 떼라'고 조언해 주니 정말 신이 났다. 리어리가 크게 '손을 뗀' 건 어딘가에서 교수직을 그만둔 거였다(하버드인가?).

난 지하가 없을 때도 지하에 있었다. 난 음탕한 젊은이였다. 키 183에 멋진 근육 무게가 98킬로그램, 뼈 무게가 63킬로그램이 나갔다. 감옥에 들어갔고 위대한 사기꾼이자 공공의 적 1호인 코트니 테일러와 같은 감방을 썼다. 물론 누명을 쓴 거다. 테일러 말고 내가.

감방을 나와서 필리 바로 돌아가 이 집 저 집 떠돌아다니는 생활을 시작하고 일주일에 한 번씩 쫓겨났다.

오전 9시에 길을 걷다 노파들이 현관 흔들의자에 앉아 씩씩거리는 소리를 들었다.

"저 젊은이 보이지? 벌써 술에 절었어! 내 집에서 저놈을 쫓

170

아낼 거야! 하느님, 자비를 베푸소서. 저놈을 쫓아내서 너무 기뻐!"

저 노파들의 남편은 레이스 팬티를 사는 데 드는 돈을 대느라 야근하다 오래전에 죽었다. 더 이상 레이스 팬티를 입어도 근사하지 않은 저 노파들이 모든 탓을 내게 돌리는데, 내가 저 능한 드릴 프레스 일을 할 생각도 의향도 없기 때문이다.

"직장은 있어요?"

내가 그들의 문을 두드리면 늘 묻는 말이다.

"그럼요."

난 살아 있는 것이 내 직업이라는 의미로 대답하지만 그건 썩은 직업이다. 그들은 "하느님이 우릴 구하시네!"라는 벽걸이 글귀처럼 첫날은 날 재워 주었다.

*

내가 뉴욕의 작은 동네에 머물 때인 것 같다. 지금은 새로운 동네가 되었을 텐데 그 오래된 동네는 사기꾼으로 가득 찼다. 예술가는 젤리 인간보다 한 걸음 앞서 움직여야 한다.

그 동네에 살 때 약국을 지나가다 잡지 가판에서 윗 버넷과 마사 폴리가 편집한 유명한 《스토리》를 보았다. 《스토리》에 글이 실린다면 진짜 천재인 셈이다. 《애틀랜틱》《하퍼스》《뉴요커》와 더불어 간간이 그들에게 원고를 보냈다. 잡지를 보려고 손을 뻗는데 표지에 내 이름이 있었다! 그들이 내 글을 실어 준 것이다. 스물네 살에. 내가 너무 빨리 옮겨 다닌 탓에 우편물이 날 따라잡지 못했거나 어딘가에서 분실되었겠지. 난 잡지를 들어 펼쳐 보고 돈을 냈다.

한편 어쩔 수 없이 일자리를 잡았는데 잡지와 책을 유통하는 영업소 창고에서 일했다. 며칠 뒤 상사가 《스토리》를 들고 왔다.

"이봐, 여기 웃긴 게 있어. 봐, 이 잡지에 실린 사람 성이 자네랑 같아!"

"아니에요." 내가 사실대로 말했다. "그게 나예요."

"쳇, 거짓말! 자네가 이 글을 썼다고?"

"네."

며칠 뒤 인사부로 불려 갔다. 술에 취해 2~3일 일을 쉰 터였다. 그런데 아름다운 젊은 여자가 앉아 있었다.

"당신이 찰스 부코스키 씬가요?"

"네."

"당신이 《스토리》에 소설을 썼나요?"

"그게 무슨 문제가 되나요?"

"당신을 발신 부서 감독으로 승진시키려고요."

"그건 당신들에게 달렸죠."

바보 같은 말이라는 걸 안다. 작가가 되는 건 다른 사람이 되는 것과 아무 상관이 없다.

난 별로 훌륭한 감독이 아니었다. 술에 취해서 운송 상자에 못질하는 일꾼들을 망치 손잡이로 움켜잡기나 했으니까. 하지만 그들은 날 좋아했다. 그것이 잘못이었다. 훌륭한 감독이란 무서운 사람이다. 세상은 두려움으로 돌아가니까.

나는 관 같은 상자에 넣어져 배달된 책의 총 부수를 세고 송장에 서명을 하고 떨궈 주면서 말한다.

"포장해!"

난 세는 척만 했다. 너무 쉬운 일이고 지루했다. 그들은 나보다 일을 잘 알았다. 난 그냥 눈을 감고 세는 척한 뒤 서명하고 말한다.

"됐어, 포장해."

내가 농땡이를 피운다는 소문이 퍼질 정도까지 다니다가 보는 눈들이 지목하기 전에 그만두었다.

하지만 도시를 떠나기 전 아주 이상한 일이 일어났다. 우상을 만난 것이다!《스토리》의 대단한 편집자 윗 버넷을 내가 만난 거다. 하지만 그는 날 만나지 않았다. 그는 내가 어떻게 생겼는지 모르니까. 하지만 난 여러 사진에서 그를 보았기에 그인 줄 알았다. 난 북쪽으로 걷는 중이고 그는 남쪽으로 걸었다. 난 세상에서 가장 위대한 편집자를 지나쳤다. 그의 눈동자에 아픔이 서려 있었지만 내 눈에는 응석받이의 편안한 고통으로 보였고 그럼에도 불구하고 그의 눈동자는 아름다웠다. 하지만 그때 난 우리가 아주 많이 다르다는 걸 알았다. 난 그 앞에서 배를 움켜쥐고 웃었다. 내 우상이 깨졌다. 난 정말 제대로 웃었고 그 속에 어떤 적의도 없었다. 그가 잠시 날 쳐다보더니 걸음을 옮겼다.

음탕한 늙은이의 고백 173

카레스 크로스비의 《포트폴리오》에서 또 히트를 쳤다. 난
헨리 밀러, 주네, 사르트르, 로르카와 이름을 까먹은 다른 사람
들과 있었는데 이름은 까먹은 건 친구들이 그때 내 책 두 권을
훔쳐 갔기 때문이다.

그 이후 방출을 당했다. 글 쓰는 걸 중단했다. 포기했다. 10년
동안 술에 절었다. 다시 로스앤젤레스로 돌아왔다. 겨우 살 수
있을 만큼만 일했다. 거의 날 죽일 정도로 술을 퍼부었다. 그리
고 알바라도거리 최고의 오입쟁이가 되었다.

운이 좋아서 반은 아일랜드인에 반은 인디언의 피가 흐르는
세상에서 가장 아름답고 길들여지지 않은 제인(이름이 구식
이다)을 만났다. 순진하고 광기가 있으며 굉장한 영혼을 지닌
그녀가 하는 말은 전부 일리가 있었다. 다리와 엉덩이도 아름
다운데 그녀보다 멋진 엉덩이는 절대 찾을 수 없었다.

침대에서는 어땠는지 모르겠다. 좋아하고 싫어하는 것이 동
시에 잘 섞였던 것 같다(속이는 게 아니다). 그러다 마침내 완
전한 항복으로 나갔다. 이 모든 것뿐 아니라 그녀는 성기도 참
예뻤다.

처음 그녀를 만나고 함께 술집을 나서던 순간이 기억난다.
잘나가는 영업사원인 빅 조니가 내게 말했다. "아무도 그녀를
길들일 수 없어, 행크. 아무나 할 수 있다면 자네도 할 수 있
겠지."

그녀는 비싼 옷을 잘 차려입었는데 특히나 구두가 그랬고
문제를 일으킬 사람처럼 보이지 않았다. 난 버번 위스키 반 잔

에 담배를 엄청 피운 뒤 그녀를 택시에 태워서 다르게 살아 보려고 청결하게 치워 둔 내 집으로 갔다. 한동안 모든 것이 잘 흘러갔다. 그녀를 소파에 앉혔고 그녀는 멋진 다리를 꼬았다. 그녀와 이야기하는 동안 어떻게 사랑해 줄까 생각하면서 버번을 건넸고 나도 따라 둔 것을 마셨다.

"병째로 마셔."

"자기가 반 빌더라스라고 생각하는 거죠?"

"아니, 아니야. 그 길은 나한텐 좀 거칠지."

"택도 없는 소리! 자길 반 빌더라스라고 생각하면서!"

제인의 눈동자가 커졌다. 그녀는 버번을 들어 머리 위로 올렸다.

"잠깐!" 내가 멈춰 세웠다.

"왜요?"

"그걸 나한테 던져 맞혀서 쓰러뜨려! 안 그럼 곧바로 당신한테 던져 버릴 거야. 난 절대 실패하지 않아! 자, 어서 던져!"

그녀가 날 쳐다보더니 병을 내려놓았다.

우리는 그날 밤 한두 차례 관계를 맺었다. 아주 좋았다.

그 후 6~8년을 지옥 속에서 같이 살았다.

난 모든 걸 이해하고 줄여서 쓰려고 하지만 49년의 인생을 어떻게 400~500자로 줄인단 말인가? 그래서 이 여성, 제인에 대해 몇 가지 더 말해야겠다. 첫날 내가 그녀에게 올라탄 것과 삽입 운동을 하는 와중에 멈추고 이렇게 물었던 것도.

"저기, 난 당신 이름을 몰라! 이름이 뭐지?"

음탕한 늙은이의 고백 175

그녀의 대답은 이랬다.

"이름을 안다고 대체 뭐가 달라져요?"

어느 날 제인과 함께 너무 취해서 그녀와 소파에 있다가 굴러떨어졌고, 그 날씬한 발목과 높은 뒤꿈치, 완벽한 종아리, 완벽한 무릎 그리고 그렇게 앉아 있는 그녀를 올려다보았다. 내가 그녀보다 두 배를 더 마신 탓에 소파에서 떨어진 거였다. 난 등을 대고 누워 다리를 올려다보며 불후의 명대사를 남겼다.

"자기, 난 천잰데 그 사실을 아무도 모르고 나만 알아."

그리고 그녀가 불후의 명대사를 쳤다.

"아, 바닥에서 일어나 앉아요, 이 멍청이!"

어느 날 그녀 역시 묻어야 했다. 우리 아버지처럼. 우리 어머니처럼. 우리가 갈라서고 2년 뒤에 그녀를 묻었다.

하지만 그 전에 난 로스앤젤레스시립병원(나의 옛 고향) 자선병동의 어두운 병실에 틀어박혔고 내 서류들이 없어졌다.

"서류들은." 수간호사가 설명했다. "내가 위층에 있는 동안 아래층으로 갔어요."

난 그 지하 병동 어딘가에서 길을 잃은 채 서류가 없는 환자로 죽어 갔고 입과 엉덩이에서 계속 출혈이 있었다. 그 모든 싸구려 와인과 힘든 생활이 피의 분수로 흘러나온 것이다. 아무도 내 서류를 찾지 못했고, 난 병원에 들어온 지 사흘 만에 좀 더 밝은 곳으로 옮겨졌다. 그런데 내게 헌혈 기록이 전혀 없다는 사실을 알게 되었다.

"부코스키 씨." 수간호사가 말했다. "헌혈 기록이 없으면 수

혈을 못 받아요."

그 말은 내가 죽는다는 뜻이었다.

죽어 가거나 아픈 환자들을 죽을 때까지 뉘어 놓는 게 그들이 하는 일처럼 보였다. 그리고 죽은 사람을 끌어내는 것을 보았다. 그래야 새로운 환자가 들어올 자리가 생기니까. 병동에는 문제가 있었다. 간호사도 의사도 없었다. 인턴이라도 보이는 날은 기적에 속했다.

그러다 병원에서 우리 아버지가 일하는 동안 쌓아 둔 헌혈 기록을 찾아냈다. 난 피로 온 병동을 칠갑했고 죽어 가는 중이었다. 간호사 하나가 하늘에서 천사처럼 내려와 내 혈관에 바늘을 꽂고 수액을 매달았다. 난 6리터의 피와 포도당 13병을 쉬지 않고 맞았다.

이후 킹슬리드라이브에서 거처를 찾고 트럭 운전사 일자리를 얻은 뒤 낡은 타자기를 샀다. 매일 밤 일을 마치면 술을 마셨다. 아무것도 먹지 않고 시만 8~10편을 썼다. 내가 어쩌다 단편소설에서 손을 뗐는지 모르겠다. 시를 쓰지만 그 이유를 몰랐다. 어쩌다 JB 메이와 그의 잡지 《트레이스》를 알았으며, 그때 새롭게 출현하는 소규모 잡지에서 힘을 얻고 그들에게 귀를 기울였다. '소규모' 잡지는 훌륭하면서도 현실적인 글을 쓰는 데 한층 더 나은 활동무대였다. 지금은 그 자잘한 곳이 많은 운영진과 싸구려 등사판으로 나타나 아주 열악한 문학과 시의 활동무대로 변했다. 이제 큰 것과 작은 것 모두 같은 무대에 있고 둘 다 쓰레기를 인쇄하며 그들의 주된 목표는 홍보와 권력과 돈을 빌어먹을 방식으로 얻는 것이다. 말의 엉덩이가 마침내 말의 입을 만나고 자기 똥을 먹었다.

더 많은 시를 쓰고 직장과 여자를 바꾸고 제인을 묻었고 세간이 날 알아차리기 시작했다. 작은 싸구려 시집이 나왔다.《꽃, 주먹, 짐승의 울부짖음》《쫓기며 도망치다》《파산한 도박꾼의 구구절절한 시》. 내 양식은 아주 단순했고 난 하고 싶은 말은 무엇이든 쏟아 냈다. 책은 곧장 팔렸다. 캔자스시티 창녀들과 하버드대학 교수가 내 시를 이해했다. 누가 더 잘 알까?

상황은 빠르게 바뀌었다. 윗 버넷이 관뒀다.《스토리》는 끝장 났다. 우리 시대의 위대한 새 편집자는 루종프레스북스와《아웃사이더》편집자인 존 에드거 웹이다. 그리고 내 사진이《아웃사이더》표지에 등장했다. 두들겨 맞아 엉망인 얼굴 사진이었다. 시와 편지는 안에 수록했다. 난 교육을 잘 받고 신중하게 시를 쓰는 유형과는 거리가 먼 새로운 콘셉트의 시인이었다. 날것 그대로를 드러냈다. 누군가는 내 시를 싫어했고 누군가는 좋아했다. 상관하지 않았다. 그저 술을 더 마시고 더 많은 시를 썼다. 내 타자기는 내 기관총이고 장전이 되었다.

훌륭한 새 편집자이자 늙은 존 웹은 세련되게 책을 출간하는 솜씨가 있었다. 내 시집《그 손이 내 심장을 움켜쥐었네》와 《죽은 손의 십자가》는 2000년도 끄떡없을 종이에 인쇄되었다. 참 무서운 일이다. 책은 수집가들이 초기에 구매했고 지금은 한 부에 25~75달러까지 부르는데 웹과 나는 가만히 앉아 또 어디서 돈이 굴러 나올지 궁금해했다. 웹은 마침내 절박해져 머리를 굴렸고, 내 기억이 정확하다면 프랑스 화가에게 쓴 헨리 밀러의 편지를 출판했다. 밀러의 글은 아주 좋았지만 편지는 그리 좋지 않았다. 아무튼 웹은 한 부당 25달러에 팔았다. 이제 수집가들이 그 책을 걱정하게 놔두자.

여기서 잠깐 돌아가 보자. 아직 잘 듣고 있나? 《그 손이 내 심장을 움켜쥐었네》는 사인을 넣어 500부만 찍었다. 웹은 《죽은 손의 십자가》를 2500부나 찍고 싶어 했다. 난 아무 문제가 없었기에 타자기에서 곧장 인쇄로 넘어가도록 글을 썼다. 이 시집에 실린 시가 다 그랬는데 딱 한 편만 잡지사에 보내지 않았다. 책에 쓴 것인데 내가 보기엔 완전 엿 같았다.

웹이 절박하게 말했다. "부코스키, 시가 더 필요해."

"젠장! 시간을 좀 더 줘!"

지옥이었지만 행동했고 난 항상 행동한다.

이번에는 뉴올리언스였고 마지막 시가 쓰였고 책은 출판사에서 나왔고 문제가 터졌다. 빌어먹을 2500부에 사인을 해야 했다! 책표지는 보라색인데 책을 전부 쌓으니까 213센티미터나 되었다. 결코 끝낼 수 없을 것처럼 보였다. 웹은 한 장 한 장 특별한 은색 펠트펜으로 사인하길 원했고, 덕분에 한 장 사인하고 마르기까지 5분이 걸렸다. 이름과 날짜를 쓰는 게 지루해져서 그림을 더하고 문장을 넣었다. 평범하거나 이상하거나 둘 중 하나였지만 그림과 문장을 넣으니 속도가 느려져서 술을 마시고, 마시고, 또 마시고 함께 온 여자를 욕했다.

며칠 뒤 여전히 그곳에 살아 있었고 쭉 술에 취해 은색 펜으로 2500부에 서명했다. 찰스 부코스키라고 이름을 적는 데 이골이 났다. 이놈이 싫어지기 시작했다.

한편 여자와 어린 딸이 로스앤젤레스에서 날 기다렸다. 사인을 다 하고 나서 동전을 던졌다. 동전이 명령했다. 아이와 엄마에게 돌아가. 난 그렇게 했다.

하지만 항상 위대한 편집자 존 웹이 있었고 내 책이 아니면 다른 책이 있었다. 그는 나와 어울리는 걸 좋아했다. 나와 논쟁하는 것도 즐겼다. 난 논쟁이 싫었다. 한번은 출판사에서 날 애리조나대학 사택의 상주 시인으로 보냈는데, 내가 대중 앞에서 내 빌어먹을 시를 읽지 않겠다고 거부했기 때문이다. 그렇게 하면 대중의 칭찬만 받아들여 내게 남은 영혼이 약해질 것 같았다(수중에 돈이 다 떨어지면 시를 읽을 수 있지만 그때는 대중들이 내 시를 듣고 싶어 하지 않을 것이다).

사택은 나쁘지 않았다. 날마다 37도가 넘었지만 에어컨이 있었다. 투손이 그렇게 찜통인 줄 몰랐다.

사택은 캠퍼스에서 조금 떨어진 뒤쪽에 자리했지만 이상하게 생긴 데다 옷도 못 입고 전혀 시인 같지 않은 사람이 정오쯤이면 빈 술병이 가득 든 자루를 들고 나와 '애리조나대학'이라고 적힌 쓰레기통에 병을 집어넣은 뒤 어김없이 쓰레기통에 토하는 모습이 여전히 일부 학생들에게 목격되었다. 유명한 작가 몇몇이 그 집에 살았다는 이야기를 들었다. 그들의 이름을 밝힐 순 없지만 저서 몇 권이 그곳에 있어서 아침에 토할 때 읽어 보려고 했다. 라디오도 있었는데 투손은 밤에 교향곡을 틀어 주지 않아서 최신 록을 들어야 했고, 그사이에 '위대한 작가들'의 책을 보며 술을 마셨다. 그 어디에 살 때보다 그 집에서 가장 더럽게 굴었다. 집에 미친놈이 산다는 말이 퍼졌다. 아무도 보러 오지 않는 게 놀라웠다. 물론 날 살게 해 준 교수가 병원(그가 궤양에 걸린 곳. 이 말이 재수 없게 들릴지도 모르겠지만 사실이다)에서 전화를 걸어왔다.

"부코스키 씨, 당신이 떠나는 즉시 우리는 그 집을 강철 레킹 볼로 무너뜨릴 겁니다."

"감사합니다, 교수님." 내가 덧붙였다. "하지만 이 집의 훌륭한 책들 먼저 옮기는 걸 잊지 마세요."

"그럼요."

이 자식은 미쳤다.

난 '히피'에 대해 웹과 논쟁한 뒤 그곳을 나왔다. 젠장, 특별히 히피한테 애정이 있는 건 아니다. 난 혼자 있는 게 좋다. 히피들은 일주일에 40시간 혹은 48시간을 전쟁이나 하기 싫은 일을 하면 결혼과 마찬가지로 그 속에 갇히는 치명적인 결과를 초래한다는 사실을 막 깨달았다. 하지만 히피들은 나와 동떨어져 있다. 그들은 상황 판단이 느렸고, 단체로 모이고 으깨고 소리치는 걸 좋아했다. 마약은? 그게 뭐 그리 신성하다고? 그냥 누군가 내게 공짜로 주는 메타암페타민, 빨간 거, 노란 거, LSD일 뿐인데. 상관없다. 금방 즐기고 왔던 곳으로 되돌아 나온다.

내가 무감각해졌다고 치자. 마약은 실제로 어떤 스릴도 없다. 그냥 반짝이거나 LSD의 경우 제약된 여흥일 뿐.

코카인을 킁킁거리고 마리화나를 피운다. 약발이 떨어지면 다시 세상으로 돌아와야 한다. 도로 내려왔을 때 세상은 항상 그 자리에 있다. 그 점을 발견하면 이상하다고 느낀다. 위에 올라가면 항상 내려와야 한다. 어떻게든 그렇게 되는데 내려온 다음에는 평범한 길을 헤쳐 나가기 위한 슬픈 형태로 바뀌기에 힘이 든다. 선적 사무원, 테이블 정리, 설거지, 세차. 전과가 있다면 상황은 더 끔찍해진다.

지옥은 도처에 깔려 있다.

모든 것이 함정이다. 여자, 마약, 위스키, 와인, 스카치, 맥주 (세상에 맥주까지), 시가, 담배. 일하거나 일하지 않는 것도 함정, 예술가적 기교가 있거나 없는 것도 함정. 모든 것을 거미줄로 빨아당긴다. 내가 아름다운 여성을 거부하는 것과 같은 이유로 바늘 사용을 거부하고 그 대가는 가치로 측정하기에 턱없이 모자란다. 난 그렇게까지 심하게 몰리고 싶지 않다.

그래서 히피와 그들의 사랑, 사랑, 사랑 타령은 내게 아무것도 아닌 일이다. 명령조로 들리고 난 명령을 좋아하지 않는다. 그래서 무시했다. 그런데 웹이 투손의 자기 집에서 그날 밤 히피 논쟁을 시작했다. 한때 아름다웠던 백발을 지금은 붉게 염색했다. 그리고 그 늙은 노인이자 위대한 편집자는 계속 약을 달라고 소리를 질러 댔다.

"루, 오늘 나 약 먹었어?"

비타민인지 철분제인지 빌어먹을 약을 찾고는 웹이 히피에 관해서 나에게 발광하기 시작했다.

"부코스키, 히피는 전혀 쓸모없다는 거 알지!"

"난 그들에게 별로 관심이 없어, 존. 그들은 나약한 존재야. 무리 짓는 본능이 있어. 거짓투성이고. 그들은 무감각한 데다 떠들어 대라고 배운 무언가에 대해 떠드는 가짜야. 그렇지만 정장에 넥타이를 매고 8시부터 5시까지 고단하게 일하는 비즈니스맨을 생각하면 히피들이 이런 상황을 거부하는 거고 그들이 옳은 것 같아. 히피가 증권중개인보다 더 살아 있으니까."

"이봐, 부코스키, 자네가 날 위해 반히피 기사를 써 주면 좋겠어."

"글쎄, 모르겠어."

"그 애들은 책임을 몰라. 노력도 하지 않고 아무것도 하지 않아. 하고 싶은 마음이 없어. 사회를 지탱할 수 없을 거야!"

위대한 편집자 웹은 내 손으로 묻은 우리 아버지 같은 말을 했다. 아이가 세상에 태어나 가장 먼저 배우는 것이 여러 나라에서 수소폭탄이라는 걸 비축해 두었고 전 인류를 서른 번 이상 죽이고도 남을 양인데 부자들은 아주 깊은 곳에 땅굴을 파 두었거나 새로운 노아의 방주로 이미 우주선을 준비해 두었다는 이야기라니. 그리고 퍼싱스퀘어역의 늙은 노숙자들이 비명을 지르며 우리에게 알려 준 것처럼 두 번째 홍수가 날지도 모르는데 이번에는 물이 아니라 불이란다.

그러니 누가 열여덟에 자동차 회사에 들어가 볼트를 돌리고 싶을까? 30초 안에 엉덩이가 불알과 영원히 작별할 텐데? 폭탄 버튼을 누를 수 있는 사람은 한 명뿐이다. 언젠가 어쩌면 내일 그 병신이 나타나…… 순리에 따라 그렇게 한다면?

그러니 머리를 기르고 대마 좀 빨면 어때? 긴장 풀자. 매 순간을 기적의 선물로 즐기는 거다.

난 폭탄이 발명되기 전에 그런 방식으로 살았다. 난 히피 이전에 히피를 전제로 태어났다. 사람이 죽어야 한다면 쓸데없는 소유물을 왜 쌓아 놓고 살아야 하는가?

그래서 웹이 말했다. "자네가 날 위해 반히피 기사를 써 주면 좋겠어."

내 시로 수집가들이 소장할 책을 두 권 만들어 준 남자다. 내 시를 읽고 또 읽었지만 여전히 내가 누군지 모르는 남자다.

"난 반히피 기사를 쓸 수 없어, 존. 그들이 나에게 해코지한 적이 없거든. 그런 생각을 해 본 적도 없을 거야. 다른 사람들은 그랬지만. 실제로 난 감옥에 있었어. 자네도 마찬가지고."

웹은 편집자로 명성을 얻기 전에 다이아몬드 도둑이었다. 그도 감옥에 갔다. 오래전 초기 페이퍼백에 그 이야기를 썼지만 사건의 전말을 다 언급하진 않았다. 이제 그는 판매 부수를 따지는 곳에서 일하고 비평가들의 평가가 필요하다. 다른 이들도 마찬가지다. 웹이 그랬다는 걸 언급하는 날엔 르종프레스에서 영원히 블랙리스트에 오를 것이다. 불쌍한 남자가《죽은 손의 십자가》서평에서 웹이 감옥에 다녀왔다는 말을 실수로 꺼냈다.

위대한 편집자는 내게 손가락질을 하며 땍땍거렸다. "됐어!

그놈은 영원히 끝장이야!"

웹은 또한 마이크 맥클루어가 TV에 나올 때 동성애자처럼 입고 눈 밑에 검게 섀딩을 넣었다는 이유로 잘라 버렸다.

"됐어." 웹이 나를 향해 몸을 돌리며 말했다. "맥클루어는 끝났어!"

난 웹이 날 끝장내기 전에 반히피 기사를 쓰지 않고 로스앤젤레스로 돌아왔다. 그가 이 글을 읽는다면 어느 날 밤 내 창문으로 총알이 날아오겠지.

내 책이 더 많이 나왔다. 대다수가 한정판으로 지하에서만 알아주었다. 하지만 대학 교수들이 무르고 늘어진 팔다리에 허연 얼굴로 작은 맥주 여섯 개들이 팩을 든 채 내 집 문을 두드리기 시작했다. 그들은 맥주 한두 캔에 취기가 올랐고 난 그들이 하는 말을 들어 주었다. 영어 선생들이 날 가르치려고 할 때 한 번도 어울린 적이 없었다.

사람들이 계속 내 집으로 찾아와 말을 걸었다. 초대하지 않은 사람도 찾아와서 난 그들의 이야기를 들었고 그들에게 마실 걸 주었고 그들은 떠났다. 하지만 그 모든 시간이 낭비는 아니었다. 사람은 다른 사람에게 배우는 것이고 그렇지 못하면 첫 번째 트럼펫 주자가 되는 기회를 놓치고 똥이 든 봉지나 볼게 된다!

교수나 백수 모두 너무 진심이라 가진 걸 전부 풀어놓았지만 충분하지 않았다.

어느 날 존 브라이언이 지하신문인《오픈 시티》를 창간하기로 마음먹었다. 난 일주일에 한 번 칼럼을 써 달라는 요청을 받았다. 그 칼럼에 '음탕한 늙은이의 비망록'이라는 이름을 붙였다. 그 가면을 쓰고 단편을 썼다. 일주일에 한 번씩 2년 가까이 썼다. 이기든 지든 금요일이나 토요일에 경마가 끝나면 여섯 개들이 맥주팩 서너 개를 뜯고 베토벤과 바흐를 시시하게 만들어 버리는 말러를 들으며 칼럼을 썼다.

내가 건넨 원고는 브라이언이 모두 인쇄했다. 내 인생에서 가장 흥미로운 시간이었다. 모두가 천재로 대접해서 난 그런 척을 하고 그런 글을 써야 했다. 어렵진 않았다. 천재가 되고 싶으면 유일한 사람이 되면 된다.

"하나를 살래, 그 하나가 될래?"

필라델피아의 술집을 드나들던 암흑기에 사람들이 내게 물었다.

"사는 쪽이 되겠어."

한편 나더러 꼭 참석해 달라는 지하 모임이 있었다. 나는 술에 절었거나 정신이 말짱한 상태로 도착했다. 참석자들은 그리 사납지 않았다. 나이에 비해 이상하리만치 침착하고 죽어 있고 영양 상태가 좋았다. 둘러앉아 반전 농담이나 마리화나에 대한 농담을 던졌다. 나 빼고 모두가 농담을 이해했다. 돼지가 대통령 선거에 출마한 거다. 그게 뭔 짓인지. 그들은 신이 났다. 난 지루했다.

공격할 시간이 있다면 최신 무기를 제대로 장착하고 제대로 열차를 타고 앞잡이들을 처리하고 임무를 완수할 거라고 느꼈다. 난 혁명가는 아니지만 진정한 혁명이란 어떤 것이어야 하는지 알고 있다. 아이들은 결국 위대한 낭만주의 놀이를 끝내고 서로 손가락 애무를 하기 시작했다.

그들은 광대다. 배알이 없다. 자발적으로 기득권의 손아귀로 들어갔다.

한 모임에서 모두가 신이 나서 시카고 사건을 떠들어 댔다. 모두가 동시에 말했다. 시카고 사건은 아직 일어나지도 않았다. 결국 내가 손을 들어 술 취한 상태로 발언했다.

"기득권층은 여러분보다 훨씬 더 지적입니다. 그들은 여러분을 끌어내리는 데 필요한 힘이라면 무엇이든 이용할 겁니다. 기관총을 발사하거나 시카고 시민들을 대량으로 학살하지는 않을 것 같군요. 물론 많은 피를 흘릴 거고 아빠한테 엉덩이를 맞겠죠. 그렇지만 기득권층은 시카고가 결국 워싱턴 D.C.가 된다는 전 세계적 선전에 대해 걱정하는 걸 모르겠어요? 그들이 여러분을 조종하고 질 나쁜 아이처럼 보고 있다는 걸 모르겠느냐고요? 나쁜 짓을 하면 아빠한테 엉덩이를 맞을 거야! 더 나쁜 짓을 하면 아빠가 더 세게 때릴 거야! 여러분은 그들에게 조종당하고 있어요. 기득권의 지성을 과소평가했어요. 그게 여러분이 저지른 실수예요. 그들은 여러분을 가지고 논다는 걸 잊지 말아요! 가진 패를 다 보여 주고 얻은 거라고는 그저 평범한 패밖에 없는데 그들은 로열플러시를 들고 웃습니다. 그들을 이길 수도 있는데 그러려면 판을 바꿔야 해요. 지금은 밀리고 있어요."

말을 더 하려고 했는데 이스트로스앤젤레스고등학교의 수학교사인 멕시코 젊은이가 난간에 기대어 소리 질렀다.

"부코스키, 당신은 뭘 말을 하는지도 모르고 떠들잖아! 시카고에서 대량 학살이 벌어질 거야! 사람들은 당신이 보는 앞에서 수백 가지 권리에 의해 살해당할 거라고! 기관총, 당연히 있지! 당신도 보게 될 거야!"

물론 혁명은 일어나지 않았고 돼지는 대통령으로 당선되지 않았고 그는 감옥에 갔고 지하신문은 폐간되었고 하느님이 계단을 내려와 바람으로 글라디올러스를 뿌렸다.

신문이 폐간되자 헤이트애시베리 지구는 신화가 되었다.

"샌프란시스코에 가면 머리에 꽃을 꽂아야 해."

《버클리 바브》에 내부 분열이 있었다. 말이 퍼졌다. '지하 세계는 죽었다.'라고.

하지만 난 운이 좀 있었다. 에섹스하우스에서 내가《오픈 시티》에 기고한 칼럼을 뽑아《음탕한 늙은이의 비망록》을 단행본으로 냈다. 내가 즐거워서 보수도 거의 받지 않고 한 일이 진짜 돈이 되어 돌아온 것이다. 난 헤밍웨이 주니어쯤 된 것 같았다. 진짜 위대한 작가가 되면 얼마나 기분이 좋을까. 그 결말이 권총 자살이라고 할지라도.

아마 그런 이유에서 나 부코스키는 여전히 이곳에서 간디만큼 성스럽게 앉아 있고, 섹스에만 관심을 쏟는 사람이 이해할 만한 살짝 덜 죽은 이야기를 쓰고 있다. 난 술을 마신다. 내 머리가 타자기로 고꾸라지고 그게 내 베개다.

난 지금 지하에 홀로 있다. 내가 뭘 하는지 모르겠다.

그래서 이 글을 쓰고 다시 취한다.

이하 생략.

케네스의 시 낭독회와 번식

케네스 패천이 주는 또 다른 혜택이라고 F에게 말했다. 난 그리 순결하지 않지만 그는 거기에 딱 붙는 원피스를 입은 여자들이 많이 온다고 했다. 내 대답은 이랬다.

"좋아, 거기 주소를 적어 줘."

그는 방충망을 열고 걸어 나갔고, 우리 집 현관문이 꽉 닫혔다.

난 F를 이해할 수 없었다. 두 번째 패천의 혜택이다. 웨스트 로스앤젤레스에서 첫 번째 혜택을 보았다. 그걸 읽기 전엔 누구보다도 허리가 안 좋은 시인은 믿지 않는다고 말했고, F가 다시 물었고, 난 다시 가기로 했다. 이번에는 할리우드힐스다. 내 차는 언덕을 오르기에 적당하지 않아 코넬리아에게 전화했고 그녀가 딱 붙는 빨간 바지 차림으로 운전하는 차를 타고 우리는 길을 나섰다.

"말론 브랜도가 여기 산대요." 그녀가 알려 주었다.

"나도 여길 드라이브한 적이 있어요. 한번은 차를 세워 두고 그의 차고를 쳐다봤어요. 말론이 내 숨은 애인이거든요."

"제기랄." 내가 대꾸했다.

우리는 계속 번지를 확인하면서 점점 더 언덕으로 올라갔다. 집들은 더욱 호화로워졌고 난 더 불안해졌다. 부자가 되면 인간미가 줄어든다는 말이 사실이라 난 불행해지기 시작했다. 불안하고 불행하고.

"우리가 실수한 것 같아." 내가 조심스럽게 말했다.

그녀는 딱 붙는 빨간 바지 차림으로 계속 차를 몰았다. 조금이나마 영혼이 있는, 혹은 그 정도도 없는 부자를 만날지도 모른다고 생각하는 듯했다. 우리는 번지를 찾았고 안으로 들어갔다. 긴 진입로를 따라가니 협곡이 내려다보이는 절벽 위에 자리한 꽤 커다란 저택이 나타났다. 우리는 1층으로 들어가서 널따란 대리석 계단을 타고 아래로 내려갔다. 높고 하얀 천장을 엉망인 그림으로 장식했는데 모두 같은 작가의 작품인지 끔찍한 오로스코와 끔찍한 피카소의 중간 어디쯤 되어 보였다.

두세 무리로 모인 사람들은 묘비처럼 편안해 보였다. 대다수가 야외 수영장 근처에서 퀴퀴한 술과 담배를 손에 쥐었다. 내가 아는 시인 조지 더닝이 보였다. 조지는 그리 뛰어나지 않지만 큰 소리로 시를 낭독하고 자신이 천재인 척을 했는데, 일부에선 그를 믿어 주었다. 그의 아내도 그를 믿었다. 아내가 일하는 동안 그는 시를 썼다. 조지는 계속 문체를 바꿨지만 아내는 바꾸지 않았다. 난 코넬리아를 소개하고 더닝이 날 모욕하는 동안 웃었다. 코넬리아는 수영장에 모인 무리들을 살피러 갔다. 딱 붙는 빨간 바지를 입으니 뒤태가 근사했다. 주름 장식이 있는 앞쪽은 배와 배꼽이 슬쩍 드러났다.

그리고 시인 바나 로제를 보았는데, 40대지만 몸매가 아주 좋았다. 코도 크고 손도 크고 엉덩이도 컸다. 그녀는 소파에 앉았고 난 그리로 걸어가 옆에 앉았다. 그녀에게 내가 들고 있던 맥주 하나를 건넸다. 난 맥주 여섯 병을 들고 그 집에 갔다.

바나는 이제 막 흑인 애인과 헤어졌다. 일부 백인 시인들은 그런 점 때문에 비밀리에 그녀를 싫어했지만 난 상관하지 않았다. 그녀에게는 크고 멋진 엉덩이가 있으니까. 물론 난 코넬리아와 함께 왔지만 그녀가 속옷 회사나 골프공 제조사 사장과 눈이 맞아 나간다면 나도 이 엉덩이와 함께 나갈 수 있다는 걸 알았다. 바나는 시는 근사하게 쓰면서 말하는 법을 몰랐다. 난 항상 그녀가 말을 하도록, 침묵에서 벗어나도록 노력했고, 그래서 충격을 주려고 애썼다.

"세상에." 내가 과장해서 말했다. "오늘 밤은 정말 성욕이 만땅이야. 코코넛 주스가 가득 든 불타는 석탄이 된 것 같아."

바나가 커다란 파란 눈으로 날 가만히 쳐다보더니 맥주병을 들어 올려서 입술에 갖다 댔다.

"빨아들여." 내가 다급하게 말했다. "빨아. 빨라고. 지금 바로 팬티에 쌀 것 같아." 그러곤 그녀의 입으로 맥주가 넘어가는 것을 지켜보았다. "내 드릴을 당신에게 박을 수 있다면 우유병에서 나오는 당신의 분비물도 먹을 수 있는데."

"부코스키 씨, 당신은 자기가 훌륭한 시인이라고 생각해서 그렇게 말하는군요."

"그 우유병만 내게 줘."

바나는 가만히 쳐다볼 뿐이었다.

사람들이 야외 수영장에서 계단으로 올라왔다. 코넬리아가 날 보고 다가왔다. 난 그녀를 바나에게 소개했다. 둘은 여자들이 하는 방식대로 서로를 쳐다보고는 곧바로 내가 둘 다에게 한 짓 혹은 하고 싶은 짓 혹은 할 짓을 알아차렸다.

시 낭독이 시작되었다. 더닝이 스타트를 끊었다. 그는 인간적인 미소를 보이며 모자를 벗어 바닥에 내려놓고 가진 동전을 털어 넣었다. 그리고 큰 소리로 읽기 시작했다. 실제로는 고래고래 소리쳤다. 더닝은 주목을 못 받으면 미쳤다. 하지만 그는 자신을 믿었고 그건 좋든 나쁘든 작가들 사이에서 흔한 병이다. 사실은 형편없는 작가가 훌륭한 작가보다 자신을 믿는 편이다. 더닝은 완전히 그랬다. 침대에 아내와 함께 있는 원숭이를 본 것처럼 부끄러웠지만 화를 낼 수 없는 느낌이 들었다. 간단히 말해 붙들렸고 어쩔 수 없다는 기분이었다. 세상은 더닝과 원숭이로 가득 찼는데 원숭이보다 더닝이 더 많았다.

그리고 아주 영향력 없는 시인이 자리에서 일어나 소위 '기발한' 시라는 것을 읽었다. 자기 엄마나 알츠하이머에 걸린 친구가 그 시를 좋아했나 보다. 너무 대담해서 전혀 아무것도 아니었다. 시인은 자신이 모두를 매혹시켰다고 꽤 확신했지만 그저 자신을 매혹시키는 데 그쳤다. 그가 낭독을 마치고 자리에 앉았다.

다른 사람들이 시도했고 실패했다. 이번엔 수업 시간에 음탕한 시를 읽어서 잘린 유대인 여자 시인이 일어나 엉망인 시 두 편과 좋은 시 한 편을 낭독했다. 좋은 시는 그렇게 좋지 않았다. 그저 처음 두 시와 더닝과 기발한 것과 다른 것들 뒤에 읽어서 그렇게 느껴졌을 뿐이라 똥 대신 모래를 삼킨 격이었다.

내 차례가 왔다. F가 날 소개했다. 난 고통스러웠다. 그래서 말했다.

"잠시만요…… 술이 좀 필요해요……."

난 바로 달려갔지만 술병이 보이지 않았다. 늙은 금발 여자가 바에 앉아 술을 마시지 않은 채로 날 위트도 없는 인간처럼 노려보았다.

"빌어먹을 창녀 같으니라고." 난 그녀에게 씩씩거렸다. "개 거시기나 빨아……."

난 다시 단상으로 돌아와 낭독하기 시작했다. 우선 그 단상이 기독교 교회를 연상시키고 난 열두 살에 교회 가는 걸 그만두었다고 말한 다음 시 세 편을 읽었다. 하나는 스트리퍼에 관한 것이고 하나는 색광에 관한 것이고 다른 하나는 여성의 항문을 핥고 싶어 하는 남자에 관한 시였다. 스트리퍼에 관한 시는 내 이야기가 아니다. 다른 사람의 이야기다.

그 잘난 부자들 누구도 패천의 모자에 돈을 넣지 않았다. 그들은 주머니에 손을 찔러 넣은 채 앉아 있었다. 다음은 도시의 대학에서 가르친다는 작자가 일어났다. 그가 그날 밤 최악이었다. 그의 아내가 같이 시를 읽었다. 그건 두 사람을 위한 연극이었다. 믿을 수 없을 정도로 유치했는데 읽어 내려갈수록 점점 더 했다. 난 다시 바로 돌아가 바 아래 위스키가 있는 것을 발견했다. 그리고 보드카 그리고 진……. 고급 위스키 두 잔과 물을 섞고 있는데 갈색 머리 젊은 여자가 바 뒤로 걸어왔다. 그녀는 정말로 가까이 다가와 커다란 갈색 눈동자를 나와 마주했다. 그녀는 원하고 있으며 어떤 의심도 남기지 않았다. 난 모퉁이로 밀쳐진 기분이 들었다. 주위를 살폈지만 나뿐이었다.

"부코스키 씨." 그녀가 입을 열었다. "당신의 시는 정말로 기억에 남아요. 게다가 재밌고요. 저기 다른 사람들은 글을 쓸 줄 모르는데 당신은 정말로 그들을 부끄럽게 만들었어요. 난 당신을 마냥 좋아해요……."

"당신은 정말로 몸매가 잘 빠졌군요." 내가 칭찬했다. "게다가 젊고 눈동자도 마음에 들고……."

"난 당신 거예요……." 그녀가 거침없이 말을 이었다. "나랑 자 줘요."

"뭐라고요?"

"방금 들었잖아요."

"지금이요?"

"아니, 나중에……."

"실례할게요."

술 두 잔을 들고 그녀에게서 빠져나왔다. 그녀는 계속 내게 미소를 지었다. 난 코넬리아에게 돌아가 술을 건넸다. 교수와 그의 아내는 아직도 연극을 하고 있었다. 그리고 끝났다. 마지

케네스의 시 낭독회와 번식 195

막 주자는 이 집의 소유자 혹은 이 집을 소유한 사람을 남편으로 둔 부인이었다. 그녀는 교수만큼 나쁘지 않았지만 잔인한 사람들은 패천이라는 이름에 의미를 두었고 난 결코 잊지 못할 것이다. 부유한 부인이 마무리를 짓자 사람들이 하나둘 자리를 떴고 대다수가 패천의 모자를 무시했다.

난 바 뒤쪽으로 걸어가 앉아 있는 예닐곱 명을 상대하기 시작했다. 술을 마실 때마다 누군가를 위해 칵테일을 만들어 주고 내 것도 만들어 마셨다. 더럽게 부자인 사람과 안 좋은 시에 대해 고래고래 소리를 지르며 케네스 패천의 이름을 걸고 이기적인 게임을 벌였다. 누군가는 그게 웃긴 모양이었다. 그래, 그들은 웃었다. 난 주위를 살폈고 코넬리아가 돌아와서 내가 술 나눠 주는 걸 도왔다. 이윽고 우리는 모두를 취하게 만들었다. 코넬리아와 나만 제정신이었다. 우리가 그 집에 단둘이 있는 것처럼 느껴졌다. 위스키 한 병을 가져가는 게 좋을 것 같아서 코넬리아에게 피프스 위스키 한 병을 핸드백에 넣으라고 건넸는데 집주인 남편이 나타나 대리석 계단을 내려오며 말했다.

"아니! 안 돼! 그러지 말아요!"

머리도 희고 염소수염도 하얀 그가 위스키병을 잡았다. 그 집을 나설 수밖에 없었다. 우리가 밖으로 나왔을 때 소중한 패천의 책을 그 집에 놔두고 왔다는 사실을 깨달았다. 하는 수 없이 초인종을 누르고 코넬리아에게 떠넘겼다. 부유한 부인이 문 앞으로 나왔다.

"저희가 귀중한 패천의 책을 놔두고 왔어요." 코넬리아가 대신 말했다.

부인은 화를 냈다. 우리는 집 안으로 들어가 소중한 패천의 책을 챙겨 들고 다시 나왔다. 진입로 맨 꼭대기에 주차한 터라 걸어 올라가는 데 시간이 걸렸다. 사방을 세이지 덤불과 잔디, 바위로 꾸며 놓았다. 위로 올라가는 길이 너무 멀어서 우리는 수차례 비틀거렸다.

"난 패천을 위해 여길 헤치고 지나가는 거야. 그뿐이야." 내가 변명하듯 말했다.

코넬리아는 잔디 끄트머리에 주저앉아 팔과 다리를 뻗었다.

"이리 와요." 그녀가 나를 불렀다. "섹스해요."

"안 돼." 내가 대답했다. "여기 말고, 내 사랑."

"이봐요, 부코스키, 여기에 별도 달도 흙도 다 있으니 섹스해요."

난 그녀를 일으켜 세웠다. 우리는 몇 미터를 더 걸었고 코넬리아는 다시 주저앉았다.

"어서요, 부코스키. 섹스해요. 난 당신과 해야겠어요. 그 고리를 나한테 걸어 줘요, 자기. 그 섹시한 볼로냐 소시지 좀 보여 줘요……."

난 다시 그녀를 일으켜 세웠다. 그녀는 한두 차례 더 주저앉았고, 마침내 우리는 차에 도착했다. 코넬리아가 운전했다. 어떻게 집에 왔는지 기억이 없지만 침대에 들어와서 코넬리아가 내 위에 올라탄 것은 기억한다.

"패천 일이 점점 단조로워지고 있어. 더는 못 견디겠어."

"키스해 줘요." 그녀가 요구했다. "진하게!"

"결국 패천은 팔로알토에 살잖아."

"키스해 줘요……. 키스 안 해 주면 소리 지를 거야!"

난 그녀에게 키스했다. 위에 올라갔다가 아래로 더 아래로 내려갔다. 점점 나아졌다. 내가 그녀 위에 올라가 안으로 들어갔고 빨간 파자마를 입고 걸어가는 그녀와 긴 검은 머리와 날 쳐다보고 또 쳐다보는 짙은 갈색 눈동자를 생각했다. 케네스 패천은 완전히 잊어버렸다. 교수의 끔찍한 연극조차 잊어버렸다. 내가 시인이라는 사실도 잊어버렸다. 섹스가 끝났다. 난 등을 대고 누워 귀뚜라미 소리를 들었고 가슴과 이마에 땀이 맺혔다. 우리는 엉망인 저녁에서 벗어났다. 부자들은 위스키를 아껴 두고 케네스는 모자에 떨어진 1달러 32센트를 우편으로 받을 것이다.

로스앤젤레스 상황

시인과 미치광이, 빈곤한 자와 부유한 영혼, 금발, 망나
니, 술주정뱅이와 빌어먹을 놈……

난 1920년 8월 16일 독일 안더나흐에서 점령 미군의 빌어먹
을 아들로 태어났다. 두 살 때 미국으로 건너와 몇 달을 볼티모
어에 살다가 로스앤젤레스에서 자랐다. 성인(?)이 되어 미국
이곳저곳을 들락거렸지만 결국 로스앤젤레스로 돌아와 지금
은 가난한 사람들이 모여드는 선셋스트립 바로 앞 무너져 가
는 지구에서 살고 있다. 이 현실의 책임자가 있다면 당연히 나
자신이다. 하지만 그 점은 와인과 맥주와 위스키를 밤낮으로
들이부어 희석했고, 어쩌면 절망이 내 관점을 살짝 비틀었을
지도 모르지만 난 여기 있었고 지금도 그렇다고 말한다.
　내 역사는 15년 전으로 거슬러 올라가는데 알바라도거리
시절만 따로 말할 가치가 충분하다. 그간 변화가 있었다는 건
상상이 가지만 그 변화가 급속도로 이루어진 건 아니다. 아니,
그랬나? 일주일 전 내게 엉덩이를 비벼 대는 여자들이 있는 선
셋의 누드 바에 앉아 있었다. 알바라도 3번가와 8번가 사이에

술집이 들어서고 헐리고 했지만 그다지 달라진 게 없다. 그곳은 가난한 사람들의 구역이며, 그들은 맞은편 공원에서 행운과 죽음을 기다린다. 거기가 로스앤젤레스의 두 번째 밑바닥이다.

난 그 술집들을 들락거리고 싸우고 여자들을 만나고 낡은 링컨하이츠의 유치장을 수십 번 들락거렸다. 동네 전체가 굶주린 인간들이 빈 병이라도 챙겨서 동생들을 먹이려는 희망을 품고 사는 곳이었다. 다들 작은 방에 살고 항상 월세가 밀리고 와인 한 병 더 구하길, 바에서 공짜 술을 얻어 마시길 꿈꾼다. 그들은 굶주려서 미쳤고 살해당하거나 신체 불구가 되었다. 이들과 함께 살아가고 술을 마시지 않는 한 미국의 버려진 사람들에 대해 절대 알지 못할 것이다. 그들은 버려졌고 스스로 버렸다. 나도 그들에게 합류했다. 여자들도 있는데 대다수가 그리스 신화에 나오는 괴물 하피처럼 여자의 몸과 마음을 가졌지만 알코올 중독에 정신이 나갔다. 난 그중 한 명과 7년 동안 같이 살다 말다를 반복했다. 다른 여자들과는 같이 한 시간이 더 짧았다. 섹스는 좋았다. 그녀들은 창녀가 아니지만 어딘가 부족해서 인생의 무언가가 사랑을 하거나 보살피지 못하게 만든 것 같았다. 월세를 내지 못한 우리를 경찰이 잡아가는 건 흔한 일이었다. 난 폭력적인 사람이 되었고 술 마신 여자들처럼 욕을 할 수 있었다. 그녀들 중 일부를 묻었고 그녀들 중 일부를 증오했고 그녀들 중 일부를 사랑했지만, 모두가 내게 더 거친 행동을 보여 주었고 대다수가 성인 남자 스무 명의 목

숨은 족히 들어갈 정도로 나빴다. 결국 지옥에서 온 그 여자들이 날 로스앤젤레스시립병원으로 보냈다. 난 항상 심각한 상태였으며 병원에서 나오자마자 알바라도거리를 벗어났다. 직접 가 보고 싶다면 죽을 각오는 하고 가는 게 좋을 거다…….

끔찍한 결혼 생활을 끝낸 뒤 작가가 되기로 결심했다. 그게 가장 쉬울 것 같았고, 하고 싶은 말을 다 하면 사람들이 와, 좋은데, 당신은 천재야, 라고 말할 것 같았다. 천재가 되는 게 어때서? 엉터리 천재가 사방천지인데. 그래서 나도 또 한 명의 엉터리 천재가 되기로 했다.

가장 먼저 든 생각은 작가, 예술가, 창작자는 야망 때문에 자기 앞길을 막는 사람을 딴 곳으로 보낼 수도 있으니 그들에게서 떨어지자는 것이었다. 결국 훌륭한 작가는 두 가지만 잘하면 된다. 살고 글을 쓰는 것. 그거면 끝이다. 로스앤젤레스에서 누가 알아주기까지 오롯이 혼자 사는 게 가능하고, 결국 사람들이 알아줄 것이다. 또한 며칠 밤낮으로 술을 마시고 며칠 밤낮으로 이야기를 한다. 그렇게 사람들이 가면 다른 사람들이 찾아온다. 물론 여자도 상관없지만 나와 다른 사람들에게 여자는 분명 영혼을 갉아먹는 존재다.

날 가장 먼저 찾은 사람은 1950년대 뉴욕 외곽 그러니까 브루클린에서 널리 알려진 시인 M.J.다. 그는 다짜고짜 내 집 문을 두드렸다. 그는 오랫동안 글을 썼기에 더 이상 젊은이가 아니었다. 난 그보다 더 늙었고 이제야 글을 쓰기 시작했는데. 뭐, 공평하다. 난 술이 덜 깼다.

"부코스키, 차 있어요?"

"네. 근데 맥주부터 한잔 마시고. 자네도 하나 줄까?"

"아뇨. 난 술을 끊었어요."

"무슨 일인데?"

"이틀 연속으로 두들겨 맞았어요. 프리스코에서 얻어맞고 다음 날은 바니스의 비너리에 갔다가 또 다른 싸움에 휘말렸죠. 그자는 프로예요. 그가 너무 심하게 두들겨 패서 똥을 지렸다니까요. 신문지로 닦았어요. 잘 데가 없어요……. 날 베니스로 데려다주세요……."

"그러지."

"그자는 20대예요."

차를 몰고 가는 길에 M이 그들이 우리에게 어떻게 '빚을 졌는지' 말해 주었다. 우리가 그걸 갚아 줘야 한다고 했다. 그래, 헨리 밀러는 처음에 부자 청년들을 두들겨 줬지. 모든 예술가는 그럴 권리가 있다.

모든 예술가가 살아남을 권리가 있으면 좋겠지만 그건 누구나 하는 생각이고, 예술가가 금전적으로 살아남지 못하면 예술가가 아닌 사람들과 같아진다고 본다. 그러나 난 M과 논쟁을 벌이지 않았다. 그는 더 이상 젊은이가 아니지만 여전히 영향력 있는 시인이다. 그런데 어찌된 영문인지 그는 시인 사회에서 쫓겨났다. 다른 곳과 마찬가지로 예술에도 정치가 있다. 슬픈 일이다. 하지만 M은 너무 많은 문학 파티에 참석했고 너무 안 좋은 행동을 많이 했고 유명한 이름에 너무 기웃거렸다.

그는 잘못된 시기에 잘못된 방식으로 너무 많은 요구를 했다. 차를 몰고 가는 길에 그가 '물주' 목록이 적힌 빨간 노트를 꺼냈다. 그 작은 노트에 적힌 이름들이 그의 호구다.

우리는 베니스에 도착했고 난 M과 함께 차에서 내려 이층집 앞으로 걸어갔다. M이 문을 두드리자 아이가 나왔다.

"지미, 20달러가 필요해."

지미가 자리를 떴다가 20달러를 갖다 주고 문을 닫았다. 우리는 다시 차를 타고 왔던 길을 되돌아갔다. 오후부터 시작해 밤새 술을 마셨고 M은 시의 현 상황에 대해 지껄였다. 그는 술을 끊었다는 사실을 잊어버렸다. 다음 날 아침으로 맥주를 마시고 할리우드힐스로 나갔다. 또 다른 이층집을 찾아갔다. M이 창문을 두드렸다. 그 집은 새끼 고양이가 가득했고 고양이 똥 냄새가 진동했다. M이 또 20달러를 얻었고 우리는 되돌아왔다. 그리고 좀 더 마셨다.

난 간간이 M을 보았다. 이따금 그가 이곳 시내에서 시 낭송을 했다. 하지만 사람들이 제대로 들어 주지 않았다. 그는 낭송을 잘했고 시도 좋았지만 마법에 걸려 버렸다. M이 표적이 되었다. 물주도 다 떨어졌다. 그러다 자신을 받아 준 소녀를 만났다. 난 M이 그렇게 되어 좋았다. 하지만 M은 다른 시인들과 똑같았다. 그는 한 명이 아니라 여자들과 사랑에 빠졌는데 그 정도가 너무 심했나 보다. 결국 이내 거리로 돌아왔고 이따금 내 소파에서 잠을 자고 운명에 대해 투덜거렸다. 더 이상 아무 데서도 그의 책을 내 주지 않자 그는 직접 등사 인쇄를 하기 시작했다. 나도 지금 한 권을 가지고 있다.《모든 미국 시인은 감옥에 있다》. 그가 내게 헌정한 시다.

1970년 2월
로스앤젤레스에서
찰리에게
신의 은총으로
가끔 우리는 여전히 일어설 수 있네.
내게 보여 줘. 그가 소리쳤지.
내게 보여 줘.
이봐, 나도 찾는 중이야.
진정하라고. 이봐, 자, 여기 있어.
그의 손바닥에는 흰 씨앗이 놓여 있었지.
당신들만큼 자주 오지 않아요. 그가 말했네.
내 거시기가 보고 싶다니, 자, 여기 있어.
지금 헐벗은 아스파라거스 태양 아래 나무처럼
꼿꼿이 서 있어.

사랑을 담아, M

그리고 M은 곡을 쓰기 시작했다. 어딘가에 그의 노래책이 있을 거다.

"제니스 조플린을 찾아가서 내 곡을 보여 줄 거예요." 그가 자신 있게 말했다.

난 그렇게 안 될 것 같았지만 M에게 말할 수 없었다. 그는 너무 낭만적이라 그런 희망을 품었다. 그가 돌아왔다.

"그녀가 날 봐주지 않았어요." 그가 낙담해서 말했다.

이제 제니스는 죽었고 M에 대해 마지막으로 들은 소식은 마침내 그가 동생을 위해 일거리를 잡아 브루클린에서 걸레질을 한다는 것이다. M이 다시 돌아오길 바란다. 문제를 일으키고 구걸을 하느라 악명 높던 그 이름을 찾아 주기 바란다. 지금은 가장 끔찍한 시인들이 최고의 자리를 차지하고 앉아 있다. 어쩌면 모든 미국 시인이 감옥에 있는지도 모르겠다. 여하튼 대다수가…….

그리고 파리 비트, 탕헤르, 그리스와 스위스에 버로의 무리인 N.H.가 있는데…… N이 나와 다른 시인들이 최근에 참석한 펭귄 현대 시인 시리즈에 등장했다. 그는 갑자기 베니스비치로 내려오더니 해변가에 짱박혀서 더는 시를 쓰지 않았다. 죽어 가는 간을 원망하고 그동안 잘 숨겨 둔 늙은 어머니의 감시를 받으며 지냈다. N을 만나러 갔을 때 젊은이들이 그의 집 문을 두드리는 걸 종종 보았다. 비록 간은 썩어 가지만 성기는 아주 잘하고 있는 것이다. N은 양성애자지만 여자와 어울리는 걸 단 한 번도 본 적이 없다.

"부코스키, 더는 글을 못 쓰겠어. 버로도 더 이상 나랑 말을 섞지 않고 아무도 날 보려 하지 않아. 난 가라앉고 있어. 블랙리스트에 올랐다고. 난 끝났어. 책을 여섯 권이나 냈는데 아무도 보려고 하지 않아."

나중에 N은 내가 그를 가장 현대적인 미국 시 출판사인 블랙스패로프레스에서 잘랐다고 주장했다. 당연히 사실이 아닌데 N의 마음 상태가 그랬다. 그를 찾아갈 때마다 문단에서 협박받았다며 욕하는 소리를 들어야 했다. 사실 난 그가 자격이 충분한 것 같아 블랙스패로프레스에 출간을 부탁했다.

"넌 날 위해 아무것도 해 준 게 없어, 부코스키."

혹자는 창작이 자신의 일이라고 생각하겠지만 N은 그 점을 잊어버렸고, 난《올레》특별판에 그의 시를 칭찬하는 서문을 적었다. N의 끈덕진 요구가 광적인 수준으로 커져서 N.C.와 내가 한 시간 동안 그를 방문했을 때 우리는 결국 엘리베이터로 도망쳐야 했고, 문이 닫히자 우리는 웃으면서 바닥을 굴렀다. 그가 우리의 웃음소리를 듣고 상처받을까 봐 정문으로 나가는 게 두려워서 지하실로 뛰어가 보일러와 거미줄, 어둠과 함께 5분간 바닥을 뒹굴며 웃어 댔다.

N.H.는 여전히 훌륭한 시인이다. 하지만 절규하듯 소리치는 시 낭송회는 별로였다. 난 우리 모두가 그렇게 될 거라고 생각했다. 시와 산문이 뱀처럼 벽을 타고 올라갔다. 우리의 자살 거울이 흰머리와 구닥다리 방식과 퇴색된 재능을 여실히 비춰 주었다. N은 유럽 후견인을 잃었다. 일이 잘 돌아가지 않았다. 시인들은 단 한 번 그를 방문한 뒤 발길을 끊었다.《로스앤젤레스 프리 프레스》가 서평을 제안했지만 N이 하지 않았다. 그는 교육을 잘 받고 재능이 있고 지식이 많은 상태로 썩어 갔다. 그도 인정했다. 난 그에게 다시 괜찮아질 거라고 말했다.

또 다른 시인과 내가 그를 찾아가 술을 마시자고 했지만 N
은 파티에 특별 초청을 받았다고 말했다. 우리가 가도 될까, 어
때? 우리가 물었다. 그에게 주소가 있었다. 우리가 그곳에 가
보니 누군가를 위한 파티이며 입장료 1달러를 내야 했다. 우리
는 뒷문으로 들어가 서성거리며 밴드 연주를 들었다. 나는 와
인이 든 3.8리터짜리 유리병을 찾아 마시기 시작했다. 한두 여
자와 이야기를 나누고 그중 한 여자와 키스하고 주위를 돌아
다녔다.

나와 동행한 시인이 물었다. "자네가 찰스 부코스키라는 걸
누가 알까?"

흥미로운 생각이다. N에 대해 까맣게 잊고 있다가 다시금
그에 대한 욕망이 생겨났다. 눈에 보이는 여자에게 걸어갔다.

"저기요, 내가 찰스 부코스키라는 걸 알아요?"

"찰스 누구요?" 그녀가 물었다.

나와 같이 간 시인이 웃었다. 난 여러 사람에게 내가 찰스 부
코스키인지 아느냐고 물었다.

"한 번도 들어 본 적 없는 이름이에요. 그게 누군데요?"

"찰스 부코스키라, 타이니 팀의 행주 이름인가요?"

난 남은 와인을 다 마셨고 파티가 끝나자 계단 맨 아래로 달
려가 출구를 막았다.

"여러분 내가 찰스 부코스키라는 걸 알려 주겠어요. 이제 당
신들을 내보내 줄 테니 '당신을 알아요, 찰스 부코스키!'라고
말해요. 자, 어서!"

"이봐요, 우릴 나가게 해 줘요!"

"제기랄, 여보쇼, 비키라니까!"

"이러지 마, 찰스. 멍청이처럼 굴지 마." N이 말렸다.

"알았으니까 말하라고!" 내가 고함을 질렀다. "내가 찰스 부코스키고 당신들이 날 안다고 말해! 말하란 말이야!"

난 계단과 집 안에 있는 150명을 못 나가게 막았다.

그러자 내 옆에 있던 시인이 말했다. "부코스키, 경찰이 오고 있어!"

난 빠르게 뛰어 베니스웨스트거리를 달렸고 N과 시인이 뒤쫓아 뛰었다. 그래, N과 나는 둘 다 일진이 사나운 날을 보냈다. 그러다 그가 멋진 귀환을 준비하고 프리스코로 가서 잡지를 출간한다는 얘기를 들었다. 난 그 전단지를 잃어버렸지만 그가 긴즈버그, 퍼링게티, 맥클루어, 버로를 모두 출간할 거라 믿는다. 그는 마침내 로즈애버뉴 주차장 밑에서 벗어났다. 영혼 없는 히피들이 시멘트 벤치에 앉아 굶주리고 빈둥거리고 유대인 식료품점에서 물건을 훔치려 하고 유명 정신과 의사가 손 떼라고 말해 주길 기다리는 곳에서. 뭐에서 손을 떼지? 정신과 의사는 거기 없다. 그저 갈매기와 기다림만 있을 뿐 창작은 없다……

아, 그리고 화가 매드 잭이 있다. 그를 돌보는 여자가 있는데 젊은 데다 꽤 큰 집에 산다. 잭은 그 집 지하실을 통째로 쓰고 시멘트에 자기 그림을 쫙 깔아 놨다. 검은 바탕에 인도산 잉크를 쓰고 노란색으로 붓 자국을 살려 그림이 꽤 괜찮다고 생각한다. 그림이 수백 점 있는데 다 똑같이 생겼다.

　잭은 항상 주머니에 포트 와인 한 병을 넣고 다니며 술에 취했거나 취하는 중이다. 좀처럼 목욕을 하지 않아서 흘러내린 콧물이 입술과 입 위에 시커멓게 말라붙었다. 수염조차 더러운데 말할 때는 고함을 지르고 항상 과장되며 좀 멍청했다. 난 그와 술을 마시는 고통을 감내해야 했다. 말했듯이 그림이 좋아서 많은 걸 용서했다. 그의 여자도 같은 생각일 거고, 그가 그녀를 꽤 잘 먹어줄지도 모른다. 아니면 그가 내게 그렇게 말해 주었거나.

　난 그 집에 가서 밤새 술을 마시고 담배도 많이 피우고 약도 했다. 그 약이 무엇인지 모르지만 우리는 같이 했고 집에 피아노가 있어서 난 칠 줄 모르지만 연주했다. 몇 시간이고 피아노를 드럼처럼 쳤다. 이상한 소리가 났지만 누구도 피아노를 쳐 본 적이 없기에 괜찮다고 생각한다.

　하루는 다 같이 밖에서 한잔했고 길거리와 주류 상점에서 서로에게 고함을 질렀고 그의 여자도 같이 왔고 웬 남자가 우리가 관심 있는 줄 알고 따라와서는 전쟁터에서 사람을 죽였다고 자랑해 대기 시작했다. 난 그에게 그건 아무런 가치가 없으며 정당화일 뿐이라고 말했는데, 그 말이 전쟁터 밖에서 그 사람을 죽인 것 그 이상의 효과를 냈다.

　"당신은 날 별로 안 좋아하지?" 그가 물었다.

　"전혀." 내가 대답했다.

　남자가 자리를 뜨더니 권총집이 달린 벨트를 차고 나왔다.

내 쪽으로 걸어와 총을 꺼내서 내 배를 겨누었다.

"당신을 죽일 거야."

"난 자살 콤플렉스가 있어." 내가 담담하게 말했다. "그러니까 계속해."

"당신 겁먹었지?"

"조금. 하지만 죽음은 쉽지 않아. 쏴. 당신한테 그런 배짱은 없는 것 같은데, 킬러 씨."

그는 총을 권총집에 도로 집어넣었다. 우리는 다시 그를 보지 못했다…….

매드 잭은 항상 우리 집에 와서 15센트, 10센트를 구걸했다. 딱 와인 한 병을 살 수 있는 돈이다. 멋진 그림에도 불구하고 마침내 난 그가 좀 지루해졌다. 어떤 유형의 천재는 지독스럽게 지루할 수도 있다. 솔직히 대다수의 천재가 예술에 모든 역량을 쏟아 붓기 전까지 지루하다. 목소리가 빼어난 사람들은 항상 가짜다. 어쩐지 난 잭을 피하게 되었다. 그리고 그가 전시회를 열어 작품 일부를 6000달러에 팔았다는 소리를 들었다. 그는 캐나다로 날아가 일주일 동안 한 바에서 죽치고 술 마시는 데 그 돈을 다 썼다. 그리고 우리 집으로 찾아와 페니를 구걸했다. 마지막으로 듣자니 여자가 그를 쫓아냈고 그는 어머니와 산다고 했다.

언젠가는 그림으로 부자가 되겠지만 여전히 콧물 자국을 묻히고 주머니에 와인병을 넣은 채로 돌아다닐 테고, 그가 보여 주는 과장되지만 지루한 소리마저도 궁극적이고 귀중한 재치로 보이겠지…….

그리고 에코공원에 빅 T.J.가 있다. 그가 10년 동안 새 시를 썼는지 모르겠는데 항상 시 낭독회에서 같은 걸 읽고 또 읽었다. T.J.는 문제가 있는데…… 아무튼 신화에 등장할 법하게 덩치가 크고…… 잘나갈 때는 베니스웨스트를 주 무대로 활동했고, 알다시피 욕조에 나체의 여인들이 넘치고 홀리 바바리안이 있는 날들을 보내다가, 그 모든 거북한 상황이 실제보다 상상에 더 가까워서 차츰 퇴색되었다. 하지만 주유소, 위니즈, 일요일 소풍처럼 중요한 부분이니 너무 쓴소리는 하지 말아야겠다. 아무튼 T.J.는 이런 곳들을 휩쓸었고 팔을 한 번 휘두르면 다섯이 의자에서 떨어졌다. 그는 자신의 체스판을 올려 둘 테이블을 찾아 거기 앉아 있던 사람들을 바닥으로 쓸어 버렸다. 그리고 조용히 자리에 앉아 파이프에 불을 붙이고 파트너와 게임을 시작했다.

이제 에코공원에서 특별한 고물을 찾아 쓰레기통을 뒤지는 T.J.의 모습을 볼 수 있다. T는 훌륭한 쓰레기 수집가다. 집이 쓰레기로 가득 차서 앉을 자리가 없다. 그는 항상 테이프를 틀어 놓는다. 쓰레기 중에는 책이 수천 권 있는데 일부는 그가 읽었다. 그는 아돌프 히틀러 전문가다. 집 벽에는 사진과 오려 낸 잡지 기사, 어록, 누드와 그림이 가득 걸려 있다. 무신경한 혼란 그 한가운데 T.J.가 앉아 있다.

"내가 행복하지 않으면 인생은 살 가치가 없어." 그의 말이다.

10년 전 그의 작품은 우리 시대 최고였다. 고전적이고 박식하고 쉽게 읽히고 지식과 폭발하는 열정이 담겨 있다. T.J.는 일하지 않는다. 아무것도 하지 않는다. 그런데 어떻게 사느냐고? 그녀에게 물어보라. L에게.

이상한 사람들이 계속 다녀갔다. 그들 모두 나와 술을 마시고 싶어 한다. 난 그들 모두와 함께 살 수도, 잘해 줄 수도, 흥미를 보일 수도 없었다. 다만 한 가지 측면에서 모두가 똑같은 취향이 있는데 그들 모두 현재의 삶과 일상을 혐오하고 그걸 이야기하며 일부는 아주 폭력적으로 말하지만 모든 미국인이 똑같은 미끼를 삼키지 않는다는 점에서 참 새롭게 느껴졌다.

찾아오는 사람이 다 예술가는 아니지만(보라색 리버우르스트 크라이스트 덕에) 그냥 이상한 사람도 있다. L.W.. 그는 5~6년간 백수였고 싸구려 여인숙에 살고 파병을 갔고 화물을 실어 날랐는데 길에 대해 흥미로운 이야기를 했다.

우리 집에 놀러 온 그는 훌륭한 연기자였다. 그동안 경험한 일을 다른 등장인물의 역할을 하며 보여 주었다. 그는 강렬하고 진지하지만 꽤 유머러스한데 진실 그 자체가 심각하기보단 웃긴 경우가 종종 있기 때문이다. L.W.는 오후 4시에 와서 한밤중까지 있었다. 한번은 열세 시간 동안 이야기를 나누고 새벽 5시에 놈스에서 같이 아침을 먹었다.

L.W.는 목소리가 아니면 재능을 배출할 곳이 없는 예술가다. 난 그가 들려준 이야기 중 일부를 내 편의대로 이용하곤 했다. 그리 많이는 말고. 한두 가지 정도. 다만 그는 다른 사람이 옆에 있으면 내게 했던 이야기를 또 해서 같은 이야기를 두 번

세 번도 넘게 들었다. 다른 사람들도 내가 처음 들었을 때처럼 웃었다. 그들은 L.W.가 굉장하다고 생각했다.

난 L.W.가 같은 이야기를 단어 하나 바꾸지 않고 그대로 전한다는 걸 알았다. 뭐, 우리 모두가 그렇게 하지 않나? 난 그에게 싫증 나기 시작했다. 가끔 그를 보지 못했다. 앞으로도 그럴지 의심스럽다. 우리는 서로 돕고 사니까……

다른 사람들도 있다. 그들도 계속 찾아온다. 모두가 이야기나 삶의 방식이 특별하다. 일부 괜찮은 로스앤젤레스 인물들에게 호감이 갔고 그들이 계속 찾아올 거라 생각한다. 사람들이 날 찾아오는 이유를 모르겠다. 난 아무 데도 안 가는데. 몇몇은 지루해서 그런 사람은 재빨리 돌려보냈다. 안 그러면 나 자신한테 짜증 나게 구니까. 나 자신에게 친절하면 다른 사람에게도 진실하고 친절하다고 생각한다.

로스앤젤레스는 이상한 사람 천지다. 오전 7시 30분경 고속도로에 나가 보지 않았거나 자명종을 부수거나 직장을 갖거나 일해 본 적이 전혀 없고 그럴 생각도 없고 그러지도 않고 그럴 수도 없는 사람이 많은데, 그들은 평범한 삶을 사느니 차라리 죽음을 택할 것이다. 그런 점에서 저마다 자기 방식에서 천재이고, 뻔한 것에 저항하고, 물살을 거슬러 올라가고, 미치고, 마약, 와인, 위스키, 예술, 자살 등 동일한 방정식을 따른다. 언젠가 그들이 우리를 밖으로 불러내 우리 입으로 그만두겠다고 말하게 만들 수도 있다.

시청과 모든 중요한 사람을 보더라도 우울해지지 않길 바란다. 미쳐서 굶주리고 술에 취하고 얼빠지고 살아 있는 게 기적인 인간도 한가득이다. 난 그들을 아주 많이 봐 왔다. 내가 그중 하나다. 그리고 더 있다. 이 도시는 아직 정복당하지 않았다. 죽음 앞에 놓인 죽음은 역겹다.

이상한 사람들은 계속 있고 전쟁은 이어질 것이다.

이상이다.

나이 든 시인의 삶에 관한 단상

100여 개 직업을 전전하고 몇 년을 백수로 살다가 문득 고개를 든 순간 내가 같은 일을 11년 동안 해 왔다는 사실을 알았다. 하루 일을 마치고 더 이상 손을 허리 위로 들 수 없어지면서 그 사실을 깨달았다. 내 신경이 사라졌다. 자취를 감추었다. 많은 의사를 만나고 다방면으로 치료했다. 소용이 없었다. 하루에 여덟 시간, 열 시간, 열두 시간씩 일하는 나만 있었다. 이 직업에서 난 선택의 여지가 없었다. 잔업은 의무이고 한 명씩 근무 시간이 줄어들었다. 언제 잘릴지 모르는 판이다.

일이 날 죽였다. 10년 동안 견뎌 왔고 지루하게 반복되는 일을 억지로 하는 데 정신적으로 분개했다. 그리고 11년째 되는 날 몸이 죽기 시작했다. 난 안정적으로 죽느니 맨발로 사회 밑바닥에 서는 편이 낫겠다고 마음먹었다. 남자는 감옥이나 정신병원에 들어가면 안정을 얻을 수 있다. 나이 오십에 아이를 양육해야 하는 문제를 떠안은 채 그만두었다. 이상하게도 그 행동이 대다수의 동료 직장인을 화나게 했다. 그들은 나 혼자 그만두는 것보다 같이 죽길 바랐던 것이다.

서른다섯 살부터 시와 소설을 써 왔다. 나만의 전쟁터에서 죽기로 결심했다. 그래서 타자기 앞에 앉아 말했다. 지금부터 난 전업 작가라고. 물론 말처럼 쉬운 일은 아니다. 한 사람이 같은 직업에서 수년간 일하면 그의 시간은 다른 사람의 시간이 된다. 내 말은 하루에 여덟 시간이라도 그 시간을 빼앗긴다는 것이다. 여기에 출퇴근 시간, 일하는 시간, 밥 먹는 시간, 자는 시간, 목욕하고, 옷 사고, 차 사고, 타이어 사고, 배터리 사고, 세금 내고, 섹스하고, 방문객을 맞이하고, 아프고, 사고 나고, 불면에 시달리고, 빨랫감과 도둑과 날씨 걱정을 하고, 그밖에 말하지 않은 것들을 포함하면 자신만을 위한 시간이 전혀 남지 않는다. 게다가 잔업을 할 수밖에 없으면 잠자는 시간, 더 자주는 섹스할 시간을 빼야 한다. 뭐 이런 경우가 있는가. 그것도 모자라서 주당 5.5일, 6일을 일하고 일요일은 교회에 가거나 친척 집에 가거나 둘 다 해야 한다. 어떤 남자가 "평범한 남자는 고요한 절망의 삶을 산다."라고 했는데 일부는 진실이다. 하지만 일이 해야 할 무언가를 줘서 남자를 달래기도 한다. 대다수 사람들에게 생각하는 걸 그만두게 해 준다. 남자(그리고 여자)는 생각하는 걸 싫어한다. 그런 사람들에게 직업은 완벽한 안식처다. 일이 뭘 어떻게 언제 할지 알려 주니까. 21세 이상 미국인의 98퍼센트가 일하는 좀비다. 내 몸과 마음이 석 달 안에 나도 그중 하나가 될 거라고 말해 주었다. 난 이의를 제기했다.

내게 타자기가 있지만 일감은 없었다. 그래서 소설을 쓰기로 결심했다. 20일 동안 날마다 위스키를 파인트잔으로 마시며 소설을 썼다. 블랙스패로프레스가 소설《우체국》을 받아주었다. 두세 챕터를 잡지사에 단편으로 팔기도 했다. 낯설고 새로운 인생이 시작되었다.

날마다 몇 시간씩 글을 쓸 거라 생각한 게 내가 저지른 첫번째 실수였다. 누군가는 그런 식으로 쓸 수도 있겠지만, 그러면 주제를 강요받고 내용은 희석될 것이다.

다른 작가들이 여섯 개들이 맥주팩을 들고 와서 내 방문을 두드리기 시작했다. 난 한 번도 그들을 찾아간 적이 없는데 그들이 와 주었다. 함께 술을 마시고 이야기를 나눴지만 별 소득이 없었다. 시간대를 잘못 선택해서 찾아온 것이다. 여자들도 왔는데 문학 담론보다 더 유용한 것을 함께 가져왔다. 형편없는 작가들은 글에 대해 이야기하는 안 좋은 습관이 있었다. 훌륭한 작가들은 다른 것들에 대해 이야기할 수 있고, 다른 것들에 대해 이야기했다. 극소수의 훌륭한 작가도 찾아왔다.

시 낭독회에 참석할 생각이 없느냐고 찔러 보는 이들이 있어서 제안을 받아들였다. 낭독회를 싫어하고 낭독회가 가장 끔찍한 시간이지만 살아야 하고 빨리 돈을 얻을 수 있는 수단이라 주류 상점을 털러 가는 기분으로 결정했다. 청중은 시에 관심이 없어 보였다. 그들이 관심이 드러내는 건 사적인 부분이었다. 시인이 어떻게 생겼지? 어떤 식으로 말하지? 낭독회가 끝나면 어떻게 될까? 시인이 자기 시처럼 생겼을까? 시인에 대해 어떻게 생각할까? 침대에서는 어떨 것 같아?

패천이 할리우드힐스의 부잣집에서 시 낭독회를 했을 때,

내가 바에서 술 두 잔을 따르자 걱정하는 눈치를 보이는 여자
가 있었다. 그녀는 얼굴도 아름답고 몸매도 좋고 나이도 어렸
는데, 내 길을 막고 서서 그 커다란 갈색 눈동자로 쳐다보며 말
했다.

"부코스키 씨, 당신의 시와 낭독은 다른 사람들보다 훨씬 나
았어요. 당신과 자고 싶어요. 당신과 자게 해 주세요!"

친애하는 늙은 K. 패천 그는 이미 하늘나라에 갔지만 우리
둘 다 그날 밤 혜택을 보았을지도 모르는데 난 그녀를 지나치
면서 다른 여자와 함께 왔다고 말했다. 혼자 왔다 해도 시를
읽는 그 자리에서 누군가와 잘 수는 없다고 알려 주었다…….

대부분의 시인이 형편없이 낭독했다. 그들은 너무 겉멋이
들었거나 멍청했다. 너무 조용하게, 혹은 너무 시끄럽게 읽었
다. 물론 그들의 시 대부분이 엉망이었다. 하지만 관객들은 눈
치채지 못했다. 그들은 사적인 부분에만 눈독을 들였다. 잘못
된 타이밍에 웃고 잘못된 이유로 잘못된 시를 좋아했다. 그런
데 형편없는 시는 형편없는 청중을 낳는다. 죽음이 더 많은 죽
음을 불러오는 것처럼. 난 술이 얼큰하게 오른 이른 시간에 낭
독해야 했다. 물론 시를 읽어야 한다는 두려움이 있었지만 혐
오감이 더 강했다. 어떤 대학에서 낭독할 때는 그냥 읽으면서
술을 마셨다. 반응이 괜찮았다. 충분한 박수가 나왔고 난 읽는
고통을 거의 느끼지 못했지만 다시 초대받을 것 같지는 않았
다. 유일하게 날 두 번 초대해 준 곳은 낭독회에서 술을 마시지
않은 경우뿐이었다.

시의 기준이 그렇게나 까다롭다. 그럼에도 불구하고 시 한 편이 모든 게 제대로 된 마법 같은 청중을 불러온다. 어떻게 그런지는 설명을 못 하겠다. 정말 이상하게도 시가 청중이고 청중이 시인 것 같다. 그렇게 자연스럽게 흐른다.

물론 낭독회 뒤풀이는 큰 기쁨 혹은 재앙을 일으킬 수 있다. 한번은 내가 쉴 만한 곳이 여자 기숙사뿐이라 거기서 뒤풀이 파티를 했다. 교수와 학생들이 왔다가 돌아간 뒤에도 위스키와 인생이 좀 남아서 천장을 보며 술을 마셨다. 그리고 난 결국 음탕한 늙은이라는 점을 깨닫고 방을 나와 돌아다니며 들여보내 달라고 문을 두드렸다. 별로 운이 좋지 못했다. 여학생들은 상냥했지만 웃음을 터뜨렸다. 난 문마다 전부 두드리며 들여보내 달라고 외쳤다. 이내 길을 잃고 내 방이 어딘지 찾을 수 없는 지경이 되었다. 겁이 났다. 여학생 기숙사에서 길을 잃다니! 다시 내 방을 찾기까지 몇 시간이 걸린 것 같다. 낭독회와 함께 오는 모험은 살아남는 목표보다 더 힘든 거라고 나는 믿는다.

한번은 공항에서 날 태워 주기로 한 사람이 취해 버렸다. 나역시 완전히 말짱하지는 않았다. 가는 길에 여자가 내게 써 준 음탕한 시를 읽어 주었다. 눈이 내렸고 도로는 미끄러웠다. 특히나 음탕한 문구에 이르자 그 사람이 말했다.

"세상에!"

그는 운전 감각을 잃었고 우리는 빙빙 돌았고 난 그에게 우리가 계속 돈다고 말했다.

"이제 끝이야, 안드레. 우리는 살아남지 못할 거야!"

난 내 술병을 들었고 우리는 도랑에 처박혀 빠져나오지 못했다. 안드레가 차에서 내려 엄지를 들고 히치하이킹을 했다. 난 늙은 나이에 차에 앉아 간청하며 병나발을 불었다. 누가 우리를 태워 줬는지 아는가? 역시나 술 취한 사람이다. 우리는 바닥에 여섯 개들이 맥주팩을 쭉 펼쳐 두고 피프스 위스키를 마셨다. 그 자리가 낭독회가 되었다.

미시건 낭독회에서는 시를 내려놓고 나와 팔씨름할 사람이 있는지 물었다. 학생 400명이 에워싼 가운데 학생 하나와 바닥에서 붙었다. 난 그를 이겼고 우리 모두 밖으로 나가 술을 마셨다(내가 돈을 받은 뒤에). 이런 공연은 다시 할 수 없으리란 걸 안다.

물론 젊은 여자의 침대에서 그녀와 함께 깨어나고 시를 이용해서, 혹은 시가 날 이용해서 그렇게 되었다는 걸 깨달은 적도 있다. 특별한 젊은 육체에 대해 시인이 자동차 수리공보다 권리가 있다고 생각하지 않는다. 이런 일들이 시인을 망가뜨린다. 특별한 대접 혹은 자신의 생각이 특별하다는 믿음 말이다. 물론 난 특별하지만 이 점이 많은 다수에게도 적용된다고 믿지 않는다…….

1년이 넘게 난 작가로서 성공했다. 맥주, 담배, 월세, 양육비, 음식…… 생존. 점심때 일어나고 새벽 4시에 자러 간다. 일주일에 나흘은 집주인이 찾아와서 날 데려가고 그들의 집에 앉아 공짜 맥주를 엄청 마시며 이야기를 해 주고 이야기를 듣고 오래전 노래를 부르고 담배를 피우고 웃는다. 난 월세를 줄이기 위해 쓰레기를 밖에 내다 버리고 통을 도로 갖다 놓았다. 일부 인세가 들어왔다. 야한 잡지사에서 내 음탕한 불멸의 이야기를 좋아했다. 그리고 경기 불황이 찾아왔다. 잡지사는 원고료를 반으로 줄였고 다음 출간부터는 지불을 미뤘다. 한편 물가는 높아지고 밤은 길어졌다. 편집실에 여성 해방이 찾아왔고 더 이상 썩은 여성 같은 동물이란 말이 없어졌다. 썩은 흑인 같은 동물도, 혁명과 돌 혹은 미국 인디언과 관련된 말도 없어졌다. 전에도 있었다는 게 아니라 자유 창작에서 그런 말들이 금기시되었고 나도 그렇게 느꼈고 편집자들은 불안해했고 출판사들은 더했다. 통장이 바닥을 드러내고 우편함도 비었다. 계속 글을 쓰는 것 말고는 할 일이 없어서 술을 마셨다. 오랫동안 참을 수 있고 뭐라도 가지고 있으면 그 작가는 비약적으로 발전할 것이다. 물론 이런 힘든 시기엔 작가가 작품 수집 에이전시 역할도 해야 한다. 시간이 많이 들지만 이런 작업을 하지 않으면, 혹은 공짜로 해 주던 일에 10달러 혹은 20달러를 요구하지 않으면 결국 대걸레질을 하는 신세로 전락한다. 포르노 잡지사는 수월했다. 그저 침착하고 우아하게 압력을 넣어 그들이 잡지를 팔고 있으며 그 속에 실린 단편으로 수익을 내고 있으니 더 좋은 이야기를 원하면 돈을 지불해야 한다고 알려 주면 된다. 유럽의 번역 시장은 한층 어려웠다. 단편이나 단행본을 기준으로 계약하면서 선금을 바라는 건 살해 위협 수준이었다. 난 독일에서 암울한 시간을 보낸 경험이 있다. 독일과

의 거리만 생각해도 안심이 되었고 계약은 망했다.

　단편 모음집을 번역해 낸 곳과 아주 힘든 시간을 보냈다. 독일에서 가장 큰 신문사에서 아주 좋은 서평을 받았다는 이야기를 들었고 좋은 친구인 번역가가 그 책이 아주 잘 나간다고 말해 주었다. 내가 바란 건 계약서에 약정한 선금 500달러를 받는 게 다였다. 편지를 네다섯 통이나 보냈고 답장을 받지 못했다. 소프트 커버 여덟 권과 하드 커버 두 권, 모두 열 권을 보내 줬으면서 말이다. 출판은 제대로 했지만 돈은 없었다. 다른 작가들이 출판사를 욕한 것이 기억났고 한때 난 그 점이 참 좋아 보였다. 가령 셀린처럼 나보다 나은 작가들이 그렇게 투정하니까. 이제야 예술가이자 욕쟁이이자 수집 에이전트인 셀린이 이해된다.

　난 술에 취해 열 장짜리 불후의 편지를 썼다. 인간으로서 그리고 작가로서 내 위치를 설명했다. 똥을 누고, 밥을 먹고, 술을 마시고, 담배를 피우고, 섹스를 하고, 발톱으로 침대 시트를 뜯고, 11년간 차를 몰았고, 쓰레기를 내다 버리고, 집주인 여자의 젖꼭지를 만지작거리고, 자위하고, 겁쟁이에 알코올 중독이고, TV를 몹시 싫어하고, 야구와 축구와 농구를 혐오하고, 게이가 아니고, 특별히 헤밍웨이를 존경하지 않고, 거의 불멸에 가깝지만 불멸이 아니고, 교향곡을 좋아하고, 아이스하키 경기를 본 적이 한 번도 없고, 사로얀과 부코스키를 발견한 위대한 편집자 윗 버넷을 뉴욕 길거리에서 딱 한 번 만났고……. 그렇게 계속하다가 점점 폭력적으로 변해서 폭력을 향해 조금씩 움직였는데, 독일과 할리우드와 로스앤젤레스 출신이라 그건 쉬웠다. 그러다 미쳐 날뛰며 독일 비행기에 올라타 맞짱 (1 대 1로! 알지, 1 대 1이라고! 이 추악하고 느려 터진 겁쟁이야!)을 뜨겠다고 위협했다. 우주는 당신을 부코스키에게서 구해 줄 수 없어!!! 난 삶을 건지거나 앗아 가거나 둘 중 하나를 선택할 것이다. 그렇게 간단하다. 영광인 줄 알기를. 난 독일 사람이다. 안더나흐에서 태어났다. 그 피를 가졌으니 시험해 보든가. 답변과 진짜 현금을 함께 보내 줄 시간을 3주 주겠다. 그러면 끝이다. 몸조심하는 게 좋을 거다. …… 당신의 찰스 부코스키가.

수표는 일주일 안에 도착했다. 어떻게 이렇듯 빨리 처리했는지 모르겠다. 내 모든 단편소설이 실제 경험담이라고 믿었나 보다. 4분의 3만 그런 건데. 실제로 겪은 일에다 만들어 낸 이야기를 섞으면 예술이 된다. 아무튼 그들은 돈을 지불했다…….

교수들은 까다롭다. 그들은 찾아와서 문을 두드린다. 늙은 교수보다는 젊은 교수가 낫지만 요령이 부족하다. 여섯 개들이 맥주팩을 들고 와서 말한다. "미국 현대문학 수업에서 당신 책을 가르쳐요. 꽤 흥미로운 논쟁이 진행되죠."

거기에 대고 작가가 뭐라고 할 수 있을까? 특히나 최고로 꼽는 책이 지하 출판사에서 6000부 팔린 게 고작이라면? 내가 아무리 더 나은 작가라 할지라도 메일러는 개의치 않고 내 얼굴에 침을 뱉을 것이다. 그러니 맥주를 따고 아무 말 없이 마시고 생각하고, 그렇게 한두 시간 지나면 기분이 나아진다. 선셋에 우울함이 헤엄친다.

그리고 항상 폄하하는 것들이 있는데 그 창의적이지 못한 것들은 내가 망하기만 바라며 자기 기분 좋자고 미리 망하라는 고사를 지낸다. 그들 역시 초대받지 않은 채로 조그만 여섯 개들이 맥주팩을 들고 와서 내가 숨은 잘 쉬는지 살피고 장례식에 대해 이야기하며 누가 추도사를 할 것인지 누가 무엇을 말할지 누가 관 왼쪽을 들 건지 떠들어 대며 실제로 날 어떻게 생각하는지 말한다. 그리고 세상에, 여자들이 있다. 그녀들은 진짜 다 보여 주는 쪽으로…… 영혼이 없고, 밤마다 날 때리며 다듬은 채찍으로 내 엉덩이를 후려치고, 파티에서 말하지 못하게 막고, 끔찍하게 질투하고, 불쌍하고, 두려움에 차서 인색하고, 아침을 먹기 전에 자위하고, 개구리를 고문하고…….

가장 위대한 폄하꾼은 전혀 글을 쓰지 못한다. 그들에게 글로 모든 힘을 보여 주는 건, 그들은 그 점을 존경하지만, 사실은 그들에게 나의 실패를 기뻐할 빌미를 주는 것이다. 곧장 죽어 버리는 건 너무 쉽다. 그들은 천천히 얼간이가 되어 턱과 가슴에서 침을 질질 흘리며 죽어 가는 걸 보고 싶어 한다. 나의 가장 어두운 밤이 그들에게는 가장 위대한 탄생이 될 것이다. 하지만 난 우리 모두가 이런 달팽이들, 좀스러운 착취자들에게 친숙하다는 것을 안다. 그들은 빛을 비추고, 즐겁고, 기뻐서 소리 지르고, 자기가 본 유일한 빛이 인생의 실패 혹은 마침내 죽음으로 들어가는 것이라 해도 분명 그럴 것이다…….

이 장을 다시 읽으며 나 자신을 너무 소중하게 생각해 왔다는 것을 알았다. 그러나 이것은 작가들을 위한 글이고 우리는 응석받이에 말라 비틀어졌고 과도하게 오버한다는 것도 알지만, 과도하게 오버하는 것이 어찌됐든 예술을 창출한다고 생각한다. 우리는 하품을 하려다 비명을 지른다. 그게 핵심이다. 그것만으로는 부족하다. 우리는 새로운 계약을 원한다. 죽으려고 태어나서. 뭐 이런 거지 같은 일이 있을까?

우리 모두에게 다 어려운 시기다. 윌 로저스가 말했다. "난 싫어하는 사람을 만난 적이 한 번도 없다." 나라면 내가 진짜 좋아하는 사람을 아직 만난 적이 없다고 말하겠다. 윌 로저스는 돈을 많이 벌었다. 난 빈털터리로 죽어 가고 있다. 하지만 생각하는 것을 좋아한다. 우리 모두 이미 파산한 게 아니라면 빈털터리로 죽는다.

마지막으로 글쓰기는 나에게 유일한 길이고 날 화형대에 올려놓는다 해도 성인군자라고 생각하지 않을 것이다. 글만이 내 유일한 길이라고 믿을 거다. 자기가 하고 싶은 일을 하는가의 문제다. 천 명 중 한 명도 자기가 하고 싶은 일을 하는 사람이 없다. 내 패배가 곧 내 승리가 될 것이다. 거절은 없다. 난 이 순간에 가능한 모든 것을 할 수 있다. 이제 글에 대한 이딴 이야기는 집어치우자. 여기까지. 기분 좋으라고 여기까지 써 줬다. 이제 잊어버려라. 수요일 오후 터프파라다이스경마장에서 펼쳐진 네 번째 경주는 누가 이겼지?

올바른 호흡과 길을 찾는 법에 대하여

여자들이 조금 쇠퇴했다는 말로 시작할 건데, 이 지역 전투 지구에서 피어오르던 연기가 조금 수그러든 건 사실이나 이 나라에는 5만 명의 남자가 거칠게 번뜩이는 눈동자와 칼을 든 여자들에게 거시기를 잃어버릴까 두려워 엎드려 자고 있다. 형제여, 자매여, 난 쉰둘이고 다섯 남자의 삶은 족히 될 여자들이 날 스쳐 갔다. 그중 일부는 내가 술 때문에 자기를 배신했다고 주장한다. 뭐, 난 남자가 자기 거시기를 피프스 위스키 속에 찔러 넣는 꼴을 한번 보고 싶네. 당연히 병 속에 혓바닥을 집어넣을 수 있지만 병은 반응하지 않는다. 하하, 다시 그 말로 돌아가 보자.

그 말. 할리우드파크 개관식에 가는 중이지만 그 말에 대해 알려 주겠다. 그 말을 제대로 하려면 용기가 필요하다. 또한 형태를 살피고 삶을 살며 제대로 해 나가야 할 필요가 있다. 헤밍웨이는 글을 쓰지 못하는 사람들이 쏜 화살에 치명타를 입었다. 널리고 널린 사람들이 자기는 글을 좀 쓸 줄 안다고 생각한다. 그들은 비평가, 불평꾼, 조롱꾼이다. 훌륭한 작가를 꼭 집어 '똥 덩어리'라고 부르면서 창작자가 되지 못한 아픔을 달래는데 부러워할수록 더 싫어한다. 가장 위대한 경마 기수인 핀 케이와 슈메이커를 놀리고 모욕하는 말을 들어 봤을 것이다. 우리 동네 길거리에서 신문을 파는 남자가 말했다. "신문 사세 요. 사기꾼 슈메이커의 소식을 알아보세요." 신문 파는 남자는 생존한 기수 중 우승 경력이 가장 많은 그를 이런 식으로 폄하 하고(그는 여전히 말을 잘 달리고 잘 몬다) 신문을 10센트에 팔면서 슈메이커를 사기꾼이라 부른다. 슈메이커는 백만장자 인데 그게 중요한 건 아니지만 아무튼 자신의 재능으로 돈을 벌었고 이 신문팔이가 죽을 때까지 그리고 여섯 번 환생할 때 까지 그 신문을 전부 다 사 줄 만한 재력이 있다.

헤밍웨이 역시 신문에서 욕을 먹고 있다. 그들은 헤밍웨이 가 퇴장하는 것을 원하지 않는다. 난 그의 퇴장이 꽤 괜찮다고 생각한다. 그는 스스로 자비롭게 죽는 법을 고안해 냈다. 작품 도 창출했고. 일부는 양식에 너무 의존하지만 그가 키워 온 양 식이고 수많은 작가가 그 양식을 따르려다 실패했다. 양식이 발전하면 단순한 것으로 생각되지만 양식은 방법을 통해 진화 할 뿐 아니라 감정을 통해서도 커져서, 캔버스에 붓을 올려놓 은 것처럼 힘과 흐름을 따르지 않으면 사라진다. 헤밍웨이의 양식은 끝을 향해 열정적으로 사라지려고 하는데, 그가 경계 를 늦추고 사람들이 그가 그렇게 하도록 허용했기 때문이다. 하지만 그는 우리에게 많은 것 그 이상을 주었다.

어느 날 비주류 시인이 날 찾아왔다. 그는 배운 사람이고 똑 똑하고 여자들의 도움을 받는 걸 보면 뭔가를 아주 잘하는 모양이다. 아주 강인한 인상을 풍기면서 날카롭지만 부드럽고 꽤 문학적으로 보이는데 검은색 노트를 갖고 다니면서 읽어 주었다. 이 청년이 그날 내게 말했다.

"부코스키 씨, 나는 당신처럼 글을 쓸 수 있지만 당신은 나처럼 글을 쓸 수 없어요."

그에게는 오만함이 필요한 것 같아 아무 대답도 하지 않았다. 실제로 그는 나처럼 글을 쓸 수 있다고 생각했다. 천재는 완전한 것을 단순하게 말하거나 단순한 것을 더 단순한 방식으로 말하는 능력이 있다. 아, 그런데 비주류 작가가 어느 쪽인지 알고 싶다면, 책이 나왔을 때 스스로 파티를 열거나 누구더러 자기를 위해 파티를 열어 달라고 하는 쪽이 비주류다.

헤밍웨이는 구성과 의미와 용기와 실패와 과정을 알려고 투우를 배웠다. 나도 같은 이유로 복싱을 하고 경마를 한다. 손목과 어깨와 관자놀이에 감각이 느껴진다. 지켜보고 기록하는 태도가 글이 되고 형태가 되고 행동이 되고 사실이 되고 꽃이 되고 개 산책이 되고 침대와 더러운 팬티가 되고 앉아서 타자 치는 소리가 되고, 그렇게 앉아서 자기만의 올바른 방식으로 타자를 치는 소리가 세상에서 가장 큰 소리가 되고 어떤 아름다운 여자가 찾아와도 눈이 가지 않으며 회화나 조각도 비할 게 아니다. 글을 쓰는 건 최종 예술로 용기가 있어야 하고, 역대 최고의 도박으로 대개는 이기지 못한다.

누군가 내게 물었다. "부코스키 씨, 글쓰기 강좌를 연다면 학생들에게 뭘 시킬 건가요?"

난 명쾌하게 대답했다. "모두를 경마장으로 보내 경기당 5달러씩 걸라고 하겠어요."

질문한 사람은 내가 농담을 하는 줄 알았다. 인간은 배신과 사기에 능하고 태세 변경도 잘한다. 작가가 되고 싶은 사람에게 필요한 것은 나약하고 더러운 책략을 쓸 수밖에 없는 분야에 발을 들이는 일이다. 파티에 나온 많은 사람이 그토록 혐오스러운 이유다. 질투하고 편협하고 교활한 면모가 드러나기 때문이다. 누가 친구인지 알고 싶다면 두 가지 방법이 있다. 그 사람을 파티에 초대하거나 자신이 감옥에 가거나. 친구가 하나도 없다는 사실을 깨달을 것이다.

내가 횡설수설한다고 생각한다면 당신 젖꼭지나 거시기나 다른 사람의 것을 잡아라. 모두가 여기 속한다.

내가 직접 보지 못해서 추정하건대 난 이런 분야에서 칭송과 비판을 받고 있으니 소규모 잡지에 대해 한마디 하겠다. 다른 어딘가에서 말했을지도 모르지만 적어도 맥주 몇 병은 얻어먹고 그랬을 것이다. 소규모 잡지는 쓸모없는 재능을 쓸데없이 후대로 영속시키고 있다. 1920년대와 1930년대를 돌아보면 이런 잡지가 많지 않았다. 소규모 잡지는 일회성이지 재난이 아니었단 말이다. 문학의 역사를 통해 그런 잡지의 이름을 떠올릴 수 있다. 내 말은 그렇게 시작되고 자라서 나타났다는 뜻이다. 이들 잡지가 책, 소설, 뭐 그런 것이 되었다. 이제 대다수 소규모 잡지사의 인물들이 작아지고 거의 남지 않았다. 물론 항상 예외는 있다. 예를 들어 《디케이드》라는 작은 잡지를 통해 첫 낭독회를 연 트루먼 카포트가 기억나는데, 그는 활기와 양식 그리고 꽤 고유한 에너지를 지닌 남자였다. 하지만 기본적으로 좋든 싫든 크고 번지르르한 잡지가 소규모 잡지보다 수준 높은 작품을 출간하는 터,《프로즈》가 특히 그랬다. 미국의 모든 멍청이가 셀 수 없이 많은 쓸모없는 시를 짜냈고, 그 엄청난 수가 소규모 잡지를 통해 출간되었다. 짜잔, 또 다른 신간으로. 비용을 대면 뭘 해 줄지 보여 줄게요! 나한테도 우편을 통해 청하지도 않은 수많은 제안을 해 왔고, 나는 그냥 넘겨 버렸다. 엄청나게 무미건조한 뻘짓이니까. 우리 시대의 기적이란 그렇게 많은 사람이 아무런 의미도 없는 그 많은 말을 써낸다는 데 있다. 한번 시도해 보라. 아무 의미가 없는 말을 쓰는 건 거의 불가능한데, 그들은 그렇게 할 수 있으며 꾸준히 쉼 없이 그러고 있다.《불쑥 솟아 있는 인간과 문학 조소》라는 소규모 잡지를 세 번 발간한 적이 있다. 받은 원고들이 완전 엉망이라 다른 편집자와 내가 대부분의 시를 써야 했다. 그가 시의 절반을 쓰면 내가 마무리하고, 내가 시의 절반을 쓰면 그가 마무리했다. 그다음엔 같이 앉아서 제목을 정했다.

"가만 보자, 이 더러운 걸 뭐라고 부를까?"

그리고 등사 기계가 나오면서 모두 편집자가 되어 엄청난 재능을 약간의 비용으로 보여 주었지만 결과는 전혀 없었다. 초창기《올레》는 예외지만 근거를 더 대 보라고 몰아세운다면 한두 개 더 들 수도 있다. 등사보다 품질이 나은 잡지로 당대 최고의 작품을 선보인《더 웜우드 리뷰》(지금까지 150호가 나왔다)를 들 수 있다. 눈물을 빼거나 절규하거나 욕을 하거나 그만두거나 멈추지 않고 조용히 혹은 대다수의 잡지가 그랬듯 퍼시픽펠리세이즈에서 술에 취해 자전거를 몰다 체포된 일에 관해서나 미국국립예술기금 편집자 하나가 포틀랜드 호텔 룸에서 콩 던지기 게임을 한 것에 대해 허풍스러운 편지를 쓰지 않았다. 멀론은 정확하며 살아 있는 재능을 바탕으로 계속해나갔고 다음 호를 꾸준히 냈다. 멀론은 잡지를 통해 자신을 대변하거나 수면 위로 자신을 드러내지 않았다. 어느 날 밤 커다란 싸구려 포트 와인을 들고 찾아와서 문을 두드리며 "이봐요, 난 마빈 멀론이고 당신의 시 〈새 둥지의 고양이 똥〉을 마지막 호에 실어 줄게요. 지금 한따까리하고 싶은데 여기 어디 재미볼 데가 없을까요?"라고 묻지 않을 거다.

수많은 외로운 영혼이 재능 없는 모임으로 모여들고, 그렇게 소규모 잡지가 발전해 나가고, 그곳 편집자들이 작가보다 더 형편없는 인간이 되는 것이다. 어리석은 짓 말고 예술 창작에 흥미가 있는 작가라면 개인이 아닌 전문적으로 편집하는 곳도 얼마 안 되지만 있으니 찾아보라. 이 글을 보낸 잡지를 읽어 보지 않았지만 《웜우드》 말고도 《계간 더 뉴욕》 《이벤트》 《세컨드 에온》 《조 디마지오》 《세컨드 커밍》 《더 리틀 매거진》 《허스》를 추천한다.

"당신은 작가가 될 거예요." 그녀가 장담했다. "당신이 경마에 들이는 모든 에너지를 글 쓰는 데 쏟아부으면 훌륭한 작가가 될 거예요."

월리스 스티븐스는 한때 이런 말을 했다. "산업으로 성공하는 건 소작농의 이상일 뿐이다." 그가 이 말을 하지 않았다면 이와 비슷한 말을 했다. 글은 원할 때 나온다. 그건 어쩔 도리가 없다. 억지로 더 짜내서 쓸 수는 없다. 그런 시도들이 영혼을 흔들고 공포를 심어 준다. 헤밍웨이는 이른 아침에 일어나 점심에 작품을 마무리했다는 이야기가 있는데, 그를 만나 보지 못했지만 빨리 끝낸 뒤 술을 마시고 싶어서 작품을 마무리 지은 알코올 중독자처럼 느껴진다.

소규모 잡지를 발간하면서 보니까 흥미로 발을 디딘 작가가 가장 신선하고 참신한 재능을 보여 주었다. 아, 이게 마지막이다. 어쩌면 지금 우리는 무언가를 가졌을지도 모른다. 하지만 같은 원리가 계속 반복된다. 신선하고 참신한 재능이 펄떡거리고 사방에서 등장하기 시작한다. 빌어먹을 타자기와 먹고 자면서 계속 글을 쓴다. 마인에서 멕시코까지 모든 등사판에 이름이 올라오고 글은 점점 더 약해져서 겨우 명맥만 유지한다. 누군가는 그 혹은 그녀의 책을 사고 지역 대학에서 교재로 쓰인다. 초창기 시 예닐곱 편 말고는 전부 엉망이다. 그리고 다른 소규모 잡지에 '이름'을 올린다. 그렇게 시를 쓰기보다는 최대한 많은 소규모 잡지에 최대한 많이 등장하려고 애쓴다. 창작이 아니라 출판 전쟁에 가깝다. 항상 경험이 부족하고 뼈에서 발라낼 살이 없는 20대 작가들이 이런 식으로 재능을 낭비한다. 생계를 꾸려 가지 않고는 글을 쓸 수 없는데, 글은 생계를 꾸려 주지 않는다. 술이 작가를 만들거나 싸움이 작가를 만드는 것도 아니다. 물론 난 둘 다 경험이 무수하지만 그건 이런 행동이 더 나은 글을 쓰게 해 줄 거라는 잘못된 생각이자 낭만주의에 대한 혐오다. 물론 싸워야 할 때와 마셔야 할 때가 있는데, 이런 경우 보통은 반창의적이 되고 거기서 뭔가를 건질 수도 없다.

  마지막으로 글은 월세를 내고 양육비를 보내야 할 때 직업이 될 수 있다. 가장 멋지고 유일한 일이며 살아갈 능력을 키워 주는 일이다. 그리고 살아갈 능력이 창작할 능력을 뒷받침해 준다. 하나가 다른 것을 먹여 살리니 마법과도 같다. 난 나이 쉰에 아주 지루한 직업을 그만두고(그게 삶의 안정을 주었다고 한다. 아!) 타자기 앞에 앉았다. 더 나은 방법이 없다. 미쳐 간다고 느껴지는 지옥불 같은 순간이다. 며칠이고 몇 주고 모든 것이 사라진 양 아무 말도 소리도 없이 느껴지는 순간이다. 그 순간이 사라지면 담배를 피우고 때리고, 또 때리고 구르고 소리친다. 정오에 일어나 새벽 3시까지 글을 쓸 수 있다. 누군가 귀찮게 굴 것이다. 그들은 당신이 뭘 하려는지 이해하지 못할 것이다. 그저 문을 두드리고 의자에 앉아 아무것도 주는 것 없이 시간만 잡아먹는다. 그런 인간이 너무 많이 찾아오고 또 찾아오면 그들이 잔인하게 군 것처럼 당신도 가차 없이 굴어야 한다. 그들을 길거리로 쫓아내야 한다. 자신만의 에너지와 빛을 가지고 찾아온 사람도 있지만 대다수는 당신과 그들 모두에게 별 볼일 없는 부류다. 죽음을 허용하는 것은 인간적이지 않으며 그들의 죽음을 부추길 뿐이고 그들이 돌아간 뒤에도 죽음의 부스러기가 남는다.

그리고, 당연히 여자들도 있다. 그녀들은 독일 경찰견도 마다하고 시인과 잠자리를 하려 드는데 케네디 대통령과 잤다고 자랑하며 떠드는 여자도 있었다. 난 알 길이 없었다. 훌륭한 시인이라면 훌륭한 잠자리 상대가 되는 법을 익히기 바란다. 이건 그 자체로 창의적인 행위니까 방법을 배우고 아주 잘하는 기술을 익혀야 한다. 훌륭한 시인이라면 기회가 많을 것이고, 록 스타 같지는 않겠지만 그 기회가 계속 따라오니 머저리같이 굴며 록 스타처럼 기회를 날려 버리지 말고 잘 활용하기 바란다. 여자들에게 당신이 진짜 거기 있다는 걸 알려라. 그녀들이 계속 책을 사 줄 것이다.

이걸로 조언은 충분히 한 것 같다. 아, 맞다. 난 개장일에 180달러를 땄고 어제 80달러를 잃었고 오늘이 승부가 나는 날이다. 11시 10분 전이다. 첫 경기는 오후 2시다. 난 어떤 말을 올릴지 정해야 한다. 어제는 심장에 기계를 단 남자가 휠체어를 타고 경마를 보러 왔다. 그는 베팅을 했다. 그를 집에서 쉬게 하면 밤사이 죽어 버릴 것이다. 경마장에서 장님도 보았다. 그는 분명 어제의 나보다는 일진이 나았을 거다. 난《콰글리아노》에 전화해서 이 기사를 끝냈다고 말해야 한다. 지금 거기에는 아주 이상한 놈이 있다. 거길 어떻게 들어갔는지 모르겠다. 물론 그도 말해 주지 않겠지. 복싱 경기장에서 맥주를 들고 편하게 관람하는 그를 보았다. 그가 뭘 할지 궁금하다. 그자 때문에 걱정된다…….

234

음탕한 늙은이의 비망록

《로스앤젤레스 프리 프레스》, 1973년 12월 28일

1.

"내일 전화해 줄래요?" 그녀가 물었다.

"물론이지." 그가 대답하고 전화를 끊었다.

그녀는 새 악기를 클럽에 납품하도록 해 주면 자기 질도 들여다보게 해 준다고 남자에게 말했다. 여자들은 자기 질이 어떻게 생겼는지도 모른 채 수백 년을 돌아다녔다. 남자는 자기 것이 앞에 떡하니 튀어나왔으니 볼 수 있다. 여자가 자기의 질과 관계 맺을 수 있다면 정신적 위험 요소가 상당수 사라질 것이다. 그녀는 정말로 똑똑한 여자다. 그녀가 자기 질과 관계를 맺는 동안 남자는 옷을 벗고 홀로 침대에 들어가겠지.

2.

방금 녹은 버터를 바른 새끼 문어를 먹어치웠는데, 그러고 나서 거울을 들여다보니 눈동자가 여전히 8월의 장대비처럼 정신없고 미친 듯 보였다. 라흐마니노프를 듣지 않고 버터랑 문어를 먹으면 안 되는 모양이다. 어쩌면 특별한 소스가 있는지도 모른다. 미국 시민으로서 햄버거와 록 음악만 고수해야겠

다. 생각은 섹스보다 위험하다. 훌륭한 미국 시민은 생각하지 않는다.

어쩌면 버터가 상했을지도 모른다. 다리가 무슨 걸레 실밥 같은 맛이었다. 난 여전히 자자 가보를 사랑한다.

3.

우리는 침대에 누웠을 때였다. "오줌을 눠야 해요." 그녀가 말했다. "알았어." 난 그녀를 보내 주었다. 그녀는 재봉틀에 앉았다. 드르르륵! 드르르륵! 드르르륵! "아, 제기랄!" 그녀가 가위를 떨어뜨렸다. 드르르륵! 드르르륵! 그녀가 가위로 옷감을 자르는 소리가 들렸다. 오늘은 목요일 밤이고 12월이라 밖은 춥다. 그래, 추워야지. 드르르륵! 드르르륵! 드르르륵! 그녀는 20분째 작업을 하고 있다. 주황색 스웨터에 초록색 바지를 입었다.

그녀를 3년 정도 알고 지냈다. 우리는 같이 살다시피 했다. 드륵! 드르륵! 드르르륵! 그녀는 여러 가지 천을 가졌고 파란색에 노란 꽃무늬, 초록색에 붉은 꽃무늬도 있다. 지금은 블라우스를 만드나 보다. 키신저는 시리아에서 한 손으론 다정하게 이야기를 나누고 다른 손으론 위협을 한다. 바닥에 놓인 붉은 코트 위에 개가 잠들어 있다. 그녀는 30분째 작업 중이다. 드륵! 드르륵! 드르르륵! 언제 오줌을 눌 건지 궁금하다.

4.

금요일 밤 글렌데일대로에 자리한 독일 바에 멍청한 독일 얼간이들이 있었는데, 그들은 죽은 나치의 부츠 밑으로 개오줌을 눌 수 없었다. 글렌데일과 버뱅크 출신 미국계 독일인들이 영화를 현실로 옮겨 놓았다……. 트림하는 느끼한 목소리들, 창고지기들, 시어스로벅 할인점 영업사원놈들.

내 여자가 2달러 10센트짜리 샌드위치와 한 잔에 50센트짜리 흑맥주를 주문했다. 난 1년에 3000달러를 채 못 벌지만 점심때 일어나는 건 나쁘지 않다.

금요일 저녁 지쳐서 누렇게 뜬 독일인들의 면상이 득실거리는 이 바의 주크박스는 고등학교 급식실 같은 음악을 튼다. 남자들이 웨이트리스를 희롱하는데 그것 말고는 할 일이 없다. 여기에 여자도 없이 앉아 있으니까. 나도 한동안 같은 처지였지만 한 번도 그런 식으로 관심을 구걸하지 않았고 앞으로도 그럴 일은 없다. 난 탭에서 생맥주를 샀다. 7달러 10센트. 자격 있는 시민인 양 1달러를 팁으로 남겼고 우리는 주차장으로 갔다. 내일은 휴장일이다. 핀케이는 계속 지고 테제리카는 하이웨이트(highweight, 핸디캡 경주에서 가장 많은 웨이트를 옮기는 경주마—옮긴이)이고 밸디즈는 실패를 만회하지 못하고 루디 캠퍼스는 베이미도즈 소속이다. 그리고 난 40달러를 뜯겼다. 벨몬테는 혼자 난간에 걸려 똥이 가득 든 젖은 자루처럼 달렸고 우승마 예상 목록에서 열두 마리 중 3위에 올랐다. 벨몬테, 당신은 말이 있지만 첫 분기를 말아먹고 나머지 분기엔 맥주와 토마토주스에 올인할 운명 같아.

뭐 40달러가 전부는 아니고 철학자와 투우사도 잘못 갈 때가 있는 법인데 다이아몬드 짐 브레디의 헤픈 씀씀이까지 굳이 말할 필요가 있을까. 우리는 헤드라이트를 켜고 주차장을 빠져나왔다. 가끔은 진실보다 인내가 더 중요한 순간이 있다.

5.

고통은 태생이 고귀하고 지적이고 섬세하고 대담하며 독창적인 사람만 겪는다는 생각은 엉터리 중의 엉터리다. 어젯밤 경찰이 술집을 급습했고 뒷주머니에는 대법원의 집행영장이 들어 있었다. 경찰은 이 땅에서 가장 높은 법정의 후원을 받으며 바에 있는 여자들을 죽은 파리 혹은 더러운 냅킨처럼 쓸어 갔다. 불쌍한 여자들이 비명을 지르고 엄청난 젖꼭지가 겁에 질려 출렁이고 크고 풍만한 엉덩이는 놀라 씰룩거렸다. 경찰은 반나체의 여자들을 밴과 자동차에 실어 수속을 밟고 지문을 채취하고 사진을 찍어 유치장에 넣었다. 그런 인력 낭비가. 1등급 인력 낭비다. 무례한 걸로 말하자면 그날 밤 경찰이 가장 무례했다. 불쌍한 소녀는 더 이상 떳떳하게 돈을 벌 수 없어졌다. 경찰이 한 짓거리는 외로운 남자들에게 꼴리는 밤을 가져다준 것에 지나지 않는다. 난 대법원 녀석들이 더는 발기가 되지 않는다고 생각한다.

6.

작품 어딘가에 완전히 취한 이미지를 만들었는데 현실에서는 그만큼 심하지 않다. 그렇지만 내 작품은 다른 것들도 말한다고 느낀다. 다만 완전히 취한 상태로 드러난다는 것뿐이지. 난 전화를 받는데 항상 새벽 3시 30분쯤 벨이 울린다.

"부코스키 씨?"

"그런데요."

"찰스 부코스키 씬가요?"

"맞습니다."

"이봐요, 당신과 대화하고 싶었어요!"

"술에 취했군요."

"그래, 취했다. 어쩔 건데?"

"저기요, 당신이 누군지 모르지만 술에 취해서 모르는 사람한테 새벽 3시에 전화하는 건 아니잖아요. 그러면 안 됩니다."

"진짜?"

"네."

"부코스키 당신한테도?"

"특히나 더 안 돼요."

난 전화를 끊었다.

이들은 내가 술에 취해서 새벽 3시에 전화한다는 이유로 무슨 소울메이트를 찾았다고 생각한다. 나보다는 더 독창적이어야지. 한번은 너무 화가 나서 사방팔방으로 여자를 쫓다가 결국 시간응답기에 전화를 걸어 5~10분쯤 그녀의 목소리를 듣기도 했다.

"지금 시간은 3시 30분 20초입니다. 지금 시간은 3시 30분 30초입니다······."

그녀가 어떤 목소리인지 알 거다. 앞으로 나한테 전화하고 싶어지면 가능한 한 시간응답기한테 걸어서 자위하기 바란다.

7.

언젠가 19년을 복역하고 막 나온 친구가 집에 들러서 하는 말이 거기 있는 대다수의 남자가 공화당의 돈을 뜯어서 들어온 게 아니라 성범죄를 저질러서 들어왔다는 것이다. 그는 작가가 될 거라고 했다. 실제로 감옥에서 글을 많이 썼다. 그는 내 출판사를 통해 편지를 보냈고 난 옥중 편지를 읽고 답장을 보냈다. 그는 아첨을 잘하는 스타일이라 계속 내 음탕한 소설들이 감방마다 돌아다녔고 그걸로 다들 자위를 했다는데 단 한 사람만 내가 영어를 제대로 구사할 줄 모른다며 그러지 않았다고 했다. 나는 답장을 쓰면서 그의 말이 옳고 영어를 잘 못하는 게 나한테는 가장 좋은 일이라는 걸 그 사람에게 전해 달라고 했다. 다른 범죄자들도 내게 편지를 쓰기 시작했고, 난 두 가지 사실을 알아냈다. 감옥은 사람이 너무 많고 다수가 작가라는 거다. 내 친구인 범죄자가 윌리엄 사로얀(위대한 인간이기도 한)에게도 편지를 받았다고 했다. 내 편지와 책들은 여전히 돌아다니는데 지하신문에 실린 칼럼까지 있다고 하니, 세상에, 난 성공했다.

그는 자신의 늙은 여자와 함께 들렀다. 막 출소한 다른 범죄자도 그의 늙은 여자와 같이 왔다. 그는 북부에서 목수로 일하며 시간당 15~75달러를 버는데 디즈니랜드와 날 보기 위해 여기까지 왔다고 했다. 그들은 뜨뜻미지근한 맥주 네 캔을 마셨다.

"세상에, 자넨 사진에서 본 그대로 못생겼군." 범죄자 친구가 솔직하게 말했다.

그 사실은 나도 알지만 훌륭한 남자는 한 시간이나 발기가 유지되고 하루에 세 번 여자한테 올라탄다는 사실은 알지 못했다. 그는 혀에 대해서는 말도 꺼내지 않았다. 아무튼 그는 자기가 저지른 범죄 대부분이 성범죄이고 윌리엄 사로얀에게 편지를 받았다고 말했으며, 벽난로에 몸을 기댄 채 내 여자친구를 향해 지퍼를 내렸다 올렸다 했다. 그는 마치 자기에게 그럴 권한이라도 있는 것처럼 굴었다.

8.

일전에 글라스엠에서 캐서린 H를 보았다. 이런 유형의 여배우는 아주 형편없고 이런 유형의 연극은 아주 형편없는 연극이라는 걸 알기까지 우리가 충분히 성장할 수 있을까 궁금하다. 첫 번째는 연기와 글쓰기에 스민 속물근성과 고귀함을 삼가는 것이고 두 번째가 대중을 멀리하는 것이다. 악마는 내가 대중에 대한 애정이 없고 그들처럼 살아가고 정부 보조를 받는 최악의 상황에 처했다는 걸 알고 있다. 그러나 대중은 여전히 보잘것없는 영혼을 지니고 행동하는 터, 캐서린 H와 T 윌리엄스와 글라스엠보다는 보잘것없지 않고 더 친절하며 더 현실적일 것이다.

머리 혹은 꼬리가 두 개인 동전 같은 것인데 서로 붙어 있으니 서로에게서 벗어날 수가 없다. 대중은 적절한 이유로 캐서린 H를 싫어한다. 그녀는 엉망인 배우이고 매우매우 진부하게 작품을 훼손하고 모든 실질적인 부분을 과장한다. 하지만 대중은 날마다 시궁창에 코를 처박고 사는 관계로 매우 피곤하고 다른 대안이 없기에 그녀가 대단한 여성이고 다른 차원에 있다고 상상할 수밖에 없다. 비평가들은 G.K. 체스터턴, 조지 버나드 쇼, 늙은 톨스토이, 고골리, 셰익스피어, 프루스트의 지적인 술 장식과 화환과 유령의 그림자(조 나마스가 수염을 민 모습은 빼고)를 무서워하는 관계로 역겨운 것과 뻔한 것을 밟아 뭉개는 걸 두려워한다. 그것이 쓰레기라고 인정하면 속임수와 오작동은 끝나 버리고 그들 역시 대중과 마찬가지로 일요일 오후에 너츠베리 팜에 가거나 슈퍼볼이나 화장실 볼에 신경 쓰거나 겨드랑이 땀(과 냄새)을 걱정해야 하기 때문이다.

헵번을 데려오고 비평가들을 치워 버리기까지 수백 년이 걸릴 테고, 그건 단순한 슬픔 그 이상이다. 우리 개개인의 삶은 백 년을 넘길 수 없고 우리를 죽이는 것은 닉슨도 히틀러도 아닌 지식인, 시인, 학자, 철학자, 교수, 자유당원, 우리의 친구, 더 정확히 말하자면 당신의 친구이기 때문이다.

난 대학에 있는 사람들보다 감옥에 있는 사람들과 대화하는 게 훨씬 즐겁다. 철도 트랙을 까는 사람들이 라스베이거스에서 4주 동안 일하고 40만 달러를 받는 사람들보다 배짱과 전망이 있고 지루하지 않다는 사실을 발견했다. 왜 그럴까? 나도 모른다. 하느님이 이 문제를 해결할 거라고 생각하지 않는다. 우리는 수백 년 동안 속아 왔고, 더 거슬러 올라가면 그리스도도 플라톤도 고약한 냄새가 난다는 것이 내가 아는 유일한 사실인데 여기서 냄새는 암내를 말하는 것이 아니다.

그러니 우리가 할 수 있는 건 작은 스냅사진을 찍고, 기다렸다가 탈출하는 게 전부라고 본다.

음탕한 늙은이의 비망록

《로스앤젤레스 프리 프레스》, 1974년 2월 22일~3월 1일

이 시기 매일 밤 아래층에 사는 남자가 일을 마치고 휘파람을 불며 행복하게 집으로 돌아온다. 그는 자기 집으로 들어가지 않고 마당에 서서 휘파람을 부는데 새들도 같이 지저귄다. 내가 참을 수 없는 건 이 멍청이의 근거 없는 행복이다.

이 건물은 멍청이로 가득 차 있다. 한 명이라도 그들과 마주치지 않고서 집을 나서기란 불가능하다. 오늘 아침 집 뒤쪽에 세워둔 차로 가는데 관리인이 보였다.

"내 차를 세차하고 있어요."

확실히 그는 자기 차를 닦고 있었다.

"난 뜨거운 물을 써요." 그가 말을 이었다. "먼지가 더 잘 씻기거든요."

그는 둥근 영국인 얼굴에 무난한 영국 억양을 썼다. 둥근 영국인 얼굴이 무엇인지 알고 싶으면 우리 집에 와서 그를 직접 보라.

그리고 관리인과 그의 아내가 항상 돌아다니며 쓸고 닦고 정리하고 다듬고 치장을 한다. 그들은 술에 취한 적도, 경마장에 간 적도, 서로 고함을 지른 적도 없다. 관리인은 집으로 들

어가지만 아내는 항상 밖을 돌아다니며 여기저기 살피고 캐묻는다.

"오늘은 화창하네요." 그녀는 나를 보면 거의 늘 이렇게 말한다.

어떤 때는 이렇게 말한다. "오늘은 해가 안 나올 것 같네요."

"그러네요. 안 나올 것 같군요." 내 대답이다.

일진이 아주 사나운 한 주를 보냈다. 이번 주 내내 대부분의 시간을 세이프웨이 슈퍼마켓과 본의 주차장에서 죽치며 차에서 내리는 여자들의 다리를 감상했다. 꽤 안 좋은 한 주였다. 점점 더 많은 여자가 바지를 입는다. 알겠지만 난 거기 앉아 신문을 읽다가 여자가 차를 몰고 들어오는 걸 살핀다. 여자가 나오는 문 쪽 완벽한 자리에 앉았기에 시야가 가리지 않는다. 여자는 꽤 젊고 좌절했고 부주의하고 무언가 마음에 걸리는 것이 있었다. 베이컨 가격이나 밀감을 살 것인가 여부겠지. 여자가 차에서 내릴 때 치마가 펄럭이며 무릎과 나일론 페티코트와 맨살과 다리가 보일 거라 생각했다. 그런데 차문을 열고 나온 여자는 바지를 입고 있었다. 일주일 내내 그랬다. 여자들은 치마 입는 걸 그만두었다.

집에 돌아왔지만 글을 쓸 수 없었다. 시도 멈추고 소설도 멈췄다. 경마장에 가서 돈을 잃었다. 난 러그 위를 서성거렸다. 아랫집 남자가 아코디언을 연주한다. 우편함에 편지가 들어 있다.

……어젯밤 꿈을 곱씹어 봤어요. 물론 금세 파악하고 편

지 쓸 생각이 들기 전에 당신이 영원히 떠날 거라 말하는 거예요. 꿈에서 당신과 나, 내 동생 셋이 있었어요. 당신은 동생과 잘 거라고 말했어요. 그 애는 새까만 머리에 빨간 밀짚모자를 썼어요. 아니, 내가 말했어요. 당신이 날 쳐다보고 그 애의 손을 잡았어요. 그 애는 조용하고 우월해요. 젠장, 난 지켜볼 거라고 말했어요……. 아무도 이의를 제기하지 않아서 난 지켜보려고 침대 한쪽에 앉았어요. 성적인 포옹(당신이 섹스하지 않았다는 뜻)은 없었지만 길고 아름답고 애착이 담긴 키스를 나눴어요. 난 고개를 돌렸죠. 장면이 바뀌었어요. 이제 우리 세 사람이 내 침실에 있고 난 한 사람만 겨우 들어가는 좁은 침대에 누워 있어요. 당신은 양복장이한테 갔다가 막 돌아온 참이라 새 양복을 입었는데 마무리가 부실해서 솔기를 따라 커다란 바늘땀이 보였어요. 하지만 미소를 지으며 머리에 쓴 아일랜드 모자를 날려 바닥에 떨어뜨리더군요. 난 수술 받을 준비를 하는 환자가 된 기분이었어요. 여동생은 수건을 몸에 감고 옆에 서 있는데 파란 핏줄이 비치는 허벅지가 드러났어요.

당신은 구스다운 실크 퀼트 이불이 깔린 더블베드에 동생을 남겨두었죠. 그러곤 몸을 구부려[당신은 실제보다 세 배 더 큰 레어드 크레거(그를 기억하려는지)가 되어] 내게 쪽 입을 맞추고는 내 손에 동전을 쥐어 주었어요. "그 동전 치워요." 나는 그렇게 말하면서도 다가올 일에 가슴이 두근거렸어요. "아, 내 사랑!(지금 돈리비를 읽고 있어 어쩔 수 없네요)." 당신이 말했어요. "이건 동전이 아니야. 말들이 잘해 주고 있거든. 다시 봐." 그래서 보니 동전에 전부 10달러, 20달러 표시가 있었어요. 이야기가 더 있지 만 기억이 가물가물하네요.

난 편지를 집어던지고 화장실에서 오줌을 누고 나와 초록색 소파에 누워 기지개를 켰다. 내 여자는 직업 댄서다. 편지에 나 오는 여자가 아니다. 그 여자하곤 끝났다. 내 여자친구는 지금 직업 댄서를 그만두고 알바라도거리의 술집에서 바텐더로 일 하는데, 그녀는 화려한 술꾼들을 만날 테고 난 다시 혼자가 될 것이다. 난 천장을 올려다보았다. 작가가 되기로 했다. 그런데 더 이상 글을 쓸 수 없다. 이게 사람들이 기다리는 것이다. 거 친 부코스키가 서툴고 실패하고 덜덜 떠는 것. 세상에, 그들은 트럼펫을 불고 깃발을 들고 거리 행진을 할 것이다. 그러면 내 우편함에 더 이상 증오의 편지가 오지 않겠지.

뭐, 사람은 변하는데 변화가 항상 제대로인 건 아니다. 톨스 토이는 결국 납작해져서 하느님에게 갔다. 고리키는 혁명 이 후 아무것도 쓸 게 없어졌다. 더스패서스는 이발사 같은 얼굴 을 하고 자본가가 되었으며 여기 내 위의 언덕에서 죽었다. 셀 린은 괴짜가 되어 웃는 법을 잊어버렸다. 쇼스타코비치는 한 번도 변하지 않았고 5번 교향곡을 쓴 뒤 계속해서 모든 교향 곡을 써냈다. 메일러는 지적인 저널리스트가 되었다. 카포티도 마찬가지다. 파운드는 점점 더 어두워져 술독에 빠졌다. 스펜더와 오든은 그만두었고 올슨은 대중에게 구걸했다. 크릴리는 화가 나서 인색해졌다. 에이브러햄 링컨은 흑인을 싫어했고 포크너는 코르셋을 입었다. 긴즈버그는 소리를 속으로 삼키고 극복했다. 늙은 헨리 밀러는 오래전에 끝나서 샤워하며 아름다운 일본 여자들과 섹스에 몰두했다.

커피물이 끓는 것을 보고 자리에서 일어나 커피 한 잔을 따랐다(여자친구가 큰 집에 사는 터라 주로 그 집에서 지낸다. 그녀의 열두 살짜리 아들과 TV를 본다. 아이는 나보다 TV를 더 많이 보지만 난 잘 참고 있다. "오늘 광고를 몇 편이나 봤니? 한 백 편?" "아, 그보다 많이 봤어요." 우리는 영화를 보고 또 보았다. "자, 형제가 칼을 들고 나올 거야." 내 말대로 형제가 칼을 들고 나왔다. 이번엔 아이가 말했다. "이제 관이 빌 거예요." 관이 비었다. 영화 한 편을 봤으면 모든 영화를 다 본 거다. 같은 것이 계속 반복된다. 내 여자친구는 다른 방에서 수십 편의 새로운 시를 쓴다).

커피를 마시고 목욕을 했다.

"언젠가 사람들에게 당신에 대해 말할 거예요." 여자친구가 장담했다. "당신이 어둠을 무서워하고 하루에 다섯 번 목욕하지만 비누는 쓰지 않고 문에 테이프로 칼을 붙여 놓았다고."

난 아무도 그 소리에 관심이 없을까 봐 걱정이다.

수건으로 물기를 닦고 옷을 걸쳤다. 두루마리 휴지가 다 떨어졌다. 본 슈퍼에 다시 가야 한다. 계단을 내려갔다. 빗자루가

왔다리 갔다리 한다.

관리인 여자가 빗자루로 바닥을 쓸고 있다. 그녀는 흰 옷을 입었고 항상 흰 옷만 입는다.

"요즘은 저녁에 빨리 추워지는 것 같지 않아요?" 그녀가 물었다.

"아, 네."

성의 없이 대답하고 본으로 걸어갔다. 옥스퍼드거리로 올라갔다 웨스턴거리로 좌회전이다. 난 아파트촌에 산다. 특별한 동네다. 여기 사람들은 날마다 진공청소기로 러그를 밀고 설거지를 마치지 않으면 잠들지 않는다. 공기에도 데오도란트를 뿌리고 하룻밤에 뉴스를 세 개나 본다. 아무도 아이를 기르거나 개를 키우거나 하지 않고 불면증도 없고 술도 아주 조용히 마신 뒤 빈 병을 조용히 쓰레기통에 넣는다. 날마다 밤 10시면 모든 게 조용하다. 커다란 유리창을 길가로 낸 아파트를 지나쳤다. 돌리 세 자매 때문에 그 아파트를 기억한다. 세 자매는 하루 종일 커다란 창가에 앉아 이야기를 하고 차를 마시고 작은 쿠키를 먹었다. 그녀들은 멍청한 늙은 얼굴에다 볼연지를 진하게 바르고 흰머리를 붉게 염색하고 10센티미터가 넘는 인조 손톱을 붙였다. 입술에는 진분홍 립스틱을 덕지덕지 칠했다. 내가 걸어가자 세 자매가 쳐다보았고 난 시골 신사처럼 고개를 끄덕였다. 그녀들은 내가 은퇴한 서커스 호객꾼인 줄 안다. 한때 잘나가다 퇴물이 된 작가라는 걸 모른다. 세 자매가 모두 날 쳐다보고 그중 한 명이 크게 미소를 지어 보였는데 곡

예사의 죽음의 입맞춤처럼 느껴졌다. 그 순간 해가 지고 커다란 보라색 커튼이 유리 창문에 드리워졌다. 돌리 세 자매는 강간을 당할까 봐 두려운 것이다.

본은 텅 비었고 직원들도 아직 출근 전이었다. 난 카트를 챙기고 두루마리 휴지와 다른 것도 좀 사기로 했다. 모퉁이를 도는데 그녀가 있었다. 하이힐, 미니스커트, 흰 블라우스, 올림머리. 스커트는 짧은 데다 타이트하고 양옆 트임이다. 팬티스타킹은 어두운 가짜 밴드를 장식으로 붙여서 옛날 여자들이 신던 스타킹 같은 분위기를 풍겼다. 어두운 부분이 스커트 안쪽 트임 사이로 보였다. 그녀는 서른여덟로 꽤 못생기고 단순한 얼굴인데 길고 가는 체인에 진주가 달린 귀고리를 했고 뺨은 축 늘어졌으며 입은 작고 판판하고 무뎠다. 하지만 키가 크고 몸을 움직일 때 트임이 속살을 보여 주는 데다 몸을 구부려 캔 수프를 집어 들 때 팬티를 슬쩍 보았다. 그녀가 몸을 움찔했다. 그녀는 내가 쳐다보는 걸 알지만 아무런 내색을 하지 않았다. 난 너무 티 나지 않도록 그녀를 쫓았다. 흰색에 분홍 줄무늬가 있는 스커트다. 그 색이 내 머릿속으로 미끄러져 들어왔다. 스커트에 왜 저런 트임이 있는 거지? 자문해 보았지만 대답할 수 없었다. 정육 코너에서 그녀 옆에 섰다. 그녀는 다진 양고기 쪽으로 몸을 기울이고 고기를 뚫어지게 쳐다보았다.

"실례합니다." 내가 입을 열었다.

그녀는 날 쳐다보았지만 말하려는 의사를 보이지 않았다. 눈동자가 멍하고 생기가 없었다.

"실례합니다." 내가 다시 말했다.

"네." 이번엔 그녀가 대답했다.

"헨리 밀러의 비서 아닌가요?"

"헨리 밀러요?"

"네. 작가 말입니다."

"아뇨. 난 그의 비서가 아니에요."

그녀는 몸을 돌리고 다시 다진 양고기를 쳐다보았다. 내 손이 의지와 달리 움직였다. 손이 근처에 있는 엉덩이를 향해 다가갔고 난 멈출 수가 없었다. 손이 분홍색 줄무늬 바로 아래 엉덩이로 가볍게 떨어졌고 손가락이 엉덩이를 살짝 꼬집었다 놓아주었다. 그리고 쇼핑 카트를 밀며 지나갔다. 다섯 통로를 더지난 뒤 멈춰서 돌아보았다. 그녀는 여전히 다진 양고기를 쳐다보고 있었지만 얼굴은 벌겋게 달아올랐다. 난 더 보치 않았다. 곧장 계산대로 걸어갔다. 두루마리 휴지와 콘비프 해시를 샀다. 줄은 길지 않았다. 이내 밖으로 나와 《로스앤젤레스 타임스》를 샀다. 경마 결과를 봐야 한다. 그리고 옥스퍼드 방향인 동쪽으로 돌아 다시 집으로 걸어갔다. 돌리 세 자매가 보라색 커튼을 들어 올렸다. 밤이 가까워졌다. 난 아무하고도 이야기하지 않고 무사히 내 방으로 들어왔다. 두루마리 휴지를 걸고 초록색 소파에 누워 기지개를 켰다. 천장에는 아무것도 없다. 작가의 삶은 정말 견디기 힘들다.

한번은 파티에서 여자가 내게 말을 걸었고 난 몹시 지쳤다. 그리고 잠이 들었는데 웬 작자가 여자친구와 함께 거북 기름을 들고 들어왔다. 두 사람이 날 바닥에서 들어 침대에 엎어뜨렸다. 여자가 거북 기름을 들었고 그는 발기된 상태였고 둘이서 날 침대에 올렸고, 난 음, 알다시피…… 자고 있었다.

그녀가 내 한쪽 다리를 벌리자 그가 다른 쪽 다리를 반대쪽으로 벌리고 거북 기름을 내 성기에 골고루 발랐다. 그때 조금 깨긴 했지만 뭐, 지쳐서 잠이 들었고……. 그는 내 허락을 받지 않은 채 성기를 내게 집어넣었지만 그의 것이 물렁해져서……. 사실 그는 밤새 아무하고도 섹스를 하지 못했다. 파티에서 가장 먼저 옷을 벗었지만 그가 한 거라고는 술에 취해서 싸움을 벌인 것뿐이었다. 이 빌어먹을 파티에서 술에 취해 모두와 시비가 붙었고, 아무하고도 섹스를 못 해서 잠든 나랑 하기로 한 것이다.

그가 거북 기름을 내 성기에 바르고 나와 섹스를 시작하면서 여자친구에게 말했다. "거북 기름 좀 더 줘. 그녀는 기름이 더 필요해."

여자친구가 대답했다. "자기, 충분히 발랐잖아요."

"아니, 좀 더 줘."

그는 내게 기름을 좀 더 바르고 다시 시도했지만 그의 성기가 또 물러지자 같은 말을 했다. "거북 기름 좀 더 줘."

"자기, 충분히 발랐잖아요."

결국 그는 여자의 손에서 기름을 빼앗아 더 바르고 나와 더 섹스하고 계속 물렁해지는 과정을 반복했다.

마침내 그가 물렁해진 성기를 뺐다. 더는 이야기를 할 수 없는데…… 그때쯤 내가 잠에서 깨는 바람에 그가 거북 기름을 달라 말하지 못했고……. 그러니까 그가 그냥 밀고 들어왔다. 내가 아, 아, 아 한 다음 그가 음, 음, 음 했고 그녀가 말했다.

"자기, 충분히 발랐잖아요,"

그리고 그렇게…… 마침내…… 브래드가 바닥에 누워 있는데…… 브래드는 내 남자 친구다…… 여자가 브래드 위에 올라타서 그를 흔들며 말했다.

"브래드, 브래드, 이제 가야죠……."

우리는 같이 차를 타고 가야 하기에 브래드가 계속 말했다. "아, 그래, 알았어, 알았다고……."

브래드는 다시 잠들었고 이 작자는 아, 아, 아 하고 난 오, 했고 그는 "거북 기름을 더 줘."라고 말했고 여자는 "자기, 충분히 발랐잖아요."라고 하다가 문을 쾅 닫고 나갔고 그는 거북 기름 한 통을 다 챙겨서 내 몸 사방에 발랐다.

그녀는 다른 누군가와 섹스할 생각이었지만 그녀 역시 아무하고도 자지 못했다. 그녀는 홀딱 벗은 채 파티장을 돌아다니고 싸움을 부추겼다. 그래서 그들은 싸움을 했고 그녀는 남자와 싸우고 남자는 다른 사람과 싸웠다. 마침내 우리는 거북 기름을 칠갑했고 난 완전히 깼고 이 작자는 내 위에서 잠들었는데 90킬로그램은 족히 나가는 것 같았다. 이 거북 기름은 한 병에 25달러이고 그는 내 위에서 자고 있다. 그의 성기는 물컹해졌고 내 엉덩이골 사이에서 커지기 시작하다 다시 작아지고 물렁해져서 정말 끔찍했다. 그 기름이 옆으로 흘러내려 날 다

적시고, 그는 내 머리를 누르고, 내 귀에 드르렁…… 코를 골고, 브래드는 바닥에 누워 더 크게 코를 골았다.

마침내 그녀가 방으로 돌아왔다. "브래드, 일어나요. 가야죠."

브래드가 대답했다. "그래, 그래, 알았어."

그리고 일어나 채비를 했지만 누군가 그의 양말을 훔쳐 가서 챙기지 못했다. 그가 드디어 이 남자를 내게서 떼어 냈고 우리는 옷을 입고 차에 올라탔다. 그들이 앞좌석에 우리가 뒷좌석에 탔고 브래드는 곧바로 내 무릎에 누워 잠들었다. 해가 떴고 우리는 오렌지카운티에서 집을 향해 차를 몰았고 그 둘은…… 싸우기 시작했고…… 이내 난 웃기 시작했고 그녀는 잠이 들었고 집에 오는 길에 이 작자는 플로리다 포트로더데일에서 매춘부가 된 이야기를 꺼냈고 난 세 번 더 파티에 갔고 이 남자는 한 번도 성기가 단단해진 적이 없었다. 한번은 내가 그를 빨아 주었다. 20분간이나 빨았는데 사정할 때까지 한 번도 단단해지지 않았다. 그는 단단해지자 바로 사정했다. 그리고 아주 조금만 사정해서 난 쉽게 삼켰다. 완전히 쉽게. 입 가장자리로 흘러내리지도, 코로 나오지도 않았고 날 울게 만들지도 않았다.

이 남자는 되지도 않는 변명을 했다. 하, 하…… 그는 고추도 작은데, 하, 하, 하, 하, 하, 하…… 이건 실화이며 이제 그는 턱수염을 기르고 내가 일하는 은행으로 찾아오지만 나와는 말을 하지 않는다. 왜 그럴까? 내게 화가 났을까? 하, 하, 하, 하…… 고추도 작은 게.

음탕한 늙은이의 비망록

《로스앤젤레스 프리 프레스》, 1974년 3월 22일

당신은 똥을 진짜 좋아하지? 지난 몇 년간 그 점을 알아차렸다. 당신이 '똥'이라는 말과 똥 누는 걸 정말 좋아한다는 것을…….

아니, 절대 아니다. 난 '똥'이라는 말이 정떨어져서 싫다. 그 래서 '똥!'이라고 말하는 사람을 좋아하지 않는다. 난 좀처럼 그 말을 쓰지 않는다.

아니, 내 말은 똥 누는 행위는 어쨌든 당신에게는 즐거운 일이라는 것이다.

나한테만 그런가?

그게, 나도 모르겠다. 대부분의 사람들보다 당신이 더 좋아하는 것 같은데. 그들은 당신만큼 그 말을 자주 입에 올리지 않는다.

그들은 나만큼 그 점을 시인하지 않는다.

안 그래?

내 말은 당신이 화장실에 가서 이렇게 말하잖아.

"신문 좀 줘요."

그 말은 즐기고 있다는 거지. 무언가를 읽고 똥이 떨어져 내리고 당신은 읽고…….

하지만 난 당신만큼 내 똥이 떨어지는 것을 잘 알지 못한다. 나한테는 그냥 싸는 거니까.

당신은 똥을 보고 감탄하지 않는다는 거야?

아니면서.

아, 엄청난 상실의 감정이 있다. 그 똥을 쓸어 버리면 다시는 보지 못하니까. 같은 똥은 결코 볼 수 없어진다.

난 물을 내릴 때 전혀 상실감이 느껴지지 않아……. 난 그냥, 아, 냄새나…… 하고 생각한다.

내가 남긴 똥의 모든 형태를 기억하려고 노력한다. 회화처럼 제각각 모양이 다르니까. 똥은 절대 같은 형태로 나오지 않는다. 보통 사람이 평생 똥을 몇 번이나 눌까? 당연히 수도 없겠지. 하지만 매번 똥은 전의 똥과 완전히 다르다. 똥마다 크기도 다르고 숫자도 다르고 배설의 느낌도 다르고 누는 곳도, 온도도, 날씨도, 같이 사는 사람과 같이 안 사는 사람에 따라 다르고 실직했을 때와 일할 때가 다르고 엄청 많은 것의 영향을 받는다. 추가로 휴지에 손을 뻗을 때 보면 색깔이 초록색이거나 파란색이거나 노란색이거나 보라색 등으로 다르기도 하다. 엉덩이를 닦고 그 종이를 보면 어머, 아직 더럽구나 하고 생각한다. 그래서 좀 더 닦는데 누군가는 내 똥 냄새를 맡을 수도 있다. 엉덩이를 닦으면서 나처럼 닦지 않는 사람도 있겠지 하고 생각한다. 아니면 내가 엉덩이를 제대로 닦지 않은 것이거나.

난 잠시 당신이 말을 하도록 기회를 주겠지만 똥 이야기에는 관여하지 않을 거다. 잠시만, 잠시만…… 난 슈퍼마켓을 돌아다녔고 두루마리 휴지를 사러 갔는데 거기서 아흔두 살 된 노파가 더 싼 두루마리 휴지를 찾고 있었다.

모두가 그렇게 한다.

아흔두 살이 되면 내일 아침에 죽을지도 모르는데 왜 3센트를 못 아껴서 난리일까? 아흔두 살에 똥을 눌 수 있다는 것도 놀라운데 그냥 가장 비싼 휴지를 사서 축하하면 안 되나? 고작 3센트를 더 쓰는 건데. 그래, 난 휩쓸리고 있다.

보다시피 당신은 똥에 휩쓸리고 있다. 내가 당신이 똥을 좋아한다고 말했잖아. 당연히 똥과 사랑에 빠졌다. 난 그걸 알아차렸다. 심리학자들이 똥을 두려워하는 사람에 대한 가설을 내놓는 걸 어떻게 생각하나? 어릴 때 부모님이 이것저것 시키는 게 많지만 똥은 자기 거라 본인이 알아서 할 수 있다.

난 내가 똥을 참을 수 있는 사람인지 모르겠다.

어찌됐든 그렇게 해서 똥 덩어리가 당신에게 속하고 그건 분명 아름다운 당신의 것이다.

이거 하나만 말해 주지. 정신과 의사와 심리학자는 절대 우리 부모 같은 부모를 가진 적이 없다. 난 똥을 쌀 때 이 똥이 우리 엄마 아빠 거라고 생각하는데, 부모님이 날 먹이느라 얼마나 희생하는지, 내게 옷을 입히느라 얼마나 고생하는지, 날 키우느라 얼마나 힘이 드는지 말했기에 똥을 눌 때면 그건 부모님의 똥이지 내 똥이 아니라는 걸 깨달았다.

똥 이야긴 그만 할까?

좋다. 어렵지만 그렇게 하기로 하고 다만 내가 정말로 흥미롭게 읽은 것 하나만 말하겠다. 뉴욕시는 지금까지 꽤 오랫동안 바다에 똥을 버렸는데, 기사를 읽어 보니 그 똥이 커다란 덩어리가 되어 시속 8킬로미터로 천천히 뉴욕시를 향해 다가오는데 전문가들은 그걸 막을 방법이 없다고 한다……. 똥이랑 대화할 수도, 폭파할 수도, 스프레이를 뿌릴 수도 없고 기도도 도움이 되지 않는다. 지금 이 커다란 똥 덩어리가 뉴욕시를 향해 다가오는데 그것을 막기 위한 조치를 전혀 취하지 않았다. 이 기사를 읽었을 때 난 그리 불행하지 않았는데 어떤 도시가 똥산에 빠져 죽어야 마땅하다면 그건 바로 뉴욕이기 때문이다.

난 우리가 똥 이야기에서 벗어나는 줄 알았다.

알겠다. 그만두자. 누군가를 얼어붙게 만들었지만 우리는 벗어날 수 있다.

확실한가?

용기가 필요하지만 우린 할 수 있다.

섹스 이야기를 하고 자러 가자.

그럴 수 있을까?

젠장(똥), 그래.

258

윌리엄 윈틀링의
《양식에 관한 일곱 가지 고찰》 미출간 서문

《블라젝》과 《올레》가 나올 때 등사판 인쇄 혁명 이후로 난 빌 윈틀링과 편지를 주고받았고, 그의 작품과 일부 편지가 거래되었다는 사실을 알았다. 난 윈틀링에게 너무 많은 편지를 써 보냈고, 그는 내 편지의 일부를 내 말로 인용하여 발빠르게 소설 속으로 던져 버렸다. 나는 할리우드의 볼 장 다 본 배우로 약을 복용하고 술을 과하게 마신다(실제로 할리우드대로와 웨스턴의 창녀촌 옆에 살지만 한 번도 제대로 연기해 본 적이 없다). 세월이 흐르고 편지의 두께가 얇아지고 난 다른 여자와 살았지만 빌은 그의 정신이자 사랑이며 생존의 이유인 아내 루시와 쭉 함께 살았다. 우리 둘 다 마침내 글에 운이 좀 트였다. 심지어 난 글로 월세를 내기 시작했다. 빌은 제정신일 때 계속 끔찍한 일을 저질렀고 영국과 뉴질랜드를 많이 돌아다녔다. 그의 작품은 다수의 미국 시 관객들이 요구하는 번지르르한 말들이 들어 있지 않았다. 그에겐 그런 일이 결코 쉽지 않아서 계속 글을 잘 쓸 수 있었다.

빌은 루시와 함께 배에 고인 물을 퍼내고 닻을 고치고 항구 옆에서 식사하며 대학 교육을 받았다. G.I. 빌도 도왔다. 난 그 점이 겁났다. 윈틀링은 단호하고 자연스럽게 페이지 전체로 문장을 퍼뜨릴 수 있는 능력을 가지고 그 모든 학교를 다 마쳐서 난 아이비리그가 그를 약화시킬지도 모른다고 생각했다. 물론 그렇진 않았다. 아무튼 그는 교수 자격을 얻을 만큼 학교를 오래 다니진 않았다. 올해 갑자기 강사가 되었지만 갱신되지 않는 1년 계약직이었다. 그렇게 난 그와 만났다. 그가 문학 부서에 압력을 넣어 나를 일리노이주 낭독회에 불렀다. 그는 내가 500달러를 받게 해 주었고, 나는 경마가 시원찮아서 그 제안을 받아들였다.

비행기에서 앞으로 어떤 일이 벌어질까 생각하니 두려움이 밀려왔다. 작가들을 최대한 피하는 걸 철책으로 삼았다. 그들은 서로를 약화시키고 함께 파티를 하며 헐뜯고 욕하기 때문이다. 지금까지 만나 본 작가들은 자신을 대단하다고 믿을 뿐 글을 엉망으로 쓰는 인간에 불과하다는 점은 철저히 무시했다. 대다수의 작가가 어울리기 힘든 사람이다. 비행기를 타고 가면서 제기랄, 다시 그런 일이 벌어져 그런 사람을 만나고 싫어하고 그 사람의 시까지 싫어질 거라고 생각했다. 빌은 내게 인간이 아닌 작가를 살피라고 조언했다. 하지만 난 감정적이라 둘 다 살필 수밖에 없다. 돌이켜 나는 어떤지 생각했다. 난 옷을 아주 못 입는다. 옷 가게 가는 것도 싫어한다. 15년 된 코트와 맞지도 않는 싸구려 바지, 뒤축이 닳아 빠진 구두에 사이즈가 두 치수는 큰 죽은 아버지의 오버코트도 있다. 머리는 빗지 않을 뿐 아니라 자르거나 스타일을 내지도 않는다. 그저 간간이 여자에게 가위를 주며 알아서 하라고 말한다. 주위에 여자가 있다면 말이다.

시카고에서 벗어나자 모든 승객이 농담거리로 삼는 프로펠러 관련 직업군을 따라야 했다. 하지만 결국 마실 것도 그들에게 얻지 않는가. 비행기가 흔들렸고 승무원이 약속이라도 하듯 엉덩이를 치댄다. 글이 엉망이다, 안 그런가?

아무튼 난 마지막으로 내렸다. 뒤에서 바람이 불어와 머리카락이 전부 얼굴로 쏠렸다. 난 몸을 웅크렸고 거기 그들이 서 있었다. 빌과 루시였다. 어떻게 말을 텄는지 정확히 기억나지 않지만 둘 다 친절함이 느껴졌다. 난 곧바로 그들이 좋아졌다. 빌은 나처럼 옷 입은 사람을 본 적이 없다는 말을 칭찬처럼 했다. 우리는 차를 타고 달렸다.

"목소리가 아주 부드럽네요." 루시가 말을 붙였다.

"말수도 적고." 빌이 말을 받았다.

빌은 기운이 좋아서 곧바로 느낄 수 있었다. 그는 좋은 기운과 축복받은 빛에 둘러싸여 있었다. 우리는 어딘가에 멈춰 맥주를 마시고 곧장 루시의 집으로 갔다. 그들은 이혼 절차를 밟는 중이었다. 그는 내게 보낸 편지에 이렇게 썼다. "결국 루시와의 관계를 망쳤어. 그녀는 9년 동안 내 똥과 구토와 마약을 참아 줬는데 더는 그러지 못하는 지경이 되었지."

쇼의 하나로 오후 2시에 대학에서 무슨 행사가 있었다. 난 거기 가서 몇몇 학생을 만나고 돌아왔다. 낭독회는 8시였다. 우리는 맥주를 더 마셨고 난 빌이 말하기보다 들어 주는 쪽이

라는 걸 알아챘다. 나도 그렇다. 그래서 엄청 조용하지는 않았
지만 조용했다. 강요나 밀침, 고함이 없는 편안한 조용함이다.
우리는 한동안 빈민가의 빌네 집에 있었다. 그는 블루밍턴메
인가 블루밍턴건의 고층 아파트에 살았다. 공간이 넓고 밝았
다. 글쓰기 좋은 곳인 것 같다. 우리는 다시 루시의 집으로 돌
아갔다. 내 요구로 맥주를 더 마셨다. 낭독회를 주관한 교수
가 찾아왔다. 그는 열성적이고 유치하지만 좋아할 만한 사람
이다. 말이 많지만 진실한. 빌이 복도에서 약을 건넸지만 난 거
절했다.

"속이 안 좋아서 그걸 먹으면 눈물이 날 거야."

교수는 내게 너무 과음하지 말라고 했고 우리는 저녁을 먹
으러 나갔다. 난 맥주를 마실 수 있는 곳으로 가자고 했다. 이
야기하고 계획을 세우는 내내 빌이 신경 쓰였다. 항상 그가 그
곳에 있다는 것을 느꼈고 아주 좋은 AAA 등급의 따사로운 빛,
영혼이라고 불러도 좋은 빛이 느껴졌다. 그는 단순하게 말했
지만 그의 모든 말이 오물 속에서도 빛나고 인간다움을 부드
럽게 보여 주었다. 사람들은 약간의 증오, 편견, 비이성적 생
각, 질투심 따위를 말에서 드러내기 마련인데 빌은 어느 것 하
나 보이지 않았다. 난 그를 신격화하는 것이 아니다. 그저 그가
아주 괜찮은 사람이고 난 그를 아주 좋아한다.

우리는 낭독회를 했다. 내가 낭독하고 우리는 집으로 돌아
왔다. 몇몇 청중이 따라왔다. 학생들, 교수 한둘 그리고 모르
는 사람들까지. 술이 나왔다. 여학생들은 사랑스러웠고 모든

함정이 거기 있다. 난 항상 낭독회가 끝나면 마음이 놓인다. 내겐 더러운 직업이라 땀을 흘렸다. 난 술을 엄청 마시기 시작했고 안도감이 덮쳐 오자 '수다쟁이'로 변신했다. 그럴 줄 알았고 이미 돈을 받았으니 마음껏 그렇게 되었다. 난 문학계를 조롱했다……

"아, 로렌스 읽어 봤어요? 아니, 조세핀 말고 아라비아에서 온 남자 말고 소와 여자들 젖을 짜는 남자 말이에요……."

난 계속 지껄였다. 그러면 나 자신을 묻는 질문에 대답하지 않아도 되니까. 한번은 팔을 뻗어 빌의 머리카락을 한 움큼 잡았다.

"여기 있는 이 망할 인간이 어디에 좋은지 알아요?"

그 소리에 사방이 조용해졌다.

"빌이 쓴 시가 있는데 그걸 보고 내 팔에 소름이 돋았어요……. 빌, 자네 딸이 퀴즈를 내고 자네가 맞힐 때 그만 화가 나서 우니까 딸이 말했다고 했잖아. '아빠, 울지 마세요. 이건 그저 잘 속는 인간을 태워 버리는 다른 방법일 뿐이잖아요.'라고."

우리는 빌의 다른 부분을 더 헐뜯었으며 다들 기분이 더 좋아졌다……

*

아침에 루시가 일하러 가야 해서 빌하고 나만 집에 남았다. 우리 둘 다 아팠고 빌은 나보다 심했다. 우리는 겨우 미지근한 맥주를 마신 다음 반숙한 달걀을 먹기로 했다. 그런데 빌이 반숙을 너무 오래 익혔고, 그걸 다 먹고는 갑자기 마당으로 뛰어나가 소리쳤다.

"부코스키."

그리고 토해 버렸다. 그가 뱉어 낸 형태가 끔찍했다. 결국 그는 빵을 우유에 적셔 먹고 속을 달랬다.

"다음엔 좀 쉬어 가며 마셔야겠어." 내가 반성하듯이 말했다. "난 2000년까지 사는 게 목표거든."

"나도 마찬가지야." 그가 호기 있게 말했다. "나도 2000년에 죽는 게 꿈이었어."

그는 그날이 언제인지 남은 시간과 분까지 기록했다. 난 욕실에 들어가서 목욕했다. 아플 때 따뜻한 물에 목욕하면 도움이 된다. 목욕을 마치고 또 맥주를 마셨다. 빌은 여전히 안 좋아 보였다. 망할 약 때문이다. 날이 점점 어두워졌다. 루시가 전화를 걸어서 토네이도가 온다고 알려 주었다. 밤 12시가 된 듯 깜깜한 가운데 바람이 불고 또 불었다. 난 다시 맥주를 마시고 비행기 예약을 알아보았다. 루시가 점심을 먹으러 들렀을 때 빌이 말했다.

"부코스키는 강인한 남자야. 열아홉 살의 몸을 가졌다고."

다음 날 낭독회에서 시인 둘이 찾아왔다. 어린 소녀와 30대 중반 남자였다. 그들은 말을 하기 시작했고 입을 다물지 않았고…… 그들의 말은 좋지 않았다. 난 빌의 편한 방식에 점점 더 고마움을 느꼈다.

빌이 욕실에서 나오며 말했다. "부코스키, 혹시 목욕하면서 자위했어?"

"아니."

"잘됐군. 욕조를 씻을 필요가 없겠어."

루시가 다시 일하러 갔다. 교수가 찾아왔고 여자 시인을 데려갔다. 남자 시인은 계속 지껄였다.

빌이 욕실에서 나왔다.

"이봐요, 여기 온 뒤로 쉬지 않고 말하잖아요. 벌써 한 시간째예요."

"중얼거리는 것보다는 낫잖아요. 당신은 가만히 앉아 중얼거리기만 하면서."

난 중얼거리는 게 더 낫다고 생각한다.

빌은 수업하러 가야 했다. 교수와 여자 시인이 돌아왔다. 빌이 등에 뭔가를 꽉 묶었다.

"그게 뭐야, 빌?" 내가 물었다.

"책과 서류가 여기 들어 있어. 자전거 타고 수업하러 가거든."

"세상에, 내가 데려다줄게요." 교수가 나섰다. "토네이도가 오고 있어요."

"괜찮아요. 혼자 갈 수 있어요." 그가 내게 걸어왔다. "작별 인사를 어떻게 해야 할지 모르겠어."

"그럼 하지 마." 내가 대답했다.

우리는 가벼운 악수를 했고 그는 문을 나서서 자전거에 올랐다. 그게 4월 3일이다. 빌 원틀링은 1974년 5월 2일 오후 12

시 15분에 사망했다.

난 앉아서 시를 쓰다 전화를 받았다. 루시가 알려 주었다. 그녀와 통화를 마친 뒤 바텐더로 일하는 애인에게 전화를 걸었다.

"원틀링이 죽었어." 내가 설명했다. "루시가 막 전화해서 알려 줬어. 그가 죽었다고." 두 눈에서 눈물이 흘렀다. 난 고개를 저었다. "전화해서 미안해. 내가 얼마나 그를 좋아했는지 당신한테 말해 주고 싶었어."

그리고 전화를 끊었다. 사실이니까. 빌은 날 거쳐 간 몇 안 되는 사람이다. 난 죽음에 익숙하고 죽음에 대해 알고 죽음에 대해 글을 쓴다. 밖으로 나가 술을 진탕 마시고 취했다. 다음 날 아침엔 괜찮았다. 슬픔이 가라앉았다. 처음으로 느낀 감정이라 혼란스러웠다.

결국 빌은 양식에 집중했다. 그는 양식을 알았고 자신이 양식이었고 양식을 보유했다. 한번은 그가 편지로 물어본 적이 있다.

"양식이 뭐지?"

물론 그 질문에 대답하지 않았다. '양식'이라는 제목의 시를 쓴 적이 있지만 그는 내 시가 완벽하게 대답하지 못한다고 느껴서 물어봤고, 난 여전히 그 질문을 무시했다. 빌을 만나고 나서 지금에야 양식이 뭔지 알았다.

양식은 전혀 감싸지 않는다.

양식은 전면에 드러나지 않는다.

양식은 궁극적인 자연스러움이다.

양식은 한 사람이 수십만 명의 몫을 하는 것이다.

*

이제 작별 인사를 할게, 빌.

재거나우트

포럼에서 9일에 개장했는데 난 같은 날 경마장에 갔다. 경마장
은 포럼 바로 맞은편에 있어서 차를 몰고 들어가다 보고는 저
기서 하는구나 생각했다. 마지막으로 그들을 본 건 산타모니
카 시빅이었다. 경마장은 더웠고 모두가 땀을 뻘뻘 흘리며 힘
들어했다. 난 술이 덜 깼지만 잘 버텼다. 경마장은 내가 갈 만
한 곳이라 벽만 쳐다보거나 자위를 하거나 개미독을 삼킬 필
요가 없어서 좋다. 돌아다니다 돈을 걸고 기다리고 또 기다리
고, 사람들을 충분히 구경했다 싶으면 사람이 사방에 천지라
안타깝다고 생각한다. 하지만 집에 틀어박혀 에스라서나 톰
울프 혹은 신문 경제면을 읽는 것보다는 인파에 휩쓸린 고깃
덩어리가 되는 게 훨씬 견딜 만하다.

경마장은 예전과 달랐다. 고함을 치는 술주정뱅이와 골초,
옆 벤치에 앉아 팬티까지 다 보이도록 다리를 드러낸 여자들
천지였다. 정부가 말하는 것보다 훨씬 힘든 시기 같았다. 정부
는 은행에 빚을 지고 은행은 갚을 여력이 없는 사업가에게 과
도한 돈을 빌려 주는 터, 달걀 하나에 1달러나 하는데 사람들
이 가진 돈은 고작 50센트라 물건을 사지 못하니 사업가가 돈

을 갚을 수나 있을까. 이 모든 것이 하룻밤 사이에 바뀔 수 있다. 연기 틈으로 붉은 깃발이 떠오르고 마오의 티셔츠를 입은 사람들이 디즈니랜드를 점령하거나 그리스도가 앞바퀴와 뒷바퀴가 12 대 1 비율인 황금 오토바이를 타고 다시 나타날지도 모르니까.

아무튼 사람들은 경마장에서 절박하다. 내기가 그들의 일이자 생존, 행운의 종달새를 대신할 십자가가 되었다. 전광 게시판을 잘 활용하고 트랙맨의 예상 우승 리스트를 평가하고 좋은 돈에서 나쁜 돈을 빼는 등 경마장에서 뭘 하는지 정확히 모르면 이길 수 없다. 경마장을 열 번 가도 한 번을 못 이긴다. 사람들은 돈이 사라지는 냄새를 풍기면서 마지막 자금, 마지막 월급, 빌려 온 돈, 훔친 돈을 투자했다가 평생을 망가뜨리지만 국가는 합법적으로 달러당 7퍼센트의 세금을 뗀다.

난 좀 더 공부했기에 거기 있는 사람들보다는 나았다. 내게 경마장은 헤밍웨이의 투우장 같은 곳이다. 죽음과 운동과 자신의 성격과 부족한 부분을 공부할 수 있는 장소. 아홉 번째 경주에 50달러를 먼저 걸었고 내 말이 이기게 하려고 40달러를 중간에 건 뒤 주차장으로 걸어왔다. 차를 몰면서 라디오를 통해 마지막 경주 결과를 들었다. 내 말이 2등으로 들어왔다.

집에 와서 따뜻한 물에 목욕한 후 마리화나를 두 대 피우고 (폭파범처럼) 블루 넌 화이트 와인을 마시고 하이네켄 일고여덟 병을 마신 다음 많은 사람이, 여전히 젊은 사람들이 신성시하는 대상에 접근하는 가장 좋은 방법을 생각했다. 나는 록 비트를 좋아한다. 여전히 섹스도 좋아한다. 높이 구르고 소리치고 록을 느끼면서 비와 말러와 아이브스에게서 벗어나 더 많이 얻는 걸 좋아한다. 록이 부족한 건 전체 멜로디와 개가 매운 고추를 먹고 꼬리를 물려고 빙빙 돌듯 쫓을 필요가 없는 기회뿐이다. 뭐, 난 노력할 거다. 블루 넌 화이트를 마저 마시고 옷을 입고 다시 마리화나를 피운 뒤 밖으로 나왔다. 늦었다.

주차장은 만차였다. 빙빙 돌다가 가장 가까이 주차할 곳을 찾았는데 그래도 공연장에서 0.8킬로미터는 족히 떨어졌다.

차에서 내려 걸었다. 맨체스터가. 이곳은 경비가 있고 철 대문이 있는 단독 주택 천지다. 장례식장도 보였다. 다른 사람들도 걷고 있지만 그리 많진 않았다. 늦었다. 난 걸으면서 젠장, 너무 멀고 돌아가야 한다고 생각했다. 하지만 계속 걸었다. 맨체스터가(남쪽)를 반쯤 걸었을 때 골프장에 딸린 바가 보여 안으로 들어갔다. 테이블이 있었다. 골프를 마치고 느긋하게 술을 마시는 골퍼들이 보였다. 이곳은 주간 골프장이지만 저 여자들은 전기 불빛을 곧바로 받으며 공을 쳤다. 유리잔을 통해 바 뒤쪽으로 여전히 달을 향해 공을 던지는 골퍼들이 보였다. 난 여자와 함께 갔다. 그녀는 블러디 메리를 주문했고 난 스크루 드라이버를 골랐다. 속이 이상할 때면 보드카가 달래 주었고 내 속은 항상 이상하다. 웨이트리스가 내 여자에게 신분증을 보여 달라고 했다. 그녀는 스물넷이라서 그 소리를 듣고 기뻐했다. 바텐더는 가식적인 허옇고 멍한 얼굴로 술을 두 잔 따랐다. 여전히 그곳은 선선하고 조용했다.

"있잖아." 내가 말을 꺼냈다. "우리 그냥 여기서 쭉 마시는 게 어때? 롤링스톤스는 잊어버리고. 안 봐도 훤해. 스톤스를 보고 골프 코스 술집에 와서 취하고 토하고 테이블 박살 내고 야자나무 수건을 짜고 암에 걸릴 바에야. 어떻게 생각해?"

"괜찮은 것 같아요."

여자들이 내 생각에 동의하면 난 항상 다른 것을 한다. 난 계산을 했고 우리는 자리를 떴다. 여전히 꽤 걸어야 했다. 우리는 주차장을 가로질렀다. 순찰차가 왔다 갔다 했다. 젊은 것들이 차에 기대 마리화나를 피우고 싸구려 와인을 마셨다. 맥주 캔도 있었다. 위스키병도 보였다. 젊은 세대는 더 이상 약과 술을 멀리하지 않아서 내 수준을 따라잡았다. 전부 다 한다. 스물일곱 개 국가가 곧 수소폭탄 사용법을 알게 될 테니 건강을 지킬 하등의 이유가 없다. 우리의 티켓이 연번이 아니라서 여자와 나는 떨어져 앉았다. 난 그녀의 좌석 쪽을 가리킨 다음 바로 걸어갔다. 가격은 괜찮았다. 서둘러 두 잔을 마시고 표를 보여 준 뒤 소리가 나는 쪽으로 걸었다. 싸구려 와인을 마시고 취한 덩치 큰 남자가 내 쪽으로 뛰어와 누가 지갑을 훔쳐 갔다고 외쳤다. 난 재빨리 팔꿈치로 그의 배를 쳤고, 다음 순간 남자가 몸을 구부리고 토하기 시작했다.

내 구역과 통로를 찾으려고 했다. 어둡고 빛이 번쩍거렸다. 안내인이 내 자리에 대해 뭐라고 소리쳤지만 들리지 않아서 그만 가 보라고 손짓했다. 계단에 앉아 담뱃불을 붙였다. 믹은 발목을 줄로 감은 잠옷 같은 옷을 입고 왔다. 로니 우드는 믹테일러를 대체하는 리듬 기타리스트다. 빌리 프레스턴은 정말로 키보드를 미친 듯이 연주했다. 키스 리처드는 리드 기타를 맡았다. 믹과 로니가 서로 흘끔거리며 경쾌한 연주를 하는 동안 키스가 좀 더 안정적으로 연주하자 로니가 와서 자기 방식대로 끼어들며 받쳐 주었다. 템포를 타는 찰리 워츠는 신나 보였지만 그의 센터는 왼쪽으로 치우치고 점점 떨어졌다. 베이스의 빌 와이먼은 완전 전문가로 빌어먹을 템즈 포럼을 한 번에 사로잡았다.

그 곡이 끝나자 안내인이 내게 반대쪽 N열에 자리가 있다고 알려 주었다. 또 다른 숫자다. 난 걸어서 돌아다녔다. 모든 좌석이 다 찼다. N열 옆에 앉아 믹을 감상했다. 그에게서 고상함과 우아함과 절박함이 느껴졌지만 그럼에도 불구하고 힘이 남아 있었다. 내가 너희를 이 구렁텅이에서 구해 줄게.

그리고 다리가 굵은 여자가 내려와 내 머리에 엉덩이를 비볐다. 안내인이다. 짜증에 짜증이라 행운이다. 내 머리카락이 그녀를 휩쓸었다. 그녀가 끝 좌석에 앉은 청년을 쫓아냈다. 난 죄책감이 들었지만 그 자리에 앉았다. 커다란 성기 모양 풍선이 무대 중앙에서 올라왔고 높이가 21미터는 족히 되었다. 록이 최고이며 성기가 최고다.

이 세대는 성기를 좋아한다. 다음 세대에서 우리는 커다란 여자 성기를 보게 될 거고, 남자들은 전부 빨갛고 파랗고 희고 노랗고 반짝이는 여자 성기에 수영장처럼 뛰어들어 결국 북쪽으로 10킬로미터 떨어진 레돈도 비치로 나오겠지.

아무튼 믹이 성기 풍선의 아래쪽을 잡고(그 순간 비명이 엄청 커졌다) 그 커다란 성기를 무대 쪽으로 구부려서 기어오르더니 꼭대기에 도달해 머리를 잡았다.

반응은 굉장한 것 그 이상이었다.

다음 곡이 시작되었다. 내 옆에 앉은 남자도 다시 시작했다. 이 남자는 흔들고 고개를 까닥거리고 구르고 튕기고 무슨 곡이든 리듬을 탔다. 그는 음악을 알고 사랑했다. 내면의 비트에 사는 곤충. 선율 하나하나가 그에게는 엄청난 타격이다. 선별이란 있을 수 없다. 난 항상 이런 것에 이끌린다.

바에 가서 술을 한 잔 더 하고 다시 내 12.5달러짜리 좌석에 앉은 남자를 치우고 나니 믹이 보였다. 그는 등자에 발을 올리고 밧줄을 잡은 채 관객들의 머리 위에서 앞뒤로 흔들렸다. 손을 흔드는 그의 모습이 안정돼 보이지 않았다. 그가 뭘 하는지 몰랐지만 그의 양성애자 엉덩이와 아래로 숙인 고개가 안쓰러워 그가 다시 무대로 갔을 때 난 기뻤다.

믹은 내려와서 잠옷을 갈아입고 빌리 프레스턴을 내보낸 뒤 치즈를 하고 사진 찍으며 재거나우트의 주도권을 가져갔다. 그는 신선하고 겨드랑이가 풍성했으며 이리저리 뛰었고 영웅을 묻고 대체하려 했고 멋졌고 검은색으로 칠한 아일랜드 지그를 썼다. 그런데 믹이 무대에서 사라졌다. 난 그를 좋아하지만 알다시피 마지막 인사도 없이 겨드랑이와 엉덩이에 줄줄 흐르는 땀을 닦으러 백스테이지에 갔다고 생각했다. 믹이 다시 나와서 프레스턴과 마무리했다. 그들은 거의 입을 맞추고 엉덩이를 꿈틀거렸다. 누군가 폭죽을 관객석으로 던졌다. 폭죽이 제대로 터졌다. 남자 하나는 평생 장님이 되었고 여자 하나는 평생 왼쪽 눈이 백내장에 시달릴 터였다. 청년 하나는 한쪽 귀가 평생 들리지 않을 것이다. 괜찮다. 이건 서커스고 베트남전보다는 깔끔하니까.

꽃다발이 날아다녔다. 하나가 믹의 얼굴을 때렸다. 믹이 무대로 내려온 커다란 풍선을 밟으려고 했지만 실패하고 말았다. 누군가 애석해했다. 믹이 달려서 점프하고 엉덩이로 자기 연주자를 툭 쳤다. 연주자가 안다는 듯 부드럽게 미소 지었다. 마치 보수가 좋았다는 듯.

무대는 코끼리 40마리 무게의 별 모양이었다. 믹이 별 끄트머리로 나왔다. 그는 혼자서 각 구역의 관객들을 훑어본 뒤 얼굴에서 마이크를 치우고 조용히 말했다. 엿 먹어. 관객들이 반응했다.

별 가장자리가 솟아올랐고 믹이 균형을 잃고 무대 중앙으로 쏠렸고 마이크를 놓쳤다.

더 있다. 난 마무리에 일가견이 있다. 〈악마에 대한 동정〉이 마지막 곡일까? 산타모니카 시빅처럼 끝날까? 사람들이 복도로 밀고 들어오고 젊은 미식축구 선수들이 록 감별사들을 쓸어 버릴까? 성역을 유지해 믹의 몸과 영혼이 오염되지 않도록? 난 발목과 성기 털과 우윳빛 몸뚱이와 솜사탕 같은 마음들 사이에 갇혔다. 그 이상은 바라지 않는다. 그래서 밖으로 나왔다. 모든 불이 켜지고 신성한 장면이 시작되고 우리가 서로를

사랑하고 음악과 재거나우트와 록과 지식이 함께 하려는 순간
에 빠져나왔다.

공연장에서 일찍 나왔지만 밖은 지루했다. 청바지와 티셔츠
차림에 가슴 없는 어린 여자애들이 있었다. 그녀들의 남자는
보이지 않았다. 무리는 범퍼 끄트머리에 앉았고 범퍼는 캠퍼
밴에 붙어 있었다. 가슴이 없는 어린 금발들이 티셔츠와 청바
지를 입고 있다. 그녀들은 무기력하고 무디며 흥이 없지만 사
납진 않다. 가슴과 엉덩이가 빈약한 여자애들도 자궁이, 사랑
과 흐름이 있다.

난 차로 걸어갔다. 내 여자는 뒷좌석에 잠들어 있었다. 차를
몰았다. 그녀가 깨어났다. 난 그녀를 뉴욕시로 돌려보내는 참
이었다. 우리는 잘되지 않았다. 그녀가 일어나 앉았다.

"난 일찍 나왔어요. 저 빌어먹을 콘서트 때문에 귀가 멍멍해
요." 그녀가 투덜거렸다.

"뭐, 표는 공짜였으니까."

"이 공연에 대해 글을 쓸 거예요?"

"모르겠어. 어떤 느낌도 못 받았거든. 전혀."

"뭘 좀 먹으러 가요."

"그래, 그러자."

난 북쪽 크렌쇼를 향해 차를 몰며 술을 마시고 어떤 종류의
음악도 들을 수 없는 좋은 장소를 물색했다. 웨이트리스가 제
정신이 아니라도 휘파람만 불지 않으면 괜찮다.

이기는 말 고르기

경마에서 이기는 법 혹은 적어도 본전은 건지는 법

우선 하지 말아야 할 것부터 알아보자.

말짱한 정신이 무엇보다 중요하다. 막판 교통 체증에 시달린 상태로 경마장에 도착해서는 안 된다. 일찍 와서 쉽게 적응하거나 두 번째 혹은 세 번째 혹은 네 번째 경주쯤에 도착하는 것이 좋다. 커피를 한 잔 마시고 자리에 앉아 몇 차례 숨을 들이마시고 내쉰다. 꿈의 세계에 온 것이 아니니 돈을 잃을 수 있다는 점을 인식하고, 경마에서 이기는 것은 예술의 경지이며 그 예술을 행하는 예술가는 아주 드물다는 사실을 자각해야 한다.

다른 사람과 함께 가도 안 된다. 꼭 그래야 한다면 그 사람의 사는 정도와 운빨이 어느 정도인지 핫도그를 원하는지 콜라를 원하는지 위스키 샤워를 원하는지 알아야 수월하게 생각하고 제대로 베팅하는 데 쓸 에너지를 낭비하지 않을 수 있다.

경마장에 도착했으면 수다쟁이나 참견쟁이 근처에 앉지 말자. 그들은 독이나 다름없다. 아는 거라곤 하나도 없는 처량한 신세들이다. 그들은 말을 하고 싶어 한다. 우린 다 착한 사람들이니 함께 뭉쳐서 이겨 보자는 식이다. 그 주장엔 하등의 진실도 없다. 사람들은 서로를 상대로 내기한다. 1달러에 16퍼센트를 떼어 간다. 절반은 경마장이, 나머지 절반은 캘리포니아주가 챙긴다. 전광 게시판이 깜박이며 우승자에게 얼마가 돌아가는지 알려 준다.

돈이 궁할 때 혹은 빌린 돈이나 월세 낼 돈, 밥값을 들고 경마장에 가지 마라. 소득세 환급액 같은 공돈이 생기면 가도 좋다. 잃어도 괜찮을 정도만 들고 가면 이길 수 있을지도 모른다. 경마장은 문제를 해결해 주는 곳이 아니다. 경마는 사악하고 잔인한 게임이다. 세 번째 혹은 네 번째 경주가 끝난 뒤 주변 사람들의 얼굴을 살펴보라.

연승단식, 복승식 등 돈을 조금만 걸어도 많이 딸 수 있는 속임수 어린 내기에는 절대 투자하지 마라. 압박감만 더해져 아주 빠르게 나락으로 떨어진다. 나락에 빠지면 겁에 질려 흥분하고, 불가능한 내기에 돈을 걸어 불가능한 한 번의 꿈으로 다른 문제를 해결하려고 한다. 그들은 돈에 대한 개념을 완전히 잃어버렸다.

그런 사람은 연승단식에 20~50달러를 건다. 하지만 슈퍼마켓의 괜찮은 스테이크용 고기엔 1.75달러도 쓰지 않을 것이다. 대신 기름이 많은 햄버거를 사겠지. 그런 사람은 50달러치 연승단식 티켓(연승단식은 첫 번째로 들어온 말과 두 번째로 들어온 말을 모두 맞혀야 한다)을 사면서 8달러밖에 안 드는 엔진오일이나 필터를 갈지 않아 모터를 마모시키는 족속이다.

자, 마지막으로 주의할 점을 알려 줄 텐데 내 말대로 하면 돈을 아낄 수 있다. 빅 클로저를 조심하라. 빅 클로저란 마지막 경주에 나온 말이나 아깝게 1등을 놓친 전적이 많은 말이다. 대다수의 경마광이 선호하는 말이고 우승 확률에 비해 가격도 낮다. 프로들은 이런 말을 멍청이나 떨거지라고 부른다. 결승전에서도 보면 괜찮고 추격도 잘하지만 좀처럼 이기지 못해서다.

《레이싱 폼》을 보면 8/5, 5/2, 4/5, 6/5 등으로 진 경기 결과를 알 수 있다. 사람들은 이번에야말로 그 말이 이길 거라 생각하며 돈을 걸고 계속 진다. 이기려면 그 말은 엄청난 운이 필요하다. 초반에 완전히 빨리 달려서 다른 말들을 제치고 막힘이 없는 탁 트인 레인을 달려야 한다.

그다음으로 고르면 안 되는 말은 48~49킬로그램 정도의 경량급이다. 무게가 적게 나간다고 모두가 알 정도로 빨리 달리는 것은 아니다.

자, 이제 경마장에 왔다. 프로그램과 경마 신문을 챙겼고 전광 게시판은 혼란스럽다. 괜찮다. 가장 먼저 할 일은 말들을 평가하는 것이다. 《패서디》나 신문을 챙겨라. 그 신문에 열일곱 마리 출주마에 대한 정보가 있다. 이길 말에 5점, 장소에 2점, 쇼에 1점을 매겨 보자. 그걸 다 더한다. 우승마 예상 목록 옆에 자신의 평가를 적고 그 옆에 신문이 평가한 등수를 쓴다.

4월 15일 네 번째 경주에 나간 캘리포니아 태생의 세 살짜리 암말들을 살펴보자.

신문 예상 우승 목록표

(C: CONSENSUS, M: MORNING LINE)

말	C	M
1) 카운트 더 테이크	1	3
2) 매력쟁이 캐시	2	2
3) 쿼키	7	30
4) 통가 리듬	3	10
5) 미스 풍전	8	30
6) 엔요	6	8
7) 세기의 천사	9	30
8) 러키 콜룰라	4	4
9) 제인 영	6	6

관객들은 러키 콜룰라에게 뛰어든다. 이 말은 처음에 2/1로 시작해 베팅 기간 동안 7/2로 올랐다가 다시 2/1로 떨어진다. 다시 말해 관중들은 4등으로 뽑힌 말을 가장 좋아했다. 슈메이커가 오른 매력쟁이 캐시는 9/2로 시작했고 베팅을 지나 마침내 예상 우승 목록에 두 번째 선택으로 올랐다. 카운트 더 테이크는 4로 시작해 7/2로 떨어졌다가 예상 우승 후보 3위에 올랐고 쉽게 우승했다.

맥락 밖에서 베팅된 러키 콜룰라는 순위에 들지 못했다. 다 합리성의 문제다. 관객이 몰리는 순간 망한다. 관객은 항상 틀렸다. 그래서 경마장 주차장에 있는 차들 대부분이 4년 이상

된 구식 차종이다.

다섯 번째 경주에서 관객들은 도셋 카이를 찍어 아홉 마리 중 6위에 오른 것을 4/1로 베팅했다. 그 말은 한 번도 이겨 본 적이 없다. 말의 배당률이 신문 랭킹보다 낮으면 좀처럼 이기지 못한다. 어떤 경기든 이런 말이 하나씩은 있다.

모든 경주에서 이 말을 제외하면 이길 확률이 그 말의 배당률만큼 올라갈 것이다. 그렇게 베팅을 해야 한다. 이 경주의 승자는 어프루벌이다. 55킬로그램에 우승마 예상 목록 2위에 올랐고 신문에서도 2등을 차지했다.

일곱 번째 경주는 기본적으로 두 마리의 싸움이다. 다른 말들은 높은 배당률에 나가떨어졌다. 자, 사기는 이렇게 생겨난다. 신문에서 열일곱 마리 출주마 중 첫 번째로 뽑힌 노래의 전령은 예상 우승 목록 2위에 올랐다. 신문에서 2위를 한 플라이 아메리카는 예상 5위를 차지했다. 노래의 전령은 8/5로, 플라이 아메리카는 2/1로 시작했다. 베팅이 끝날 무렵 플라이 아메리카가 심지어 배당금에서도 선두로 올라섰고 노래의 전령은 9/5로 떨어졌다. 플라이 아메리카는 신문 예상 순위보다 떨어진 유일한 말로 모든 돈을 빼앗아 간다! 이 말은 9/5에서 노래의 전령에게 크게 못 미쳤다. 이런 간단한 원리다.

경마장에서 아무것도 안 하고 프로그램만 사 보는 늙은이를 알고 있다. 《레이싱 폼》도 신문도 아무것도 안 본다. 그저 배당률에 근접한 말 한두 마리에 투자하는 것이다. 눈으로 본 것 말고는 믿지 않는다. 심하게 밑으로 떨어지거나 위로 올라오지도 않고 딱 적당히만 한다. 그는 괜찮다.

경마에서 깎아 주는 건 없다. 예상 우승 목록에서 6위를 한 말이 10/1, 12/1, 13/1을 해서 이기지 못한다. 예상 목록 10위 혹은 12위가 5 혹은 9/2 혹은 4 혹은 7/2가 되어도 못 이기는 건 마찬가지다. 베팅한 돈은 반드시 배당금과 말의 신문 예상 순위와 같아야 한다(그보다 살짝 낮은 것이 좋다). 그 밖에 맥락 없는 투자는 결국 망한다.

물론 어떤 종류의 말도 우승할 수 있고, 가끔 그렇기도 하지만, 주로 일어날 일과 앞으로 일어날 일에 집중해야 한다. 난 수천 번도 넘게 경마를 보았고 모든 경마의 전반적인 결과를 살폈다. 사람들은 경마 사이 30분의 기다림을 못 참고 마지막 경주의 기억에 집착한다. 마지막 경주는 가장 최근에 일어난 터라 진실에 가깝게 느껴진다. 그 경주가 무서운 경주이며 결과도 소름이 끼쳤다면 여전히 절대적으로 느껴진다.

경마장에서 제대로 베팅하는 건 궁극적으로 개인의 성격에 달렸다. 이렇게 말하고 싶다. 경마에서 이길 수 있는 사람은 마음먹은 일은 뭐든 할 수 있다고. 헤밍웨이 같은 남자는 투우와 전쟁에서 진실의 순간을 발견했다. 난 경마와 복싱 경기에서 진실의 순간, 그 이후의 과정과 양식을 발견했다. 그것이 자기 앞에 펼쳐질 장면을 결정한다.

난 경마장에서 나의 큰 단점을 발견했다. 가끔은 내가 아주 잘한다고 생각하지만 밖에서 보면 내가 진짜 못하는 걸 깨닫는다. 또한 배우다 만 지식은 지식이 전혀 없는 것보다 더 큰 상처가 된다.

아, 중요한 걸 하나 더 추가하자면 베팅할 때 내가 말했듯이 반대로 작용하는 경주도 있다. 한 번도 경마에 나서 본 적이 없는 두 살짜리 암말의 경주다. 이런 경주는 예상 우승 목록에 들지 못하고 신문 등급도 낮은 말이 우승한다. 이런 유형이 이길 확률은 95퍼센트 이상이지만 경주에서는 좀처럼 보기 힘들다. 혹시나 본다면 꼭 베팅하라.

이런 비밀을 흔쾌히 알려 주는 이유는 인간의 본성을 잘 알기 때문이다. 내 말이 거짓이라고 생각해서 받아들이지 않을 테니까. 사람은 누구나 자기만의 방식을 가져야 한다. 내가 해 주는 어떤 말도 타인을 살릴 수 없다. 직접 나가서 부딪쳐야 한다. 가끔은 이해되지 않는 경주가 있거나 그날의 모든 경주가 이해되지 않을 것이다.

친구 놈이 아내를 데리고 경마장에 갔다. 그는 밤을 새우며 철저히 준비했다. 모든 함정을 알고 경험도 많았지만 딱 이날, 유일하게 이날 처음으로 아내를 데리고 갔는데 그날이 바로 엉망인 날이었다. 아내는 첫 번째 경주에 나온 말이 숙모 에드나의 개와 이름이 같다고 22/1을 던져 버렸다. 두 번째 경주는 건너뛰고, 세 번째는 오빠가 술에 취했을 때 부르는 노래와 말의 이름이 같다고 베팅했다. 금액이 무려 62.80달러였다. 그리고 몇 차례 더 빠졌다가 거의 마지막 경주에 78.40달러를 투자했는데, 말의 이름이 첫사랑과 같아서 그랬단다.

주차장으로 걸어가는 동안 아내가 남편을 돌아보며 말했다.

"잘난 당신과 그 빌어먹을 수치들, 그건 아무 의미도 없잖아요!" 그리고 당연히 그날 그녀는 옳았다. 그 후 둘은 이혼했다.

경마를 제대로 파악하게끔 설명하려면 수십 장이 더 있어도 모자란다. 내가 한 말 중 일부를 기억하려고 노력해 보자. 예상 우승 목록 근처에 있지만 살짝 아래이며 신문 예상과 비슷한 것을 골라라. 경마장에 서서 다른 말들을 지우고 두 마리만 남기면 어느 쪽일까 궁금할 것이다(그건 그렇고 내가 말하는 베팅은 이기는 베팅을 의미한다. 장소나 쇼에 베팅하는 건 그냥 죽는 것과 같다. 집에 눌러앉아 돈을 이 주머니에서 저 주머니로 옮겼다가 5달러 지폐를 찢어 버리는 것과 똑같다).

배당률이 높은 두 마리 중에서 못 고르겠다면 둘 다 베팅하라. 대신 9/5와 8/5로 하면 제대로 고를 수 있을 것이다. 그러니 중요한 순서대로 분류한다. 마지막 경주에서 자기 페이스보다 앞서거나 떨어지다 최종 단계에서 아쉽게 떨어진 말을 골라라. 중량이 가장 많이 나가는 말을 골라라. 마지막 경주에서 가장 느렸던 말을 골라라. 최악의 기수가 탄 것 같은 말을 골라라. 이것이 4점이다. 이 4점 중 2점을 줄 수 있다면 이길 것이다. 4점을 다 줄 수 있다면 왈츠를 춰도 된다.

2 대 2라면 멀리서 보기에 가장 안 좋은 자리에 있는 말을 골라라. 자리가 거의 같다면 떠버리의 말을 들어라. 그런 자들은 항상 있다. 그들이 호객하는 말을 듣고 다른 쪽에 베팅하라.

그리고 날마다 경마장에 가지 마라. 그건 공장에서 일하는 것과 같다. 금방 싫증 나고 지루해지고 아둔해진다. 빌어먹을 멍청이가 술집에 앉아서 제정신인 척하듯 그런 멍청이가 경마장에도 갈 수 있다는 점을 기억하라.

아, 맞다. 이만 마무리하기에 앞서 한 가지 더 하고 싶은 말이 있다. 말은 마지막 경주에서 우승하는 경향이 있다. 12/1에서 6/1로 떨어진 말이 마지막에 2/1에서 6으로 떨어진 말보다 베팅하기 좋다. 사실 《레이싱 폼》에 모든 기록이 다 적혀 있는 말은 일반적으로 좋은 말이고, 예상 우승 목록에 가까이 있다면 아주 좋은 베팅 대상이다.

경마에 대해 가장 중요하게 해 주고 싶은 말은 경마장에 가지 말라는 것이다. 그래도 가겠다면 관중들의 편견과 개념을 무시하고 단순한 이성을 지녀야 기회가 있다는 사실을 명심하라. 그럼 행운을 빈다.

운동

니나와 나는 기본적으로 불안정한 관계다. 그녀는 나보다 서른두 살 어린 데다 맞지 않는 부분들이 있지만 우리는 일주일에 두세 번 만난다. 간간이 입을 맞추고 아주 드물게 섹스를 하는 등 육체관계가 거의 없기에 불안정하지만 즐거운 사이고 다른 상황만큼 잔인하지도 않다. 니나는 약에 절었고 난 알코올 중독인데 내가 그녀의 약을 받고 그녀가 내 술을 마시기도 한다. 그런 쪽으로 우리는 편견이 없다.

니나는 스물넷이며 키는 작지만 거의 완벽한 몸매에 타고난 빨강 머리다. 그녀는 볼 장을 다 봤다. 열여섯에 아이를 낳았고 낙태를 두 번 했고 결혼을 한 번 했고 매춘도 살짝 했다. 술집에서 일하고 동거도 했고 후원도 받고 실업급여도 타고 식비 바우처를 받고 살았다. 하지만 그녀는 엄청난 장점을 그대로 유지했다. 몸매, 유머 감각, 광기, 잔인함을. 그녀는 긴 빨강 머리를 흔들며 사방을 돌아다니고 앉고 잠자리를 했다. 그 긴 빨강 머리로 말이다. 니나는 정신을 흩뜨리는 명사수다. 원하는 남자는 누구든 맞힐 수 있다. 날 죽일 뻔했다. 다른 남자도 마찬가지고.

처음 캐린을 만났을 때 니나와 함께 그녀의 집에 갔다. 둘은 친구이고 캐린에게 약이 있었다. 니나는 의사 서넛이 써 준 처방전을 갖고 있었지만 약을 빨리 소진했다. 캐린은 로스앤젤레스에서 월세 350달러짜리 아파트에 살았다. 니나가 인터컴을 누르자 뭐라고 말이 흘러나왔다. 그리고 삑 소리와 함께 문이 열렸다. 우리는 엘리베이터를 타고 6층으로 올라갔다. 캐린이 안으로 들여보내 주었다. 그녀는 스물둘에 니나보다 더 작았다. 그러니까 키가 꽤 작다는 말이다(두 여자 모두 커야 할 부분은 크고 작아야 할 부분은 작다). 남자를 미치게 만들려고 손으로 빚어 놓은 조각상처럼 보였다. 둘 다 갑자기 성인이 되어 버린 어린아이 같은 모습으로 어딘가에 어린이가 남아 있었다. 그건 남자들에게 음탕한 유혹이다. 사실 자연에게도 유혹인데 저 둘을 그렇게 빚느라 다른 5000명은 못생기거나 기형이거나 어색하거나 굽었거나 눈이 멀었거나 척추가 틀어졌거나 손이 너무 크거나 가슴이 없거나 뭐 그렇게 되었을 거다. 불공평한 일이지만 그 둘을 보면 공평함 따위는 멀리 달아나고 섹스와 사랑이 떠오르며, 그들과 웃고 싸우고 같이 카페에서 밥을 먹고 자정이나 새벽 3시 혹은 아무 때고 함께 걷고 싶어진다.

캐린은 긴 검은 머리에 친절해 보이는 파란 눈동자와 키스를 떠올리는 입술이 매력이다. 키스만으로도 만족스럽겠지만 당연히 그럴 수 없다. 너무 짧고 둥근 들창코가 흠이라면 흠인데 니나도 코가 너무 뾰족하고 길다. 둘과 함께 있으면 결국 눈길이 코에 머문다. 그 모든 아름다움 속에서 흠을 발견하는 건 영광이다. 그 흠이 사람의 몸을 더 흥분시킨다. 흠이 없다면 아름다움이 그토록 아름답게 느껴지지 않을 것이다.

그래서 내 나이 쉰여섯에 웨스트로스앤젤레스에서 오후 3시 45분, 미국 혹은 어느 나라에서든 가장 아름다운 여자 둘과 함께 했다. 그녀들은 세상에서 가장 터무니없게 힘든 여자이기도 하다. 둘 다 자신의 외모가 어떻고 사람들이 어떻게 반응하는지 아는 터라 평범하게 살기 어려운 부분이 있었다. 그렇지만 내적인 생기와 모험심이 있어 외모에 완전히 굴복하지 않았다. 그 점이 혼란스럽고 치명적이고 근사하다.

처음에는 별일 없었다. 니나는 상급 알약을 20달러에 구입했다. 그건 분명 바가지였지만 난 20달러를 지갑에서 꺼냈고 니나에게는 바가지가 아니었다. 니나는 약을 받았고 순한 '기분 조절제'라 우리는 하나씩 나눠 먹었다. 캐런이 50인치 컬러 케이블 TV를 켰다. 둘은 이야기를 나눴다. 모델 일에 관한 거였다. 캐런은 한 시간 출연에 50달러를 받았다. 그녀는 무난한 사진을 몇 장 가져왔다. 괜찮았다. 우리는 사진을 넘겨 보았다. 난 가장 마음에 드는 걸 골라 허공에서 흔들고 입을 맞춘 뒤 돌려주었다. 그리고 니나가 모델 일을 하며 겪은 경험담을 들려주었다. 대부분은 괜찮았다. 하지만 다리 벌리는 걸 싫어했다. 세상에 왜 그걸 싫어한담. 그녀는 다른 사람들과 생식기가 달랐다. 그녀 건 정말로 귀엽다. 젠장, 어떤 건 엉덩이 밖에 털로 뒤덮인 지갑이 매달린 것처럼 생겼는데, 완전 끔찍하다. 니나의 음부는 괜찮다. 난 고개를 끄덕였다. 좋아, 됐어. 니나가 계속 말하기를 딱 하루 엄마가 자신의 핸드백에서 그 사진들을 보았고, 사진은 진짜 괜찮았지만 엄마는 이해하지 못했다고 했다. 시대가 달라진 걸 그 엄마는 알지 못했다. 그리고 한 장을 크게 문제 삼았다. 니나가 알몸으로 야성적인 빨강 머리를 뒤로 젖히고 고개를 들어 천장을 보며 팔을 벌린 채 바닥에 소변을 보는 장면이었다. 꽤 섹시했다. 정말정말 섹시했다. 그녀의 엄마는 울부짖었다. 니나는 어쩔 수 없이 엄마를 때렸다. 끔찍했다. 그렇지만 나이 든 여성이 딸의 핸드백을 뒤질 권리는 없지 않은가?

캐린이 블라우스를 한 무더기 들고 와서 이것들이 너한테 맞을까? 하고 물었다. 니나는 자리에서 일어나 옷들을 입어 보았다. 서서 몸에 걸쳤는데 브래지어를 하지 않았다. 캐린과 난 앉아서 옷 입는 걸 지켜보았다. 간간이 90킬로그램의 임신부가 가졌을 법한 우윳빛 가슴이 어린아이의 몸에 붙어 있는 모습을 보았다. 세상에. 그녀는 거울 앞에 서서 단추를 채우고 풀었다.

"어떤 게 마음에 들어요, 행크?"

"아, 다 마음에 들어." 내가 대답했다.

"아니, 그러지 말아요, 행크. 어느 쪽이에요?"

"보라색이 가장 괜찮은 것 같아." 이번에는 구체적으로 대답했다. "그 가죽끈이 있는 보라색 블라우스."

아무튼 그녀는 블라우스 여덟 벌 혹은 열 벌을 챙겼고 우리는 자리를 떴다…….

*

며칠 혹은 몇 주가 기억나지 않는다. 우리는 점점 더 틈이 벌어
졌고 난 기뻤다. 없으면 못 살 거라고 생각한 사람 없이도 살
수 있다는 걸 알면 항상 기분이 좋다. 그런데 난 다른 여자친
구들을 사귀었고 예쁜 애는 아무도 없었지만 모두가 기본적
으로 착했다. 새 여자친구들은 모두 자영업자이고 사업을 하
면서 겪은 풍파가 있지만 과도하게 아름다운 여자가 감당해
야 하는 풍파만큼 힘들진 않았다. 그리고 니나가 다시 전화를
걸어왔다.

　"여보세요."

　"행크, 날 캐린네 집에 데려다줘요."

　"알았어. 금방 갈게……."

*

그 일은 순식간에 일어났다. 우리가 캐린의 아파트 입구로 들
어갔을 때 니나가 소리쳤다.

　"야, 이 빌어먹을 년!"

　니나는 입구부터 캐린네 아파트까지 들어가는 복도에서 쭉
앞장서서 걷다가 몸을 돌려 내 쪽으로 뛰었다. 캐린이 고함치

는 소리가 들렸다.

"그녀를 잡아요, 행크!"

나는 술에 취하고 약을 한 상태로 반응했다. 일단 니나를 잡았다. 기분이 좋았다. 그녀가 내게서 떨어지려고 애썼다. 관능에 가까웠다. 아니, 관능이다. 그녀는 딱 붙는 청바지에 닳아 빠진 얇은 시스루 블라우스 차림이었다. 난 그녀를 잡았고 우리는 몸싸움을 했다. 그때 7킬로그램은 적게 나가고 키는 2센티미터 이상 차이 나는 캐린이 뛰어와 니나를 잡았다. 그 미쳐 날뛰는 빨강 머리, 산발이 된 머리카락, 익은 이끼같이 처량하고 만연한 일출처럼 울부짖는 길고 풍성한 빨강 머리를 양손으로 잡아 니나를 내게서 끌어내더니 바닥으로 내동댕이쳤다.

캐린은 여전히 니나의 머리카락을 잡은 채 그녀 위로 넘어졌다. 둘은 굴렀고 니나가 위로 올라왔다. 그녀는 손가락을 캐린의 목구멍에 집어넣었지만 손힘이 없었거나 잘못 넣었다. 다음 순간 캐린이 니나의 머리카락을 잡아당겨 내동댕이치고 팔로 니나의 무릎을 꼼짝 못 하게 눌렀다. 그녀는 한 손으로 니나의 머리카락을 잡아 고개를 들어 올린 다음 빠르게 뺨을 때리며 말했다.

"나쁜 년, 썩을 년! 창녀! 더러운 년! 빨강 머리 쓰레기! 더럽고 못된 년아!"

캐린은 두 다리를 뒤로 떨어뜨리고 니나의 머리를 꺾어 야만스럽게 입을 맞췄다. 입을 뗐다가 다시 키스하고 입을 떼고 또 키스했다. 난 아래가 단단해지는 것을 느끼며 지켜보았다.

내 평생 그렇게 황홀하고 강력한 건 처음 보았다. 둘 다 엄청 아름답고 어느 쪽도 레즈비언의 느낌이 없었다. 니나가 캐린을 밀쳐 냈지만 그녀를 떼어 낼 수는 없었다. 니나는 눈물범벅이 되어 흐느꼈다. 캐린은 계속 입을 맞추며 니나에게 욕을 퍼부었다. 마침내 입을 떼고 다시 한 손으로 니나의 머리를 잡아당긴 다음 다른 손으로 꽤 세게 뺨을 때리고 또 때렸다. 이번엔 니나의 머리를 양손으로 잡아 잔인하고 무자비하게 입을 맞췄다. 그들은 주방 바닥에 누웠고, 빛이 밝아서 키스할 때 캐린의 긴 검은 머리가 니나의 더 길고 풍성한 빨강 머리와 섞였다. 둘 다 딱 붙는 청바지를 입고 싸우는 동안 서로의 몸이 얽히고설켰다. 둘이 싸우면서 입을 맞출 때마다 캐린의 들창코가 니나의 크고 매력적인 코 밑으로 파고들었다. 난 아래를 주물럭거리며 신음했다.

캐린이 몸을 일으키고 머리를 당겨 니나를 세웠다. 니나가 비명을 질렀다. 캐린이 니나의 블라우스를 벗기기 시작했다. 가슴이 튀어나왔다. 그녀는 다시 서너 차례 잔인하게 뺨을 때렸다. 니나는 어지러운 듯 제대로 반응하지 못했다. 캐린이 그녀를 똑바로 세우고 양손을 니나의 엉덩이에 올렸다. 그리고 다시 입을 맞췄다. 둘은 고개를 이리저리 돌리며 주방을 배회했다. 캐린이 그녀를 놔주고 전보다 더 세게 양손으로 뺨을 사정없이 갈겼다. 니나가 싱크대로 튕겨 나가며 빨강 머리가 활짝 펴졌다. 머리카락이 흐름을 타듯 정전기가 일어나 반짝였다. 그녀의 머리는 전보다 더 빨갛고 길고 풍성하고 멋져 보였다. 캐린이 그녀를 붙잡고 싱크대 위로 몸을 구부린 채 키스했고, 그 모습이 거울로 보였다.

캐린이 물러서더니 자신의 블라우스 단추를 풀어 벗어 버리자 가슴이 드러났다. 그리고 청바지를 내려 하이힐 너머로 벗었다. 팬티는 입지 않았다. 엉덩이가 근사했다. 다시 니나의 뺨을 세게 때렸다. 니나의 벨트를 풀고 청바지 지퍼를 내려서 아래로 밀었다.

그녀는 니나의 블라우스를 마저 찢어 버리고 팬티를 벗겼다. 니나는 적이 놀란 듯했다. 둘 다 하이힐만 신은 채 서로를 쳐다보았다. 난 누가 더 몸매가 좋은지 모르겠다. 아마도 니나 쪽이지 싶다. 가슴이 더 크고 엉덩이가 더 풍만하며 있어야 할 곳에 자리 잡았고 골반이 살짝 더 두드러졌다. 피부는 둘 다 아주 하얗다. 니나의 긴 빨강 머리와 캐린의 긴 검은 머리가 대비를 이뤘다. 난 바지 지퍼를 내리고 성기를 꺼내 비비기 시작했다.

갑자기 캐린이 니나의 머리카락을 잡고 침실 쪽으로 끌어당겼다. 분명 아플 텐데 니나는 싸울 능력을 상실한 듯했다. 그녀는 비명을 지르고 빨강 머리 뭉치가 되어 뒤로 물러섰다. 난 둘을 따라갔다. 캐린이 한 손으로 니나를 잡아끌었다. 니나를 침실로 밀어 넣고는 양손으로 머리를 잡아서 난폭하게 뒤로 당겼다. 니나는 바닥에 던져졌다. 그녀는 침대 옆 러그에 등을 대고 떨어졌다. 캐린이 위로 올라가 몸과 몸을 마주하고 비벼 댔다. 그녀는 양손으로 니나의 머리를 잡고 강하게 입을 맞추며 니나의 입술을 으깨고 입 안으로 들어가 혀를 움직이며 이를 빨았다. 다시금 검은 머리와 빨강 머리가 뒤섞였다. 징그럽고 이해를 넘어선 아름다움이 있었다. 하느님 혹은 누가 저 살덩이들을 만들었든 저렇게 되도록 의도했을 것이다. 난 대성당과 살인과 기적에 대해 생각했다. 이런 광경을 마주하다니, 나는 축복을 받았다.

캐린이 니나의 몸에서 내려와 그녀를 침대로 끌어 올렸다. 난 캐린이 니나의 몸을 타고 내려갈 줄 알았지만 그러지 않았다. 캐린은 다시 니나의 몸으로 올라가 더 세게 입을 맞췄다. 어찌됐든 키스는 좀 더 진해졌다. 캐린이 떨어지더니 몸을 뒤로 젖히고 니나의 머리카락을 당겨 고개를 세운 뒤 한 손으로 얼굴을 때리며 말했다.

"다리를 들어! 죽이기 전에 다리를 들란 말이야, 창녀야!"

그리고 니나를 놔주었다. 니나가 다리를 들었고 캐린이 다시 입을 맞추며 니나의 머리카락을 잡아당기고 키스하고 동시에 자신의 성기를 니나의 성기에 대고 비벼 댔다. 검은 머리가 빨강 머리에, 가슴이 가슴에 포개졌다. 완전한 영광이자 완전한 열기다. 믿을 수가 없었다. 간간이 캐린이 키스를 멈추고 한 손으로 니나의 뺨을 때리고 다른 손으로 머리카락을 잡아당기며 뭐라고 소리쳤다. 그리고 다시 입을 맞추고 음부를 비볐다. 니나는 계속 다리를 들었다. 난 둘 근처에 서서 자위를 했다. 내 성기는 중간 크기밖에 되지 않지만 믿을 수 없는 상황에 나까지 너무 흥분해서 아주 거대해진 것처럼 보였다.

캐린이 신음하기 시작했다. 그녀는 거의 절정에 이르렀다. 난 신음에 반응하면서 생식기가 한데 비벼지는 모습을 지켜보았다. 니나가 하이힐을 신은 다리를 들어 올렸고 모든 털이 한데 엉켰고 모든 몸이 엉켰고 모든 것이 엉켰다. 캐린이 신음하면서 점점 더 절정에 다가갔다. 난 캐린의 속도에 맞춰 내 성기를 만지며 흐느꼈다. 캐린이 절정에 오르기 시작했을 때 나도 절정에 올라 그녀들을 향해 성기를 조준하며 그녀들에게, 그녀들의 몸이나 얼굴, 어느 부분에라도 정자를 좀 뿌리려고 했다. 하지만 내가 그녀들 쪽으로 움직이자 정액이 뿜어져 나와 러그로 흘렀다. 캐린의 절정은 더 걸렸다. 니나가 절정에 올랐는지 모르지만 캐린에게 반응하듯 그녀의 몸이 더 많이 떨리기 시작했다. 니나의 다리가 아래로 떨어졌고 캐린은 여전히 그녀 위에 있었다. 난 욕실로 가서 휴지를 집어 러그에 흘린 정액을 닦았다.

*

몇 주가 지났다. 난 니나를 보지 못했다. 자영업을 하는 여자와 마리나딜레이에서 함께 지냈다. 난 주로 그녀의 집에 머물렀다. 그녀는 괜찮은 사람이다. 사회에 있는 누구나처럼 조금 날뛰긴 하지만 깨끗하고 충분히 창의적이고 전혀 무디지 않고 기본적으로 남자들과 남자가 오래전 그녀에게 한 짓을 혐오했다. 그녀는 멋진 아파트도 있고 몸매도 죽인다. 눈이 최곤

데 패배한 듯하면서도 희망이 담긴 커다란 갈색 눈동자가 꽃처럼 반짝여 근사하다. 오전 8시부터 오후 5시까지 이어지는 근무 시간과 창고 할인과 그녀의 친구들이 훼방을 놓았지만. 난 친구가 없다. 그렇지만 이 모든 게 다 부질없다. 아무튼 몇 주가 흐르고 니나가 전화를 걸었다. 니나 특유의 느리고 지친 목소리였다. 덕분에 그녀의 머리와 몸, 마음, 그녀를 지탱하는 모든 걸 다시 보고 싶었고 다른 여자한테는 절대 느낄 수 없는 것을 느꼈다.

"행크, 뭐 해요?" 그녀가 물었다.

"아무것도. 아무것도 안 해."

"부탁이 있어요."

"말해 봐."

"캐린네 집에 태워다 줘요."

"알았어."

"그 애가 기분 조절제를 가지고 있어요. 별로 잘 듣지는 않지만 그래도 괜찮고 이제 갈 수 있는 약국도 다 떨어졌어요."

"바로 데리러 갈게."

"15분 뒤에요."

"그래."

"한 가지 더요."

"뭔데?"

"우린 가서 약을 챙기고 찢어지는 거예요. 지난번 같은 일은 원치 않아요. 끔찍했어요."

"알았어."

난 전화를 끊었다.

*

집 앞에 도착하니 니나는 청바지에 블라우스 차림으로 신발은 신지 않았다. 그녀는 자주 맨발로 다녔다. 신발이 마음에 들지 않거나 자신이 뭘 하는지 모를 때 그랬는데 난 묻지 않았다. 니나의 이상한 점은 하이힐을 신었든 맨발이든 엉덩이가 끝내준다는 것이다. 대부분의 여자는 하이힐을 신어야 뒤태가 더 살아난다. 니나는 아니다. 신발은 상관없다. 저런 엉덩이라면. 게다가 살이 쪄도 상관없다. 엉덩이가 더 좋아 보이니까. 살이 빠져도 엉덩이는 더 좋아 보였다. 날마다 더 좋아 보였다.

내가 도착하자 그녀가 바로 나왔다. 긴 빨강 머리 뭉치 어딘가에 파란 리본이 묶여 있었다. 그녀의 머리는 불타는 빨강이라 계속 쳐다보게 된다. 그 아래서 차갑고 냉담한 듯 보였는데 지구상에서 가장 화난 여자 같지만 영화나 브로드웨이의 그런 모습은 아니었다. 그녀는 미국의 백만장자들이 돈으로 자신을 어찌해 보려는 걸 가만두지 않았다.

그녀는 알면서도 동시에 알지 못했다. 자신이 세상에서 가장 섹시한 여자라는 사실을. 난 그녀가 그 사실을 잘 모른다는 것 혹은 내가 쭉 그녀 옆에 있지 않았다는 점이 기뻤다. 아무튼 우리는 차에 탔고 웨스트로스앤젤레스로 향했다.

"저기, 내가 한 말 잊지 말아요."

"뭘?"

"지난번 같은 건 싫어요. 약을 받고 바로 오는 거예요."

*

날이 화창했고 바람을 따라 운전하자 그녀의 머리카락이 불꽃처럼 퍼졌다. 살면서 기적이 일어나기도 하는데 주로 조용히 생긴다. 그 점을 바꾸려고 라디오를 켰고 그녀는 계기판에 발을 올리고 음악에 맞춰 손가락을 까닥였다. 그리고 노래를 따라 부르기 시작했다. 목소리는 경쾌하고 한 톤 높았고 흥과 유머가 가득했다.

그녀는 블라우스 주머니에서 성냥을 꺼내 발바닥에 긁더니 입에 문 담배에 불을 붙였다. 반쯤 피우고 밖으로 던지더니 껌을 씹기 시작했다. 그리고 고개를 돌려서 날 쳐다보았다. 입 밖으로 보라색 껌이 점점 커졌고, 내가 그 껌을 쳐다보고 그녀의 눈동자를 쳐다보는데 껌이 터졌다.

따악…….

*

엘리베이터가 우리를 건물 위로 올려다 주었다. 캐린이 문을 열었다.

"약을 가지러 왔어, 캐린." 니나가 용건을 말했다. "그리고 찢어지는 거야."

둘은 살짝 안으로 들어섰다.

캐린이 몸을 돌리고 말했다. "네게 약을 줄 거야, 더러운 년. 그치만 약을 받기 전에 다른 것도 받겠지. 더러운 창녀, 창녀, 창녀…… 머리털이랑 거기 털 색깔이 같은 더러운 창녀!"

니나가 몸을 돌리고 나를 향해, 문을 향해 뛰어왔다.

"행크! 그녀를 잡아요!" 캐린이 소리쳤다.

난 니나를 잡고 놓아주지 않았다. 양손으로 그녀를 감싸고 그녀의 팔을 옆으로 내렸다. 내가 잡고 있는 동안 캐린이 와서 니나의 뺨을 때렸다. 살짝 때렸지만 상처가 났다.

"더러운 년, 나한테서 도망치려고 했어!"

캐린이 니나의 머리를 잡고 대여섯 차례 재빨리 키스했다. 그 광경을 보는 동안 내 성기가 단단해졌고, 난 다리를 살짝 구부려 그걸 니나의 엉덩이에 갖다 댔다. 캐린이 좀 더 세게 뺨을 때리고 니나와 입을 맞추며 움직였다. 난 몸을 떼고 청바지 지퍼를 내린 다음 성기를 꺼내 니나의 엉덩이로 집어넣었다.

캐린이 뒤로 물러서며 말했다. "옷을 벗겨요, 행크!"

그리고 자신도 옷을 벗기 시작했다. 난 니나의 청바지 벨트를 풀고 지퍼를 내렸다. 그녀가 저항해서 힘들었다. 열을 받아서 양 가슴을 잡고 꽉 쥐었다. 그러자 니나가 비명을 질렀다. 난 손을 아래로 내려 청바지를 벗겼다. 그때 캐린이 알몸으로 니나에게 밀착했다. 내 성기가 틈을 이용해 니나의 엉덩이로 미끄러져 들어가는 것을 느꼈다. 오후와 아침과 한밤중에 그 엉덩이를 쳐다보던 걸 떠올리며 안으로 들어갔다. 승리와 영광이다. 캐린이 주먹으로 니나의 얼굴을 갈겼다. 니나가 신음했다. 내 성기가 더 깊숙이 들어갔다. 난 움직이지 않았다. 그냥 밀어 넣고 커지게 놔두었다. 캐린이 양손으로 니나의 머리를 뒤로 넘기고 거칠게 키스하며 니나의 작은 입을 벌리고 그녀의 영혼을 무자비하게 빨아들였다. 니나의 머리가 내 얼굴로, 입으로 떨어졌다. 난 엉덩이 안팎으로 성기를 움직였다. 어딘가에서 시끄러운 라디오 소리가 흘렀다. 그리고 구급차의 사이렌 소리가 들렸다. 차가 지나갔다. 내 얼굴 사방에 펼쳐진 니나의 머리카락은 보기보다 거칠었다. 난 그녀의 엉덩이로 성기를 밀어 넣었다. 일생일대의 순간이다. 내 성기가 엉덩이에서 생식기로 미끄러졌다. 난 고향에 왔고 취했다. 그녀의 성기는 젖었고 준비가 되었다. 난 니나 안에서 무례하게 위아래로 미끄러지고 기도하면서도 완전히 감탄했다. 니나가 캐린과 나 사이에서 조여 왔다. 절정이 다가오자 난 손을 뻗어 캐린의 엉덩이를 잡고 넓게 벌렸다. 그리고 니나의 어깨로 가서 캐린의 얼굴과 입을 마주하고 그녀에게 키스하며 니나의 생식기로 펌프질을 하면서 캐린의 엉덩이를 벌렸다. 사정을 마치고 몸을 빼서 빠져나왔다. 캐린과 니나는 계속했다.

캐린이 니나를 침실로 데려가서 침대에 뉘었다. 니나의 다리를 벌리고 그녀의 성기를 입에 넣기 시작했다…….

*

마침내 모두가 옷을 챙겨 입었다. 우리는 주방에 앉아 맥주를 몇 병 마시고 콜롬비안을 피웠다. 약 거래가 있었고 난 20달러를 냈다. 캐린이 새로 찍은 포르노 사진을 보여 주었고 우리는 자리를 떴다. 니나와 난 67년식 폭스바겐에 올랐고, 난 유턴을 한 다음 가난하고 착한 인간들이 사는 동네인 이스트할리우드로 직진했다. 우리에게 셔먼이 좀 있어서 니나가 불을 붙여 주었다.

우리는 계속 차를 몰았고 마침내 파운틴거리를 달렸다. 난 라디오를 켰다. 니나가 발을 계기판에 올리고 노래를 따라 불렀다. 그러다 긴 광고가 나왔다. 아니, 짧은 광고 시리즈다. 난 다른 채널을 틀고, 틀고, 또 틀었다. 다 광고만 나왔다. 라디오를 껐다. 우리는 주유소를 지나쳤다. 아직 오후였다. 그리고 니나가 노래를 부르기 시작했다.

빨강 머리,
모두가 빨강 머리를 좋아하지.

온 세상에 그녀가 나의
최고라고 말할 거야.
모두가 빨강 머리를 좋아하지.
온 세상에 그녀가 나의
최고라고 말할 거야.
저 빨강 머리 그녀가 나의
최고라고…….

우리를 파운틴을 따라 웨스턴으로 가서 우회전했고 모텔을 지나고 타코 가판을 지나고 파이오니어 테이크아웃을 지나고 할리우드대로를 지나고 칼튼에 도착했다. 언제나처럼 주차하기 어려웠지만 난 뒷문으로 들어가서 나왔다.

니나는 가만히 앉아 날 쳐다보았다.

"저기." 그녀가 입을 열었다. "짜증 나! 당신 집에 가고 싶지 않아. 내가 왜 거기에 갈 거라고 생각해?"

"그럼 어디로 갈까?"

"앨버트네 가고 싶어. 날 앨버트네로 데려다줘."

*

앨버트는 아르헨티나 귀족 혈통인 척하는 150센티미터짜리 푸에르토리코인인데 성기가 25센티미터였다. 그는 막 치대를 졸업하고 의치를 만든다. 그의 아파트는 의치가 가득 하고 싸구려 회화, 재미없는 모토와 격언으로 벽면이 빼곡 찼다(앨버트가 남자들의 밤에 레이커스의 경기를 보는 동안 니나가 그 집을 구경시켜 준 적이 있다). 앨버트는 저능아에 매우 가깝지만 니나는 그가 '좋은 잠자리 상대'라고 말했다. 그녀는 의치에 들어 있는 금에 대해서도 이야기했다.

난 앨버트의 집으로 차를 몰았고 그녀가 차에서 내렸다. 니나는 운전석 쪽으로 돌아와 창문에 몸을 기대고 촉촉하고 가벼운 혀의 감촉을 느낄 수 있도록 짧은 키스를 해 주었다.

"잘 가, 아저씨."

난 니나가 거리를 가로질러 앨버트의 아파트로 들어가는 걸 지켜보았다. 그 긴 빨강 머리가 등을 타고 흘러 엉덩이 바로 위에서 멈추는 것과 위—아래, 아래—위, 위—아래, 아래—위로 씰룩거리는 그 엉덩이를 쳐다보았다.

자연은 항상 예술보다 한 수 위일 것이다. 늙는 건 지옥이고 난 영혼에 남은 잔여물 때문에 좀이 쑤셨다.

니나는 2층으로 이어지는 계단을 올라 앨버트의 아파트로 들어갔다.

난 그녀를 사랑했다. 하지만 나도 어쩔 수 없는 것이 있다. 그래, 그렇다. 차에 시동을 걸고 빠져나왔다.

프랭클린과 버몬트의 모퉁이에 늙고 미친 신문팔이가 있다. 그가 길에서 내 차로 뛰어들어 날 향해 신문을 흔들어 보였다. 난 브레이크를 밟아 겨우 그를 피했다. 그는 그 자리에 서 있었고 우리는 윈드실드를 통해 서로를 쳐다보았다. 저 신문팔이.

무표정한 얼굴. 그는 해바라기와 의자를 그리고 감자를 먹는 반 고흐처럼 생겼다. 그가 비켜 주었고 난 집으로 차를 몰았다. 앨버트 덕분에 10센티미터짜리는 집으로 돌아가게 되었으니 빨리 가서 술을 아주 진탕 마실 거다.

사건의 경위

밖에 비가 오지만 빗소리를 들을 수 없다. 취조실은 방음이 되기 때문이다. 샌더슨은 백색 조명 아래 앉았다. 마치 영화 속 한 장면처럼. 수사관 둘이 함께 있다. 한 사람은 뚱뚱하고 옷을 엄청 못 입었다. 닳아 빠진 구두에 더러운 셔츠, 구김이 간 바지 차림인데 그가 에디다. 다른 한 명은 마르고 옷을 단정하게 입었다. 구두는 광이 나고 잘 다린 바지에 셔츠도 새것으로 빳빳하다. 그는 마이크다. 샌더슨은 셔츠와 낡은 청바지를 입고 낡은 테니스 슈즈를 신었다.

에디는 시멘트 바닥을 이리저리 걸어 다녔다. 마이크는 의자에 앉아서 샌더슨을 노려보았다. 샌더슨은 취조실 탁자 앞에 앉아 있다. 녹음기가 돌아가는 중이다.

에디가 서성거리다 말고 샌더슨 앞에 섰다. "왜 대통령에게 그런 편지를 보냈지?"

샌더슨이 고개를 절레절레 흔들며 대답했다. "말했잖아요, 이 나라는 위험에 처했다고. 온 세상이 위험에 빠졌어요."

에디가 숨을 들이마시자 커다란 똥배가 반 인치 줄어들었다. 다시 숨을 내쉬자 똥배가 반 인치 혹은 그 이상으로 튀어

나왔다.

"아동 성희롱으로 두 번이나 유죄를 받은 게 사실이야?"

"헤럴드 L 샌더슨으로는 한 번입니다."

"잔머리 굴리지 마! 두 번 맞잖아?"

"두 번."

마이크가 의자에서 몸을 앞으로 숙였다. 그의 왼쪽 얼굴이 한 차례 일그러졌다가 멈췄다.

"당신이 지구의 미래를 걱정한다고, 샌더슨? 여자들이 주위에 모여들길 바라는 거 아니고?"

"난 어린아이를 좋아해요……."

마이크가 의자에서 반쯤 일어났다. "이 더러운 인간, 그런 농담 하지 말라고!"

에디가 마이크를 도로 의자에 앉혔다. "진정해. 우린 다른 걸 캐내야 하잖아."

"이런 괴물과 상대하기 싫어서 그래. 그렇잖아, 그는 괴물에다 머저리 그 자체니까."

"오스왈드도 그랬어. 존 윌크스 부스도 그렇고. 그래도 우리는 이자를 철저히 조사하라는 명령을 받았잖아."

"난 대통령을 암살하려고 하지 않았어요. 그를 구해 주려고 한 거라고요."

"입 다물어!" 마이크가 소리쳤다. "우리가 물어볼 때만 대답해."

"범죄자들이 이런 작자를 뭐라고 부르는 줄 알아?" 에디가 마이크에게 물었다.

"짧은 눈(성범죄자를 지칭하는 속어—옮긴이). 그런 자들을 처리하는 자체 방식이 있지."

"저기요." 샌더슨이 물었다. "담배 한 대 피워도 될까요?"

에디가 자신의 담뱃갑에서 한 개비를 꺼내 샌더슨의 입 안으로 욱여넣다시피 했다. 그리고 라이터를 테이블로 던졌다. "불은 알아서 붙여."

담뱃불을 붙이는 샌더슨의 손이 떨렸다.

에디는 시멘트 바닥 남쪽으로 걸어가더니 몸을 빙 돌려서 다시 샌더슨 앞으로 걸어왔다. "좋아, 다시 살펴보자고. 기록을 위해서."

샌더슨이 담배를 한 모금 빨았다. "그게, 세상은 침략을 받고 있어요."

"누구한테서?" 에디가 물었다. "바퀴벌레한테? 아니면 벼룩? 창녀들한테?"

"외계 생명체한테요."

"외계 생명체라고?"

"네. 그들은 사방에 있어요. 기회를 보고 있다고요."

"알았어, 짧은 눈." 마이크가 나섰다. "그들이 어디서 기다리는 거지?"

"그들은 동물, 새, 물고기, 심지어 곤충의 몸까지 점령했어요. 그 속에 숨어 있다고요."

마이크가 의자에 앉아 웃으며 에디를 올려다 보았다. "이봐,

에디, 자네는 개가 있잖아. 자네 개가 우주 생물체라는 걸 알았어?"

"만일 그렇다면 그놈은 확실히 개밥에 사족을 못 쓰는 거지!"

"혹시 알았나요?" 샌더슨이 말을 이었다. "혹시 댁의 개가 고양이를 쫓지 않는다는 사실을? 고양이가 새를 잡지 않는 건요? 거미가 더 이상 파리를 먹지 않는 건요?"

"난 모르겠는데." 마이크가 대답했다.

"나도 마찬가지야." 에디가 맞장구를 쳤다.

"독수리가 더는 토끼를 잡지 않는 건 눈치챘나요?"

"이봐, 짧은 눈." 마이크가 경고했다. "질문은 우리가 해. 전에도 말했잖아. 우리가 묻기 전엔 말하지 말라고."

샌더슨은 바닥을 내려다보았다.

"넌 어린 여자애를 네 캐러밴에 태워 사흘이나 데리고 있었어." 마이크가 흥분해서 말을 이었다. "널 흠씬 두드려 패고 싶지만……."

"그만 해, 마이크." 에디가 말렸다. "우린 지금 다른 걸 조사하고 있잖아." 그리고 샌더슨을 쳐다보았다. "그래, 거미가 이제 파리를 먹지 않는다고? 왜 그런 거지?"

"거미 속에 우주 생명체가 숨어 있으니까요. 지구인과 달리 우주 생명체는 서로를 죽이지 않아요. 음식도 필요 없고요. 그들은 외부 자원과 별개로 내부적으로 생존하는 능력이 있어요."

"아." 마이크가 어이없다는 듯 물었다. "동물에게 먹이를 줄 필요가 없는 동물원처럼?"

"동네 동물원을 조사해 보면 보아뱀이 더 이상 쥐를 잡아먹지 않는 걸 알아낼 거예요."

"내일 아침에 확인해 보지." 에디가 말을 받았다. "그동안 우리 집 개가 왜 개밥을 사정없이 먹어치우는지 말해 줄래? 개가 우주 생명체라면 말이야?"

"다함께 공격할 때가 오기 전까지 당신이 의심하지 않도록 하기 위해서죠."

에디가 다시 시멘트 바닥을 따라 남쪽으로 걸었다. 마이크는 의자를 한 번 까닥거리고는 등을 기댔다.

에디가 샌더슨 앞으로 걸어왔다. "사람 몸은 어때?"

"뭐가 어떤데요?" 샌더슨이 되물었다.

"사람 몸도 공격당했어?"

"극히 일부만요. 기수련가를 자처하는 사람들 있잖아요? 기수련만으로 살 수 있다고 하는 사람들 말이에요. 그들이 우주 생명체예요."

마이크는 의자에 기대어 한숨을 쉬었다. "진짜 또라이를 여기 모셔다 놨군."

"맞아." 에디도 동의했다. "이건 정신과 의사가 할 일이야. 그러라고 해야겠어. 아무튼 기록을 남겨야 하니 취조를 계속하지."

에디는 남쪽으로 걸어갔다가 돌아왔다. "자, 이제 말해 봐, 샌더슨. 이 모든 게 사실이라면 당신은 어떻게 이걸 다 아는 거지?"

"그건 나도 몰라요. 이해가 안 가고요."

마이크가 몸을 앞으로 구부린 채 샌더슨을 노려보았다. "우주 생명체가 당신 몸을 점령한 거야?"

"내가 아는 건 우리가 근원을 믿어야 한다는 것뿐이에요."

마이크는 팔을 뻗어 샌더슨의 멱살을 잡았다. "뜬구름 잡는 소리 집어치워! 우주 생명체가 네 몸을 점령했어, 짧은 눈?"

"난 몰라요."

"갑자기 우리가 그 잘난 '모르겠어요'의 지옥에 빠졌잖아!"

"그를 놔줘, 마이크! 지금 자넨 이자의 말을 믿는 것처럼 굴고 있어."

마이크가 손을 놓았다. "이놈을 데리고 어디로 좀 갔으면 좋겠어."

에디가 머리를 식히려고 북쪽으로 걸었다.

그가 다시 돌아왔을 때 샌더슨이 물었다. "담배 한 대 더 피워도 될까요?"

에디가 샌더슨의 입에 담배를 꽂아 주었다. "그래, 우주 생명체도 담배를 피워?"

"난 몰라요."

"알았어." 에디가 한발 물러섰다. "일단 알겠다고. 우주 생명체의 침략이 다가왔다면 그게 언제지? 그리고 나한테 모른다고 하거나 그 어린 여자애들을 떠올리게 만들면 가만히 안 둘 줄 알아!"

"그건 알아요."

"안다고?"

"네."

"언젠대?"

"한 시간 안이에요."

"빌어먹을!" 에디가 겁을 먹은 척 소리치며 웃었다. 마이크도 웃었다. 그리고 둘이 웃음을 멈췄다.

에디가 커다란 덩치를 샌더슨 앞으로 가져갔다. "그걸 어떻게 아는 거지, 샌더슨?"

"내가 아는 게 아니에요. 난 근원을 믿어요."

"이봐, 우린 다시 '모르겠어요' 회전목마를 탔잖아."

"이 작자는 공상과학 영화를 너무 많이 봤나 봐." 에디가 정리했다. "《스타워즈》《스타트랙》《ET》에 몰입한 괴짜일 뿐이야."

"맞아. 게다가 성범죄자고." 마이크가 덧붙였다. "잘 들어." 그가 샌더슨의 가슴을 손가락으로 세게 누르며 말을 이었다. "어떻게 인간이 어린 여자애를 성추행할 수 있지? 말해 봐. 어떻게 그럴 수 있냐고?"

"그건 내가 아니에요." 샌더슨이 대답했다.

마이크가 오른손을 뒤로 뺐다가 엄청난 힘으로 샌더슨의 얼굴을 때렸다. 샌더슨이 물고 있던 담배가 입에서 떨어졌고 고개가 옆으로 돌아갔다.

"이건 내가 한 게 아니야." 마이크가 다시 한번 말했다.

에디가 샌더슨에게 새 담배를 건넸다. 그리고 마이크에게 돌아섰다. "이봐, 마이크, 이 사건이 중요한 사안은 아니지만 우리가 제대로 하지 않는 것 같아. 알다시피 다 녹음 중이고."

"닉슨의 테이프처럼?"

"꼭 그런 건 아니야. 우리가 잘리진 않겠지. 하지만 좀 더 냉정히 업무에 임하자고."

"알겠어. 저런 작자를 정말 증오하거든."

"그래, 알아. 다만 좀 살살 하자고."

에디는 시멘트 남쪽으로 뛰었다. 그리고 다시 샌더슨에게 돌아왔다. "그래, 당신이 우주 생명체라고 쳐. 그렇다면 곧 닥칠 침략을 세상에 알려 주려는 이유가 뭐야?"

"우선 난 근원을 믿어요. 난 해야 할 일을 하는 거라고 느꼈어요."

"제대로 말해."

"알았어요. 아마도 내가 어떤 합선 같은 게 일어나 접촉이 차단되었고 우주 생명체에 대한 지식을 가지고 있지만, 또한 인간 관계에 뿌리를 두고 있기에 동정심이 생겨서요."

"이제 진짜 우리가 엉뚱한 곳으로 가고 있군……."

그때 녹음기가 딸깍 멈췄다.

마이크가 다가가 녹음기를 끄고 새 테이프를 넣어서 다시 틀었다.

에디가 헛기침을 했다. "말했듯이 우리는 정말 엉뚱한 곳으로 가고 있어. 그래, 이 모든 게 다 사실이라면 네 동료 우주 생명체들이 이 사실을 까발린 당신한테 꽤 화가 나지 않았을까?"

"근원이 있으니까요. 그리고 그들은 내가 합선돼서 그런 거지 내 잘못이 아니라는 걸 알 테죠. 그들의 세상에서도 에러는 여전히 존재하니까요."

에디는 흙이 묻은 더러운 셔츠에 손가락을 비볐다. "샌더슨, 취조는 모두 끝났어. 이제 자네를 정신과 의사와 상담하도록 조치할 거야."

에디가 마이크를 향해 고개를 끄덕였다. 마이크가 녹음기를 끄고 테이블로 몸을 구부려 버튼을 눌렀다.

그러자 문이 열리고 간수가 들어왔다.

"이 남자를 유치장에 다시 집어넣어, 오코너." 에디가 지시했다.

오코너는 에디만큼 뚱뚱했다. 그는 발레를 배우고 조각에도 소질이 뛰어난 어린 딸을 키웠다. 오코너는 권총집에서 총을 뽑아 안전장치를 푼 뒤 방아쇠를 당겼고 총알이 에디의 눈 사이로 날아갔다. 에디는 잠시 서 있다 앞으로 푹 쓰러졌다. 이어진 총알 두 발이 마이크의 두개골을 작살 냈다.

샌더슨이 자리에서 일어났다. "오코너, 왜 이들을 죽여야 해? 그냥 몸을 빼앗지 않고?"

"모르겠어." 오코너가 대답했다. "근원은 알겠지."

오코너가 취조실을 나와서 복도를 걸었고 샌더슨이 그를 따라갔다.

"스닉실코리브스크스." 오코너가 말했다.

"프레빅클로슬로브크크코브." 샌더슨이 대답했다.

에필로그

그 순간 미합중국 대통령은 개를 쓰다듬으려고 몸을 구부렸다. 개의 이름은 클라이드다. 클라이드는 나이가 많은 잡종견이지만 영리해서 《뉴욕 타임스》를 물어오거나 15초 안에 눈길을 끄는 국회의원의 다리에 오줌을 누기도 했다. 개는 대통령 집무실에 출입할 수 있었다. 클라이드와 대통령은 안보처를 바로 뒤에 두고 둘만 그곳에 있었다.

대통령은 클라이드를 쓰다듬으려고 몸을 구부렸다. 클라이드가 꼬리를 흔들며 기다렸다. 대통령이 가까이 오자 클라이드는 으르렁거리며 뛰어올랐다. 개는 급소를 노렸지만 실패하고 왼쪽 귀를 물어뜯었다. 대통령은 한 손으로 왼쪽 귀를 붙잡으며 러그 위로 넘어졌다.

밖에는 비가 그쳤다.

클라이드가 다시 으르렁거리더니 대통령에게 달려들어 급소를 찾아 물어뜯자 악취가 나는 보랏빛 핏물이 솟아 나왔다. 대통령이 일어섰다. 한 손으로 목을 잡고 비틀거리며 책상으로 가서 다른 손으로 비밀 패널을 열었다. 클라이드가 집무실 북동쪽 귀퉁이에 앉아 지켜보니 대통령이 버튼을 눌렀다. 핵탄두를 내보내는 붉은 버튼이었다.

왜 그랬는지 그는 몰랐다. 어쩌면 근원은 알겠지.

미합중국의 대통령은 책상으로 쓰러졌고 지구의 모든 우주 생명체는 우주로 돌아갔고 거미는 다시 파리를 잡아 피를 빨았고 고양이는 새를 잡기 시작했고 개는 고양이를 쫓기 시작했고 보아뱀은 쥐를 먹기 시작했고 독수리는 토끼를 사냥하기 시작했다. 한동안, 아주 짧은 동안만.

시간 때우기

……다시 술집으로 돌아가니 몽크를 빼곤 모르는 무리로 바뀌어 있었다. 몽크는 소매를 걷어 올리고 이두박근을 자랑하는 중이었다. 그 이두박근에 무슨 문제가 있는지 건강해 보이지 않았다. 크지만 어딘가 이상했다.

난 주위를 살폈다. 바 스툴 위로 우울한 농담과 외침이 퍼졌다. 그게 우리가 할 수 있는 최선이니까. 그리고 우리가 갈 수 있는 유일한 술집이기에 괜찮은 바였다. 다른 곳은 찾아보지도 않았다.

난 스툴에 앉아 위스키와 맥주 한 잔을 주문했다. 그것이 행동이자 의미이고 나무에 맺은 결실이자 줄기에 달린 꽃이다. 승리다. 그리고 한 번의 승리 뒤에는 또 다른 승리가 필요하다.

난 이곳이 지루하지 않았고 어디서도 지루함을 느끼지 않았다. 외롭지도 않다. 우울하고 죽고 싶지만 그건 외로운 것과는 다르다. 외롭다는 건 누군가 필요하다는 뜻이다. 난 그렇지 않다. 그저 사람들이 날 질식시키지 않길 바랄 뿐이다. 이들과 술집에서 뭘 하느냐고? 난 사람들을 관찰한다. 그들은 질 나쁜 영화지만 상영 중인 게 이것뿐이고 배우로서 내 역할은 정말로 조잡하다.

몽크가 셔츠 소매를 걷은 모습으로 날 향해 씩 웃었다. "이봐, 행크, 한잔할까?"

"내가 머리를 자를 때까지 기다려."

"이봐, 난 그렇게 오래는 못 살아!"

우리를 보던 사람들 가운데 몇몇이 웃음을 터뜨렸다.

"몽크에게 술 한 잔 내줘." 난 짐에게 주문했다.

그러자 서너 명이 고함을 질렀다.

"이봐, 나는?"

난 짐을 쳐다보았다. "저 치들에게도 좀 주고."

더러운 벽으로 박수갈채가 요동쳤다.

여긴 그런 곳이다. 자신을 깎아내려 거기에 있는 건 뭐든 받아들이게 만드는 곳. 스스로 깎아내리는데 누가 더 가지려고 할까? 더 필요하다고 느낄 때 문제가 시작된다. 그런 것들은 똥을 누고 죽어 가는 와중에 생각해야 한다.

난 몇 차례 더 술을 돌렸다. 시간이 흔들리기 시작했다. 시간이 살랑거렸다. 나비 날개처럼.

짐이 자리를 뜨고 저녁 바텐더인 에디가 들어왔다. 여자 몇이 나타났는데 늙거나 미쳤거나 둘 다였다. 하지만 그녀들이 등장하자 분위기가 바뀌었다. 그녀들은 여자니까. 덕분에 한층 축제 분위기가 났다. 카이만악어, 인도악어, 척왈라도마뱀, 도마뱀붙이, 가시도마뱀, 도마뱀, 큰 도마뱀이 스툴에 앉았다. 우리는 그녀들이 두껍게 칠한 입술에 담배를 물거나 웃거나

술을 들이켜는 모습을 지켜보았다. 그녀들은 성대가 나간 듯
쉰 목소리를 냈고 부스스한 머리가 흘러내렸고 가끔, 아니 아
주 가끔 흐릿한 형광등 아래서 고개를 돌릴 때면 예전처럼 젊
고 아름답게 보이기도 했고, 그러면 우리는 기분이 더 좋아져
웃고 창의적인 이야기를 나누었다. 꿈은 바로 가까이에 있다.
그렇지 않다고 해도 어딘가에 있다.

어떤 때는 그랬다. 모두 기분이 좋아서 사방이 다 그런 것처
럼 느껴진다. 우리가 거기 있고 마침내 모두가 아름답고 웅장
하고 즐겁고 매 순간이 반짝이고 빛나고 낭비되지 않는. 정말
로 그렇게 느낄 수 있다.

그러다가 멈춘다. 그런 식이다.

우리는 모두 그렇게 느낀 듯했다. 모든 대화가 멈췄다. 그렇
게. 한 번에. 우리는 가만히 쓸모없이 조용히 앉았다. 조용한
건 아무 문제가 아니다. 하지만 그런 식이 아니라 마치 속았다
는 기분이다. 에너지가 다 떨어졌다. 운도 다 떨어졌다. 그리고
그곳에 벌거벗은 채 갇혔다.

한동안 그런 분위기가 이어졌다. 너무 길게 이어졌다. 유감
스러웠다.

"제기랄." 마침내 누군가 입을 열었다. "누가 이 얼간이를 흠
씬 두들겨 줄래?"

그러면 항상 움직임과 행동이 다시 시작된다. 새 담배에 불
을 붙인다. 립스틱을 바른다. 짜증 나는 사람에게 간다. 구식
농담이 새로운 결말을 맞는다. 거짓말, 약간의 위협. 파리들이

깨어나 푸르스름한 잿빛 공기 위에서 윙윙거렸다.

어쩌다 그렇게 됐는지 모르지만 몽크가 계속 날 쳐다보았고, 그 깔보는 눈길이 거슬렸다. 그가 행동거지를 똑바로 해야 할 거라고 생각했다. 그저 친근하고 재미있게 대하려는 거지만 그는 어떻게 행동해야 하는지 몰랐고, 난 그게 그의 잘못이 아니라는 걸 알지만 여전히 바보처럼 짜증이 치밀어 올랐다.

"몽크, 자넨 약해졌어. 눈이라고 부르는 그 점막을 다른 사람에게 돌리는 게 어때?"

"빌어먹을! 정신병원에서 탈출한 게 누군데!" 그가 외쳤다.

"넌 그저 덜떨어진 거대한 덩어리일 뿐이야."

"그게 뭔데?"

"내 말은 네 근육이 가짜라고. 호스로 공기를 불어 넣은 것처럼 말이야. 질감이 현실성이 없어. 네 머리나 네 몸뚱이나."

몽크가 스툴에서 일어나 몸을 세웠다.

"그 입 다물게 해 줄까?"

"널 다치게 하고 싶지 않아, 몽크."

바에 있는 모두가 웃었다. 심지어 파리 몇 마리도 웃은 것 같았다.

그랬다. 몽크는 뒷문을 향해 걸어갔다. 난 그를 따라갔다. 바에 있는 사람들이 우리를 따라 골목으로 나왔다.

아름다운 밤이다. 다른 곳에 있는 사람들은 섹스하거나 밥을 먹거나 목욕을 하거나 잠을 자거나 신문을 읽거나 아이들에게 소리를 지르거나 다른 합당한 일을 하고 있겠지.

몽크와 나는 달빛 아래서 싸울 준비를 했다. 문득 이런 생각이 들었다. 내가 싸우는 쪽이 아니라 구경하는 쪽이 더 나은데.

하지만 너무 과음한 탓에 아무런 두려움도 느껴지지 않았다. 그저 또 시작이고 이게 무슨 의미일까 하는 평범한 피로감이 밀려올 뿐이다. 샌드위치에 땅콩버터를 바르는 것처럼 의무적으로 해야 하는 일인가 보다.

몽크와 나는 주위를 돌기 시작했다. 간간이 그가 팔을 펄럭이며 손바닥으로 자기 몸을 쳤다. 아주 효과적이었다. 바에서 나온 사람들이 술을 든 채 구경했다. 난 그들 중 한 명에게 걸어가 그의 맥주병을 빼앗아서 들이켰다. 그리고 다른 병을 움켜쥐었다. 몽크와 나는 빙빙 돌았다. 난 건물 끄트머리 쪽으로 돌아 벽에 병을 깼다. 병이 박살 나면서 거칠게 부서졌다. 병목을 잡았다가 손을 벴다. 남은 파편을 던져 버리자 몽크가 돌진했다. 나는 손에서 피가 많이 흐르는 걸 보며 생각했다. 저 눈에 피를 좀 묻히면 눈이 안 보이겠지.

그가 달려들 때 옆으로 비켜서 그의 엉덩이를 걷어차려다 실패했다.

몽크가 몸을 돌려 다시 날 마주했다. "자넬 해치고 싶지 않아, 행크. 하지만 어쩔 수 없어!"

난 그가 진심이라고 생각했다. 그가 또다시 돌진했고 난 움직일 수 없었다. 이유는 모르겠다. 발이 바닥에 딱 붙어 떨어지지 않았다. 순간 어둠이 보였고 자갈과 돌이 내 몸에 부딪히는 느낌이 들었다. 한쪽 귀가 타는 듯했지만 그 와중에 평화가 느꺼졌다. 우리 시대의 평화. 모든 군대가 입을 맞춘다. 난 손바닥이 까진 채 골목을 뒹굴었고 내 배에서 몽크가 구르고 또 구르다 마침내 커다란 쓰레기통에 부딪혔다.

우리 둘 다 일어났다.

난 겁쟁이였지만 겁쟁이가 아니었다. 그게 내 문제다. 마음을 정하지 못하는 것이. 몽크는 분석할 필요가 없다. 그저 또다시 달려들었다.

난 왼쪽 주먹을 날려 그를 멈춰 세웠다. 주먹이 코에 꽂혔다. 그가 눈을 깜박이더니 크게 비틀거렸다.

몽크가 독사를 던졌다. 난 뱀이 오는 걸 보았다. 사람들 뒤로 숨었다가 그에게 주먹을 날렸다. 오른쪽 귀를 때렸다. 빌어먹을 놈을 공격해. 엉망으로 만들어. 그는 달걀과 도넛으로 만들어진 인간이니까. 엄마와 국가의 사랑을 듬뿍 받고 자랐겠지. 그러면 뭐 해, 척추가 없는 걸.

난 앞으로 가서 그에게 2단 공격을 날렸다. 그리고 뒤로 물러났다.

"많이 맞았냐, 방귀주머니?"

몽크가 몸을 일으켰다. "널 가만두지 않을 거야!"

그가 다시 덤벼들었다. 그는 철로의 기관차처럼 폭주했다. 직진밖에 할 줄 모른다. 난 옆으로 비켜 그가 지나칠 때 오른쪽을 작살 냈다. 너무 쉬운 상대라 아쉽다. 그는 제대로 한 방을 날리지 못했다. 어지러운지 고개를 흔들었다. 그가 돌 때 왼쪽 펀치를 날렸다. 팔꿈치로 그를 쳤고 정말로 아팠다. 이번엔 그가 내 오른쪽을 때렸다. 달이 그의 뒤에서 로켓처럼 솟아올랐다. 내 머리가 울렸고 입에서 피 맛이 났다. 눈앞에 빨갛고 하얗고 파란 불꽃이 펼쳐졌다. 몽크가 다시 달려드는 소리를 들었다. 난 구경꾼들 사이에 있는 남자 뒤로 숨어서 그를 몽크에게 떠밀었다. 몽크가 그를 치우자 내가 달려들어 뒤통수를 치고 옆구리를 가격했다.

"젠장." 몽크가 투덜거렸다.

그는 다시 느려졌다. 난 오른쪽으로 그의 배를 세게 쳤다. 그가 몸을 숙이는 순간 양손을 모아서 머리 위로 올렸다가 그의 목 뒤로 내리쳤다.

몽크가 넘어졌다. 엄청난 구경거리였다. 그는 그런 관심이 필요했다. 낮이고 밤이고 이두박근을 반짝이면서. 바 스툴에 앉아 죽치면서. 칙칙함이 쌓였다. 콧속에는 털이 없었다. 빌어먹을 이발사가 뽑은 게 아니다.

"세상에, 행크, 자네가 그를 쓰러뜨릴 줄 몰랐어." 구경꾼 중 하나가 말했다.

난 고개를 돌렸다. 붉은 눈의 윌리엄이다. "자넨 판단력이 좋지 않아, 붉은 눈. 내기에 진 돈이나 내."

"3 대 1이라니 뼈 아프군. 이해가 안 돼. 자네가 두 판 졌잖아."

"그건 내가 다른 쪽에 돈을 걸었기 때문이야."

그 말에 구경꾼들이 웃었다.

몽크가 무릎을 세우고 앉더니 고개를 흔들었다.

내가 그에게 걸어갔다. "이것 좀 봐! 이자가 내게 오럴을 해 줄 건가 봐!"

몽크가 다시 고개를 흔들더니 날 쳐다보았다. "자네 머리는 얼마야? 5달러?"

몽크가 내 다리 한쪽을 잡아 들어 올렸다. 난 엉덩방아를 찧었다. 그가 내게 달려들어 얼굴을 들이밀 때 내가 발로 찼다. 그는 다시 나가떨어지면서 고개를 흔들었다. 두 발로 그의 등을 밟고 올라설 수 있었지만 그 정도로 그를 싫어하진 않는다. 그가 날 싫어할 뿐.

"이봐, 내가 술을 살게. 전부 다 이기는 사람은 세상에 없어."

나는 그를 일으켜 세우려고 팔을 뻗었다. 그가 내 손을 잡더니 날 내려 앉혔다. 우리는 구르고 또 구르며 레슬링을 했다. 그가 내 목을 조를 거라는 생각을 해야 했는데. 그는 날 제대로 잡았다. 빌어먹을. 더러운 속임수다. 남자는 그런 식으로 싸우지 않는다. 난 숨을 쉴 수가 없었다. 말이 나오지 않았다. 그의 불알을 잡으려고 팔을 뻗었다. 그런데 아무것도 없다! 난 잡고 또 잡았다. 아무것도 없다! 빌어먹을 내시 놈과 싸우고 있다니!

졸린 목을 풀 수가 없었다. 난 점점 약해졌다. 숨을 쉴 수도 없고 움직일 수도 없었다. 추악하고 상스러운 반칙. 난 죽을 거다.

왜 아무도 말리지 않는 거지?

왜 집에서 혼자 술을 마시지 않았을까?

그러다 내 사고가 멈췄다.

정신을 차리고 보니 골목에 나 혼자였다. 사람들이 날 내버려 두고 간 것이다. 여전히 어두웠다. 술집의 주크박스에서 흘러 나오는 음악 소리가 들렸다.

사람들이 날 여기 버리고 갔다. 날 여기 버리고 갔다.

그 점이 아팠다. 물론 그들에게 많은 걸 바라진 않았다. 하지 만 이건 아니잖아. 난 놀랐다. 고깃덩어리처럼 날 버리고 가다 니. 걱정도 하지 않고 구급차도 부르지 않고. 아무 말도 없이. 장난이라도 심하다 싶은데.

내가 그렇게 공짜 술을 사 줬건만. 그게 다 무슨 소용이지? 그들은 날 그저 호구로 알았던 거다.

여전히 믿을 수 없었다. 언제고 그들이 술을 들고 달려 나와 웃으며 젖은 수건을 건네줄 거라고 생각했다.

그들의 무관심을 받아들이기 힘들었다. 그들에 대한 기대치 가 낮긴 하지만 이 정도까지 낮진 않았다. 그들에게 난 그저 괴 물, 희생해도 상관없는 괴물이다.

내가 그냥 농담한다는 걸 그들이 이해한 줄 알았다. 한 번도 제대로 된 적이 없는 시간을 때우기 위해.

그들은 날 싫어하지 않았다. 날 생각조차 하지 않았다.

그리고 바에서 여자의 웃음소리가 들렸다. 하이톤의 아주 큰 웃음이지만 좋지 않았다. 억지로 웃는 불쾌한 웃음이었다. 이성을 상실한 관객 앞에서 엉망인 연극을 하는 엉망인 배우가 내는 무대의 웃음 같았다. 제기랄, 여기가 어디지? 내가 난쟁이들의 땅에 온 피그미족이 된 것 같다.

난 자리에서 일어나 그들에게 말할 거다. 자리에서 일어나 그들의 실체를 말할 거다.

난 일어나려고 했다. 그러자 머리가 흔들리고 쑤시며 두개골 중앙에서 고통이 밀려와 척추로 흘렀다. 마치 불꽃이 퍼지는 것처럼 눈알이 두개골을 향해 굴러가는 것 같았……

다시 정신을 차려 보니 해가 떴고 난 밝은색 새 쓰레기통 옆에 있었고 햇살이 쓰레기통에 반사되어 나를 비췄고 날은 덥고 쓰레기통을 쳐다보니 그 옆으로 줄이 보여 멍하고 비현실적이지만 사실이었다.

무엇보다 난 살짝 두통만 느껴졌다. 술을 마시지 않았다면 이 모든 게 날 죽였을 거다. 다른 것들처럼. 최악은 내 왼손이다. 두 배 가까이 부풀어 올랐다.

쓰레기통 옆에서 몸을 일으켜 가만히 섰다.

이제 어떻게 할지 알지만 두려웠다.

술을 마실 때 이런 일이 자주 있었다. 거리의 여자들과 밤을 보낸 뒤에. 언제고 몇 시가 됐건 거리의 여자가 전혀 없을 때도.

난 잠시 서 있다가 찾아보았다.

제발 이번 한 번이라도 그 자리에 있기를. 난 지치고 알다시피 몰골도 말이 아니다. 그저 5~6달러만 있으면 된다. 다른 사람의 만 달러와 같은 돈이다. 제발 지갑이 있어라. 오른쪽 엉덩이를 만지는 건 항상 아주 따뜻하고 은밀하며 악몽에서 일

말의 희망을 불러일으킨다. 난 많은 걸 바라는 게 아니다. 그저 조금만.

손을 뻗었다.

지갑이 사라졌다.

놀랄 일은 아니다. 놀랄 일은 다른 곳에 있다. 기적. 인류애.

아무튼 다른 쪽 주머니, 셔츠를 비롯해 사방을 뒤졌다. 뻔한 결과를 막아 보려는 바보 같은 행위라는 걸 알면서도 그렇게 했다.

또 털린 것이다.

착한 사람은 털린다. 다시금 체면이 솟아났다. 아, 젠장.

가끔 상어가 있다는 걸 알아서 난 지갑을 자주 숨긴다.

쓰레기통 뚜껑을 열어 안을 살폈다. 쓰레기가 가득 차고 냄새가 났다. 악취가 피어올라 감당할 수 없었다. 난 냄새에 아주 민감하다. 결국 쓰레기통에 토하고 고개를 들었다.

난 영리한 사람이다. 종종 지갑을 아주 잘 숨겼다. 한번은 화장실 거울 뒤에 숨긴 적이 있다. 술에 취한 상태에서 드라이버로 거울을 뜯어내고 그 뒤에 지갑을 숨긴 다음 다시 거울을 붙여 내 침대에서 기다리는 거리의 여자가 지갑을 가져가지 못하게 했다. 2주 뒤 변기에 앉아 있다가 거울이 살짝 불룩한 것을 보고 기억해 냈다.

난 쓰레기통에서 쓰레기를 꺼내기 시작했고, 한 번씩 멈추고 토했다. 쓰레기를 전부 다 꺼냈다. 커피 찌꺼기, 과일 껍질, 인간의 머리처럼 생긴 잡다한 것들까지. 쓰레기를 쭉 펼쳐놓았다.

지갑이 없다.

"이봐, 불쌍한 백인 쓰레기, 그렇게 배가 고프면 씹어 먹을
걸 좀 줄게!"

"아닙니다, 부인. 난 괜찮아요."

"그래? 정말이야? 그렇다면 그 쓰레기를 다 집어서 원래대
로 돌려놔, 알겠지?"

"네."

난 쓰레기를 주워 다시 쓰레기통에 집어넣었다. 종이봉투
몇 개가 바닥이 뜯어지는 바람에 손으로 퍼서 쓰레기통에 넣
어야 했다. 난 다시금 살짝 토했다.

쓰레기통을 덮고 스크린 도어 뒤에서 날 지켜보는 부인에
게 인사했다.

"됐어." 그녀가 명령했다. "이제 당장 여기서 나가, 알겠지?"

그때 내 영리함이 떠올라 쓰레기통을 들고 그 밑을 살폈다.
지갑은 없었다.

"지금 무슨 짓을 하는 거야?"

"아무것도 아닙니다, 부인."

난 골목을 걸어 거리로 나왔다. 아직 오전 7시 혹은 8시밖에
안 된 게 분명했다. 도로 양쪽으로 차가 많았고 직장이 싫지만
잘릴까 봐 두려운 사람들이 그 차를 몰았다. 난 그런 건 걱정하
지 않아도 된다. 내 방을 향해 걸었다. 여전히 내 방이 있고 생
쥐가 살아서 바퀴벌레가 없다. 그 점이 마음에 들지 않지만 수

궁했다. 큰 쥐가 있어서 생쥐가 없는 것보다는 나으니까.

싸구려 여인숙과 임시보호소에서는 잠을 잘 수가 없다.

난 승리감에 도취하여 내 방을 향해 걸었다.

문학 인생의 방해물들

아주 뜨거운 여름밤, 주방 간이 테이블에 놓아둔 타자기 앞에 앉았다. 우리는 항상 속이 더부룩해서 아침을 건너뛰는 터라 테이블을 식탁으로 쓰지 않는다. 아무튼 난 소설을 쓰려고 했는데 딴 게 아니라 잡지에 실릴 외설을 쓰는 거였다(세상에, 글을 쓰는 건 힘들다. 그 말을 좀 더 쉽게 하는 방법이 없을까?). 그런데 테이블 다리 하나가 계속 미끄러져 테이블이 기울어지는 통에 타이핑을 멈추고 타자기, 술병, 테이블 다리를 잡으며 내 세상이 무너지지 않도록 애썼다. 어느 날 밤 술에 취한 인간이 테이블 다리를 걷어찼다. 접착제, 망치, 못을 다 써봤지만 나무가 갈라져 붙지 않았고 어쨌든 난 테이블 다리를 다시 밀어 넣었다. 그런 식으로 한동안 괜찮았기에 술을 마시고 시가 꽁초에 불을 붙이고 또다시 테이블이 기울어 버리기 전에 짧은 단락이라도 완성할 수 있길 바랐다.

다른 방에서 전화벨이 울리기에 자판기와 술병을 바닥에 내려놓고 그 방으로 들어가니 샌드라가 전화를 받았다. 샌드라의 긴 빨강 머리는 멀리서 보면 근사한데 가까이에서 만져 보면 그녀처럼 이해할 수 없을 정도로 단단하여 풍만한 엉덩이와 가슴하고 차이가 컸다. 난 그녀의 풍만한 엉덩이와 가슴을 이야기에 쓸 수도 있지만, 고지식한 편집자들은 믿지 않을 것이고 그들은 믿음에 문제가 있었다. 한번은 하루에 세 여자와 섹스한 이야기를 보냈는데 내가 원한 게 아니라 상황이 그럴 수밖에 없지만 편집자는 격분해서 편지를 보내왔다. "치나스키 씨, 이 이야기는 정말 역겹군요! 아무도 이런 식으로 행동하지 않아요! 특히나 당신처럼 늙은 백수이자 놈팡이는! 정신 좀 차려요! 어쩌고저쩌고 구시렁구시렁……." 그는 잔소리를 하고 또 했다…….

아무튼 샌드라가 수화기를 건네준다. 그녀는 차가운 사케를 마시며 내 시가를 피우던 중이다. 그녀가 시가를 내려놓았다. 내가 "여보세요?"하고 말하자 그녀가 내 지퍼를 내리고 거시기를 빨기 시작했다.

"이봐." 내가 짜증을 냈다. "젠장, 제발 날 좀 혼자 놔둘 수 없겠어?"

"뭐라고?" 수화기 너머의 남자가 물었다.

"아니, 당신 말고."

난 속셔츠만 걸친 터라 그걸로 샌드라의 머리를 덮어 대화에 방해되지 않도록 했다.

우리 집보다 훨씬 더 크고 좋은 앞 동네 아파트에 사는 딜러 전화인데, 그가 지금 막 코카인이 좀 들어왔다고 알려 주었다. 난 가끔 그의 집에 가서 마약을 희석한 뒤 작은 지퍼 백에 넣어 조그만 저울에 재는 걸 보았다. 그사이 그의 아름다운 계집은 어마어마하게 높은 하이힐을 신고 거들먹거리며 집 안을 걸어 다녔다. 그 여자가 똑같은 옷이나 똑같은 구두를 걸친 걸 한 번도 본 적이 없다. 한번은 딜러가 보는 데서 그녀와 섹스를 했다. 그는 좋은 약을 팔고 아무것도 거리낄 것이 없었다. 아니면 그가 보는 걸 좋아하거나.

난 여전히 수화기를 들고 있었다.

"얼마지?" 내가 물었다.

"음, 자네는 내 친구니까 100달러만 내."

"내가 빈털터리인 걸 자네도 알잖아."

"자네가 세상에서 가장 위대한 작가라고 말한 걸로 아는데."

"그건 맞지만 편집자들은 몰라줘."

"알았어." 그가 흔쾌히 말했다. "자네에게만 특별히 50달러에 해 줄게."

"깎아 주는 대가는?" 내가 물었다.

"거래를 비밀로 하는 거……."

"왜 이래? 말해 봐." 내가 다그쳤다.

"말린 정액……."

"누구 거? 네 거?"

"30분 안에 갈게."

그가 전화를 끊었다.

샌드라가 날 끝내 주었다. 그녀는 셔츠 밖으로 고개를 내밀었다. 다시 입에 시가를 물고 불을 붙이고는 깊이 빨아들였다. 난 지퍼를 올리고 주방으로 걸어가 테이블 다리를 확인하고 술병과 타자기를 다시 테이블에 올리고 좀 더 타이핑을 했다. 업다이크는 이런 상황에서 글을 써 본 적이 없다. 아니면 치버거나. 난 그 둘이 헷갈린다. 하지만 한 명은 죽었고 다른 한 명은 글을 쓸 수 없다는 걸 안다. 작가들. 젠장. 한번은 긴즈버그의 책을 잔뜩 읽은 뒤에 그와 그의 친구들과 만났다. 물러터진 산타크루스에서 신음하고 흐느끼며 밤을 보냈다. 파티장에서 그와 친구들은 벽에 기댄 채 배운 사람처럼 보이려 했고 난 술에 취해 춤을 추었다.

"치나스키와 어떻게 이야기해야 할지 모르겠어." 긴즈버그가 친구에게 말했다.

다행이다.

난 계속 타이핑을 했다……. 내 소설에서 남자는 아기 코끼리의 코에 섹스를 하려고 한다. 그는 사육사인데 아내가 지켜봐서……. 사육사가 성기를 코끼리 코에 넣고 흔드는데 갑자기 코끼리가 불알을 훙훙거리며 냄새를 맡다 삼켜 버려서 기분이 진짜 괜찮았고, 너무 좋았고, 남자는 절정에 다다라 사정할 준비가 되었는데 코끼리가 잡고 놓아주지 않았다. 아니, 아니, 아니, 생지옥이다. 장난이겠지. 날 놔달라고!! 남자는 양손 엄지로 코끼리 눈을 찔렀다. 소용이 없다. 코끼리가 더 세게 삼킬 뿐이다. 세상에. 사육사는 모든 수단을 동원했다. 힘을 빼고 자는 척도 했다. 말로 달래도 보았다. "놔 줘. 절대 다른 동물하고는 섹스하지 않는다고 약속할게." 그렇게 새벽 3시가 되었고 코끼리는 한 시간 반 동안 남자를 붙잡고 있었다…….

아내는 쪼아 주는 느낌이 아예 없어서 이런 문제가 전혀 없었는데……. 코끼리는 그를 잡고만 있었다. 그때 사육사가 좋은 생각이 떠올랐다. 라이터를 꺼내 불꽃을 일으켜 코끼리 코 밑에 가져갔다. 그러자 악력이 느슨해지기 시작하고 불이 꺼졌다. 사육사는 다시 라이터를 켰다. 소용이 없었다. 그는 켜고 또 켜 보았다. 가스가 떨어졌다. 운도 없지. 15년 연장자인데 아침이 오면 직원들이 이 광경을 목격할 테고 그는 일자리를 잃을 것이고 더 심하면…….

"이봐, 멍청이!" 샌드라가 다른 방에서 소리쳤다. "좀 괜찮은 걸 쓰고 있어?"

"응. 하지만 어떻게 끝을 맺을지 모르겠어."

"빌어먹을 폭탄을 터뜨려 버려."

"자기, 그거 좋은데! 그렇게 할게. 아무도 그런 이야기를 쓴 적이 없어!"

바로 그때 테이블 다리가 빠졌고 겨우 술병을 잡을 시간만 있어 타자기가 바닥으로 쿵 하고 떨어졌다. 메일러나 톨스토이에게는 결코 일어나지 않을 일이 벌어졌다. 난 술을 한 모금 마신 뒤 낡은 타자기를 살폈다. 어쨌든 젠장, 죽지 마……. 타자기는 똑바로 떨어졌다. 난 엉덩이를 바닥에 대고 앉아 팔을 뻗어 타이핑을 해 보았다. 내 무한함 속에 죽지 마. 타자기가 곧바로 글을 쳤다. 나처럼 거칠게. 난 우리 둘을 위해서 즐거운 축배를 들었다. 그리고 정신이 들었다. 그래서 빌어먹을 바닥에서 타이핑을 하기로 결심했다. 빌어먹을 이야기를 빌어먹을 바닥에서 마무리 짓겠다고. 셀린도 그렇게 했을 거다.

*

하늘에서 화난 비명 소리와 폭발음이 났고 엄청나고 무시무시한 유리 파편이 벽과 창문으로 쏟아져 들어와 공표하지 않은 전쟁의 기운을 풍겼다. 딕시에서는 기회가 없다. 어디서도 기회가 없다. 빙 크로스비가 무덤 안에서 몸을 떨고 진노한다. 전쟁이다. 할리우드와 웨스턴대로 밖 24시간 테이크아웃 가판 근처, 내 근처, 우리 근처인 이스트할리우드에서 전쟁이 났고, 정부는 몇 년간 이 지구를 정리하려고 노력했지만 상황은 더 심해져만 갔다.

　(이런 말 하긴 좀 그렇지만 내가 생각하는 가장 좋은 시기를 알려 주겠다. 그러니까 촛불을 밝히고 인생이 마침내 좋아지는 때 말이다. 이 뚜쟁이는 할리우드대로 남쪽 동네 전체를 임대했다. 그게 완전히 다는 아니지만 아웃렛 상점과 죽여주는 누드 바 사이의 건물 대다수이고 그는 집처럼 꾸며 둔 윈도에 여자들을 앉혔다. 의자, TV, 러그, 가끔 개나 고양이가 있고 커튼도 있는데 여자들은 유리나 왁스로 만든 인형처럼 윈도에 가만히 앉아 있다. 모두가 항상 예쁜 것은 아닌데 그 행위가 아주 용감하거나 적어도 조금은 용맹하다고 생각한다. 그렇게 앉아 있으면 고객이 즐겁게 제대로 선택할 수 있다……. 이곳 포주는 특유의 스타일이 있지만 궁극적인 보상을 받진 못할

것이다. 18일이 지난 어느 날 거기 있다가 다음 날 없어졌다.)

아무튼 난 현관으로 나갔고 샌드라가 젖가슴을 내 등에 댄 채 따라왔다. 폭발은 팡, 쾅 하는 소리와 유리가 터지고 날아다니는 소리로 이어졌다. 나는 눈을 보호하려고 가림막으로 들어갔다. 웨스턴에는 8층 혹은 10층 높이의 크고 낡은 호텔이 있는데 약쟁이, 창녀, 포주, 범죄자, 정신이상자, 미친 여자, 얼간이 그리고 성자가 산다.

호텔 지붕에 옷을 입지 않은 흑인 남자가 있었다. 그가 알몸의 흑인이란 걸 알 수 있는 건 할리우드와 웨스턴을 순찰하는 경찰 헬리콥터가 불빛으로 그를 비추었기 때문이다. 우리는 그를 볼 수 있었다. 제대로. 하지만 헬리콥터는 경찰차를 보내지 않았다. 그럴 필요가 없으니까. 우리가 서로를 파괴하지 않는 한. 우리는 보호 대상이 아니다. 이 지역에 3000명이 거주한다고 추산될 뿐 총계를 모르니까 대략 2000명이 여기 있다고 쳐도 상관없다. 우리는 떠날 집도 없고 아메리칸 익스프레스 카드도 없다. 그러니 길거리에 두껍고 비린내 나는 붉은 기름처럼 피가 흐를 때까지 서로를 죽여도 법으론 아무 문제가 없다.

올려다보니 알몸의 흑인이 빈 와인병을 더 많이 던졌다. 그는 번쩍이는 헬리콥터 빛 아래에서 뜨거운 석탄처럼 반짝였다. 그는 거지 같은 무대에서 착하게도 못되게도 보였다. 우리 모두는 방출할 필요가 있는데 좀처럼 기회를 얻지 못한다. 우리는 섹스하고 술 마시고 담배 피우고 토하고 콧방귀를 뀌지만 그저 평범한 행위일 뿐이다. 그는 기회를 잡았다. 바로 지금.

그가 소리쳤다. "휘트니, 죽어 버려! 휘트니에게 흑인의 죽음을! 빌어먹을, 휘트니! 너희 엄마는 창녀야! 네 형제는 다 포주고! 네 자매는 개랑 섹스하고 검은 좆이나 빨아! 휘트니, 죽어 버려! 하느님은 흑인이고 내가 바로 하느님이다!"

우리는 서로를 너무 증오했고, 그 사실이 우리에게 할 일을 주었다.

이제 그의 병 던지기가 다시 시작되었고 대부분은 벽이나 아파트 꼭대기에 맞아 부서졌지만 일부는 미친 듯 깨지지 않고 튕겨 나가거나 부분적으로 깨져서 우리 창문으로 들어왔는데 우리는 가난한 사람이라 좀 슬펐다. 베벌리힐스의 부잣집 창문으로 병을 던질 수 있으면 좋을 텐데.

그리고 난 빅 샘이 뒷마당으로 나가는 것을 보았다. 그는 알츠하이머를 앓고 있는데 마당으로 나가 와인병이 날아다니고 깨지는 한가운데 서서 알몸의 흑인을 올려다보았다. 빅 샘은 산탄총을 들었다. 그리고 날 쳐다보았다. 웬일인지 그는 나를 유일한 친구라고 생각했다. 그가 옳을지도 모른다. 난 그를 절대 미친 사람으로 보지 않았다.

그가 내게로 걸어왔다. "행크, 저자를 쏴야 할 것 같아. 자네 생각은 어때?"

"주어진 상황에서 가장 좋은 규칙은 원하는 대로 하는 거죠." 난 산탄총이 그 정도 거리까지 갈 거라 생각하지 않았다.

샘이 내 생각을 읽었다. "난 라이플총도 있어."

"나라면 저 사람을 쏘지 않을 거예요, 샘."

"왜?"

"글쎄, 모르겠네요."

"알게 되면 말해 줘."

그는 총을 어깨에 걸치고 자기 집으로 들어갔다.

와인병이 계속 떨어졌지만 이상하게 더는 흥미가 생기지 않았다. 몇몇이 자기 집으로 들어갔다. 점차 불이 켜졌다. 마침내 헬리콥터도 철수했다. 몇 차례 더 병이 깨지는 소리가 났고 마침내 조용해졌다.

나는 집에서 와인 대신 위스키를 마셨다. 엉덩이를 바닥에 대고 앉으니 타이핑이 힘들었지만 지금은 테이블 다리를 걱정하지 않아도 되고 위스키가 문장에 작은 함성을 불어넣어 집중할 수 있었고, 폭탄을 떨어뜨리려는 찰나 누군가 문을 두드렸다. 분명 딜러일 거라 생각해서 나가 보니 샌드라가 문 앞에서 그의 불알을 만지고 있었다.

그가 내게 미소 지으며 말했다. "샌드라는 항상 날 반겨 주는걸."

"맞아. 우린 '환영합니다' 발매트가 없으니 우리가 할 수 있는 걸 해야지."

샌드라가 손을 떼자 딜러가 말했다. "코카인 두 줄을 가지고 왔어."

난 잔과 면도칼을 가져왔고 우리는 자리에 앉았다. 그가 준비를 하고 세 줄로 나눴다. 샌드라도 자기 것을 딜러도 자기 것을 나도 내 것을 들이켜고 기다렸다. 난 그가 너무 빨리 들이켜면 거기 맞추려고 했다. 난 속도를 내면 포악해진다. 사람에게 덤비는 건 아니고 말로 족친다. 하지만 물건도 부순다. 거울, 의자, 램프, 변기. 난 러그를 잡아 뒤집었다. 그 외에는 별것이 없었다. 접시는 절대 깨지 않는다.

난 기다렸다. 괜찮다. 그가 너무 빨리 흡입하지 않았으니까.

"디바는 어디 있어?" 내가 물었다.

디바는 그의 오랜 연인이다. 원피스랑 신발이 많은 여자친구.

"설거지하고 있어." 딜러가 대답했다.

보기 드문 여자다. 원피스를 입고 하이힐을 신고 설거지를 하다니.

난 딜러에게 20달러짜리 지폐 두 장과 10달러짜리 한 장을 건넸고 그가 내게 지퍼록 봉지를 주었다.

"난 아직 술을 진탕 마시는 게 더 흥분돼." 내가 그에게 솔직히 말했다. "이런 걸로는 기별이 안 가. 금방 약발이 떨어져서 다시 나를 흥분시켜야 하니까."

"진짜 괜찮은 걸 하면 술을 끊을 거야." 그가 장담했다.

"예수님을 영접하는 것처럼? 언제 한번 가져와 봐."

"그보다 더 좋을걸. 가시면류관도 지옥도 없어. 그저 부드러운 공허함이 있을 뿐이지."

문으로 걸어가는 그의 작은 엉덩이가 바지에 너무 꽉 끼었다. 문 앞에서 그가 몸을 돌리고 미소를 지었다. "좀 전에 그 시끄러운 건 뭐였어?"

"어떤 흑인 놈이 자기 피부색에 화가 나서 난리를 쳤어. 그리고 내 피부색에도."

딜러가 떠났다.

샌드라는 코카인을 들이켰다. 그녀가 나와 같다면 마구 흡입하는 것보다 살살 하는 게 더 즐거울 텐데. 아침에 머리가 빠개질 듯 아프리라는 걸 안다. 벽은 남색이고 모든 것이 의미가 없겠지. 뺀 걸 또 뺀 것처럼. 개의 얼굴을 한 고양이. 거미 다리가 달린 양파. 토사물로 점철된 미국의 승리. 젖꼭지 하나 불알 하나가 있는 욕실. 진짜 죽은 엄마의 진짜 멍한 얼굴 같은 변기가 노려보는 것.

하지만 깨어날 수 있어야 아침에 그런 걸 본다.

난 샌드라에게 소리쳤다. 다음 줄을 준비할게! 지난번에 날 속였지? 자기 건 두 배로 두꺼웠잖아!

우리는 항상 그렇다. 줄을 두고 다투는 것.

그리고 무언가가 시작되었다. 자신의 삶을 두려워하는 여자의 끔찍한 비명과 다른 여자의 비명이 들렸다.

"이 더러운 년, 창녀야, 널 죽여 버릴 거야, 창녀야!"

우리는 밖으로 나갔다. 같은 호텔에서 나는 소리다. 여자가 9층 창문에 한쪽 팔과 한쪽 다리로 매달린 모습이 떨어질 듯 위태로웠다. 다른 여자는 위에서 내려다보며 무언가로 그 여자를 때렸다. 실랑이가 이어졌고 그 소리는 못생긴 누군가가 맞고 있다는 상상보다 한층 더 고통스럽게 들렸다.

헬리콥터가 다시 돌아왔다. 헬리콥터가 불빛을 반짝이며 고통스런 몸뚱이를 비추었다. 헬리콥터가 빙글빙글 돌더니 여자들을 비추었다. 싸움이 계속되었다.

샘이 다시 산탄총을 들고 나와 날 쳐다보았다.

난 샘에게 말했다. "샘, 저 창녀들을 쏴요. 저 여자들이 너무 시끄럽게 하잖아요!"

샘이 총을 들어 조준하고 발사했다. 그는 누군가의 TV 안테나를 박살 냈다. 안테나가 빙글빙글 돌며 떨어지더니 한 번도 열매를 맺은 적 없는 나무로 떨어져 어둠 속으로 사라졌다.

샘이 총을 내리고 자기 집으로 들어갔다.

샌드라와 나는 우리 집으로 들어왔다. 난 주방으로 가서 바닥에 놓인 타자기를 쳐다보았다. 바닥은 더럽다. 더러운 타자기가 더러운 이야기를 쓰고 있다.

밖에서 해결되지 않은 비명이 이어졌다.

위스키가 생각나서 한 잔 따라 마셨다.

이것이 내가 작가가 된 이유다. 이것이 내가 공장을 그만둔 이유다. 그건 의미 있는 행동이자 나아갈 길이다.

난 다른 방으로 걸어 들어갔다.

"오늘 밤 안에 이야기를 끝낼 수 있을 것 같지 않아."

"누가 신경이나 쓴대?" 샌드라가 시큰둥하게 말했다.

"당신은 지네의 영혼을 가졌어."

할 일이 없을 때 기분이 나빠지는 것만큼 즐거운 건 없고, 보통은 할 일이 없기에 난 샌드라의 손목을 잡아 비틀고 면도날을 가져왔다. "다음 건 내가 나눌 거라고 했잖아." 난 몸을 구부리고 수완을 발휘해 그렇게 했다.

스승을 만나다

아주 어렸을 때 난 굶주린 작가였다. 내가 굶어 죽기 일보 직전이라는 건 별로 흥미롭지 않은 내 인생에서 크게 거리낄 일이 아니었고 죽어 가는 것 역시 그리 나쁘지 않았다. 어쩌면 새로운 인생을 얻지 않을까? 간간이 막노동꾼으로 일했지만 그리 오래 하진 않았다. 월급을 받으면 최대한 오래 쉬었다. 돈은 그저 월세를 내고 술을 마실 정도만 필요하고 우표와 봉투, 타이핑 용지만 있으면 되니까. 일주일에 2~6개 단편을 썼고 전부 다 《애틀랜틱 먼슬리》《하퍼스》《뉴요커》에서 거절당했다. 난 이해되지 않았다. 그들 잡지에 실린 글은 꽤 섬세하여 공들였다는 느낌이 들지만 스토리에 생기가 없고 지루했다. 최악은 유머라곤 찾아볼 수 없다는 점이었다. 전부 다 거짓이고 공들여 거짓말을 할수록 잡지에 실릴 확률이 높은 것처럼 느껴졌다.

난 밤에 글을 쓰고 술을 마셨다. 낮에는 로스앤젤레스시립중앙도서관을 돌아다니며 모든 작가의 책을 읽었는데 한마디로 고역이었다. 단락을 길게 쓰고 설명을 몇 페이지까지 질질 늘여서 플롯을 잡고 등장인물을 구성했지만, 인물은 그다지 흥미가 생기지 않았고 이야기가 궁극적으로 말하고자 하

340

는 것도 별로 없었다. 대다수가 쓸모없이 살고 있고 그들의 슬픔, 광기, 고통을 통해 흘러나오는 웃음에 대한 언급도 거의 없었다. 대부분의 작가가 중산층의 삶을 썼다. 난 거리를 걸으며 몰두할 수 있는, 하루를 다 투자할 수 있는 그런 글을 읽고 싶었다. 술을 사러 가지 않고 문장에 취하고 싶었다. 모든 실패한 작가가 그렇게 느끼듯 난 정말로 글을 쓸 수 있지만 상황과 삶의 어려움과 정치가 내 발목을 잡는다고 생각했다. 가끔은 그랬다. 다른 땐 글을 쓸 수 있다고 생각하지만 실제로는 그렇지 않았다.

난 굶주린 채 글을 썼다. 몸무게가 86킬로그램에서 62킬로그램으로 줄었다. 이도 헐거워져서 손가락으로 앞니를 이리저리 움직이는 정도가 되었다. 껌을 씹자 치아는 더 헐거워졌다. 어느 날 밤 놀다가 뭔가 떨어지는 걸 느껴서 살펴보니 이가 빠져서 손바닥에 놓여 있었다. 오른쪽 윗니였다. 난 이를 테이블에 올려두고 이를 향해 건배했다.

일용직 인부의 봉급으로 살려면 먹을 거 말고 포기해야 하는 것들이 있다. 바로 젊은 여자와 자동차다. 걷다 보면 가끔 창녀를 만난다. 또 신발을 아주 오래 신다 보면 밑창이 닳아 구멍이 나서 마분지로 메워야 한다. 그러다 못이 심하게 튀어나오면 더는 그 신발을 신고 걷지 못한다. 일요일에 정장 차림을 하는 일도, 추수감사절 혹은 크리스마스 무료 정찬의 기회도 거의 없다. 굶주린 작가는 사회 밑바닥 백수보다 더 힘든 삶을 산다. 그래서 작가에겐 두 가지가 필요하다. 사방이 막힌 벽과 혼자 있는 것.

　……그런데 어느 날 정오 로스앤젤레스시립중앙도서관에서 일이 벌어졌다. 난 잘 읽히는 글을 찾기 위해 엄청나게 몰아붙였다. D.H. 로렌스, 모든 러시아 작가, 헉슬리, 서버, 체스터턴, 단테, 셰익스피어, 비용, 모든 '쇼', 오닐, 블레이크, 더스패서스, 헴…… 더 말해야 하나? 수백 명의 알려진 작가와 수백 명의 무명 작가……. 그들 모두 내게 상처를 주었다. 모두 한때는 잘나갔지만 단발적일 뿐 이내 문학의 짙은 답답함 속으로 되돌아갔다. 세기의 문학과 작가들이 날 홀리지 못한 것이기에 낙담 그 이상을 느꼈다. 적어도 그들은 글의 형태로 내게 필요한 것을 주지 못했다.

　하지만 말했듯이 이날 정오에 평상시처럼 책을 꺼내 한두 장 읽고 다시 꽂아 놓으며 시간을 죽이고 있었다. 그러다 한 권을 끄집어냈다. 존 팬트가 쓴 《스포츠의 시대? 그래?》였다. 평범한 문장을 기대하고 책장을 펼쳤는데 글이 나에게 튀어 올랐다. 활자가 종이에서 팔딱거리며 살아나 나에게 들어왔다. 문장은 단순하고 간결했으며 바로 이곳에서 일어나는 것들을 말하고 있었다! 심지어 타이핑도 달라 보였다. 책은 읽을 만했다. 단어 사이에 공간이 있었다. 단어가 방 안에 울려 퍼지는 목소리 같았다. 그 책을 가지고 테이블로 가서 앉았다. 장마다 힘이 느껴졌다. 믿을 수 없었다. 장마다 책 안에서 튀어 올라 돌아다니거나 날아다니는 것처럼 보였다. 놀라운 힘에 현실감이 넘쳤다. 어떻게 이 사람은 한 번도 언급된 적이 없을까?

난 문학 비평도 꼭 살피는데 윈터즈 그 작자나 《케니언 리뷰》와 《스와니 리뷰》의 잘난 평론가들은 한 번도 이 사람을 언급한 적이 없다. 내가 설렁설렁 로스앤젤레스시티컬리지를 다닌 2년 동안도 마찬가지고.

테이블에서 고개를 들었다. 이 책은 내 것이 아니라 시의 소유이고 세금을 내는 사람들 것인데 난 세금을 거의 내지 않는다. 그래도 내 눈앞에 존 팬트의 책이 있는 관계로 다른 테이블에 앉은 사람들, 걸어 다니는 사람들 혹은 그냥 앉아 있는 사람들을 쳐다보았다. 다수는 나 같은 백수이고 그들 중 누구도 존 팬트를 모르고……. 그를 알았다면 그들도 빛나기 시작했거나 기분이 더 좋아졌거나 자신들이 누구고 어떤 사람이 되어야 하는지 따위에 그리 신경 쓰지 않아도 될 텐데.

도서카드가 있어서 존 팬트를 데리고 나왔다. 그 책을 내 방으로 가져가서 첫 장부터 읽기 시작했다. 가끔은 특유의 침착한 유머를 써서 마치 화형당하는 사람이 처음 불을 붙이는 사람 혹은 하늘에 계신 분을 향해 윙크하는 느낌도 들었다. 팬트는 유머 취향이 이상했지만 종교적 기호가 있었다. 난 그렇지 않았지만 그가 하니까 좋아 보였다. 그리고 로스앤젤레스시립중앙도서관과 그랜드센트럴마켓을 돌아다니는 굶주린 작가에 대해 묘사했는데 내 상황과 완전히 똑같았다. 세상에, 이럴 수가. 하지만 그는 인생의 바보 같은 상황을 한층 편안한 방식으로 보여 준다는 점에서 달랐다. 난 그가 그랜드센트럴마켓에서 산 오렌지로 끼니를 때운다는 사실을 알았다. 내 식습관은 다르다. 감자, 오이, 토마토다. 내가 그것들을 살 형편이 된다면. 감자가 최우선이다. 감자가 값도 싸고 포만감이 오래간다는 걸 알았다. 하지만 팬트는 콜로라도 출신이다. 난 캘리포니아 사람이라 오렌지를 고양이 털의 벼룩만큼 흔하게 봐 왔다. 표현이 좀 그래서 미안하다. 팬트는 나처럼 별로인 문장을 쓴 적이 없다. 단어마다 있어야 할 자리에 있고 제대로 말한다.

그는 《아메리칸 캘러미티》지를 운영하는 훌륭한 편집자 LH 렌킨의 주목을 받았다. 렌킨은 또한 뉴욕에 있는 출판사의 편집자이며 본인도 글을 잘 쓴다. 난 다시 도서관에 가서 존 팬트의 책을 전부 다 빌렸다. 세 권이 더 있지만 아직도 《스포츠의 시대? 그래?》를 가장 좋아한다.

《스포츠의 시대? 그래?》의 주변 묘사를 전부 기억한다. 난 일주일에 2달러를 내고 싸구려 하숙집 뒤에 자리한 움막에 살았다. 그 동네를 벙커힐이라고 불렀다. 팬트가 어디에 살았는지 알아보려고 길을 나섰다. 앤젤스플라잇으로 걸어가서 그의 묘사와 딱 들어맞는 호텔을 찾았고, 그 호텔 밖에 서서 안쪽을 들여다보았다. 평생 가장 강렬한 기분에 사로잡혔다. 그래, 난 완전히 얼어 버렸다. 바로 이 호텔이다. 그의 이상한 여자친구 카르멘이 기어 나온 창문이 저거다. 이상하고 비참한 카르멘.

거기 서서 창문을 올려다보았다. 아직 이른 오후인데 방 안이 어두웠다. 산들바람이 불어 반쯤 쳐놓은 커튼이 살랑거렸다. 저기서 팬트가 《스포츠의 시대? 그래?》를 썼다. 그 책이 저 방에서 나왔다. 내가 몇 달간 그랜드센트럴마켓 혹은 가장 좋아하는 바에 가거나 그냥 돌아다니려고 시내로 나갈 때 지나친 저 방에서. 지금 저 방에 누가 있을지 궁금해하며 서성였다. 어쩌면 팬트가 여전히 저기 있을지도 모른다! 가서 문을 두드려 봐야 하나?

안녕하세요, 팬트 씨? 나도 글을 써요. 당신만큼 잘 쓰진 못하지만. 당신이 쓴 글이 내 속에서 얼마나 요동을 치는지, 당신 책을 읽은 게 얼마나 큰 행운인지 말하고 싶었어요. 그럼 이만 가 볼게요. 안녕히…….

하지만 내가 결코 신을 방해할 수 없다는 걸 안다. 신도 할 일이 있으니까. 그들은 잘 때도 다른 방식으로 잔다. 게다가 팬트가 저기 없다는 걸 안다. 마지막 단편집에서 단편 하나를 할리우드의 방에서 썼다고 말했는데, 그 방은 주당 7달러이며 주인 여자가 그를 쫓아내려고 벼르는 터라 성모 마리아에게 기도하는 상황이었다.

난 영웅 숭배자가 아니다. 팬트가 1순위다. 그의 글은 단순하고 분명하니까. 그 글은 날 울고 싶게 만드는 동시에 벽을 통과해 걷는 듯한 통쾌함도 선사해 준다.

그래도 그 방이 어떻게 생겨 먹었는지 봐야겠다고 마음먹었다. 통로 옆 난간을 잡고 다리를 끌며 호텔로 들어갔다. 그가 설명한 것과 똑같은 로비가 나타났다. 로비 중앙의 작은 테이블이 보였다. 단편 〈작은 개는 진심으로 크게 웃는다〉가 실렸을 때 《아메리칸 캘러미티》여러 권을 저 위에 펼쳐 두었다는 이야기가 생각났다. 난 복도를 걸어서 왼쪽으로 갔고 앤젤스

플라잇이 내려다보이는 창문이 있는 방 앞에 섰다.

3호실이다. 손을 들어 노크하려고 준비한 뒤 문을 두드렸다. 세 번 짧고 가볍게. 그리고 기다렸다. 아무 일도 일어나지 않았다. 좀 더 크게 예의를 담아 세 번 노크했다. 방 안에서 무슨 소리가 났다. 그리고 문이 열렸다. 엄청난 열기가 흘러나왔다. 흡사 단테의 지옥 같았다. 따뜻한 6월 오후에 왜 가스난로를 최대치로 틀어 두었담. 몸집이 아주 작은 노파가 담요를 칭칭 감고 문 앞에 섰다. 대머리가 다 된 머리에서 흰머리 몇 가닥이 길게 흘러 귀와 턱 주변까지 내려왔다.

"무슨 일인가요?" 노파가 입을 열었다.

"실례합니다만 여기 살던 친구를 찾고 있어요. 존 팬트라고…… 아세요?"

"아뇨."

그녀는 남은 생기가 전부 눈으로 쏠려 그곳에서 종말을 기다리듯 눈동자가 믿을 수 없을 정도로 아름다웠다.

"그는 작가인데……"

노파는 가만히 날 쳐다보았다. 우리는 한동안 그렇게 서 있었다.

"알 게 뭐야!" 노파는 문을 쾅 닫아 버렸다……

*

몇 년간 굶주린 작가 생활을 이어 나갔다. 내 타자기는 전당포에 들어갔다 나왔다를 반복하다가 결국 완전히 망해서 찾지 못했다. 어느 날 술집에서 술 마실 돈을 구하기 위해 전당표를 팔아 버렸고, 그 후에는 손으로 인쇄하고 종종 일러스트 작업도 같이 했다. 난 미 전역을 돌아다니며 손으로 인쇄하는 글을 계속 썼다. 마침내 당대 가장 고귀한 문학 잡지에서 내 첫 소설을 받아주어 출간하게 되었다. 고료는 형편없었지만 내 작품을 더 보고 싶다는《에스콰이어》를 포함해 다른 잡지사에서 연락을 받았다. 아직 에이전트가 없다면 해 주고 싶다는 사람들의 편지도 받았다. 난 에이전트 혹은 타자기도 없었다. 그런 식의 연락이 기운을 북돋워 주기보다는 꺾어 버렸다. 글을 잘 쓸 수 있다고 마음을 다잡았지만 소재가 바닥났다. 글을 안 쓴 지 10년이나 되었고 오로지 술 마시는 데만 집중했다. 결국 로스앤젤레스시립병원 시료병동에 입원했고, 신부가 내 위로 몸을 구부린 채 최후의 의식을 치러 주려고 했다. 난 거기서 도망 나와 조명 기구 회사의 배달 트럭을 운전하는 일자리를 구했다. 운이 좋았는지 킹슬리드라이브에 괜찮은 집을 구하고, 타자기를 사고, 매일 밤 돌아갈 집이 생겼지만 저녁을 건너뛴 채 밤마다 여섯 개들이 맥주팩 두 개를 마시고 매우 이상하게도 시를 썼다.

계속 간단히 말해 보겠다. 난 결혼을 했고 그만두었다. 수백 개의 자잘한 잡지에 내 시를 실었지만 그건 다른 누구와 다를 바 없었고, 엉덩이를 닦거나 수도꼭지가 새서 나사받이를 교체하는 것처럼 평범한 일이었다. 전쟁이 났고 시간이 흘렀고 미친 여자친구와 같이 미치고 쓸모없는 일자리를 전전했다. 20~30년을 허비한 이야기를 어떻게 다 말할 수 있을까? 간단히 정리하자면 쉽다. 그 시간들은 허비할 수밖에 없었다.

난 알코올 중독이 심해서 도시의 괴물이 되었다. 교수가 날 집에 초대했고 저녁을 먹고 와인을 마시고 또 마시며 내가 싫어하는 두 가지인 예술과 시에 대해 토론한 뒤 자리에서 일어나 그의 그릇장을 박살 냈는데 어찌된 건지 그 일 때문에 내가 천재로 여겨졌다. 덕분에 지하신문의 칼럼을 맡았다. 그리고 난 존 팬트를 잊어버린 듯했다. 하지만 실제로는 그렇지 않았다. 그를 다른 곳에 놔두었을 뿐이다.

쓸데없는 몇 년은 건너뛰고……. 우체국에서 사무를 보는 저녁 일자리를 얻었고, 11년하고 반년 동안 그 일을 하니 일이라는 게 그렇듯이 더 이상 못 견딜 지경이 되었다. 그만 신경쇠약에 걸려 버렸다. 너무 고통스러워 몸이 굳고 긴장되었다. 목을 돌릴 수가 없었다. 누군가 날 치고 지나가면 고통의 파편이 온몸을 덮쳤다. 난 기절하지 않기 위해 혀를 깨무는 주문을 외우고 다녔다. 다른 직원들은 아무도 내 상태를 눈치채지 못했다. 난 웃긴 동료이자 광대이고 흥청거리는 걸 좋아하는 사람이라 밤마다 그렇게 놀았고, 목소리로 세력을 떨쳤지만 그건 쓸데없는 행동이자 방패막이였다. 사실은 죽어 가고 있었으니까.

보통 세 시간 반 동안 야근하고 집으로 돌아왔다. 난 일련의 위반 스티커를 뗐고 차량관리국에서 면허를 정지할 거라는 경고를 받았다. 경찰은 날 잡으려고 안달이 났다. 우회전을 해야 하는데 낡은 내 차에는 깜빡이가 없었다. 어렵사리 왼팔을 창문 쪽으로 움직여 좌회전을 한다는 수신호를 넣으려고 했다. 그런데 수도꼭지가 풀리는 것처럼 통증이 밀려왔다. 팔을 움직이려고 할수록 손만 창문 밖으로 나갈 뿐이었다. 팔이 아니라 손만. 난 마치 내가 두 사람인 것처럼 날 구경했다. 작고 쓸모없는 왼쪽 손가락 하나를 들어 밖으로 내밀었고 오른손으로 운전대를 돌려 좌회전을 했다. 그러고 나서 웃기 시작했다. 너무 바보 같은 행동이었다. 날 잡아잡수, 하는 거나 마찬가지였다. 하지만 웃으니까 좋고 긴장도 풀렸다. 차를 몰고 가다 벗어나야 한다는 걸 알았다. 골목길에서 자는 사회 밑바닥 백수도 나보다 나은 삶을 살고 있으며 난 지구상에서 가장 멍청한 인간이라는 사실을 말이다. 기억에 남는 밤이었다. 이 글이 존 팬트에 대한 이야기라고 할지라도 이런 일들을 끌어들이지 않고 설명할 방법이 없다. 그렇게 며칠과 몇 주가 지난 뒤 신기한 행운이 찾아왔다. 이상한 대머리이자 나중에 내 책을 편집하고 출판한 J.K. 라킨이 우체국을 그만두고 글을 쓴다면 평생 동안 매년 돈을 주겠다고 제안한 것이다. 난 그 제안을 받아들이고 빌어먹을 우체국을 벗어났다……. 바야흐로 팬트의 문을 두드리고 담요를 두른 노파가 꺼지라고 한 지 한참 지난 때였다.

*

내 방에 길가로 난 창문이 있는데 거기 앉아 첫 번째 소설을

19일 만에 탈고했다. 맹렬히 술을 마실 수 있고 일자리를 걱정하지 않아도 된다. 그렇게 나이 쉰에 어쩌면 전업 작가가 된 것이다. 여러 대학에서 시 낭독회를 열었다. 난 술에 취한 채 낭독하고 관객들을 즐겁게 해 주었다. 우체국의 성질 나쁜 인간 밑에서 고생하던 날들이 마침내 보상받은 것이다. 사람들이 내게 모욕을 주려고 해도 눈 하나 깜박하지 않고 제대로 반박해 냈다. 예술은 사탕발림 같은 것이니 문제없었다.

그렇게 몇 년이 흘렀다. 여자들이 나타났다. 난 그들과 침대에서 뒹굴고 싸웠다. 내게는 드문 끔찍한 일이었고 그들은 나보다 훨씬 똑똑했다. 여자들은 아무 수단 없이도 날 곤경에 빠뜨리고 구석으로 몰아넣었지만 여전히 글을 쓸 수 있었다. 내가 얻은 명성의 대다수는 번역 원고를 넘긴 유럽에서 돌아왔다. 미국에서는 내가 여자를 때리고 동성애자를 혐오하며 사악하고 끔찍한 인간이라는 소리만 퍼졌다. 대학에 다니는 남자들이 그렇게 생각했다. 어느 날 밤 학생이 맥주를 들고 찾아왔다.

"교수님이 당신은 나치이며 푼돈에 어머니를 팔아먹을 작자라고 했어요."

"그 말은 사실이 아니에요." 난 그에게 설명했다. "우리 어머니는 돌아가셨거든요."

그러든지 말든지 난 계속 글을 썼고 때로는 운이 좋았다. 자, 이제 거의 다 와 간다. 편집자 라킨이 내게 영향을 준 사람이 누구인지 묻는 인터뷰 기사를 읽었다. 바로 셀린, 투르게네프,

존 팬트다.

"팬트?" 그가 전화해서 물었다. "자네 글에서 그 이름을 언급한 걸 보긴 했지만 농담처럼 허구의 인물을 만들어 낸 줄 알았어."

"아니, 그는 실제로 있어."

"어디 있는데?"

"어쩌면 여전히 도서관에 있을지도 몰라. 모르겠어. 그러길 원해. 거긴 그의 초창기 책들만 있었거든. 아무래도 글 쓰는 걸 중단한 것 같아. 어쩌면 죽었는지도 모르고."

"그 정도로 괜찮아?"

"최고지."

"그런데 왜 한 번도 언급이 된 적이 없지?"

"내 말이. 《스포츠의 시대? 그래?》를 읽고 나서 자네가 말해 봐."

시간이 흘렀다. 웬 여자가 날 죽이려고 했다. 그녀는 실패했다.

그날 밤 전화벨이 울렸고 그녀는 전화로 싸우는 걸 좋아해서 내가 수화기를 들어 말했다. "저기, 내 인생에서 좀 꺼져 달라고!"

"라킨이야."

목소리가 들렸다.

"어……."

"있잖아, 《스포츠의 시대? 그래?》를 읽었어. 진짜 굉장해!

내가 재출간해야겠어!"

"잘됐네. 좋았어……."

"초판은 고작 632부가 팔렸어. 팬트는 아직 생존해 있고 말리부에 살아……."

"말리부? 아, 이런……."

"그는 영화계로 진출했어……."

"젠장……."

"불경기잖아. 그도 살아남아야지. 상황이 어떤지 자네도 알잖아. 그를 용서해 줘."

"물론이야. 죽으면 글을 쓸 수 없으니까."

"그리고 평범한 사람은 살아 있어도 글을 못 써. 아무튼 난 그 책을 다시 펴낼 거고 자네가 서문을 써 줬으면 좋겠어."

"내일 우편으로 보내 줄게."

"좋았어!"

그렇게 우리 시대 최고의 소설이 40년간 어둠 속에 묻혀 있다가 아주 운이 좋은 그날 내 덕분에 선반 밖으로 나왔다. 난 타자기로 가서 시대의 기적을 알렸고, 무엇보다도 그의 훌륭함이 드러난다는 사실에 기분이 좋았다.

그때 다시 전화벨이 울렸다.

"여보세요." 내가 전화를 받았다.

단조로운 목소리가 흘러나왔고 억양이 전혀 없었다. 마치 녹음한 말처럼. 열정이 사라진 최후통첩 같은. "난 당신을 죽이려고 했고, 앞으로 그러지 않을 거라고는 확신하지 못해요."

"그렇지만 내가 경찰서에 가지 않으면 그런 짓을 그만두겠다고 약속했잖아."

"아무것도 장담할 수 없어요. 그걸 이해 못 하겠어요?" 그리고 전화를 끊었다.

《스포츠의 시대? 그래?》.

난 타자기에서 물러나 빙 둘러 주방으로 갔고 큰 잔에 술을 따랐다.

*

《스포츠의 시대? 그래?》의 서문을 썼다. 글이 쉽게 풀렸다. 다 쓰고 읽어 보았다. 내 글에 존 팬트가 엄청난 영향을 주었다고 인정하면 내가 마치 그를 모방한 듯 작품의 가치가 펌하될 것을 알기에 그런 짓은 하지 않았다. 너무 몰아붙이면 오히려 숨기는 이치처럼. 산타바바라에 사는 라킨에게 우편으로 서문을 보냈다. 라킨은 하나에 꽂히면 파고드는 성격이다. 그가 곧바로 전화를 걸었다.

"서문은 괜찮아. 알다시피 난 존의 아내인 메리 팬트와 연락해 왔어. 존이 자네가 보고 싶다더군."

"세상에, 그럴 수가!"

"그런데 문제가 좀 있어. 그는 중증 당뇨야. 눈이 안 보이고 사지 절단술을 받았대. 다리를 많이 잘라야 했나 봐."

"당뇨병으로 그런 일이 생기는지 몰랐네……."

그게 내가 할 수 있는 말의 전부였다. 세계 최고의 작가인 존 팬트가 사지가 잘리고 눈이 먼 채 누워 있다니!

"지금은 그런 일이 없어. 현대 의학이 발달하기 전에 병에 걸렸나 봐."

"빌어먹을……."

그러고 보니 팬트의 글에서 자기 아버지가 같은 병에 걸렸는데 모든 치료를 무시하고 죽을 때까지 술을 마셨다는 내용을 본 기억이 났다.

"의사가 얼마 남지 않았다고 했어. 메리가 그러는데 그가 자네의 서문을 너무 보고 싶어 한대. 그는 새 소설을 시작했는데……."

"잠시만, 어떻게……."

"소설을 메리가 받아쓰나 봐……."

"세상에……."

"아무튼 두 사람이 자네를 보고 싶어 해. 내가 지금 부부의 전화번호를 가지고 있어……."

'보고 싶어 한다'는 말은 적절하지 않다. 아무튼 난 그들에게 전화를 걸었다. 메리가 받아서 《스포츠의 시대? 그래?》가 재출간되는 일로 존이 아주 들떠 있다고 알려 주었다.

"하지만 그는 병원으로 돌아가야 해요. 그를 만나고 싶으면 병원으로 와요."

"당연히 만나고 싶습니다. 40년 전부터 그분을 뵙고 싶었어요."

우리는 날짜와 시간을 정했고, 난 찾아가는 길을 알아 두었다. 난 슈퍼마켓에서도 길을 잃어버리는 길치다. 다행히 훌륭한 여자 알타와 함께 살았다.

그녀에게 약도를 보여 주었다.

"알타, 여길 찾아갈 건데 도와주겠어?"

"물론이죠."

"같이 가도 괜찮겠어?"

"그럼요. 나도 존을 보고 싶어요."

그녀는 내가 술에 취해서 팬트에 대해 떠드는 걸 수도 없이 들었다. 멍청한 세상이 그의 작품을 알아주지 못한다고. 존 팬트의 짧은 단락 하나가 엄청난 단순함으로 많은 걸 말해 주는데, 이 멍청한 세상은 메일러, 카포티, 치버, 업다이크나 칭찬한다고.

글, 음악, 그림, 연기, 정치 혹은 그 밖의 어떤 분야든 최고가 항상 맨 위에 올라서는 건 아니다. 인류애의 시대에서 새로운 일이 아니었다.

"좋아." 내가 알타에게 말했다. "같이 가는 거야."

*

모션픽쳐병원이라는 특이한 이름이었다. 영화가 시작되면 사진이 움직이는 것처럼 보인다. 그 병원은 일한 기간이 어찌됐든 영화계에 종사한 배우, 감독, 작가, 촬영 감독 등을 위한 곳이었다. 한때 사람들이 외치던 할리우드는 더 이상 그곳에 없었다. 할리우드는 이제 사회 밑바닥이 되었다.

아무튼 난 주차를 하고 알타와 차에서 내렸다. 단층 건물이 평화로워 보였다. 대부분의 병실이 1인실이다. 그건 참 괜찮다. 내가 입원한 병실은 크고 어두운 방에 침대가 빼곡히 놓여 있어서 공습 이후 교회 지하실에 급히 마련한 임시 대피소 같았는데.

우리는 약도를 따라 병실로 갔다가 도로 나가려는데 여자가 들어왔다. 그녀는 마르고 우아했지만 슬퍼 보였다.

"치나스키 씬가요?" 그녀가 물었다.

"네. 메리군요." 내가 알아보고 인사했다. "이쪽은 알타예요."

"남편은 지금 잠들었어요."

"주무시게 두죠." 알타가 대답했다.

우리는 거실 혹은 매점 혹은 뭐 그런 곳으로 가서 커피를 마셨다.

"의사가 최대 6주라고 했어요. 그는 집에 있고 싶어 했는데 수술을 해야 해서요. 다리를 좀 더 잘라야 해요."

세상에 어디까지 자를 건가? 6주를 더 살려고?

"당신의 글을 남편에게 읽어 주니까 좋아했어요." 메리가 말했다.

"감사합니다."

그때 환자가 걸어 들어왔다. 그는 빙빙 돌면서 혼잣말을 했다. 그러다 빈 커피잔을 집어 들더니 그 안에 대고 말하기 시작했다.

"하느님은 초록색 스타킹을 신었어." 환자가 말을 이었다. "하느님은 머리가 아홉 개고 생식기가 없어. 야구를 가장 좋아하고……." 그러곤 컵을 내려놓고 자리를 떴다.

"저 사람이 유명한 배우였던 V.M.이에요……. 사람을 해치지는 않아요."

"V.M.? 저 사람이 V.M.이라고요? 사자를 죽이고 이교도들의 사원을 무너뜨린 그 잘생긴 노예 소년 말인가요?"

"지금쯤이면 존이 일어났을지도 모르겠네요." 메리가 말을 돌렸다.

"우리가 다른 시간에 또 와도 되고요." 알타가 조심스럽게 말했다.

"한번 가 보죠." 메리가 담담하게 말했다.

우리는 다시 병실로 갔다. 메리는 그가 일어난 것을 감지했다.

"존, 손님이 왔어요……."

왜소한 남자가 이불을 덮고 누워 있었다. 다리가 거의 남아 있지 않았다. 팔과 손은 있었다. 손이 아주 창백했다. 하지만 얼굴은 좋았고 살짝 불독처럼 생겼다. 얼굴에 집념이 담겼다. 좀 더 친절하게 말하자면 '용기'다.

난 그의 손을 잡았다.

"안녕하세요, 존. 치나스키예요. 알타와 함께 왔어요."

알타가 그의 손을 잡았다. "안녕하세요, 존. 만나서 기뻐요. 우리가 할 수 있는 일이 있다면 말해 주세요."

메리가 존의 머리에 베개를 받쳐 주었다.

"저기, 누가 창문을 조금 열어 주겠어요? 여긴 너무 더운데."

그가 부탁하자 알타가 자리에서 일어나 창문을 살짝 열었다.

"오랫동안 당신을 찾았어요, 존. 40년간이요. 소싯적에 벙커힐을 돌아다니며 당신처럼 굶주렸어요."

"목소리가 부드럽군요." 그가 친절하게 말했다. "하지만 당신이 원한다면 진짜 거칠어질 수도 있을 거라 장담해요."

"잘 아시네요." 알타가 끼어들었다.

내가 호텔을 찾고 그의 방으로 올라가 노크한 이야기를 해 주었다. 어디서 난간을 올라갔고 호텔이 어떻게 생겼는지도 말했다.

그가 미소를 지었다. "엉뚱한 곳에 갔군요."

"네?"

팬트가 살짝 웃음을 터뜨렸다. "난 한 층 위에 살았어요."

"뭐, 지금 당신을 만났으니……."

"네, 그렇죠……."

"한동안 저와 떨어져 있었잖아요……."

"맞아요. 빌어먹을 할리우드 일 때문이죠."

"그래도 꽤 괜찮은 걸 썼다고 확신해요. 사람은 살아야 하니까요……."

"네." 그가 미소를 지었다.

"마실 걸 좀 줄까요?" 알타가 물었다. 알타는 나보다 상식이 있었다.

"네. 그리고 내 담배에 불을 좀 붙여 주겠어요?"

메리가 담배 한 개비를 꺼내 존의 손에 쥐어 주었다. 그가 입에 가져가자 메리가 성냥을 그었다.

존이 담배 연기를 내뿜었다.

"고마워."

"할리우드는 어땠나요, 존?"

"보이는 것과 같았어요. 작가는 개별 스튜디오가 있어요. 연봉을 받고 일하죠. 일을 별로 많이 하지 못했어요. '필요하면 연락 드릴게요.' 그들은 이렇게 말해요. 몇 달이 지났어요. 포크너도 한동안 거기 있었어요. 그는 자기 스튜디오에서 날마다 술만 마셨죠. 하루도 빠지지 않고. 결국 우린 그를 끄집어내어 택시에 태워야 했어요. 우리는 아무것도 하지 않고 거기 있는 것만으로 돈을 받았어요. 마치 불알을 떼어 내고 풀밭에 풀어놓은 것처럼. 지옥에 앉아 돈을 받는 기분이었죠."

"아직 책을 쓰고 있죠, 존? 그 어느 누구도 그렇게 할 수 없어요."

"별로 하지 못했어요."

"난 그만뒀어요."

"그래도 충분했죠."

"행크가 당신에 대해 하는 말을 들었어야 해요." 알타가 나섰다.

(내가 행크다. 여기 앉아 있는.)

그리고 잠시 침묵이 흘렀다. 알타가 팔을 뻗어 그의 손을 잡왔다.

"당신은 정말 마음씨가 곱군요." 존이 말했다. "행크는 복을 받았어요."

"맞아요." 내가 대답했다.

그리고 존이 말을 이었다. "여기에 혈기왕성한 젊은 의사가 있어요. 그가 들어와서 날 살피고 이렇게 말하죠. '자자, 시간이 되었어요. 당신을 좀 더 잘라 내야겠어요, 늙은 양반!' 그는 늘 이런 식으로 말해요. 잘라 낸다. 그냥 그렇게 잘라 낸다고 해요. 그게 다죠. 난 그가 마음에 안 들어요."

"나쁜 놈." 내가 화를 냈다. "그놈의 엉덩이를 걷어차 주겠어!"

존이 담배 연기를 길게 내뿜었다. "괜찮아요, 행크. 잊어버려요⋯⋯."

그리고 팬트가 담배를 옆으로 내렸다. 그의 손이 거기에 머물렀다. 우리 모두 잠자코 있었다. 담배가 그의 손가락을 향해 타 들어가기 시작했다. 메리가 팔을 뻗어 담배를 잡았다.

"그가 다시 잠이 들었어요. 그만 돌아가는 게 좋겠어요. 난 한동안 여기 있어야 해요. 이렇게 찾아와 준 게 남편에게 얼마나 큰 의미인지 모를 거예요."

"다시 올게요, 메리⋯⋯."

우리는 퇴근 시간의 정체로 몸살을 앓는 고속도로를 타고 돌아왔다. 그건 문제가 되지 않았다. 알타와 나는 입을 열지 않았다. 분명했다. 사람들, 좋은 사람, 나쁜 사람, 심지어 끔찍한 사람에게 벌어진 일들은 공평하지 않다. '공평'은 사전에만 나올 뿐이다. 우리는 갇힌 세상 속 갇힌 인생의 금속 쳇바퀴에서 살아간다…….

*

존 팬트는 또 다른 수술을 잘 견뎌 냈다. 한쪽 발을 잘라 내고 다른 쪽을 잘라 내는 과정에 들어갔다. 계속 잘라 냈다. 절단하지 않아도 죽을 테지만 더 나은 다른 선택이 없었다.

메리가 전화를 걸어 그가 퇴원했다며 저녁 초대를 했다. "와인도 준비했어요."

날짜가 정해졌다.

도착해 보니 팬트가 테이블 앞에 앉아 있었다. 휠체어를 타고. 병원 침대에 이불을 덮고 누워 있는 것보다 훨씬 보기 좋았다. 아들 부부인 해리와 나나도 그 자리에 있었다. 메리가 우리를 소개했다. 우리는 자리에 앉았고 메리가 와인을 따랐다.

"당신과 와인 한잔을 하고 싶군요, 치나스키 씨." 존이 말문을 열었다.

"영광입니다……."

우리는 잔을 들어 올렸다.

"맛이 어떤가요, 치나스키 씨?"

"좋습니다, 팬트."

"해리와 나나도 당신 책을 쭉 읽었어요. 지금은 팬이 됐고요."

"내가 좋은 스승인 존 팬트 씨에게 배워서 그렇답니다."

"내가 없어도 성공했을 거잖아요."

"선생님 문체를 좀 빌렸어요. 하지만 내용은 다르죠. 존은 착한 사람처럼 글을 씁니다. 난 내 안의 나쁜 놈을 더 끄집어내고요."

"당신 말이 맞아요. 와인을 좀 더 드세요. 메리, 행크에게 와인을 넉넉히 줘요."

메리가 저녁을 차렸고 나나가 거들었다. 음식은 훌륭했다. 우리는 간간이 말을 하며 조용히 식사했다. 식사를 마치고 와인을 더 마셨다.

"당신과 한잔 더 하고 싶어요, 치나스키 씨! 오늘은 아주 굉장한 날이니까요!"

"한 잔만 더 마시고 그만두세요." 메리가 자제시켰다.

"무소에 다녔다는 말을 들었어요." 존이 말을 건넸다.

"우리가 거기 살 때 일주일에 한 번은 갔어요." 알타가 설명했다. "지금은 산페드로에 살아서 자주 가지 않아요."

"그럼 체이슨즈에 가 봐요." 팬트가 권했다.

"거긴 너무 고급이라." 내가 내키지 않는 이유를 말했다.

존이 두 번째 와인을 마셨다. 그가 되살아났다. 난 기뻤다. 그에게 생명이 되돌아온 것을 느꼈다.

"무소에 혼자서 자주 갔어요. 어느 날 테이블에 앉아 있는데 가장 좋아하는 작가가 들어오더라고요. 빅 레드였어요. 빅 레드가 누군지 알아요?"

"아뇨……."

"싱클레어 루이스."

"세상에!" 그 이상은 말하지 않았다. 싱클레어 루이스는 내 취향이 아니었다.

"저기, 피우는 게 뭐예요? 냄새가 이상한데!" 존이 물었다.

"이건 인도산 담배예요. 니코틴은 없지만 와인에 잘 어울린답니다."

"나도 한 개비 주겠어요?"

난 메리를 쳐다보았다. 그녀가 고개를 끄덕이며 "그러세요."라고 말했다. 난 담뱃불을 붙여서 그의 손에 놔 주었다. 알타가 재떨이를 들고 왔다.

"재떨이 여기 있어요, 존. 느껴지죠?"

"네, 고마워요. 아무튼 내가 거기 앉아 있는데 빅 레드가 들어왔어요. 마치 하느님을 보는 것 같은 기분이었어요, 알죠?"

"그럼요, 알죠." 내가 대답했다.

"아무튼 그가 여자 둘하고 테이블에 앉아서 주문했어요. 난 그냥 어린애였고 그렇게…… 싱클레어 루이스와 같은 공간에 있고……. 웨이터가 와인 한 병을 가져왔고 그가 여자들과 마셨어요. 빅 레드가 거기 앉아 있다니. 불가능처럼 느껴졌어요. 그를 방해하고 싶지 않았어요. 침착하려고 했는데 그러지 못했어요. 난 혼자였으니까. 마침 노트가 있어서 영화 대본을 쓰는 척했어요. 하지만 난 대본 쓰는 걸 싫어했죠. 그래서 빈 페이지가 많았어요. 그중 한 장을 찢어서 싱클레어 루이스에게 다가가 그의 테이블 앞에 섰어요. 그는 여자와 이야기하고 있었는데……. 이 인도 담배가 꺼진 것 같아요…….”

알타가 자리에서 일어나 자기 라이터로 다시 불을 붙여 주었다. “화학 물질이 없어서 자주 꺼져요.”

“고마워요, 알타……. 아무튼 난 거기 서서 말했어요. ‘실례합니다, 루이스 씨…….’ 그가 고개를 들었어요. 그의 여자들도 날 쳐다보았고요. ‘난 작가예요. 존 팬트라고 합니다. 당신은 쭉 내 최고의 작가였어요. 정말로 방해하고 싶진 않지만 이렇게 왔습니다. 이 종이에 사인 좀 해 주시겠어요?’”

잠시 정적이 흘렀다. 존이 남은 와인을 들이켰다. 무소에서 빅 레드의 테이블 앞에 서 있던 때로 돌아간 듯했다. 마침내 그가 말을 이었다. “싱클레어 루이스는 내가 그 자리에 없는 것처럼 행동했어요. 그는 내가 내민 종이를 무시하고 다시 여자와 이야기하기 시작했죠.”

“뭐 그런 놈이 다 있어.” 내가 분개해서 말했다.

“난 다시 자리로 돌아가 이 상황을 생각해 보았어요. 생각하면 할수록 기분이 나빠졌죠. 빅 레드는 차갑게 날 내쳤어요. 난 웨이터를 불러서 계산하고 다시 루이스의 테이블로 걸어갔어요. 그가 날 쳐다보더군요. ‘이봐, 멍청아, 난 당신과 같은 출판사에서 책을 냈어. LH 렌킨이 당신이 얼마나 별종인지 알고 싶어 할 것 같은데!’ 그렇게 쏘아 주고 출구로 걸어갔어요. 슬쩍 뒤를 돌아보니 그가 테이블에서 일어나 날 따라오는 거예요. 난 뒷문으로 나가 차에 올라타고 숨어 버렸죠. 그가 문밖으로 나와 주변을 두리번거리는 게 보였어요. 겁에 질린 것 같더군요. 하지만 날 찾을 수 없었죠. 그는 한동안 그렇게 서 있다가 다시 안으로 들어갔어요. 내가 그에게 겁을 준 거죠!"

*

솔직히 난 그 이야기가 마음에 들지 않았다. 자만심이 충돌한 것 같았다. 하지만 팬트가 자신의 영웅에게 실망한 모습을 보는 것도, 그가 잠시나마 자신이 장님이 된 것과 의사들이 그의 다리에 한 짓을 잊어버린 걸 보는 것도 좋았다.

"재미있는 이야기군요." 내가 자연스럽게 말을 이었다. "LH 렌킨에게 말한 건 아니죠?"

"아니…… 당연히 아니죠……."

인도산 담배의 불이 꺼져 내가 그의 손가락에서 담배를 받아 들었다.

"행크에게 와인을 더 줘요. 행크는 와인을 좋아하니까. 메리가 책을 읽어 줬어요……."

"난 괜찮아요, 존. 괜찮아요……."

"이 와인 괜찮죠?"

"그럼요, 좋아요. 내 걱정은 마세요. 여기 와서 너무 기뻐요."

"나도 그래요." 알타가 맞장구를 쳤다.

"알타, 그를 잘 보살펴 줄래요? 그는 도움이 필요해요……."

"내가 행크를 잘 돌볼게요, 존……."

팬트는 한동안 그렇게 앉아 있었다. 불독 같은 얼굴이 살짝 처졌다. "이제 피곤하군요……. 실례해도 괜찮을까요?"

"물론이죠, 존……."

메리가 다가와 휠체어 뒤로 가더니 그를 테이블에서 빼내 침실로 데려갈 준비를 했다.

"잘 자요, 존……." 알타와 내가 말했다.

"잘 자요." 그가 대답했다.

메리가 그를 침실로 데려갔다. 그녀는 잠시 그 방에 있다가 나왔다.

"지금 이 상황이 그에게 무슨 의미인지 모를 거예요. 다시 책이 주목을 받고 사람들이 챙겨 주는 것 말이에요. 발병한 뒤로 모두가 그에게서 멀어진 것 같았어요. 수년간 알고 지내던 사람들도 발길을 끊어 버렸죠. 더 이상 어느 누구도 흥미를 보이지 않는 것 같았어요."

"지금이 바로 사람들이 흥미를 보여야 할 때예요." 알타가 선언하듯 말했다.

"그런 식으로 되지 않아요." 해리가 현실을 알려 주었다.

"일종의 영적인 봉쇄가 이루어져 아버님을 완전히 묻어 버린 것 같아요……." 나나가 덧붙였다.

메리가 와인을 좀 더 따르고 나를 쳐다보았다. "당신이 그에게 편지를 보낸 적이 있죠. 가끔 남편이 그 편지를 다시 읽어 달라고 해요……."

"어머, 세상에, 난 최악이군요……."

"아니에요, 행크. 편지가 정말로 도움이 되었어요."

"그 속에는 어떤 동정도 없어요. 난 진실만 말했어요."

"그는 정말로 새 소설에 빠졌어요. 대략 60페이지쯤 되는데 웃기고 내용도 좋아서……."

"존은 빅 레드보다 훨씬 잘 쓸 수 있어요." 내가 장담했다.

"와인이 마음에 들어요? 존이 당신의 취향을 찾았어요. 꼭 그래야 한다면서."

"익숙한 맛이에요."

그리고 뒤쪽 침실에서 비명이 들렸다. 인간의 비명이 아니었다. 상처 입은 늑대가 눈 속에서, 아무도 없는 어둠 속에서 죽어 가며 토해 내는 비명이었다. 메리가 의자에서 벌떡 일어나 침실로 달려갔다.

우리는 기다렸다. 해리가 잔을 채워 주었다. 할 말이 없었다. 우리는 조용히 몇 분간 술을 마셨고 메리가 돌아왔다.

"저기." 내가 어렵게 입을 뗐다. "좋은 저녁이었어요. 이제 그만 가 볼게요. 존이 저 방에 있으니 우리가 말하고 마시고 웃는 소리를 들을 거예요. 하지만 그는 함께 하지 못하잖아요. 그건 불공평해요……."

"남편은 당신이 여기 있는 소리를 듣고 싶어 할 것 같아요."

"그렇게 생각해요?"

"네." 메리가 벽을 향해 손짓했다. "존이 할리우드에 입성하기 몇 년 전에 이 집을 샀어요. 그땐 저렴했죠. 세월이 흐르면서 주변을 둘러보니 백만장자들만 남았지 뭐예요."

"그건 죄가 아니에요." 내 의견을 말했다. "부를 세습하는 게 나쁜 거죠. 그러면 본성을 드러낼 일이 없으니 본성이 없어지는 거죠."

"지금은 어떤 글을 쓰나요, 행크?"

"내가 어떤 글을 쓰든 절대 존하고 비교할 수 없을 거예요."

"그래도 계속 글을 써야죠."

"그래야죠. 달리 할 줄 아는 것도 없고⋯⋯."

그때 뒤편 침실에서 다시 비명 소리가 들렸다. 메리가 의자에서 일어나 뛰어갔다.

"가엾은 어머니." 해리가 안타까운 마음을 드러냈다. "어머니한테도 고역이었어요. 이렇게 된 뒤로 어머니가 아버지의 눈과 다리, 아니 전부가 되어 왔으니까요. 어머니는 전적으로 아버지를 사랑해요. 안 그랬으면 훨씬 수월했을 텐데⋯⋯."

몇 분 뒤 메리가 다시 나왔다. 그녀는 완전히 지친 기색인데 사랑도 인내도 기적도 절대 풀 수 없는 문제를 본 것 같은 모습이었다⋯⋯. 그건 선함, 이성에 대한 궁극의 굴욕이었다. 여러 곳에서 수차례 일어나지만 절대 해결할 수 없는 문제. 끊임없는 고통이 주는 완벽한 불가능이었다.

"즐거웠어요." 내가 끝을 맺었다. "이제 그만 가 볼게요."

"그러세요." 메리가 받아 주었다.

"존에게 만나서 좋았다고 전해 주세요." 알타가 인사말을 전했다.

*

알타가 차를 몰았다. 난 최근 음주 운전으로 체포된 적이 있다. 우리는 해안을 따라 산타모니카로 향했다. 바다와 어두운 모래가 펼쳐졌다. 달이 떴다. 물고기가 보였다. 헤드라이트들이 우릴 지나쳤다. 우리는 밝은 붉은색 후미등을 따라갔다. 지옥이 하늘에 똑바로 서서 위아래로 움직이며 팔을 흔들었다. 많은 사람이 볼 수 없지만 누군가는 볼 것이다.

난 엔진 소리에 귀를 기울이며 그 속에서 구원을 얻으려고 했다. 산타모니카로 가는 길 오른편에 키 큰 야자나무가 보이기 시작했다. 저 야자나무는 콜로라도 출신 존 팬트의 글에 자주 등장했다. 난 마음이 약해졌고 와인을 따서 알타에게 건넸다. 그녀는 똑바로 운전대를 잡은 상태에서 능숙하게 한 모금 마시고 내게 넘겨 주었다…….

팬트는 실제로 소설을 끝냈다. 수술한 뒤 병원을 나왔고 메리가 받아쓰다가 타이핑을 했다. 어쩌면 존은 시간을 보고 있었을 것이다. 내게 타이핑한 원고의 사본이 있는데 아주 잘 읽혔다. 《스포츠의 시대? 그래?》만큼은 아니지만 다리 없는 장님이 쓴 것치곤 훌륭한 작품이다. 사지가 멀쩡한 사람이 쓴 거라고 해도 훌륭한 작품이다. 라킨이 그걸 출간한다고 해서 무척 기뻤다. 팬트의 초기 작품들도 함께. 팬트는 아무것도 없는 곳에서 스스로 일어났다. 《스포츠의 시대? 그래?》는 잘 팔렸고 평도 좋았다. 비평가들은 그 오랜 세월 이 사람이 드러나지 않았다는 사실에 놀라워했다.《스포츠의 시대? 그래?》는 독일어로 번역되어 독일에서 출간되었다. 그리고 팬트는 차기작의 가능성에 대해 생각하기 시작했다.

일주일 정도 지났을 무렵, 아니 3주쯤 지났을 때다, 술이 덜깬 날 아침 메리의 전화를 받았다.

"존이 다시 병원에 입원했어요, 행크……."

"또 수술을 하나요?"

"네……."

제기랄, 얼마나 더 그를 잘라 내려고 하는 거야? 더 자를 게 남았나?

알타와 그의 병실을 찾아갔다…….

우리가 도착했을 때 팬트는 병실에 홀로 있었다. 그는 잠든 것처럼 보였다. 눈을 감고 숨을 토해 냈다. 우리는 커피를 마시러 나갔다.

병실에 돌아와 보니 간호사가 있었다. 죽은 사람이나 죽어 가는 사람을 너무 많이 봐서 아무렇지 않아진 활기찬 간호사였다. 그녀가 어깨너머로 우리를 보고 씩 웃었다.

"잠시만 기다려요. 환자가 지금 주사를 맞고 있어요!"

우리는 밖에서 기다렸다.

잠시 후 간호사가 생글거리는 얼굴로 나왔다. "다 됐어요. 이제 들어가 봐요!"

우리는 안으로 들어갔다.

"안녕하세요, 존. 행크와 알타예요."

"난 저 간호사가 싫어요." 그가 느끼는 대로 말했다. "일본 딱정벌레 같은 감성을 가졌어."

"꽃을 좀 가져왔어요." 알타가 화제를 바꿨다. "눈으로 보진 못해도 향기는 맡을 수 있어요. 자요……."

"그래요, 향기가 좋네요……. 두 사람이 와 줘서 기뻐요……."

"이 방엔 꽃병이 없군요. 가서 꽃병이 있나 찾아볼게요." 알타가 병실을 나섰다.

"행크, 어떻게 지냈어요?"

"나도 같은 질문을 하려고 했는데 대답이 두려워서요."

"뭐, 알다시피 닥터 롭스가 또 칼을 댔어요."

난 자리에 앉았다. "물이나 담배를 줄까요? 아니면 소변통을 비워 줄까요?"

"아니, 다 괜찮아요……."

"지옥처럼."

"집에 가고 싶군요. 여기서는 일을 할 수가 없어요."

"그렇죠. 저기 궁금한 게 있는데……."

"뭔가요?"

《스포츠의 시대? 그래?》에서 사랑스러운 카르멘에게 무슨 일이 일어난 거죠? 그녀가 정말 사막으로 사라졌나요?"

"아니, 그녀는 돌아왔어요. 빌어먹을 레즈비언이 되었죠!" 그가 웃었다.

"이런 젠장!"

*

알타가 꽃병에 꽃을 꽂아서 돌아왔다.

"뭐 이런 병원이 다 있는지? 꽃병을 찾느라 엄청 힘들었어요."

"여긴 서커스예요." 팬트가 말을 이었다. "오늘 아침《타잔》
에 나온 남자를 만났어요. 복도를 뛰어다니며 정글의 함성을
질러 대더군요. 결국 간호사들이 그를 병실로 돌려보냈죠. 그
가 해를 끼치지는 않아요. 오히려 기분이 한결 나아졌어요. 우
리가 활동하던 과거를 돌아볼 수 있었으니까⋯⋯."

"그 사람이 이 방에 들어온 적도 있나요?"

"네. 내가 이를 드러내니 그가 도망쳤죠⋯⋯. 어쩌면 내가
여기 있는 게 최선일지도 몰라요. 집에서는 폐품수집인이 날
데려가지 못하게 메리가 산탄총을 끼고 있어야 해서⋯⋯."

"그렇게 말하지 마세요." 알타가 애원하듯 말했다.

"가장 신경 쓰이는 건 눈이에요. 난 무슨 일에도 울지 않지
만 눈물이 자꾸 흘러요. 그걸 멈추는 유일한 방법은 안구를 적
출하는 것뿐이라고 했어요. 어떻게 생각해요, 행크?"

"난 의사가 아니에요. 하지만 내가 의사라면 '안 된다'고 하
겠어요."

"그건 왜죠?"

"항상 기적을 믿으니까요."

"당신은 거친 현실주의자인 줄 알았는데요?"

"난 도박꾼이기도 하죠. 책을 또 쓸 건가요?"

존의 얼굴이 회갈색으로 바뀌었다. 우리에게 대강의 플롯을 알려 주는 동안 불이 들어오기 시작했고 그가 말을 마쳤다.

"아주 괜찮은 스토린데요." 알타가 관심을 보였다.

"꼭 써야 해요." 나도 용기를 주었다.

그리고 침묵이 흘렀다. 말하는 건 도움이 되지만 그를 피곤하게 만들었다. 의사가 말해도 괜찮다고 했는데. 대체 그들이 아는 게 뭐지?

몇 분이 흘렀다.

다시 팬트가 말을 이었다. "내가 알던 사람들이 갑자기 발길을 끊어 버린 게 참 이상해요. 동료, 좋은 친구…… 내가 수년 동안 알고 지낸 사람들……. 내게 이런 일이 일어나자 처음에는 소식이 뜸해지더니 인연을 끊어 버렸어요. 그들만의 세상이 있고 난 더 이상 거기에 속하지 않아요. 한 번도 이런 식이 되리라곤 생각하지 못했는데……."

"우리가 여기 있잖아요, 존……."

"알아요. 그래서 좋아요……. 행크에 대해 말해 줘요, 알타……. 그는 작품만큼 정말로 거친가요?"

"아뇨. 그는 버터예요. 흐물흐물한 100킬로그램짜리 버터요."

"나도 그렇게 생각했어요."

"저기 존, 다음 소설 구성은 좋았어요. 그런데 지금 이야기를 써 보는 건 어때요? 좋은 친구들이 당신 곁을 떠나 도망쳐 버린 이야기요?"

난 이렇게 덧붙이고 싶었다. 당신이 홀로 몇 시간 동안 다리도 없이 눈이 먼 채로 침대에 누워 있게 놔둔 거냐고. 그들은 돈이나 여자 혹은 남자를 쫓거나 파티에서 멋진 대화를 나눌 것이다. 아니면 와이드 스크린 TV를 보거나. 아니면 그 할리우드 인간들은 쓰레기 같은 걸 쓰고 또 쓰고 자기들을 옹호하는 대중처럼 그것이 정말로 특별하다고 생각하는지도 모른다.

"아니, 그러고 싶지 않아요."

존 팬트. 마지막 남은 좋은 사람.

"그 많은 사람에게서 가장 많이 본 게 바로 원통함이에요. 모든 사람이 원통하게 변하는 걸 보는 일은 참 끔찍해요. 정말로 슬픈 일이죠…….."

"당신 말이 맞아요, 존." 알타가 공감해 주었다.

"이제 피곤하군요. 그만들 가 봐요…….."

"잘 있어요, 존…….."

"잘 가요…….."

내 소설에 몰두했고 셀린, 투르게네프, 존 팬트의 도움이 있기에 괜찮게 느껴졌다. 하지만 글을 쓰는 건 특이한 일이다. 어디에도 도달하지 못한다. 가까이 갈 수는 있지만 결코 도달할 순 없다. 그래서 우리 대다수는 계속 갈 수밖에 없다. 속았지만 그만둘 수 없다. 멍청함이 종종 그 보상이 된다.

라킨에게서 메리가 말리부의 집을 잃어버릴 처지라는 이야기를 들었다. 그 영화병원이 마침내 비용을 엄청나게 청구하기로 했단다. 롭스 박사에게도 비용을 지불해야 했다. 수술은 비쌌고 그들은 낡은 메르세데스 벤츠를 너무 오래 몰고 싶어

하지 않았다……. 말리부 집을 넘기는 절차가 진행되었다. 죽지 않으려면 돈이 아주 많이 들었다. 병원은 자비의 산실이어야 하지만 비즈니스의 산실이 되었다. 빌어먹을 거대 비즈니스의 산실.

존을 다시 찾아가기까지 너무 오래 끌었다. 나도 존을 등진 친구들보다 나을 게 없었다. 우리가 그를 찾아가기 전에 전화가 왔다. 메리였다.

"존이 숨을 거두었어요." 그녀가 알려 주었다.

난 뭐라고 대답했는지 기억나지 않는다. 그리 좋은 말은 아닌 것 같다. 정신이 멍해졌다. 힘든 세상을 벗어난 게 다행이라는 식으로 말한 것 같다. 그리고 메리에게 괜찮으냐고 물었다.

바보, 멍청이.

난 장례식장에 가기로 했다.

살고 죽고 묻히고. 남은 자들은 엔진오일을 바꾸고 윤활유를 친다. 어쩌면 섹스를 하거나 잠을 잔다. 스크램블드에그, 완숙, 반숙을 해 달라고 하거나…….

더운 날이었다. 우리는 교회를 찾았고 늦었다. 퍼시픽코스트하이웨이가 봉쇄되어 엄청난 교통 체증 속으로 우회해야 했고 교회를 찾는 유일한 방법은 영구차를 쫓아가는 것밖에 없었는데, 알고 보니 그게 가장 올바른 방법이었다.

가족들이 거기 있었고 친구도 몇 명 보였다. 난 추도사를 해 달라는 요청을 받았지만 눈물을 흘려서 모두를 속상하게 만들 걸 알기에 거절했다. 장례식장에서 벤 페전츠를 보았다. 벤은

《로스앤젤레스 타임스》에 실린 기사에서 팬트를 두둔했다. 우리는 한때 친구였지만 난 그를 시 속에 묻어 버렸다.

우리는 다들 차를 대놓은 쪽으로 걷기 시작했다. 알타가 내 손을 잡았다. 메리는 의자에 그대로 앉아 있었다. 우리가 나설 때 존의 아들 해리를 보았다.

"다 쏟어 버려요, 행크!"

"그래요, 해리……."

대답을 하고 나서 내가 너무 이기적이라고 느꼈지만 한발 늦었다. 그 말의 의미가 뭔지 감을 잡았고 어쩌면 그의 말뜻을 이해했을 수도 있다. 그의 아버지 존 팬트가 제대로 쏟어 버리는 방법을 알려 주었다는 것을……

이게 내 이야기의 전부다.

난 나의 우상을 만났다. 극소수의 사람만 그런 행운을 누릴 수 있다.

이백에게 보여 주는
찰스 부코스키의 로스앤젤레스

이백과 함께라면 그를 무소 앤 프랭크로 데려가서 빈 테이블이 나길 기다리는 동안 바에 앉을 거다. 웨이터 진에게 가능하면 '올드룸'의 테이블을 달라고 요청할 거다. 관광객으로 발 디딜 틈 없는 토요일이나 금요일 밤이 아니면 바에서 기다리는 것도 괜찮을 것이다.

난 보드카 7s를 좋아하고 이백이라면 괜찮은 레드 와인을 고를 테지. 빈 테이블이 나면 보졸레누보를 주문하고 메뉴를 살핀다. 난 그에게 헤밍웨이, 포크너, F. 스콧이 무소에서 술을 진탕 마셨고 나도 정오가 되면 테이블에 앉아 병째 주문하면서 메뉴를 살필 뿐 식사는 전혀 하지 않았다고 말할 거다.

무소에서 나선 뒤 우리는 내 집으로 가서 술을 더 마실 텐데, 아마 레드 와인으로 할 것이며 인도산 셰르 비디스를 피울 거다. 내가 이야기하면 그가 듣고 그가 이야기하면 내가 듣겠지. 즐겁게 웃다가 밤이 될 거다. 그가 시를 쓰고 태워서 그 재를 로스앤젤레스 항구에 뿌릴 게 아니라면.

어느 도시든 훌륭한 취향과 센스는 찾아보기 힘들고 못 보는 경우가 더 많다. 우리 밖에 있는 것은 우리 안에 있는 것만큼 중요하지 않지만, 당연히 밖에 있는 것과도 함께 살아야 한다. 이백도 그 점을 알 것이고, 그러니 천천히 술을 마시는 게 우리 둘이 밤을 넘기는 가장 좋은 방법이겠지. 아, 그래, 좋아, 좋아.

거장을 돌아보며

죽은 지 오래된 인물일수록 그 사람의 장단점을 왜곡하게 된다. 죽어서 반응이 없으니까 마음 놓고 비판할 용기가 생긴 까닭이다. 지금은 파운드가 입에 오르내리고 있다. 그의 깨달음이 파운드학파와 학자들을 남겼고 이들이 그에 대해 나보다 잘 말해 줄 수 있다. 난 그저 내 입장에서 느끼고 깨달은 것만 알려 줄 수 있을 뿐 제대로 된 깊이 따위는 없다. 단순 노동으로 인생을 거의 탕진한 터라 내가 가장 열심히 연구한 건 나 자신뿐이니까. 아무튼 계속 이야기해 보자……

우선 적어도 파운드가 남긴 무리는 시의 일정 부분을 발전시키는 형태를 취했으며, 이 학파가 현재 유일하게 남아 있는 작품들보다 확실히 잘난 속물근성과 쩨쩨한 파벌주의에 능하다. 파운드가 계속 떠들고 다닌 말 중에 이런 것이 있는데 말이다. "자기 할 일이나 해!" 그러나 이 청년들은 시가 어때야 하는가에 관해 더 떠들어 대고 그에 관한 비평을 쓴다. 그러느라 시간을 거의 다 잡아먹고 마침내 그 행위가 그들을 잡아먹는다. 이론에 사로잡혀 변비에 걸리거나 편협해지지 않으려면 글이 가는 길과 방식에 주의를 기울여야 한다. 격언을 뒤섞고 뭐는 되고 뭐는 안 되고 하면서 돌고 도는 말장난은 별로 똑똑하지 않은 사람이 떠벌리는 개똥철학일 뿐이다. 우리는 파운드를 원망할 수 있지만 그 뒤로…… 이런 자들을 남긴 건…… 좀 그렇다.

그래서? 어쩌자는 거냐고? 10년간 술을 마시며 아무것도 쓰지 못하고 아무것도 읽지 못하고 완전히 굶주렸을 때 여자들과 농담 따먹기를 하며 시간을 때웠다. 내가 몇 년간 잠자리를 같이 한 여자가 거리의 창녀일 수도 있다. 시내 도서관에서 빌린 무거운 책을 들고 집까지 먼 길을 걸어 돌아올 때면 그녀는 항상 이렇게 물었다. "빌어먹을 책을 또 가져왔어요?"

난 항상 이렇게 대답한다. "응, 자기, 이건 《캔토스》야."

그녀의 반응은 늘 똑같다. "하지만 당신은 절대 안 읽잖아요!"

그 말이 정답이다. 하지만 나도 《캔토스》의 일부는 읽을 수 있고, 내가 읽는 게 뭔지 확신하지 못하지만 어느 선에서는 파운드가 우아하고 고상한 방식으로 그런 어구를 만들었다는 데 감명했다. 헤밍웨이가 산문을 대표한다면 파운드는 시를 대표한다. 신기하게도 그들의 작품은 내용이 별로 없을 때 흥미를 끌고 재미를 준다. 그들을 폄하할 수도 있지만 그들을 언급하지 않기란 불가능하다. 파운드는 자신만의 톱니꼴을 남겼다. 그가 가장 잘한 일은 《포이트리》에 신선한 피와 새 군단을 보낸 것이다. 물론 그는 《캔토스》보다 많이 썼다.

파운드가 반유대주의자건 파시스트건 양쪽 다이건 그건 다른 논쟁거리다. 내가 읽은 라디오 연설문은 미친 남자의 횡설

수설이라기보다는 자기가 똑똑하다고 생각하는 고등학생의 두서없는 말처럼 들렸다. 또한 마음가짐이 창의적인 사람은 자기와 다른 쪽도 보려는 자연스런 욕구가 있다. 가끔은 그냥 장난삼아 반대편에 서고 싶다는 욕망도 생긴다. 원래 자리에 아주 오래 꾸준히 머물렀기에 지루할 수도 있기 때문이다. 셀린, 함순을 비롯해 몇몇 인물이 간간이 그러기도 한다. 그들은 용서받지 못했다. 선과 악(그런 것이 존재한다면)을 넘어서는 시도를 하면서 가끔 균형이 흔들려 악(존재한다고 가정하면) 쪽으로 가는데 그쪽이 더 흥미롭다고 생각하기 때문이다. 특히 같은 국민이 선이라고 배운 걸 흔쾌히 받아들이는 것(그리고 거기에 한 치의 의구심도 갖지 않는 것)을 보았을 때다. 일반적으로 지식인은 다수의 대중이 믿는 건 믿지 않는 경향이 있고 대개는 이런 점 때문에 요주의 인물로 찍힌다. 승자가 올바른 쪽을 결정하는 정치 분야에선 그로 인해 입지가 난처해지기도 하고.

파운드도 그랬기에 우리는 그를 구제하고자 정신병자로 분류하여 그가 어쩔 수 없이 그랬다고 말한다. 그렇지만 파시스트인 나치가 이겼다면 파운드가 최초로 그들을 등진 인물이 되어 대가를 치렀을 거라 생각한다. 그는 패자로 찍혔고 패자는 아직 전범 재판에서 이긴 적이 없다.

미국에서는 제1차 세계대전 이후 소위 지식 계층이라는 대학들이 좌파로 기울었다(특히 1931~1947년에 엄청나게 늘었다). 좌파로 기운 예술가는 극좌파라 하더라도 용서받을 수 있고 독자적인 용맹함의 우월한 전형으로 여겨진다.

파운드는 그런 사고틀에 맞지 않았다.

그래서 우리는 어떤 결론을 내릴 수 있을까? 파운드의 제자들은 그의 작품 전체를 보고 판단할 일이지 소수의 정치적 기행은 제외해야 한다고 주장한다. 다른 이들은 사람 전체로 판단해야 한다고 외친다(그 말은 곧 그들의 기준에 의해 판단한다는 뜻이다. 내가 맞으면 남은 틀렸다. 오케이?).

인간(그리고 여자)의 역사는 궁극적인 인간의 선한 마음으로 생겨났을까, 아니면 탐욕과 권력의 필요성이 대두되어 나타난 것일까? 아니면 둘이 섞인 것일까? 난 모르겠다. 난 정치적 견해가 없는 불쌍한 인간이다. 정치에 대해 쥐뿔도 모른다.

파운드에 대해 내가 아는 거라곤 그의 작품을 쭉 읽을 수 있었다는 것뿐이다. 예술가로서 그는 언어에 상당한 감각을 지녔다고 생각한다. 단어를 어디에 어떻게 놓는지 잘 알았다. 아주 제대로. 그는 또한 사기꾼이라 종종 말장난으로 우리를 가지고 놀면서 비웃었다. 자신의 작품 대다수가 사기와 허풍이라는 걸 알았던 것 같지만, 우리를 속인 방식이 훌륭했고 그 자체로 또 다른 예술의 형태가 되었다.

시인들에 대한 질문을 받았을 때 니체가 이런 말을 하지 않았던가. "시인이요? 시인들은 거짓말을 너무 많이 해요."

파운드는 거짓말을 한층 발전시켰다. 그의 거짓말은 고차원의 복잡한 유흥으로 이루어져 있다. 가끔은 심지어 그가 알지 못하는 사이에 그렇게 되었다. 그의 시는 간혹 높이 쳐줄 만큼 뛰어나지만 보통은 그냥 죽은 생선에 지나지 않는다.

올바르고 강인한 시구를 쓸 수 있는 사람은 몇 안 된다. 최악의 경우 파운드가 결국 가짜라면 그를 대신할 사람이 누굴까? 로버트 로웰?

물론 이 세상에서 고통을 겪는 건 시인만이 아니고, 그들이 그런 이야기를 더 많이 할 뿐이다. 그리고 비평가들은 단언컨대 썩은 바닷가재 살코기에 불과하다. 내가 너무 미천해 이런 식으로밖에 말할 수 없어서 유감이다. 기본적으로 내가 말하고자 하는 건 파운드는 괜찮다는 것이다.

괜찮고, 괜찮고, 괜찮고, 열 번도 더 괜찮다.

또 다른 포트폴리오

1940년대 《블랙선》에서 자살에 관한 글을 쭉 써 왔고, 파리의 호텔에서 매춘부와 함께 있다 자살한 해리 크로스비의 미망인인 《블랙선 프레스》의 편집자 커레스 크로스비가 있는 《포트폴리오》에 스물네 살 때 원고를 보냈고 그녀가 받아 주었다.

그때부터 1~2년이 지난 뒤 난 완전히 미쳤고 작가가 되려고 노력 중이며 애틀랜타에서 주당 1.25달러를 내는 타르페이퍼 움막에서 물도 난방도 전기도 없이 산다.

난 카프카보다 비참한 기분이고 어쩌면 투르게네프보다 더 엉망일 수도 있다. 먹을 게 하나도 없어 굶고 있으며 어쩌다 보니 아무것도 없는 부모에게 아무것도 받은 것이 없어 땡전 한 푼 없는 신세지만 우표와 봉투, 오래전 《포트폴리오》의 주소와 케이 보일의 주소를 가지고 있다. 양쪽 모두에게 대여섯 장짜리 편지를 써서 급속도로 줄어드는 내 영혼과 육신에 남은 게 뭔지 설명했고 편지를 붙인 뒤 기다리고, 기다리고, 또 기다렸다. 과일 가판에서 사과 하나를 훔치려다 붙잡혀 수치스러웠다. 도둑질한 적은 한 번도 없다. 기다리고 기다려서 방세 1.25달러가 밀렸지만 수많은 십자가 위의 수많은 그리스도처럼 집주인도 나처럼 죽어 가는 신세라 버틸 수 있었고, 아무튼 약자에 대한 연민이 상당한 위대한 자유주의자 케이 보일은 답이 없었다. 어쨌든 그녀의 문체는 너무 번지르르한 데다 개성이 없어서 좋아한 적이 없다. 난 10달러를 빌려 달라고 하면서 갚는다고 약속했다. 나라면 빌려 주었을 거다.

아무튼 커레스 크로스비가 답장을 보내 주었다. 《포트폴리오》는 폐간했고, 내 위대한 소설을 기억하고 있으며, 현재 이탈리아의 성에 살면서 가난한 사람들을 돕는 데 헌신하고 있다는 내용이었다. 그녀의 아랫마을에 가난한 사람이 너무 많으며 내가 연락해서 기뻤다고 덧붙였다.

편지 안에 돈이 들어 있진 않았다. 난 밖이랑 다를 바 없이 춥고 어두운 움막에서 편지지를 흔들고 또 흔들어 보았다. 얇은 캘리포니아 셔츠와 바지 차림으로 앉아 봉투를 찢어 발리며 구석구석 살폈지만 아무것도 없었다. 이탈리아 거지가 미국 거지보다 더 가치 있단 말인가? 그들의 배는 우리보다 허기를 더 많이 느끼나?

서부 철도 공사 현장에서 일하기 위해 애틀랜타를 빠져나왔지만 그들의 더럽고 무디고 뻔한 농담에 웃지 않는다는 이유로 그들 전체와 싸워야 했다.

"형씨한테 문제가 있어!"

"그래…… 나도 알아……. 그러니 좀 꺼지라고!"

창문이 먼지와 진흙으로 뒤덮인 낡은 자동차가 날 이 지옥에서 저 지옥으로 데려갔다.

또 다른 나

침대에서 기지개를 켜다 처음으로 알았다. 욕실문이 살짝 열려 있고 웬 남자가 거울 앞에 서 있는데, 혹은 서 있는 것처럼 보였는데 그가 나와 아주 많이 닮았다는 사실 말이다.

"이봐!"

소리치며 침대에서 벌떡 일어나 욕실로 달려갔다. 아무도 없었다. 심한 숙취를 느끼며 침대로 돌아갔다. 시계 달린 라디오가 오후 1시 32분을 가리켰다. 내가 본 것 혹은 상상한 것에 대해 생각해 보았다. 다시 그 생각을 없애려고 애썼다. 경마장에는 아직 경주 몇 개가 남아 있다. 일어나서 주섬주섬 옷을 걸쳤다…….

세 번째 경주를 보기로 했다. 수요일 오후라 그리 북적이지 않았다. 세 번째 경주에 베팅하고 돈을 잃은 뒤 샌드위치와 커피를 사러 매점으로 갔다.

기분이 좀 나아졌다. 경마장은 긴장을 풀어 주는 곳이다. 누군가에겐 부질없는 곳일지도 모르지만 여기 말고는 긴장을 풀러 갈 만한 곳이 떠오르지 않았다. 경마장과 간간이 마시는 술이 없다면 내 삶은 상당히 암울하고 무감각해졌을 것이다.

샌드위치를 먹고 분수대로 향했다. 분수대는 북서쪽 먼 끝 모퉁이 관람석 아래에 있다. 걸어가는데 뒤에서 발자국 소리가 났다. 난 누가 뒤에서 걷는 걸 좋아하지 않는다. 방향을 틀었는데도 발자국 소리가 따라왔다. 그리고 누군가 내 어깨를 두드렸다.

"실례합니다만……."

난 발을 멈추고 돌아보았다.

남자가 물었다. "남자 화장실이 어딘지 아세요?"

"베팅 창구를 지나 뒤쪽으로 가세요. 그 끝에 계단이 있는데 오른쪽으로 돌아 내려가면 있어요."

"감사합니다." 남자가 인사하고 몸을 돌려 걸어갔다.

도무지 믿기지 않아 가만히 서 있었다. 그는 나랑 완전 똑같이 생겼다. 좀 더 이야기를 나눠야 했는데. 그를 잡아 두고 더 많은 걸 캐냈어야 하는데. 그는 남자 화장실로 가는 계단에 거의 다 도착했다. 그리고 걸어 내려갔다. 난 뒤를 쫓았다.

남자 화장실 문을 밀고 들어갔다. 세면대에는 그가 보이지 않았다. 모퉁이를 돌아 소변기를 살폈다. 거기에도 없었다. 그렇다면 칸막이 중 한 곳에 있겠지. 칸막이 중 세 곳에만 사람이 있었다. 문 아래로 다리가 보였다.

난 기다리기로 했다. 벽에 기대어 서서《레이싱 폼》을 읽는 척했다. 몇 분 뒤 한 사람이 칸막이에서 나왔다. 청색 점프슈트를 입은 키 작은 흑인이다. 그는 내가《레이싱 폼》너머로 자기를 쳐다보는 걸 눈치챘다.

"괜찮은 말이 출전하나요?" 그가 친절하게 물었다.

"아니, 전혀요." 내가 대답했다.

흑인 남자는 손을 씻으러 세면대로 갔다.

또 다른 남자가 칸막이에서 나왔다. 노인이다. 심하게 등이 굽은 불쌍한 늙은이. 거동도 제대로 하지 못했다. 하지만 그는 경마가 필요했다. 거기에 꽂힌 것이다. 노인은 간신히 세면대로 가서 손을 씻기 시작했다.

이제 하나 남았다. 그가 나오면 대면할 거다. 확실히 그도 우리 둘이 완전히 닮았다는 걸 눈치챘을까? 근데 뭐 하는 거지? 왜 아무 말도 하지 않았지? 날 쳐다봤을 때 거울을 보는 거랑 똑같았을 텐데.

마지막 칸막이 문이 열리는 걸 보고 그쪽으로 걸어갔다. 그는 동양인이었다. 난 백인, 그것도 지쳐 보이는 캘리포니아 백인인데.

"저기요." 내가 말을 걸었다.

"네, 뭡니까?" 남자가 물었다.

"아무것도 아니에요."

그때 장내 방송이 들렸다.

"말들이 출발 지점에 섰습니다!"

난 재빨리 베팅 창구로 갔다. 내 앞에는 지친 캘리포니아 백인이 또 하나 있었고 그 사람 앞에는 지친 중앙아메리카인이 있었다. 지친 중앙아메리카인은 영어에 어려움을 겪으며 거래를 마쳤다. 그다음 지친 캘리포니아 백인이 가장 좋아하는 2달러짜리 쇼 티켓을 달라고 했다. 날마다 베팅 창구에는 저런 멍청이들이 온다. 그가 빠졌다.

내가 창구 앞에 섰다. 20달러를 내려놓았다.

"9번 말이 우승하는 데 20달러요!" 내가 큰 소리로 말했다.

"네?" 직원이 물었다.

분명하다. 그는 사디스트다. 직원의 3분의 1이 사디스트다.

"9번 말이 우승하는 데 20달러요!"

그는 티켓에 표기하기 시작했다. 그때 종이 울려 창구가 닫히고 말들이 문에서 쏟아져 나왔다.

내 돈 20달러를 들고 경마장으로 갔다. 1마일 경주다. 잘 보이는 곳으로 갔을 때 9번 말이 결승점 반대쪽 코스에서 간발의 차로 앞서 수월하게 달리고 있었다. 마지막 커브에서 거리를 벌렸다. 중간쯤 왔을 때 더 격차를 벌렸다. 그러다 말이 조금 지쳤다. 네다섯 마리가 추격했다. 기수는 세게 채찍을 휘둘렀고 말은 여전히 간발의 차로 선두를 지켰다.

난 커피를 사러 갔다. 자리로 돌아와 보니 가격이 올랐다. 9번 말은 18.70달러를 받았다. 그 빌어먹을 사디스트가 내게 167달러를 내게 한 것이다.

난 경마장에 남았다. 돌아다니며 그 남자를 찾았다. 어디서도 그를 볼 수 없었다. 수많은 못생긴 사람, 몇몇 얼간이, 살인자 한둘을 보았지만 나와 똑같이 생긴 그를 다시는 볼 수 없었다. 난 여덟 번째 경주를 보고 난 뒤 집으로 차를 몰았다……

주차를 하고 방으로 향했다. 문을 열고 안으로 들어갔다. 여자 친구 카린이 기다리고 있었다. 순진한 갈색 눈동자에 엉덩이에 살이 없고 종아리가 굵은 사랑스러운 카린. 그녀가 소파에 앉아 TV를 보고 있었다. 그녀는 우리 집 열쇠를 가지고 있다. 그녀가 고개를 들었다.

"보드카 사러 간 줄 알았는데. 보드카는 어디 있어요?"

"대체 무슨 소릴 하는 거야?"

"나가면서 보드카 사러 간다고 했잖아요."

"어딜 나갔다고?"

"여길 나가면서요. 20분 전에."

"20분 전에 집에 없었어. 난 하루 종일 경마장에 있었다고."

"웃으라고 하는 소리예요?" 카린이 물었다. "우리가 나눈 굉장한 사랑은 기억 안 나요?"

"무슨 사랑?"

"오늘 오후 일찍 말이에요. 여느 때와 달리 당신이 정말 잘했잖아요."

난 주방으로 가서 위스키를 반 잔 정도 들이켜고 맥주를 따서 둘 다 들고 나왔다. 그리고 카린의 맞은편 의자에 앉았다.

"그러니까 내가 제대로 사랑해 줬다고?"

"맞아요! 당신이 왜 이러는지 도통 모르겠네요."

"카린, 잘 들어. 날 봐. 마지막으로 날 봤을 때 이 옷차림이었어?"

"아뇨. 그러고 보니…… 보드카를 사러 간다고 했을 땐 흰 셔츠와 진청 바지에 검은색 구두를 신었어요. 지금은 노란 셔츠와 갈색 바지에 갈색 구두 차림이잖아요. 이상하네요……. 어디서 옷을 갈아입었어요?"

"아니."

"그럼 뭘 했어요?"

"아무것도 안 했어. 당신이랑 침대에 있던 남자는 내가 아니야."

"아, 정말!" 카린이 웃었다. "그게 당신이 아니라면 대체 누구란 말이에요?"

"나도 몰라."

난 위스키를 다 마시고 맥주를 들이켰다.

카린이 자리에서 일어났다. "난 그만 갈게요. 당신 하는 꼴이 마음에 안 들어요. 정신 차리면 연락해요."

"알았어, 카린."

그녀는 문밖으로 사라졌다.

어쩌면 내가 미쳤는지도 모른다. 하지만 난 오후에 경마장에 있었는데. 집에 있지 않았다. 어쩌면 내가 둘로 쪼개진 걸까? 내가 동시에 두 곳에 존재할 수 있는 걸까? 그리고 한쪽만 기억하는 걸까?

도움이 필요했다. 하지만 어디로 가야 할지 몰랐다. 아무도 내 말을 믿지 않을 것이다.

결국 내가 갈 수 있는 유일한 곳으로 갔다. 술을 가지러 주방으로.

그 와중에 경마장에서 본 남자가 무슨 옷을 입었는지 기억났다. 흰 셔츠, 진청 바지, 검은색 구두…….

*

몇 주가 지나고 더 이상 그런 일이 일어나지 않았다. 다시 카린을 만나기 시작했다.

인생은 평상시처럼 지루하고 따분했다. 최근 벌어진 일에 대해선 내가 잠시 정신이 이상해져 모든 걸 상상했다고 넘겼다. 오만 가지 생각이 떠올라 피곤한 머리를 식히려고 술과 도박에 더욱 몰두했다. 결국 인생에서 고통을 피하고 밤에 잘 자는 비결은 이 두 가지뿐이다, 안 그런가?

그날이 오기 전까지 하루하루가 더디게 흘렀다. 수요일, 아니 목요일이었고 난 경마장에서 일진이 좋았다. 고속도로를 타고 집에 오다가 그때 본 남자가 연초록색 신형 승용차를 운전하는 걸 보았다. 그는 내 뒤로 꽤 가깝게 따라붙었다. 난 백미러로 그를 살폈다. 그의 차가 내 범퍼에 닿을락 말락 했다. 내가 속도를 높이자 그가 바짝 붙어 쫓아왔다. 뭐, 사람들은 다양한 증오로 차 있으니까. 삶은 예상한 대로 풀리지 않고 고속도로는 그런 화를 방출하는 곳이다.

이 작자를 떼어 내려고 차선을 바꿨지만 그가 곧바로 끼어

들어 다시 내 범퍼에 붙었다. 빌어먹을 머저리에게 잘못 걸린 거다.

다시 차선을 바꾸고 라디오를 틀자 운 좋게 말러가 나왔다. 이걸로 내 운이 바뀌었을지도 모른다는 희망이 생겼다. 다시 백미러를 살폈다. 빌어먹을 놈이 차선을 바꾸고 다시 따라붙었다.

난 브레이크를 밟았다. 그도 밟았다. 내 범퍼에 살짝 받히는 소리가 났다. 그가 아주 살짝 날 친 것이다. 따뜻한 피가 솟구치는 걸 느꼈다. 그 피가 목덜미를 타고 눈 주위로 몰렸다. 열받았다. 날 열 받게 하려면 시간이 걸리는데 아무튼 난 열 받았다. 한번 열 받으면 오래가기에 열 받는 걸 좋아하지 않는다. 사람을 별로 신경 쓰지 않는데 그들이 날 내버려 두면 나도 그들을 내버려 둔다. 지금은 완전히 열 받았다.

난 오른쪽 사이드미러와 백미러를 확인한 다음 재빨리 오른쪽으로 차선을 바꿨다. 픽업트럭과 캐딜락 사이로 들어갔다. 빌어먹을 놈을 내 범퍼에서 떼어 낸 것이다. 하지만 여전히 짜증 났다. 그는 왼쪽 차선에서 나보다 살짝 앞에 있다. 기회를 보다가 재빨리 왼쪽으로 차선을 바꾸어 그의 범퍼에 붙었다. 이제 내가 가해자가 되었다. 그의 번호판이 보였다. 6DVL666.

그가 내 오른쪽으로 차선을 바꿨다. 나도 그를 따라붙었다.

그가 다음 고속도로 출구로 빠져나갔다. 나도 지지 않고 바로 뒤에 붙었다.

그가 백미러로 날 살피는 게 보였다. 겁에 질린 눈동자다. 그래야지. 난 열 받으면 미쳐 날뛰는 호랑이가 되니까. 그 사실을 알게 된 사람이 꽤 있지.

　그는 대로에서 오른쪽으로 틀었고 난 그를 따라가 바짝 붙었다. 그가 신호를 향해 거침없이 달렸다. 그 앞에는 차가 없었다. 빨간 불로 신호가 바뀌자 그가 분한지 연료조절판을 쳤다. 난 바로 따라붙었다. 반대쪽에 있던 작자가 신호에 끼어들었다. 우리가 지나갈 때 그 차가 다가왔다. 그가 브레이크를 밟았지만 내 차를 박고 말았다. 난 반쯤 돌다가 멈춘 다음 남자를 계속 쫓아갔다. 그는 날 떨쳐 내려고 했다. 어찌된 영문인지 내 차가 더 기세 좋게 다시 그의 범퍼에 붙었다.

　저놈을 지옥 끝까지 쫓아갈 것이다. 그리고 지옥에 처넣을 거다. 결혼 생활도 엉망이었고 직장에서도 엉망인 상황을 질리도록 겪었는데 꼭 저런 놈들 때문에 일이 꼬이곤 했다.

　다시 빨간 불이 들어왔다. 그가 속도를 늦추고 기다렸다. 내 범퍼는 여전히 그의 차 뒤에 붙어 있었다. 잠시 동안 차에서 튀어나가 그를 덮칠까 생각했다. 하지만 그는 창문을 닫아 두었고 당연히 문이 잠겨 있다. 방법을 찾아야 한다.

　신호가 바뀌고 그를 뒤쫓았다. 그가 안쪽 차선으로 변경했다. 나도 따라갔다. 난 죽음처럼 움직였다. 그의 죽음처럼 끈질기게.

　갑자기 그가 골목으로 들어섰다. 나도 곧바로 추격했다. 마침내 그가 실수를 저질렀다. 골목에서 방향을 틀었는데 막다른 길이었다. 내가 그를 잡은 것이다.

　그의 차가 창고의 짐 싣는 곳으로 올라섰다. 차 앞부분이 턱에 닿았다. 나도 뒤따라 범퍼로 그의 차를 눌렀다. 그는 갇혔다.

그는 자기 차 안에 앉아 가만히 있었다. 여전히 창문을 올린 상태다. 미동도 하지 않았다. 분명 차 안에 도움을 청할 전화기가 없는 거다.

내 차에서 어떻게 할지 생각했다.

저 빌어먹을 차에 펑크를 낼까. 창문과 본체를 망가뜨릴까. 하지만 내가 원하는 건 저놈이다. 저놈을 박살 내고 싶다.

라디오에서는 아직 말러가 흘러나오고 있다. 교향곡이 끝나면 밖으로 나가 행동할 거다. 시간이 있다. 많다. 집에서 날 기다리는 섹시한 여자가 있는 것도 아니니까.

우리 둘 다 가만히 있었다. 그가 무슨 생각을 하는지 궁금했다. 그는 분명 다시는 다른 차 뒤에 붙지 못할 것이다.

말러가 이어졌고 우리 둘 다 기다렸다. 그리고 말러가 끝나기 직전에 그가 차문을 열고 밖으로 나왔다.

예상치 못했다. 그래서 좀 떨렸다. 그가 내 도전을 받아들인 것이다. 그는 배짱을 보였다. 내게 반응을 요구하고 있다. 좋아, 좋아, 죽을 만큼 좋군.

나도 차에서 내렸다. 그를 제대로 보았다. 당연히 그자다.

그에게 다가갔다.

그는 물러서지 않았다. 등 뒤로 1.8~2.5미터 공간이 있었지만 그는 물러서지 않았다. 난 그와 1미터 정도 떨어진 곳까지 걸어가서 멈춰 섰다.

"그래, 이 자식아, 어디 말 좀 들어 보자."

"뭘 들어 보자는 거야?"

"나한테 왜 장난을 치는 거지? 뭘 원하는데? 넌 누구고?"

"내가 할 소리야."

"나한테 걷어차여 호놀룰루까지 날아갈 놈이 배짱도 좋게 말하네."

"그건 대봐야 알지."

"그래?"

"그래."

"내 여자를 건드렸을 때 넌 이미 너무 갔어."

"괜찮은 여자였지." 그가 씩 웃었다. "잘 쪼아 주더군."

난 그에게 달려들어 오른쪽을 쳤다. 그는 곧장 아래로 웅크렸다.

"좀 더 잘해 봐."

"그래, 엉덩이를 걷어차 주지."

"그러든지."

난 몸을 움직여 오른쪽으로 가는 척하다 왼쪽으로 가서 그의 오른쪽 귀를 잡았다. 그가 고개를 흔들고 놀란 듯하더니 오른손으로 내게 덤볐고 주먹이 엄청난 힘으로 내 이마를 강타했다. 나쁘지 않았다. 하지만 내가 그를 잡았다는 걸 알 수 있었다. 난 거리에서 하듯이 양 주먹을 휘둘렀다. 그가 반격해 왔다. 몇 차례 맞았다. 하지만 내가 주도권을 잡았다고 느꼈고 그의 펀치가 줄어들자 목표가 눈에 더 잘 들어왔다. 난 왼쪽 주먹으로 그의 배를 치고 오른손으로 어퍼컷을 날렸다. 그가 바닥으로 쓰러져 굴렀다. 난 걷어차지 않았다. 뒤로 물러서서 그가 자리에서 일어나길 기다렸다. 구식이라 느리고 폼도 안 나지만 깨어 있을 때뿐 아니라 잠을 잘 때도 기억날 가차 없는 주먹을 날려 주려고 준비했다.

그가 자리에서 일어나 머리를 흔들며 자기 차를 향해 걸었다.

"애송이, 그러면 안 되지." 내가 경고했다. "지금 널 끝장내려고 하는데."

그는 앞좌석으로 갔다가 다시 나왔다.

손에 견고해 보이는 검은색 권총을 들었는데 크기가 작았지만 그리 작게 느껴지지 않았다. 지금 총구 앞에 서 있는 관계로 비밀 하나를 알려 주겠다. 총을 처음 봤을 때 눈에 들어오는 건 다름 아닌 총열 끝에 난 구멍이다. 아주 매혹적인 구멍. 거기서 총알이 나온다. 마치 새나 토끼 같은 사냥감을 바라보는 뱀의 눈 같다. 너무 원초적이다.

"좋아, 이 양반아." 그가 조건을 제시했다. "네 차로 돌아가. 여기서 나가. 그럼 나도 사라질 거야."

"난 차로 돌아가지 않아."

"죽고 싶어?"

"아니."

"그러면 차로 돌아가라고."

"나한테 왜 이러는지 알고 싶어. 왜 이러는데? 이게 무슨 의미가 있다고? 왜 나보다 더 나처럼 생긴 거야?"

"넌 질문할 처지가 아니야."

"방아쇠를 당겨, 멍청아. 내가 직접 앞으로 가 주지."

난 앞으로 걸었다······.

*

정신을 차리니 그는 가고 없었다. 내 차는 거기 있었다. 머리
에서 깊은 상처가 느껴졌다. 그가 총구로 내 머리를 휘갈긴 것
이다. 내 머리 꼭대기에 상처가 생겼다. 피가 흘렀다. 손수건
을 꺼내서 한동안 상처에 대고 눌렀다. 그리고 내 차로 걸어왔
다. 그사이 차를 옮겨 놓았다. 그가 내 주머니에서 열쇠를 꺼냈
겠지. 차문을 열었다. 열쇠는 계기판에 놓여 있었다. 차를 타고
골목에서 나와 고속도로로 올라왔다.

　라디오를 틀었다. 모차르트의 레퀴엠이 흘러나왔다. 참 절
묘하기도 하지······.

*

집에 와 보니 카린이 소파에 앉아 TV를 보고 있었다.

　"무슨 일이에요? 보드카를 사러 간 줄 알았는데. 보드카는
어디 있어요?"

　"제기랄, 빌어먹을."

　"아, 또 술에 취했군요." 카린이 말했다. "그만 돌아가야겠
어요."

*

난 중국 식당의 뒤편 테이블에 앉아 기다렸다. 만나기로 한 사람이 10분째 늦고 있다. 어쩌면 안 나타날 수도 있다. 믿을 만한 사람의 추천으로 내가 골랐다.

맥주를 한 병 더 마시려고 웨이터를 불렀다. "그리고 차우멘도 주세요. 새우 차우멘."

웨이터가 자리를 뜨더니 맥주를 가지고 돌아왔다. 한 모금들이켰다. 난 절대 맥주를 잔에 부어 마시지 않는다. 병째 마셔야 더 맛이 좋다.

멀리 있는 문이 열리더니 남자가 걸어 들어왔다. 꽤 온화한 인상이다. 매서운 얼굴일 줄 알았는데. 혹시 저 사람이 아닌가? 그가 내 쪽으로 다가왔다. 중간 테이블에 남자가 또 있다. 그는 계속 걸어서 내 앞까지 오더니 의자를 꺼내 앉았다.

"안녕하세요." 그가 말을 걸었다.

"네. 근데 나란 걸 어떻게 알았죠?" 내가 물었다.

"우린 알아요." 그가 대답했다.

웨이터가 왔다.

"따뜻한 차를 주세요."

남자가 주문하자 웨이터가 자리를 떴다.

난 살짝 몸을 앞으로 숙이고 목소리를 낮춰서 물었다. "비용이 얼마나 들까요?"

그도 낮은 목소리로 대답했다. "통장에 얼마가 있나요?"

"만 달러."

"2만 달러가 있잖아요."

"어떻게 알았죠?"

"우린 다 알아요."

"아주 비싸군요."

"그게 가격이에요. 할래요, 말래요?"

"하고 싶어요. 끝나면 수표로 지급할게요."

"우린 현찰만 받아요. 일련번호가 없는 100달러짜리로."

"그렇게 준비하긴 힘들 텐데."

"그렇게 하세요."

"어떻게 전해 주면 되는데요?"

"그건 나중에 알려 주죠."

"착수금은 필요 없나요?"

"아니, 우리는 다 끝나고 한방에 받아요. 확실히 하기 위해 내일 은행에서 돈을 찾아 둬요, 알겠죠?"

"네."

웨이터가 차를 가지고 왔다.

"고맙습니다." 그가 웨이터에게 말했다. "레몬을 좀 갖다 주겠어요?"

웨이터는 시키는 대로 했다.

"내가 돈을 내리라는 걸 어떻게 알아요?" 내가 물었다.

"당신은 낼 거고, 그 시기는 우리가 말해 줄 거예요."

그리고 침묵이 이어졌다. 그는 가만히 앉아서 날 쳐다보았다.

우리는 내내 목소리를 낮춰서 말했다. 어쩐지 B급 영화의 한 장면에 들어온 것처럼 느껴졌다.

"차에 레몬을 넣어 마시는 걸 좋아해요." 그가 입을 열었다. "당신은요?"

"아뇨. 저기, 내가 가진 건 그자의 번호판이 전부예요. 그런데 어떻게 찾는다는 거죠?"

"우리가 찾을 겁니다. 거기 종이 냅킨에 번호를 적어서 이쪽으로 밀어요."

난 펜이 있었다. 번호를 적어 그에게 밀었다.

"고맙군요." 그가 말했다.

웨이터가 레몬을 가지고 왔다.

"고마워요." 그가 웨이터에게 말했다.

웨이터가 돌아가자 내가 입을 열었다. "저기, 그 사람은 나랑 똑같이 생겼어요."

"우리도 알아요."

"당신이 그자 대신 날 덮치지 않는다는 걸 어떻게 알죠?"

"우린 '덮친다'는 말을 그리 좋아하지 않아요."

"그럼 뭐라고 말할까요? 어떤 용어로?"

"아무 말도 하지 마세요."

"내가 할 마음이 없어질까 봐 두렵나요?"

"우린 두렵지 않아요. 당신이 마음을 바꾸지 않을 것도 알고요."

그가 레몬을 차에 짜 넣고 한 모금 마신 뒤 잔을 내려놓고 다시 날 쳐다보았다. 그에게 가족이 있는지 궁금해졌다.

"얼마나 걸릴까요?" 내가 물었다.

"5일 안에 다 끝날 겁니다."

웨이터가 내 차우멘을 갖다 주고 사라졌다.

"여긴 음식이 별로예요." 남자가 말했다.

"지금은 음식 생각이 없어요. 저기, 당신이 일을 마쳤다는 걸 내가 어떻게 알 수 있을까요? 진짜 끝냈다는 걸요."

"증거를 받을 겁니다. 우리는 신용 있는 사람들이에요."

"당신이 받은 번호판으로는 이자를 찾을 수 없을 것 같은데. 여긴 꽤 큰 도시잖아요. 더 이상 여기 살지 않을 수도 있고."

"우리가 그를 찾을 겁니다. 모든 것이 5일 안에 끝나요."

"누구한테 한소리 들은 적 있나요?"

"한소리요?"

"그러니까 고객 말이에요."

"고객한테 한 번도 불평을 들은 적이 없어요."

난 차우멘을 내려다보았다. "이걸 먹고 싶은지 모르겠군요."

"우리와 함께라면 괜찮아요. 우리랑 하지 않으면 5000달러가 들 겁니다. 한다면 2만 달러고."

그리고 침묵이 흘렀다. 3분간의 좋은 침묵이다.

남자가 입을 열었다.

"할래요, 말래요? 지금 말해요."

"좋아요. 할게요."

"좋아요. 그럼 우리 쪽에서 연락이 갈 겁니다." 남자가 자리에서 일어나 날 내려다보았다. "젠장, 알다시피 6~7개월 비가 안 내린 것 같아요. 분명 온실효과 때문일 텐데, 그렇죠?"

"맞아요. 성층권이 엉망이 되었을 테죠."

"빌어먹을 것들." 남자는 몸을 돌리고 문을 향해 걸어가더니 그대로 나갔다.

차우멘은 맛있어 보이지 않았다. 난 맥주를 마저 마신 뒤 웨이터에게 고갯짓으로 계산서를 달라고 했다.

다시는 이곳에 오지 않을 거라 다짐했다. 좋은 곳 같지 않다.

나흘이 흐르고 오후 7시쯤 방문 밑으로 봉투 하나가 들어온 것을 보았다. 열어 보니 사진이 들어 있었다. 그자의 사진이다. 죽은 모습이다. 그는 의자에 기댔다. 몸이 똑바로 서 있지만 살짝 오른쪽으로 기울어졌다. 입 밖으로 혀가 좀 늘어졌다. 그리고 이마에 커다란 구멍이 났다. 난 어지러웠다. 숨을 깊이 들이마시고 정신을 가다듬었다. 다른 각도에서 찍은 사진이 여덟아홉 장 더 있었다. 그리고 메모가 보였다. 신문을 오려서 종이에 붙인 거였다.

이 사진을 지금 당장 태워요. 이 메모도. 그렇게 해요.
지금 당장.

난로까지 걸어가서 사진들을 펼친 뒤 라이터로 불을 붙여 난로에 떨어뜨리고 타는 것을 지켜보았다. 냄새가 났다. 인화지에서 나는 거겠지.

재에서 다시 재로.

그는 죽었다.

침대로 걸어가 끄트머리에 걸터앉았다.

전화벨이 울렸다.

"여보세요?"

"돈은 준비되었나요?" 수화기 너머의 목소리가 물었다.

"네. 어떻게 전하면 될까요?"

"그건 걱정 말아요. 우리가 연락할 때까지 가만히 앉아 있어요." 상대가 전화를 끊었다.

난 수화기를 내려놓고 침대에서 기지개를 켰다.

나방이나 점액이나 뭐 그런 것에 완전히 뒤덮인 기분이 들기 시작했다. 입이 마르고 기분이 이상했다.

그러지 말아야 했다. 그냥 참고 살아야 했다. 이제 상황이 더나빠졌다. 그자의 의도가 뭐였는지, 무슨 이유로 그랬는지 절대 알 수 없어졌다.

욕실 문이 살짝 열렸고 불빛이 새어 나왔다. 그리고 난 보았다. 아니, 본 거 맞나? 마치 내가 거울 앞에 서서 안을 들여다보는 것 같았다.

깜짝 놀라서 욕실로 뛰어갔다. 아무도 없었다. 아무것도 없었다.

그때 현관문을 두드리는 소리가 났다. 난 몸을 돌려 그쪽으로 걸었다.

작가 훈련

'말'을 좀 조심해 달라는 요청에 그렇게 해 보기로 했다.
그건 핑계다. 아내가 아래층에서 말동무를 해 주고 있다.
그들은 다 괜찮다. 아마도. 아무튼 난 이리 올라와 타이핑
을 하기 시작했다. 알다시피 난 작가다. 술을 마셔야 한다
면 타자기 옆에서 마시는 게 더 좋다.

부크

글 속 언어는 그 사람의 사는 곳과 사는 방식에서 비롯된다.
난 평생을 백수에 일용직 노동자로 살았다. 박식한 대화는 들
어 본 적이 거의 없다. 그리고 내 삶은 상류층과 교류가 생기려
야 생길 수가 없다. 난 똥구덩이에 앉아 있다. 좀 화가 났고 그
건 이상한 광기였는데 내가 그렇게 자라 왔기 때문이다. 난 마
음을 홀로 다스리고 삼켜야 했다. 본능을 괴롭히고 편견을 키
웠다. 고독은 가장 큰 무기다. 현실을 과장하려면 고독이 필요
하다. 난 여가에 진정한 가치를 둔다. 그게 내가 찾은 방식이
다. 혼자 있을 수 있는 곳이 곧 성스러운 장소다. 한 도시에서
버려진 무덤을 찾았고 정오에 술에 취한 채 거기서 잠을 잤다.

다른 도시에서는 더럽고 냄새나는 운하를 쳐다보며 몇 시간이고 앉아 멍을 때렸다. 홀로 보낼 몇 시간, 며칠, 몇 주, 몇 년이 필요했다. 굶주리며 지낼 작은 방도 찾았다. 난 적은 돈으로 오래 버티는 재주가 있다. 모든 걸 시간을 위해 희생했고 주류에서 벗어났다. 하루에 초콜릿 바 하나가 식사의 전부일 때가 많았다. 가장 크게 돈을 쓰는 건 싸구려 와인을 살 때다. 담배를 직접 말아 피웠으며 단편을 수백 편 쓰고 대부분을 잉크로 직접 인쇄했다. 타자기를 저당 잡힌 적이 많았다. 인간을 관찰하려고 바에 앉아 술을 마셨다. 대략 183센티미터 키에 61킬로그램이 나갔고 술에 절었다. 난 태생이 마른 남자인데 머리는 컸다.

난 절망적이지 않다. 내 가난이 즐거웠다. 굶는 건 처음 2~3일만 힘들 뿐이다. 그 후부턴 이상하게 기분이 좋아진다. 계단을 둥둥 떠서 내려오고 햇살은 매우 밝게 비치고 소리는 아주 크게 들린다. 통찰력이 흐려지는 게 아니라 오히려 좋아진다. 휴일이나 전 세계 축제는 의미가 없어진다. 내 상태가 어떤지 확신할 수 없지만 아무튼 꽤 건강하다. 외로운 것은 문제가 되지 않는다. 주된 문제는 치아다. 엄청난 치통의 공격을 받았다. 얼른 와인을 입에 밀어 넣고 방 안을 걸었다. 이가 헐거워져 손가락으로 움직일 수 있었다. 가끔 손바닥으로 이가 빠져나오기도 했다. 아주 흥미로운 일이다.

도서관에서 문학 잡지(잡다한 다른 것들 중에서)를 읽고 최고의 글로 받아들여지는 것들을 보며 당혹감을 느꼈다. 번지르르한 말이 흐를 뿐 속은 텅 비었다. 도박도 빚도 즐거움도 없다. 과거의 유명한 작품인 고전을 읽었다. 최소 수백 년이 지났는데도 (드물게 예외도 있지만) 온갖 거짓말, 치장, 과장, 사기로 가득 차 있는 것 같았다.

내가 뭘 하는지 몰랐지만 그렇게 했다. 가고자 하는 곳에 더 치중하고 내게는 신과도 같은 단순함에 몰두했다. 여유가 없고 적게 가질수록 실수나 잘못을 범할 기회가 줄어든다. 천재는 단순한 방식으로 완전한 걸 말할 수 있어야 한다. 말은 총알, 햇살과 같아 어둠과 지옥을 관통한다. 난 말을 가지고 논다. 계속 잘 읽히는 문장을 쓰려고 했다. 난 그렇게 놀았다. 노는 시간이 중요하다.

수십 년간 그렇게 놀았다. 내 글이 받아들여진 적은 매우 드물었다. 편집자들은 대체로 내가 미쳤다고 생각하는데, 특히나 손으로 인쇄한 긴 원고를 받으면 그렇게 느낀다. 한 편집자의 답신을 기억한다. "대체 이건 뭐죠?"

그의 말이 맞을지도 모른다.

난 내 방식대로 미쳤다. 커튼을 전부 내리고 일주일간 침대에서 꼼짝도 안 한 적이 많다. 한번은 이런 소리를 들었다. "헬렌, 3호실에 사는 남자 알아? 그의 쓰레기통에는 와인병만 들어 있어. 그리고 어두운 방에서 음악을 들어. 난 저 사람이 여길 나가게 만들 거야."

여자, 자동차 뭐 그런 것들 그리고 TV는 내게 이상한 외부 요소일 뿐이다. 간간이 아주 간간이 여자들이 있었지만 괜찮은 여자는 거의 없었다.

"집에 TV가 없는 남자는 당신이 처음이에요!"

"왜 그래, 자기. 헛소리 그만 하고 다리 좀 보여 줘 봐!"

*

좁아터진 방, 공원 벤치, 최악의 직업, 최악의 여자들과 수십 년을 산 뒤 마침내 내 글의 일부가 받아들여지기 시작했고 찾는 곳은 소규모 잡지나 포르노 잡지였다. 포르노 잡지가 좋은 방출구가 되었다. 원하는 걸 더 직접적으로 더 좋게 말할 수 있으니까. 다리를 벌리고 성기를 드러낸 여자 사진 사이에서 마침내 단순함과 자유를 얻었다.

이윽고 난 더 정진해서 한층 존경할 만한 출판사를 공략했다. 책을 몇 권 출간하기도 했다. 그렇지만 내 문체, 내 방식을 고수했다고 생각한다. 문장 속 들쑥날쑥한 돌덩이, 비꼬는 웃음, 트림, 방귀를 좋아한다. 여전히 사람에게 공격적이지만 사람을 공격하는 글은 쓰지 않는다. 그건 너무 쉬우니까……

장모는 나보다 겨우 열 살이 많은데 지난해 날 찾아왔다. 어느 날 저녁 경마장에서 돌아와 보니 장모가 내 책을 읽고 있었다.

"내가 엄마한테 줬어요." 아내가 말했다.

"뭣 하러?" 내가 물었다.

장모는 스크래블과 십자말풀이를 좋아하고 즐겨 보는 TV 프로그램이 《제시카의 추리극장》이었다.

며칠이 지났다.

우린 장모를 공항까지 데려다주었다.

일주일이 지났다.

난 아내에게 물었다. "어머니가 내 책에 대해 뭐라고 했어?"

아내는 좋은 연기자다. 씩씩거리는 모욕까지 목소리에 담을 수 있다. "네 남편은 왜 저런 말을 써야 했니?"

대부분은 대화를 말한 것이겠지만 난 그사이 문장이 거슬렸다는 걸 확신했다. 뻣뻣하고 갈라지고 흐물거리고 새까만. 셰익스피어와는 거리가 머니까.

난 눅눅한 굴에 들어앉아 그런 글을 쓰려고 성실하게 노력했다. 장모가 혐오스럽게 생각한다는 걸 알고 나니 날 증명한 것 같았다. 장모의 인정을 받으려면 작품은 내게 두려운 것이어야 하고, 그건 내가 무뎌져서 실용주의자들의 방식으로 갔다는 징조다.

난 오랫동안 빌어먹을 견습 과정을 거쳤다.

함정을 피해 버티고 싶고, 왼쪽에는 와인병을 끼고 오른쪽에는 모차르트 라디오를 틀어 놓고 타자기 앞에서 죽는 것이 소망이다.

감사의 말

지난 8년 동안 많은 분이 이 책이 나올 수 있도록 힘을 써 주었다. 우선 산타바바라의 캘리포니아주립대학 데이비드슨도서관 특수컬렉션부의 에드 필즈에게 감사한다. 덕분에 〈윌리엄 윈틀링의 《양식에 관한 일곱 가지 고찰》의 미출간 서문〉과 〈로스앤젤레스 상황〉 일부를 실을 수 있었다. 애리조나주립대학 도서관 특수컬렉션부의 로저 마이어스, 이스턴미시간대학 도서관 상호대출부 직원, 래버디 컬렉션의 줄리 헤라다 부서장, 미시건대학 도서관 특수컬렉션부의 앤 아버에게도 감사를 전한다. 2000년 이 프로젝트를 시작할 때 제이미 보런이 엄청난 도움을 주었다.

스페인의 부코스키 전문가 에이블 디브리토가 그동안 발견되지 않은 훌륭한 단편과 에세이 여러 편을 알려 주었다. 마이클 몽포트는 독일 프라이부르크에서 나와 시간을 보내 주었다. 마리아 베이와 매우 침착하게 프로젝트를 이끌어 준 시티라이츠의 일레인 카젠버거에게 감사한다. 특히 아주 뛰어나고 매우 문학적이며 전문적인 시티라이츠의 편집자 개럿 케이플스가 이 책을 펴내기까지의 힘든 과정을 아주 즐거운 경험으

410

로 만들어 주었다. 더 높이 분명하게 볼 수 있도록 지켜 준 루 드비히 비트겐슈타인에게 깊은 감사를 전한다.

　마지막으로 큰 도움을 준 존 마틴, 행크의 작품이 제대로 된 보금자리를 찾을 수 있도록 시간을 내서 끊임없이 날 격려해 준 린다 리 부코스키에게 감사한다.

데이비드 스티브 칼론

자료 출처

〈긴 거절 편지의 여파〉,《스토리》, 1944년, 블랙스패로프레스사의 허가를 받아 재인쇄.

〈카셀다운에서 온 스무 대의 탱크〉,《포트폴리오》, 1946년.

〈음악 없이는 힘들어〉,《매트릭스》, 11호, 1-2, 봄여름 특별판, 1948년.

〈트레이스: 편집장의 글〉,《트레이스》, 30호, 1959년 2~3월.

〈와인으로 얼룩진 단상들〉,《심볼리카》, 19호, 1960년.

〈여섯 개들이 맥주팩을 마시며 시와 처절한 삶에 대해 끼적인 글〉,《올레》, 2호, 1965년 3월.

〈어떤 유형의 시, 어떤 유형의 삶, 언젠가 죽을 피로 채워진 어떤 유형의 생명체에 대한 변호〉,《어스》, 2호, 1966년.

〈아르토 선집〉,《로스앤젤레스 프리 프레스》, 1966년 4월 22일.

〈운을 다 쓴 늙은 주정뱅이〉,《오픈 시티》, 2권, 1호, 1967년 5월 5~11일.

〈음탕한 늙은이의 비망록〉,《오픈 시티》, 2권, 2호, 1967년 5월 12~18일.

《《짐 로웰을 기리며》의 무제 에세이〉, TL 크리스(T.L. Kryss), 클리블랜드: 고스트프레스, 1967년.

〈음탕한 늙은이의 비망록〉, 1968년 5월 15일,《내셔널 언더그라운드 리뷰》.

〈내가 앨런 긴즈버그라는 사실을 아무도 믿어 주지 않은 밤〉,《노트 프럼 언더

412

그라운드(Notes from Underground)》, 3호, 1970년.

〈정부를 열 받게 만들어 볼까?〉《노트 프럼 언더그라운드》, 3호, 1970년.

〈산타페의 은 십자가 예수〉, 《놀라 익스프레스》, 75호, 1971년.

〈음탕한 늙은이의 고백〉, 《애덤》, 15권, 9호, 1971년 10월.

〈케네스의 시 낭독회와 번식〉, 《애덤 베드사이드 리더(Adam Bedside Reader)》, 49호, 1권, 1972년 2월.

〈로스앤젤레스 상황〉, 《로스앤젤레스 프리 프레스》, 1972년 5월 19일.

〈나이 든 시인의 삶에 관한 단상〉, 《샌프란시스코 북 리뷰(San Francisco Book Review)》, 제22권, 1972년 6월.

〈올바른 호흡과 길을 찾는 법에 대하여〉, 《스몰 프레스 리뷰(Small Press Review)》, 제4권, 4호, 1973년.

〈음탕한 늙은이의 비망록〉, 《로스앤젤레스 프리 프레스》, 1973년 12월 28일.

〈음탕한 늙은이의 비망록〉, 《로스앤젤레스 프리 프레스》, 1974년 2월 22일.

〈음탕한 늙은이의 비망록〉, 《로스앤젤레스 프리 프레스》, 1974년 3월 1일.

〈음탕한 늙은이의 비망록〉, 《로스앤젤레스 프리 프레스》, 1974년 3월 22일.

〈재거나우트〉, 《크림》, 제7권, 5호, 1975년 10월.

〈이기는 말 고르기〉, 《로스앤젤레스 프리 프레스》, 1975년 5월 9~15일.

〈운동〉, 《허슬러》, 1977년 7월, 《허슬러 매거진》에서 재인쇄.

〈사건의 경위〉, 《하이 타임스》, 1983년 10월, 《하이 타임스》에서 재인쇄.

〈시간 때우기〉, 《하이 타임스》, 1984년 3월, 《하이타임스》에서 재인쇄.

〈문학 인생의 방해물들〉, 《하이 타임스》, 1984년 6월, 《하이 타임스》에서 재인쇄.

〈스승을 만나다〉, 1부와 2부, 《위》, 1984년 12월/1985년 1월.

〈이백에게 보여 주는 찰스 부코스키의 로스앤젤레스〉, 1986년 6월, 《캘리포니아 매거진》.

〈거장을 돌아보며〉, 《당신이 가장 사랑한 작품들: 에즈라 파운드 100주년 기념(What Thou Lovest Well Remains: 100 Years of Ezra Pound)》, 리처드 아딩어(Richard Ardinger), 아이다호 보이시: 림버로스트프레스, 1986년.

〈또 다른 포트폴리오〉, 《포트폴리오》, 1990, 데이비드 브릿슨(David Bridson), 데이비드 안드레온(David Andreone)의 《포트폴리오 매거진》에 수록.

〈또 다른 나〉, 《아르테》, 제2권, 5호, 1990년, 데이비드 브릿슨, 데이비드 안드레온의 《아르테 매거진》에 수록.

〈작가 훈련〉, 《포트폴리오》, 1991년 1월, 데이비드 브릿슨, 데이비드 안드레온의 《포트폴리오 매거진》에 수록.

와인으로 얼룩진 단상들

개정판 1쇄 발행 | 2024년 8월 30일

지은이 | 찰스 부코스키
엮은이 | 데이비드 스티븐 칼론
옮긴이 | 공민희
펴낸이 | 이정헌
편집 | 이정헌
교정 | 노경수

펴낸곳 | 도서출판 잔
출판등록 | 2017년 3월 22일 · 제409-251002017000113호
주소 | 경기도 김포시 김포한강3로 432 502호
팩스 | 070-7611-2413
전자우편 | zhanpublishing@gmail.com
웹사이트 | www.zhanpublishing.com

표지 그림 | 이고은 | www.leegoeun.com
디자인 | DNDD | www.dndd.com
인쇄 | 공간코퍼레이션

ISBN | 979-11-90234-78-8 03840

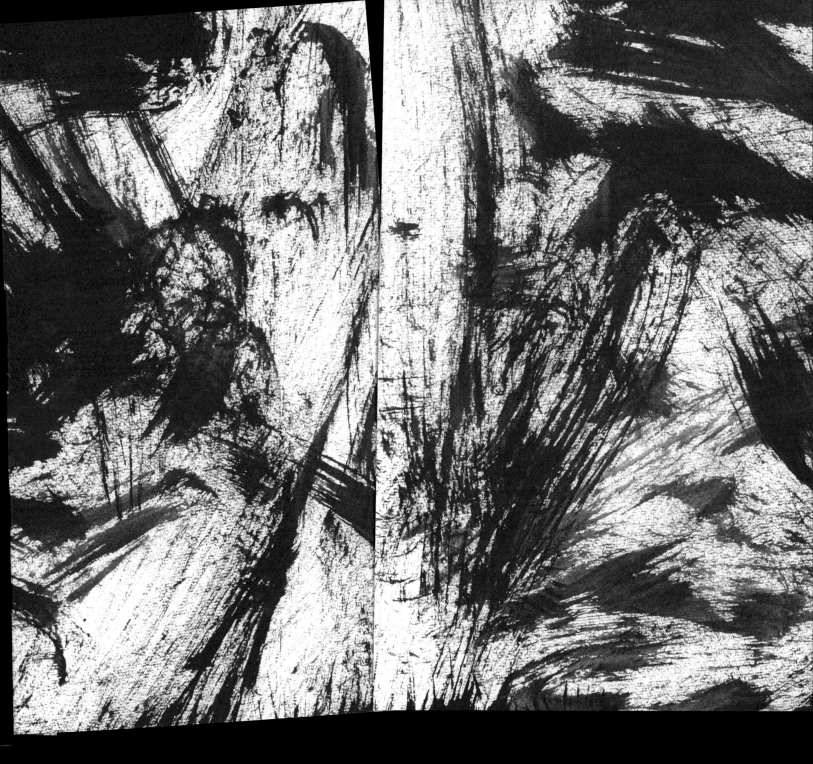

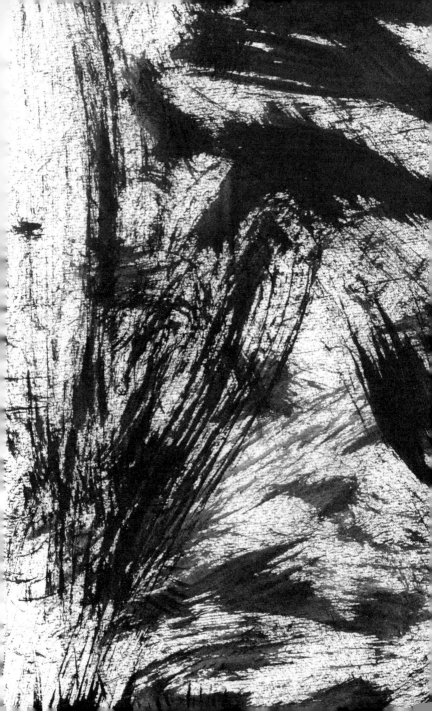